I Tornesi
1

Maria Orsini Natale

Francesca e Nunziata

avagliano A&editore

Piazza Roma 10 • 84013 Cava de' Tirreni
Tel. 089 444711 Fax 089 445339
www.avaglianoeditore.it
info@avaglianoeditore.it

Prima edizione dicembre 1996
Seconda edizione gennaio 1998
Terza edizione ottobre 1998
Quarta edizione marzo 1999
Quinta edizione giugno 2000
Sesta edizione settembre 2000
Settima edizione gennaio 2001

ISBN 88-86081-57-X

A pagina 2
L'autrice in una foto di Basso Cannarsa

Immagine grafica
Cyanograf Studio

A mia madre e alla mia terra
Ai miei fratelli del Nord

Questo è "nu cunto", un racconto di pura fantasia. E se gli agganci a realtà lontane o perdute sono precisi e documentati, proprio per questo la storia è ancora più fantastica.

Francesca era nata il sei di gennaio del milleottocentoquarantanove. Era nata su una di quelle alture della costa amalfitana dove la terra precipita e dirupa in un cielo capovolto, che nelle notti serene le luci delle lampare fanno stellato.

Il mare visto di lassù è irraggiungibile, in un pozzo profondo di luce. L'azzurra trasparenza così lontana, sospesa, senza suoni, è irreale e segreta come una favola.

A Francesca che viveva la sua infanzia, l'umile esistenza, la vita di fatiche al mulino del nonno sotto la cascata e le corse pazze lungo i sentieri scoscesi, sempre in bilico su quegli abissi di bellezza, nei giorni più tersi arrivava un desiderio matto di provare a volare.

Del resto, in quella contrada aggrappata allo sperone di roccia e al piccolo monastero, non era la sola ad avere quella voglia insensata.

Qualcuno per davvero aveva tentato di aprire le ali e si era buttato proprio dal ponticello che portava all'eremo e alla chiesa, lì dove la suggestione del miraggio era più forte.

Padre Angelo, nell'angosciato ripetersi della disgrazia, faceva trasportare in processione fino al passo la statua venerata del Santo arrivato fin lassù chi sa come, il centurione romano che si era fatto eremita sui monti. Lo poggiavano sul pietrisco, al centro del piccolo valico, il giovanissimo beato vestito da guerriero, e lui, coloratissimo nella corazza argento argento e nel mantello rosso rosso, continuava a schiacciare l'aquila con il piede e a guardare pazientemente la volta celeste che nel braccio sollevato indicava con un dito.

Nell'ombra del suo sorriso un po' ebete, che era poi la trasfigurazione dell'estasi, sembrava compiaciuto di presiedere al rituale del monaco che, per scacciare il demonio, con ampie bracciate tracciava solchi fumosi e incensava il precipizio, e poi con l'aspersorio spruzzava di acqua benedetta la piccola folla, il pianto dei parenti, i portatori inginocchiati, le spallette del ponte e il mare sotto. Il mare tentatore.

Il nonno di Francesca, Giuseppe il mugnaio, che era anche pastaio lassù al mulino con la sua farina e le sue donne, era molto devoto al soldato anacoreta con le insegne della legione, le gote truccate e il naso all'insù.

E lo aveva scelto come suo patrono perché, alla fermezza del soldato, il martire aveva unito la santità dell'uomo di Dio. Proprio come lui che povero mulinaro si mostrava rigido e fiero quando si sentiva investito dell'autorità del comando e tuonava nella sua casa e intimidiva la moglie, le sette figlie, e nel tempo anche le sette nipoti, ma poi presto placato, con esse si rammorbidiva tutto nella bonomia scherzosa dei sereni respiri di quel lavorare radunato. E il tavolone non era solo banco di lavoro per orecchiette e tagliolini, ma anche desco dove un piatto di quella loro pasta nel desinare della sera li univa come un pane spezzato.

Quando al nonno capitava, nel discorrere si faceva contento di precisare, e anche con una certa superbia, che tutte donne gli aveva dato il Signore, ma tutte sane e tutte timorate di Dio. E si atteggiava nella sua casa, si ricreava quando la sera, lui il Nume tutelare, lui il depositario del Verbo, intonava le litanie e tutto il pregare saputo che gli avevano insegnato i benedettini dell'eremo:

"Kyrie eleison – Christe eleison – Christe audi nos, Christe exaudi nos..."

La nonna di Francesca, invece, nonna Trofimena, quasi ogni anno alla fine di agosto andava in faticoso pellegrinaggio alla Madonna del Granato. Arrivata alla chiesa solitaria che sembrava uscire dalla roccia, camminava in ginocchio dalla soglia fino al gradino dell'altare, e Francesca con lei.

Poi la donna tutta arrossata restava prona per un tempo che sembrava interminabile alle ginocchia dolenti della bambina. Nonna Trofimena, il vivace fazzoletto legato sotto il mento, le guance rubizze, gli occhi chiari e lustri, stava lì a riguardarsi incantata l'antica icona in legno dorato, la Madre misericordiosa che porgeva il frutto del melograno.

Diceva che era la Madonna del bene, la Madonna dell'abbondanza. Non conobbe mai da quali profonde radici arrivasse la sua devozione e quel frutto a fiorire nelle mani della Vergine, attraverso quale ordito, tenace nel cuore degli uomini, di memorie e tradizioni di antica civiltà.

Non seppe mai che nei tempi dei tempi la gente greca, che arrivava lassù dalla costa a cercare nei monti scampo e riparo alla malaria e ai pirati, portava con sé nelle mani e nel cuore il simulacro di Era argiva.

E la dea della prosperità, la patrona dei parti, la divinità della luce, la dispensatrice di grazie, seduta composta sul suo tronetto di argilla cotta, aveva nella destra tesa, nel palmo raccolto, l'offerta di una mela granata.

Per tutta la vita alla nonna furono sacri i frutti dai rossi chicchi e aggruppati li appendeva alle pareti in augurio per la casa e magia di provvidenza.

Francesca, raccogliendone il sentimento, ne conservò sempre qualcuno a seccare. In povertà nel buio dei rozzi cassetti e in ricchezza esposti sulle scure credenze intagliate, nei vassoi di Capodimonte, insieme a frutta finta, dissimulati, confusi a mele accese e gialli mandarini di cera, perché nella discrezione più intenso fosse il loro potere.

Per un viottolo scosceso si arrivava alla casa di Francesca. Uno stanzone contiguo al mulino sotto la cascata.

Quando lei lontana da quei luoghi divenne "donna Francesca" con cappello e carrozza, quando con il ricordo tornava e risaliva l'erta profumata e si inerpicava nella terra dei silenzi, delle rocce rosate tra le due linee di turchino, le rappresentazioni del passato erano solari, ricolme di colore.

Oltrepassata però la soglia del casolare, nella poca luce della finestra, nel pavimento di pietra, nelle pile scurite delle assi dove si sciorinava la pasta, nel legno vissuto del lungo tavolo, le immagini si abbuiavano e si velavano di farina.

Così li rivedeva i volti dei suoi cari, segnati come maschere: setacciavano all'alba nel cigolare delle addentature e nello scroscio dell'acqua che era il loro silenzio. Muovevano lentamente i rotondi crivelli di seta e la polvere chiara saliva e li nascondeva facendoli tossire, e diradandosi li lasciava adombrati.

Così Francesca li ebbe impressi nella memoria, con quella patina albicante, più forte sulle basette a riccioli del nonno Giuseppe, sul vestito nero della nonna Trofimena, e sull'arco delle lunghe ciglia di sua madre.

Nella casa, oltre al nonno e a un maschio gatto che si chiamava Guaglione e che aveva la particolarità di essere strabico, vivevano e lavoravano solo donne.

Il mondo di Francesca bambina era come un pollaio, con il gallo burbanzoso alto e forte, ancora arzillo, e tanti grossi seni nei quali lei si riparava. E che la sera, liberi, roteavano mentre si approntavano i letti e si spiegavano ventose le lenzuola e poi, penduli, le sfioravano il viso quando le donne passavano carponi sul suo pagliericcio per guadagnare il posto assegnato. E intanto insonnolite recitavano smemorati "*Amen... Amen... Amen... Amen...*" e con l'oscura parola, allusiva a un Dio, davano il tempo, come un tocco, alle segrete orazioni che il nonno scandiva dal suo angolo opposto e solitario, il più lontano possibile dal focolare perché lui aveva sempre caldo:

"*Kyrie eleison, Christe eleison, Christe audi nos, Christe exaudi nos...*"

Francesca aveva anche un padre, un marinaio prima mozzo poi timoniere, sempre lontano, sempre fuori regno su qualche legno mercantile. Un uomo giovane giovane che scendeva scalzo tra le rocce, agile come una lucertola.

Quando tornava dai suoi viaggi o dalle discese ad Amalfi, lo sentivano chiamare a voce allegra e fischiare da lontano, e Francesca non si curava di pietre e di rovi e arrivava a incrociarlo sempre prima degli altri.

Il nonno no, lui restava dov'era o andava da tutt'altra parte, strascicando i rumorosi zoccoli di legno. Si avviava verso la cascata e le macine, ma spesso andava sull'alto del terrazzo dove si asciugava la pasta, così in finta indifferenza poteva controllare gli incontri. Scuoteva le orecchiette nelle grosse ceste, cambiava orientamento alle assi di legno dove si distendevano gli arricciolati fusilli, spostava i teli dove si accavallavano le strisce di lasagne, e intanto indaffaratissimo sbirciava.

Il genero lui lo salutava dopo e sempre con difficoltà, a sguardo arcigno, e il marinaio rispondeva con impacciata disinvoltura e per ingraziarsi zi' Peppe si faceva subito mugnaio e pastaio anche lui.

E nello sforzo con i sacchi, nella cura delle macine lamentose, nel paziente impastare in piedi nella madia, nella sveltezza e precisione di tagli di lasagne e tagliolini c'era il desiderio e la fervida richiesta di benevolenza.

Alla sera raccontava al suocero i viaggi, le bufere, i delfini, i paesi lontani, la Tunisia, l'Algeria, il Marocco e quel Mare D'Azov dove caricavano grano duro. E gli confidava le speranze, e gli svelava i traffici che cercava di tessere tra le vie dei mercanti giù ad Amalfi e i bazar dei lontani paesi.

Il nonno però non gli dava mai molto spago né confidenza.

Ma quando, per il servizio di leva nell'esercito, il nome di Salvatore De Crescenzo era stato estratto a sorte tra quelli di altri giovani compresi tra il diciottesimo e il venticinquesimo anno di età, lui, solidale, aveva fatto muro con il marinaio per cercare uno scampo.

Non disponendo il giovane, che pure aveva qualche faticato risparmio, della cospicua somma di 250 ducati per il "rimpiazzo" ammesso dalla legge, da pagare a un soldato che avesse compiuto già cinque anni di servizio attivo e si impegnasse a rinnovare la ferma per altri otto anni, fu lui a guidarlo e consigliarlo.

Lo condusse, in impervie e lunghe arrampicate e discese, fin sui versanti che guardavano la Badia di Cava. Lo portò, con in tasca il conforto e il peso della sua pietra nera per i morsi delle vipere, a cercare e a raccogliere erbe di sgradevole odore, "erbe fetuse", che, masticate prima della visita medica, gli avrebbero procurato un alito così cattivo, ma così nauseabondo da meritargli il completo esonero dal servizio: per una norma precisa che era inserita nel decreto del re Ferdinando sul reclutamento delle leve nel Reame delle due Sicilie.

Norma arrivata al nonno perché filtrata dai monaci dell'eremo che ne parlavano poco ma ben conoscevano per intero l'ordinamento reale del quattordici marzo milleottocentotrentaquattro, e avevano trascritto e ben conservato tutto il testo del *Decreto organico pel reclutamento de' corpi nazionali dell'armata, specialmente per mezzo della leva.*

La direttiva particolare, nella quale erano specificate tutte le malattie che portavano all'esenzione, comprendeva anche il "fiato puzzolente non provegnente da mal proprietà de' denti o da altra vincibile sorgente, sibbene derivante da ragioni inamovibili e che sia a tal grado da incomodare gravemente i compagni".

Quando Salvatore andò a Salerno al "Consiglio di ricezione" il nonno lo attese per due giorni e due notti.

Poi bevve con il genero festeggiando lo scampato pericolo e rise e fu felice per la gioia così traboccante delle sue donne, perché in quel suo mondo di verità semplici si sarebbe fatto fiume per sostentarle e contentarle.

Ma dopo qualche ora ben più saporito fu il suo riso solitario mentre ricordava; e la casa dormiva e lui girava per certi controlli.

Ben aveva notato che il giovane, impacciato dal suo incomodo ancora fetido, non si era per niente avvicinato alla moglie, tanto meno si era imboscato con lei. E alla casa di sua madre, dove sempre andava a dormire, era rientrato molto prima del solito.

Anche il mattino seguente Salvatore, quando scese al porto per cercare un imbarco, passò sotto il costone senza adescare la sua donna con il fischio di richiamo e senza salutarla.

Il nonno, che lo aveva intravisto tra i cespugli furtivo e silenzioso andar giù per la china, si illuminò e con faccia ridanciana intonò una delle sue canzoncelle beffarde:

Nennì, nennì, vattenne!
Nun stà cchiù a suspirà!
Sta rosa carnicina
manco la può guardà!
Sta fraula 'e ciardino
mo nun t' 'a può mangià.

Certo il bel marinaio aveva il cuore non solo della madre di Francesca ma quello di tutte le donne di casa.

Per esse ripartiva sempre troppo presto, il giovane bruno bruno.

"È proprio nu bèllo ninno" dicevano rievocandolo quand'era lontano.

"È scuro scuro" e si crogiolavano ghiotte come leccarde e il nonno irritato rintuzzava "è niro niro, è comme a nu scarrafone."

Triste era Francesca quando tornava al mare il ragazzo dalle mani ruvide di cime per il quale nel nascosto di una macchia sua madre fioriva, l'uomo forte dai muscoli tesi che la portava sulle spalle correndo...

Arri arri cavalluccio
curre zi' monaco ca muorto è lu ciuccio
Ma zi' monaco nun curreva
chiatto chiatto nun puteva

...il compagno di giochi che le pizzicava il dorso delle mani

Pizzi pizzi 'ndrangule...

...e le faceva il solletico...

Dicette 'arillo
i' so' bello e piccerillo,
tengo sette speretielle
si me 'mpizzo p' 'o culillo
i' me vengo a mangia' a te
nun me 'mporta ca si' 'o rre

...e la prendeva per le braccia e la faceva girare girare

Sona sona zampugnella
che t'accatto la vunnella,
la vunnella de scarlato
sona sona che t'accatto

e lei singhiozzava di risate e chiedeva "Ancora ancora..."

Ripartiva il marinaio e aveva i panni duri di sale chiusi a fagotto alla punta del bastone. Scendeva pieno di vento, senza girarsi, già lontano, con piedi di polvere e speranza di avventure e ricchezze nell'oscuro degli occhi levantini, mobilissimi e rapaci. Occhi di sparviero pronto a ghermire la più solitaria opportunità, anche se fosse passata alta sulla sua testa e veloce come una saetta.

Dal poggio la moglie, con in braccio sempre l'ultima nata, lo vedeva scomparire tra i cespugli e restava a guardare il mare che sotto riempiva i confini. Nel tornare al mulino sbiancava e poi, nelle parole di ogni giorno, la voce le si faceva aspra, i gesti scontrosi, e le mani ritrovavano dolcezza solo nei capelli delle bambine, nelle carezze che fingevano un ravvìo.

Riprendeva poi colore e si rasserenava quando il ventre le si gonfiava in modo inequivocabile e la gonnella non lo nascondeva, ed era proprio allora che avveniva la grossa sfuriata del nonno. Sempre uguale, sempre la stessa come la prima volta, quando padre Angelo venne a sollecitargli per la figlia il sacramento del matrimonio e a dirgli che era incinta.

Sempre la stessa ira arruffata che gli faceva rossa la faccia e di più il collo.

Roteando uno spianatoio faceva tremare la casa che sembrava dovesse precipitare anch'essa a valle insieme all'acqua, e si spaventavano di brutto le povere donne. Ma Francesca no.

Il matterello che fracassava le poche suppellettili e le stoviglie di povertà colpiva di tutto, ma non loro, e per questo lei non aveva paura: non una volta il nonno l'aveva picchiata; e non l'aveva fatto mai con nessuno.

Dopo la sfuriata l'uomo rimaneva immusonito e chiuso in orgoglioso silenzio per giorni, e la sera non intonava neanche le litanie, motivo questo di grande dolenza per tutte, perché nessun altro nella casa le conosceva.

Ma i suoi corrucci, sempre così avvampati, erano anche così smemorati e arrivava presto il segno di pace che era quasi sempre, mentre ciccava sulla brace, una frase rivolta alla nonna:

"Un'altra bocca in più..."

Anche la risposta della moglie, data con dolcezza, era quasi sempre la stessa:

"Ma sono anche due braccia in più..." e lui tra l'avvilito e il rassegnato di solito replicava, scuotendo la testa:

"Tanto Salvatore pensa solo a imbarcarsi, solo questo

conta: lui i figli li fa e poi si scrolla di tutte le responsabilità e ne lascia le cure agli altri poveri cristiani."

In realtà, questo concetto di rammarico, nella sua parlata colorita era espresso più sinteticamente ma con tanta più immediatezza e sfogo:

"Tanto isso se 'mbarca... e se ne fotte!!"

Ma la bufera era già passata, e così al tempo accolse con un sorriso anche il primo vagito di Rituccia, la settima nipotina, e come sempre fu lui a mettere nelle mani della nuova creatura, nel cerimoniale del primo taglio delle unghie, i simboli per dominare il mondo: un rosario e una moneta.

E le teneva le dita ferme, strette intorno ai due talismani, mentre pronunciava la sua formula di augure:

"Crisce bella, fatte grossa, ricca e santa fino 'a fossa."

Un legame profondo aveva unito Francesca al nonno.

Era stato lui che stringendole la mano l'aveva guidata a scrivere il suo nome, quello della nonna così difficile e anche quello del loro re Ferdinando; nomi tanto lunghi, ma lei c'era riuscita e Concettina, la sorella maggiore, no.

Padre Gesualdo le dava qualche lezione volentieri, perché asseriva che difficilmente si incontravano creature così intelligenti, e non mancava mai di sottolinearlo:

"Sta criatura tene 'a capa bona..."

Padre Simone, quando veniva da Montevergine anche lui le dava qualche erudimento, poi sempre la elogiava incontrando il nonno:

"Tua nipote è na nennella che bene apprende... tiene un ingegno grazioso" e suonava la prolungata zeta della parlata irpina.

Ma era stato il nonno che per primo le aveva insegnato i numeri sulle dita della mano, e poi l'alfabeto, e tutti gli apprendimenti che nelle saltuarie lezioni dei monaci l'avevano fatta progredire con rapidità nel leggere, scrivere e far di conto.

Anche a cucire l'aveva iniziata (lui che confezionava e rammendava i sacchi sapeva fare anche gonnelle e braghe), anche ad arrangiare con i rovi fascine per il forno e la cucina, a raccogliere origano, polvere di pomice, carrube e fascetti di ginepro: per dare buon odore al sapone che facevano con il grasso di maiale. Ma soprattutto l'aveva avviata a certe consuetudini di pulizia, a lavarsi i denti masticando salvia ed erba menta, a strigliarsi con la gelida acqua per temprarsi contro il mal di petto, come gli avevano insegnato i monaci che aveva servito notte e giorno da bambino, fino all'adolescenza.

Ogni anno per Quaresima, e anche per l'Ascensione, imponeva a tutta la famiglia di passare sui denti una mescolanza di polvere di melanzane seccate e pestate a lungo nel mortaio insieme a sale marino. Ed era sempre lui che la preparava ed esigeva che si mettesse scrupolo nell'usarla e anche diligenza, e controllava l'operazione che, secondo i dettami di padre Lorenzo, buonanima, teneva lontano guasti e ascessi.

Diventava poi una sua vanteria mostrare, nelle tante bocche dei suoi cari, canini e molari che ben si incastravano forti e netti.

Era particolarmente orgoglioso della bocca della penultima figlia "Mimela", Filomena, che sciorinava di continuo nell'esercizio spigliato della parola che aveva scioltissima: "Na cullanella 'e perle 'e na regina." Così diceva lui.

Per l'Ascensione, poi, dopo la pulizia ai denti, restavano ancora in fila per lavarsi il viso con acqua e petali di rosa.

L'avevano lasciata fuori nel tinozzo dalla sera precedente perché gli angeli che a mezzanotte accompagnavano Gesù nell'ascesa al cielo la benedicessero.

Ed era con Francesca che il nonno il giorno prima aveva sfogliato le rose, recitando i "Gloria" di rito. Poi, eseguite le abluzioni, era con lei che filtrava quell'acqua lievemente profumata e la conservava nei due fiaschi, per bagnare e benedire il viso nei giorni di particolare festa, in un'azione purificatrice che era anche detergente.

Nella casa dicevano di loro due: "Sembrano S. Lucia e S. Aniello", volendo indicare nello stretto vincolo di questi fratelli, santi del tredici e quattordici dicembre, il legame di intesa tra il nonno e la nipote sempre appiccicata a lui.

A tutte le sue donne il mugnaio aveva dato la cognizione della sua arte, ma a Francesca soltanto, in consegna di continuità, aveva in segreto riempito di grano le piccole mani, marcata sulla fronte una croce con il pollice infarinato e trasmesso in religiosità il sentimento del loro lavoro.

Perché imparasse con gioia, aveva stimolato la sua curiosità, sollecitato il suo istinto con indicazioni precise, ma usando esempi pratici e scherzosi. A volte, quando iniziava la produzione della pasta del giorno, la portava con sé all'aperto e cominciava una respirazione umoristica con comico ed esagerato aspirare e dilatare le narici, fiutando l'aria come un segugio. Questo perché le restasse impresso che soltanto dall'intuito di una condizione di tempo secco oppure umido arrivava a lui il consiglio per le giuste proporzioni di acqua calda semole e miscele: così da approntare gli impasti, a seconda, più duri o più molli.

Sempre come se si trattasse di un gioco l'aveva fatta salire con lui nella madia a mescolare l'impasto, dopo che, in un lavacro allegro e pieno di spruzzi, avevano immersi insieme i piedi nel calderotto di rame. Calderotto che poi, appena appena risciacquato, aveva ripreso la sua funzione, quasi sacrale, di recipiente per il vai e vieni dell'acqua calda da versare nella madia. Naturalmente mai pensando di infrangere con quella disinvoltura le regole dell'igiene, che del resto furono e rimasero sempre approssimative ed estremamente elastiche nel loro artigianato.

Nel cassone caldo, nebbioso, tenendola per una mano e facendola appoggiare con l'altra al muro, le aveva accennato la cadenza delle gambe, la battuta leggera della pianta del piede, la costanza del moto, così che il bianco agglomerato non si abbozzolasse.

Aveva richiamato l'attenzione della bambina, con l'ilarità delle sue smorfie, sull'importanza poi dell'azione della gramolatura. Il panello uscito dalla madia andava soffregato, diviso e sovrapposto fino all'indurimento, fino a che l'acqua fosse assorbita. Bisognava batterlo con il piccolo bastone, con energia ma anche giusta regolatezza, perché i granelli, che si dovevano saldare uno all'altro senza lasciare vuoti, non perdessero nell'operazione la solida integrità del nucleo, e tutto l'impasto la sua bella natura granulare. E musicava quel lavoro con l'invenzione delle sue filastrocche:

Paniello paniello...
'e perepesse te fanno bello...
paniello mio paniello.

Spesso trasformava il lavoro in una competizione: si gareggiava per fusilli perfetti nel ricciolo e quasi sempre vinceva la nonna, non solo perché era la più brava, ma anche perché era un po' permalosa e lui un po' partigiano. Anche Francesca, quando con le sue piccole dita cominciò a confezionare più precise orecchiette, ebbe il suo "Brava", che fu come una medaglia; ed ebbe come premio anche un rotolino di pasta avvolto intorno al dito come fosse un anello, e stette a rimirarselo, la mano sospesa nell'aria, inoperosa per non schiacciarlo.

Però il nonno la prendeva molto in giro e le faceva "piuscio...piuscio" quando lei soltanto acciaccava, senza riuscire a confezionarli, quei loro famosi "piscetielli 'e criatura": un tipo di pasta da mangiare con il brodo, che così si chiamava non perché ricordasse nelle sagome piccoli pesci bensì piccole mascolinità.

Il formato si faceva solcando contro i denti di un pettine una fascetta di sfoglia alta tre centimetri e saldata in precedenza intorno a uno stecco del diametro di un centimetro. Da esso, compiuta l'operazione, il tubetto impresso veniva sfilato: e tutto intero il procedimento si compiva con dita sciolte, così svelte come in una prestidigitazione.

Effettivamente poi gli esemplari che via via si allineavano sulle assi di legno, nelle dimensioni dei cannellini, nella grazia raggrinzita che a essi davano i denti del pettine, richiamavano innocenti e tenere virilità.

Un giorno il nonno fidente le diede da usare un coltello per sezionare a tocchetti le lunghe code di pasta e farne orecchiette. Francesca, che era ancora tanto piccola, si fece un brutto taglio in un dito, ma fu ben attenta a nascondere le lacrime. Senza compatimenti lui le stese sullo sdrucio un po' di muffa e ragnatela che raccolse da un angolo di muro e fermò il sangue. Poi per racconsolarla le prese il legnetto di radica di liquirizia che a lui serviva per calmare la tosse, e non solo questo le diede da succhiare ma anche un'altra golosità, una "pupatella 'e zucchero". Una bambolina di zucchero che le fece con un quadratino di tela frusta, un pizzico di zucchero al centro e un filo girato stretto a costringere la polvere a sagomarsi a mo' di testina.

Dopo la rimise al lavoro e le ridiede l'affilato arnese, sordo alle proteste della nonna, la sola che potesse in qualche modo contraddirlo.

E Francesca, le guance incavate dal dolce risucchio della testina, le cocche del pezzetto di tela libere che fuoriuscivano dalle labbra, aveva ciglia asciutte e aria grave di decorata sul campo mentre riprendeva a sezionare rotolini di pasta lunghi come serpentelli.

Il lavoro corale della piccola "maccaronìa", nella ricerca del nonno di nuovi sbocchi, nella crescente domanda di acquisto della clientela, aveva sempre nuove avventure.

A un certo momento ebbero consegne periodiche da fare giù alla costa, alle barche che quasi in piglio corsaro venivano da Napoli a prelevare quella merce che rappresentava ancora una leccornia.

Allora il gioco più bello fu per Francesca portare la pasta al mare. Lei, bambina ma già gravata di fardelli, esile ma assennata nell'equilibrio dei pesi, scendeva con sua madre e le zie che incedevano come regine con quelle loro scarpe di pezza, le lunghe gonnelle rimboccate sul lato perché più agevole fosse il passo e le ceste in bilico sulla testa.

Il nonno aveva sacchetti zeppi di orecchiette appesi alla cinghia di cuoio che portava a bandoliera. Dalla stradina che percorreva con il mulo carico, con il cantare dava la voce alle donne che, per fare meno lungo il cammino, sciamavano per i pendii e le scorciatoie più impervie.

Con esse lui si manteneva in contatto con le tirate quasi ininterrotte dei suoi canti antichi e struggenti.

Quanno nascette io...
nascette a mare...
nascette 'nfra li turche...
e 'nfra li mori...

Canti tramandati, ma che a volte lui stesso, a seconda della vena, reinventava e riadattava nella distesa delle strofe.

Nu iuorno ienno a spasso pe lo mare...
lo core me cadette int'a l'arena...
e mo lo tene 'mpietto... Trufumena...
io senza core e essa duie ne tene...

E così le sue donne lo sentivano, lo aspettavano e lo ritrovavano, lo perdevano e poi ancora lo risentivano mentre divallando si gonfiavano di sole, di resine e di libeccio che fresco saliva dal mare.

Arrivati alla fenditura che il vallone apriva nella costa, giù alla piccola cala sassosa che appena si disserrava sul pezzetto di mare, ritrovavano arrivate da altre contrade famiglie anch'esse cariche di pasta, e gli uomini si salutavano.

I legni comparivano improvvisi dietro la punta, doppiando silenti la solitudine del faraglione. I triangoli scaleni delle vele latine scendevano uno a uno e gli uomini, ancora rimpiccinite figure in lesto movimento, trafficavano armeggiando e ponevano mano ai remi.

Le barche quasi ogni volta erano cinque, e Francesca le

contava. Avevano vive colorature di celeste, marrone, verde carico, con le linee d'acqua nere e rosso arancio e le bianche ingenue scritte con i nomi dei santi che scomparivano e riapparivano grondanti.

Francesca, con la gonnella rialzata e attorcigliata in vita e le gambe nell'acqua, nel flusso del moto ondoso, si bagnava fino alle cosce nel passamano del carico.

Poi, del riprendere il largo degli scafi l'affascinavano l'armonia degli uomini in piedi, i ritmi dei remi luccicanti, la concordanza nello scatto delle braccia e le voci date da lontano che le arrivavano con suoni così particolari, come racchiuse in sfere di cristallo rotolanti nel solco delle scie.

'Nce vedimmo chill'ato viernarì!! ...Chill'ato viernarì!!! ...Si esce 'o sole... e buono tiempo fa.

Il disparire delle barche una alla volta al limite dell'insenatura, dietro la quinta primordiale del macigno assiso sull'acqua, le dava stupore come fosse una magia. Da quale cammino tornavano poi le ceste vuote? Dove andavano le sue conchigliette che prima c'erano e poi non c'erano più?

"A Napoli..." le diceva il nonno, ma Napoli era per lei un nome senza colore e senza confini. Così le perdeva nel mare le sue orecchiette tutte sbilenche, che quasi conosceva una per una. Le perdeva perché non sapeva seguirle con il pensiero nel viaggio che, oltre il grande scoglio, diventava un andare fantastico e misterioso.

Invece il nonno, lui sì che ne conosceva e sempre più con esattezza tutti i tragitti e le migrazioni.

In un tempo lontano, chi portava il grano alla sua macina gli faceva anche le ordinazioni; poi cominciarono ad arrivare le "ambasciate" di Ciommetella, che aveva uno spaccio di pasta proprio vicino alla torre. Dopo un po' fu lei stessa a salire alla cascata a richiedere merce e a trasportarsela con il mulo fino alla sua casa.

Ciomma, Gerolama, era un personaggio particolare con una statura al di sopra della media, la parlantina cantilenante quasi araba nella cadenza, la gonnella di tela ruvida e le pianelle orientali che le portava dalla Turchia un marinaio armeno, suo amante si diceva.

Il fazzoletto delle popolane sempre bianco di bucato incrociato sul petto era la sua bandiera, e due spiccanti spilloni di avorio, due "spatélle" che fermavano la treccia attorta in crocchia alla sommità del capo, erano i suoi stendardi, come i pennoncelli fissati alla punta della lancia.

Ai lati della bottega di Ciomma la merce esposta nelle ceste rischiava spesso spruzzate di salsedine e traboccava sempre abbondante oltre i limiti del suo negozio-casa che aveva un bel letto troneggiante, mai in disordine, candido e teso nella reticella della coperta lavorata all'uncinetto. E c'era una tazza di caffè sempre pronta per i clienti di riguardo, per gli ospiti delle barche o quelli delle carrozze da viaggio che, per la strada di Cava, arrivavano da ogni parte e sostavano in attesa di portare lontano, quasi in rapimento, nei candidi panni accoccati e nelle ceste gelose, la saporita "pasta d' 'a costa".

La mercantessa saliva spessissimo al mulino e aveva pacche confidenziali per le spalle del nonno, che rispondeva con l'offerta di una presa di tabacco da fiuto, un bicchiere di vino, nu "sicàrro" e una benevolenza ridereccia che la nonna gelosa non condivideva, e che anzi con sguardi in cagnesco osteggiava.

Specie quando Ciomma fumava, e sbuffava nuvole con il sigaro stretto tra le labbra, le mani sui fianchi.

Un bel giorno però Ciommetella fu messa da parte perché le buone cose che si impastavano "da zi' Peppe 'ncoppa 'a caduta 'e ll'acqua" trovarono estimatori che scavalcarono la stessa Ciomma e il suo piccolo commercio.

Quando per i moti del milleottocentoquarantotto intere famiglie avevano abbandonato la capitale e i centri più popolosi, rifugiandosi nelle terre amalfitane isolate e affidabili, molti forestieri li avevano assaggiati quei prodotti della cascata e preso lietamente a mangiarli. Dopo fu difficile dimenticarli.

Così le commissioni, sempre più grosse, cominciarono a essere trasmesse al nonno direttamente dai pescatori di S. Lucia che da sempre arrivavano appositamente da Napoli a rifornirsi di pasta. Il mugnaio consegnava le ceste direttamente giù al mare e i pescatori gli davano i soldi riscossi la settimana precedente e gli comandavano formati e quantità da preparare per la settimana successiva.

Le liste partivano da trattorie di Toledo, della Corsea, del Chiatamone, ma anche da cuochi di famiglie nobili e da case private di galantuomini, noti avvocati, medici e amministratori dello Stato.

Nel milleottocentocinquantaquattro e cinquantasei, anni dell'epidemia di colera, i legami tra i consumatori della capitale e 'a pasta d' 'a costa si annodarono ancora più tenaci. Forse perché in quella circostanza si preferiva consumare cibi che arrivassero da posti salubri e non toccati dalla malattia.

Le ceste del nonno più delle altre riempivano le barche e avevano una particolarità: erano adorne di frasche fiorite di lauro e di piccoli limoni, in un'azione che lui voleva non soltanto purificatrice e balsamica ma anche di scongiuro, perché nelle sue antiche formule di malia il limone entrava solare, già incantesimo nell'essenza odorosa.

La pasta del nonno, particolare di grande lustro, aveva estimatori anche nell'ambiente militare.

Quei civili che venivano chiamati appaltatori ai casermaggi e che, nella regolamentazione amministrativa dell'esercito borbonico, ricevevano in appalto l'ambitissimo ma molto controllato compito di approvvigionare le caserme e anche gli ospedali militari di vitto, arredi e mobilio, molte volte per diete o stentate convalescenze di ufficiali, tra le offerte di fusilli sceglievano quelli del nonno: salutari come gli altri, ma più ricchi di sapore e più solleciti a richiamare appetenze e forze.

Quando l'esercito borbonico nel milleottocentocinquantadue fu impegnato in Calabria nell'attività addestrativa delle grandi manovre, dal mulino partirono approvvigionamenti che attraverso Vietri e Cava raggiunsero la strada delle Calabrie.

Per tre volte scesero dai monti otto soldati con otto muli molto carichi.

All'incirca da quell'anno per gli allievi sottufficiali della scuola di San Giovanni a Carbonara diventò quasi una tradizione solennizzare con i "paccari" del nonno, in un magnifico pranzo, la fine del corso di quattro anni: il duro traguardo che, per i migliori, significava anche l'accesso al Real collegio della Nunziatella per diventare ufficiali.

Il paccaro, lo schiaffone, era un formato laborioso nell'asciugamento, che si faceva ravvolgendo e chiudendo a cannone una striscia di sfoglia alta sei centimetri intorno alla circonferenza di un bastone. Lessato e condito, raccoglieva nel suo condotto così tanto intingolo di stracotto, da dare nell'assaporarlo una carica di gusto sferzante proprio come uno schiaffo. Quelli del nonno nella scuola di S. Giovanni ebbero sempre archi trionfali di forchette sollevate nelle pause di osannanti lodi.

Serviti nelle lunghe tavolate festanti e un po' guascone, vennero sempre accolti da clamorosi evviva, che a volte seguivano quelli per il Re Ferdinando che si fermava per un augurio e una visita, magari fugace, ma bonaria, perché lui in mezzo alle sue truppe ci viveva.

Comunque, tra gli alti ufficiali dell'esercito borbonico, secondo un'aneddotica dei circoli militari, la pasta del mulino era stata saggiata in primis dal colonnello Liberato Quartuccio del 2° reggimento "Regina": aveva ricevuto l'omaggio di una spasèlla da un soldato addetto alla sua persona che rientrava dalla licenza.

Secondo i regolamenti quella permissione, che era di un mese, spettava all'ordinanza ogni due anni; ma il colonnello, dopo l'assaggio di fusilli con cacio e polpettine di gallina, grassa e anch'essa amalfitana, non potendo attendere così tanto tempo per rinnovare l'appetente diletto, favorì, organizzò e sancì visite, quasi scorrerie, del militare al suo paese con una frequenza che divenne sospetta e chiacchierata.

Per questo, nel patteggiare silenzi e omertà, il colonnello Quartuccio dovette condividere in ameni banchetti gli esaltanti piaceri del gusto di orecchiette e fusilli del nonno. Così propagò, tra militaresche noie, quella consolazione che recuperava altri spazi sconfortati del vivere.

Conseguenti furono quindi partenze innumerevoli di soldati, anche di altri reggimenti, alla volta della penisola amalfitana, e furono comandati con urgenza come se risonasse sulla costa l'antico grido: "So' sbarcati li turchi alla marina."

Secondo un'altra corrente di pensiero, capeggiata dal capitano Raffaello Pacifico, del 7° reggimento "Napoli", l'azione per un valido apprezzamento della pasta della cascata era stata sostenuta da certe lasagne che una sera, teatrali e freschissime, nello scenario di una tavolata a Posillipo, ebbero il ruolo di temperare l'animosità di umani sentimenti.

Le lasagne erano ammannite in una specie di timballo con carne e salsa di pomodoro, condimento per la pasta non molto usuale allora e ancora raffrenato nel segno della goloseria.

La cena vedeva riunito il comando del 5° "Borbone" e 7° "Napoli". Due degli ufficiali, che avevano lo stesso grado nei diversi reggimenti e a giorni alterni si perdevano nelle stesse carni soffici e abbondantissime di una certa donna Titta, cominciarono una discussione tutta accademica su potenze di cannoni, cariche e gittate.

Proprio per la fiammella di rivalità, fra i due il raffronto si evolse in polemica e, messisi a tavola, ancor più rissosi li vide la disputa che si fece pericolosa anche perché sedevano di fronte. Ma la violenza del contrasto fu avvolta e annebbiata dal fumare odoroso delle teglie che, sorrette dai garzoni, arrivavano enormi, tonde come lune, rutilanti nei manti corruschi delle lasagne stufate.

Per i due il momento avventuroso sostò nei tagli delle porzioni e rimase sospeso ai denti delle forchette che si alzavano gravide di pasta e di profumi, poi fu subito confortato dal primo boccone e via via sdrammatizzato, stemperato, rasserenato, placato, dissolto e dimenticato completamente.

L'eccezionalità della portata aveva forse scongiurato un duello al tempo anche proibito e per questo doppiamente nefasto.

Le lasagne stufate al punto giusto, a fuoco lento, con carboni accesi sotto i ruoti di rame e sopra gli enormi coperchi, avevano ben mantenuto la cottura e all'assaggio, nervose e scattanti, armonizzavano con la pietanza, ne facevano parte ma senza confondersi con essa e scivolavano lisce e sode come giovani carni, gustose ed elastiche come frutti di mare.

Nei racconti, sempre si insisteva che il sentirle sotto i denti era stato gioco di voluttà. Di certo proprio la nostalgia del loro sapore, fermo nel ricordo, era la stella che per impervie strade guidava alla cascata e al mulino.

Alla fine di un dicembre che aveva ancora il sole di ottobre, e l'anno era il milleottocentocinquantasei, al mulino ebbero un comando di roba in misura veramente eccessiva per la loro produzione: il nonno l'accettò solo per rispetto di chi faceva l'ordine, il colonnello commendatore don Bruno Salerno.

Si ammazzarono di fatiche e di veglie perché brevissimo ebbero il termine di consegna.

I formati andavano a tavolate di reggimenti che volevano onorare con imbandigioni sontuose il genetliaco del re, doppiamente giubilato perché il sovrano usciva da un attentato gravissimo soltanto con una lieve ferita, appena appena una scalfittura.

Mentre al mulino approntavano questa grossa commissione, una sera, nel protrarsi della fatica oltre ogni limite d'orario, esauste le zie e le sorelle si coricarono, ma Francesca volle rimanere con i nonni che continuavano il lavoro.

Prima dell'alba fu mandata anche lei a dormire. Nell'eccitazione stessa della stanchezza, tardando il sonno, ascoltò i discorsi che il nonno faceva alla nonna Trofimena.

La metteva al corrente del fatto che un soldato dell'11° cacciatori, uno "scellerato" diceva, il giorno otto proprio di quel dicembre, mentre il re Ferdinando a cavallo, esposto e solenne, assisteva a una sfilata di reggimenti al Campo di Marte, era uscito dalle fila, si era avventato sul sovrano e gli aveva sferrato un colpo di baionetta.

L'attentatore, spiegava Giuseppe a Trofimena, si chiamava Agesilao Milano ed era della provincia di Calabria, di quella trapiantata razza albanese scontrosa e selvatica. Forse il suo gesto era isolato e dissennato, tutto costruito nella sua testa, oppure il calabrese, come si sospettava, era mosso dai fili di una cospirazione, forse proprio da una congiura di giacubine. E il nonno svelto, all'unisono con la parola che pronunciava, si era segnato con la croce e la nonna lo aveva subito seguito nel gesto.

Il soldato era entrato nell'esercito in rimpiazzo del fratello, quindi già con il disegno malvagio di uccidere, 'o rre mio, diceva sconvolto il nonno, di scannarlo come una bestia, e si infervorava, e la voce gli si impigliava nella commozione e la nonna si era messa a piangere, anche lei accorata per il re "...puveriello... puveriello".

Poi il nonno Giuseppe, dopo un momento di silenzio turbato, ancora, ma con più calma, aveva ragionato di quell'atto contro il sovrano, che giudicava una vera 'nfamità.

"Un infame" era l'attributo che destinava all'attentatore, ma ancora si fece il segno della croce mentre informava la nonna che Agesilao Milano era stato impiccato. L'avevano appeso fuori porta Capuana, il giorno di Santa Lucia... aveva ventisei anni e aveva chiesto di baciare il Crocifisso... e questo era stato strazio e lacrime...

E si diceva che il boia, senza misericordia, per dispetto, non avesse voluto insaponare la corda... e questo era stato patimento e agonia lunga... E la nonna si era rimessa a piangere "puveriello... puveriello...".

Francesca, sdraiata, pur vinta dalla spossatezza, ancora nelle palpebre aperte resisteva al sonno. A lei supina penzolavano davanti agli occhi, nei riflessi rossastri del camino, le ombre aggrandite dei salami freschi da poco appesi alle travi del soffitto. Nella turbolenza dell'aria calda che saliva, oscillavano lugubri le sagome anch'esse tristemente appiccate, e nel crepitio dei ciocchi sembrava rantolassero.

Su alla cascata il lavoro, nelle cadenze, era ormai profondamente cambiato. Quel loro "partorire" la pasta si era fatto evento non solo della bella stagione ma di tutto l'arco dell'anno, e il fatto creava più di un intoppo.

Le difficoltà del trasporto, poi, con la stagione brutta e la strada ancor più disagevole, si facevano ardue, e il nonno aveva sempre paura che la pioggia bagnasse e acciaccasse i suoi fusilli ricci e i tagliolini spumosi: lui non poteva sfigurare. Ma proprio da questa sua ansia, che a volte diventava vero e proprio assillo, traeva forza per covare baldi propositi.

Un suo cliente della capitale, tra i più prestigiosi e autorevoli nel consiglio, un alto amministratore dello Stato che per la "Tipografia della guerra" andava periodicamente ad Amalfi a rifornirsi di carta pregiata e profittava del viaggio per provvedersi anche di pasta, gli stava progettando speranze.

Da tempo il galantuomo gli adombrava linee che si facevano sempre più precise e affidabili nel disegno di portarlo giù al piano, vicino a Napoli, dove agevole fosse lavorare, raggiungere il mare e le strade maestre, vendere e commerciare facilmente tutto l'anno.

L'idea, il discuterne e studiarne le diverse possibilità,

mentre in riconoscenza portava al funzionario borbonico spaselle di pasta abbondanti come cornucopie, dilatava radici nel cuore e nei voti del nonno Giuseppe. Però lui, per il limite che aveva la consistenza del suo gruzzolo, e anche per scaramanzia, l'avverarsi dell'intendimento lo coltivava sì, ma come un sogno.

Un bel mattino però tutto combaciò negli incastri e la possibilità di un nuovo insediamento si precisò anche nelle tangibili mappe di una proprietà. Tutte le condizioni più favorevoli si radunarono all'improvviso, prima di quanto si pensasse, strappando alla nonna un commento sentenzioso:

"'A morta e 'a sciorta stanno sempre sempre arèto 'a porta".

Il sito del nuovo mulino poi era ideale nell'ubicazione: dall'altra parte della penisola amalfitana, nella piana sotto il Vesuvio, sul canale del Sarno, quasi alla sua foce, vicino al mare, a Napoli e sulla strada delle Calabrie. Un posto felice dove, sole in faccia e vulcano alle spalle, altra gente da tempo faceva e asciugava la pasta.

A questo punto, per il completamento della cifra occorrente, ci fu, inopinata offerta, un allinearsi di monete che Salvatore De Crescenzo presentò al suocero proponendosi come aggregato. Salvatore non osò neanche concepire una combinazione paritaria tra di loro.

Questa sua disponibilità a seguire il nonno nell'impresa venne da un evento triste che era accaduto sei mesi prima, la morte di Rituccia, l'ultima delle sue sette figlie.

Il medico sospettò che la bambina fosse stata colpita dal colera, anche se il morbo a Napoli era scomparso. Il poverino, a causa di quel gran via vai di ceste, aveva la convinzione che la malattia, affievolita, si fosse per fili diffusa in quei luoghi distanti.

Salvatore era lontano e tornò solo venti giorni dopo l'interramento della piccola nel pavimento della chiesa. Tornò naturalmente ignaro, ma qualcuno ad Amalfi gli diede la notizia.

Salì al mulino come un disperato, e il nonno fu sorpreso

dal dolore così cocente di quell'uomo baldanzoso al quale la vita aveva dato una sventola.

L'infezione aveva contaminato anche la mamma di Francesca; così Salvatore, il giorno che arrivò ed era giorno di pioggia e di burrasca, andò con le cattive e il coltello a serramanico a prendere il medico che si era rifiutato al nonno.

Ma forse più che le cure del rude uomo che a Francesca faceva tanta paura, così irsuto di capelli come un brigante, furono le spremute di limone e le poltiglie di aglio e di erbe preparate dai monaci a guarire la donna e a risanarla dal colera. Se di colera si trattava... Perché la cosa non era certa: gli stessi monaci aromatari, interrogati in proposito, avevano larghi sorrisi per quella diagnosi, e le mani, nelle braccia conserte, restavano immerse serene nelle maniche, e le voci confortavano pacate e tranquillizzavano apprensioni.

Salvatore allora non passò che pochissimo tempo alla cascata ma fu in quei giorni che chiuse i suoi orizzonti dalla parte del mare e si fece "terrestre".

Quando partì per l'ultimo viaggio lasciò la moglie ancora convalescente senza i colori e le tensioni del seno e dei fianchi che tanta parte avevano nel loro legame; ma c'era una solidarietà nuova e un nuovo intendimento di dovere che lo voleva vicino alla sua donna e alla sua famiglia.

L'imbarco, fu anche il più fruttuoso; non si seppe mai se per fermezza disperata di intento, per benevolenza degli astri, oppure, come diceva Salvatore, per le preghiere di un piccolo angelo.

Certo in terra d'Algeria qualcosa o qualcuno protesse la sua audacia, anche nella storia del turco che riuscì a ubriacare, e dei drappi di seta comprati a Damasco che vendette per tre volte il loro prezzo.

Quando tornò, senza neanche tirare il respiro dopo la salita, srotolò il suo capitale sul tavolo, mandò la moglie a prendere nel nascondiglio (che lei soltanto conosceva) il resto del gruzzolo, e si candidò al nonno garantendo i patti con la realtà delle monete.

Con deferenza le schierò tutte sul tavolo e con lo slancio della mano riconfermò la sincerità dell'offerta: "Zi' Pe'... servitevi".

Così, con gli sforzi riuniti, venduta ogni cosa, avevano comprato la "proprietà" sotto il Vesuvio.

Lì, oltre al mulino, c'erano anche una casa e due ripari: due grandissimi stanzoni, vetusti ma solidi nelle arcate. La richiesta del prezzo fu ragionevole e le difficoltà si appianarono leste e lisce "come per miracolo", diceva il nonno.

In realtà tutto fu proposto, spinto, incoraggiato, facilitato, reso possibile e concluso per certi intrecci e pressioni, profondamente influenti e diplomatici, di fusilli, orecchiette, paccari e lasagne.

Il nonno non aveva santi in paradiso, era solo un povero mugnaio; se il miracolo ci fu, fu il miracolo dei "SS. Maccheroni".

Quella persona ragguardevole dell'amministrazione borbonica che aveva cura della faccenda e la portò a termine, peccatore di gola impenitente, interessato personalmente al trasferimento del nonno in luoghi più facili da raggiungere dalla capitale, ben curò il negozio di tutto il fondo: faccenda delicata, perché esso aveva vincoli, confinando con una fabbrica d'armi.

Il funzionario sollecitò il permesso reale e ogni altro intervento utile in una burocrazia che poteva controllare e, per i congegni che nelle macine si rinnovavano, ottenne anche l'appoggio dell'Istituto d'incoraggiamento.

Chiese anche benevolenza al principe Filangieri e al colonnello Antonio Ulloa, che la Real Fabbrica d'Armi avevano potenziata e perfezionata.

La duchessa Ravaschieri, la duchessa di Bovino e la duchessa Cardinale, le tre figlie di don Carlo Filangieri, le tre duchesse, come le chiamavano a Napoli, furono omaggiate dal nonno con tre "spaselle" di pasta.

Invece l'importante personaggio che aveva realizzato l'intento ebbe, quasi in legato morale, fusilli, orecchiette e anche tagliolini infiniti...

Il giorno che Francesca e i suoi lasciarono la cascata c'era un sole che riverberava contro le montagne della costiera, un sole così caldo nell'autunno che già cominciava.

Era il milleottocentocinquantasette, due mesi prima del grosso terremoto del sedici dicembre.

Lei aveva compiuto otto anni, il nonno quarantanove, la nonna Trofimena cinquanta.

Là dove andarono, la forza per muovere le macine veniva sempre dall'acqua, ma dal flusso del canale verso il mare, non dall'impeto della cascatella. Ebbero come vicini "terrazzani", rustici ma ospitali, masserie ombrose e, nelle linee delle rive, altre case di mulini.

Ancora storditi dal trapasso, chiusi nel loro mondo di fatica, non ebbero tempo per tristezze o malinconie; anzi, dopo la terrificante notte del terremoto, anche se la terra a intervalli di giorni, e a volte solo di ore, ancora si scioglieva sbrigliata e scalciava (e seguitò così non doma, acquietandosi solo a primavera) per loro, nel fermento del fare, non vi fu il comodo di potersi permettere pause. Si abituarono a lavorare nella paura e nell'ondularsi del suolo. Solo ebbero l'istinto, che si ripeteva, di girarsi a ogni scossa verso il

Vesuvio, a cercarne anche nel buio le sue linee per confermarle serene.

Quella volta però il monte, sfuggente nei suoi fumi, si dichiarava estraneo alla cosa, che aveva un epicentro più lontano. Ma intanto loro avevano così cominciato l'esercizio di figli di quella terra, e, come i loro fratelli, non solo nel limite del particolare frangente, ma per tutta la vita, si voltarono dalla parte del Vesuvio, orientati verso di lui anche al chiuso, a interrogarlo a ogni schianto, a ogni cupo rimbombo, perfino per un tuono più possente: con il respiro trattenuto, immobili, con la domanda angosciosa nell'arco sollevato delle sopracciglia.

E nel contempo si avviarono anch'essi ad avere quella pratica d'amore con il vulcano, con lui così bello, così carico di viola. Un amore fidente, che era anche speranza e richiesta di grazia.

Intanto lavorare giù al piano, negli spazi più agevoli, con tanti disagi eliminati e le consegne così facilitate, si traduceva sempre più in uno sfacchinare concreto che, nel ritmo incalzante, li massacrava sì, ma li soccorreva anche, perché, inebetendoli, rompeva il cammino dei loro pensieri che volevano tornare alla costiera.

A volte il nonno Giuseppe si accorgeva di lacrime che andavano ad ammollare gli impasti o si incipriavano nella farina. Si arrabbiava e gridava come un ossesso, specialmente con la nonna che sembrava la più provata dal distacco:

"Ringraziate Dio... Ringraziate Dio..." diceva "ccà tenite pane, tenite pane e companatico. È peccato. A chiagnere è peccato. 'O Signore se piglia collera..."

Certo anche per lui c'era stato un momento di grande commozione, quando, con tutte le masserizie già caricate sui muli, pronto per lasciare le pietre che lo avevano visto nascere, con il bastone già impugnato e i calzari ai piedi, si era raccolto con la sua famiglia nel camerone che era stato tutta la loro sicurezza di riparo. Nel silenzio, la nonna aveva grattato un po' di calcinacci dai muri e raccolto un pugno di cenere dal focolare, mescolate le polveri, senza versarne, le aveva chiuse in una piccola tasca di tela che aveva poi appesa al collo con un laccio. Dopo, seguendo il nonno nel gesto, tutti si erano segnati mentre lui borbottava:

"'A Santa Madre 'e Dio 'nce accumpagna."

Gli avevano ceduto il passo e si era incamminato per primo con le lacrime che gli facevano più azzurre e accecanti le aperture dei suoi amati confini.

Però, dopo che la nonna aveva unto con grasso di porco le cerniere della porta nella nuova casa vicina al fiume e al noce, e poi sopra vi aveva appeso la treccia d'aglio e il sacchetto con le polveri, lui volle che non si rimpiangesse più niente, che si pensasse solo a lavorare, con l'aiuto del Signore e senza ipocondrie.

Nei suoi capelli intanto erano cominciati ad apparire, specie nei riccioli che scendevano lungo le guance, luccichii di bianco sempre più insistiti. Le sue donne sussurravano che quel candore era arrivato in un tempo brevissimo e vibrato, chiamato dal dispiacere per la morte di Rituccia, ma lui sembrò farsi più giovane nella prima estate che passava al piano.

Sembrò ergersi più vigoroso, con il viso e le spalle brunite dal sole, mentre a torso nudo, nei fumi della pece, rabberciava il tetto della casa e dei cameroni e le bambine, svelte sulla scala, lo aiutavano.

Fu allora che Concettina, con una brutta caduta, un poco si azzoppò, e fu per sempre.

Nel muro del capannone più piccolo, nella parete a Nord, quella esposta al Vesuvio, nonno Giuseppe racconciò con devozione anche l'antica nicchia con il busto di San Gennaro che severo fissava il vulcano, mentre con la mano sollevata ne raffrenava la minaccia. Una nicchia, un santo, uno sguardo e un gesto che in quella terra di lapilli e lava si ripetevano nelle edicole erette contro le mura di molte case.

Ma di sole il nonno ne prendeva tanto anche quando una volta la settimana, sul fare del mezzogiorno, scaricate e consegnate le spaselle alla clientela, per mare tornava da Napoli con il padre di Francesca. Con eccitazione e anche perizia aiutava Salvatore a manovrare le cime per la cattura del vento, e il veleggiare aveva gonfie ali anche nel suo sangue.

Lui, anche se era nato su di un picco, montanaro non era, perché nella sua terra così vicina al cielo, le montagne c'erano solo perché si potesse guardare il mare dall'alto. Così, mentre andavano bordeggiando lungo la costa, era un uomo felice, e quell'armonia lo faceva poi euforico, ottimista, lo esaltava e gli sollecitava una certa spavalderia, una compiacenza orgogliosa e un po' superba.

La barca la prendevano a nolo da un pescatore che si era ammalato di tisi e che, forzato dal bisogno, voleva anche vendergliela; ma loro, già vincolati dagli acquisti di grano e di un carro, erano sordi a tutti i richiami. La spesa che ritenevano più impellente, la cosa più vagheggiata era nu 'ngegno, un ingegno, l'aiuto di un mezzo meccanico per fare la pasta.

Per quello che era l'impastare non avevano problemi: alla vecchia madia, che per impervi sentieri, come un elefante di Annibale, aveva valicato i monti della costiera, segati i piedi, era stato dato l'appoggio di due muretti, appositamente costruiti perché più sicuro fosse il suo appesantirsi nel continuo esercizio. Per la confezione della pasta, all'operosità di due contadine vicinanti, remunerate con farina, si era aggiunta quella chiassosa e piazzaiuola, ma svelta, di lavoriere a giornata, fusillare, che nella prima estate erano arrivate già a sette.

Ma gramolare con la sola pressione di palme e muscoli, e il solo ausilio del bastone, nella mole così aumentata, non solo slogava i polsi ma, rallentando il produrre, rischiava di lasciare scoperto un punto delicato della manifattura: che aveva tempi e modi stretti in precisi vincoli; e, al di fuori di essi, c'erano la fermentazione e l'inacidimento.

Di qui l'urgenza di procurare un soccorso alla loro fatica di gramolare.

La gramola che essi desideravano era architettata a stanga, e la battitura dell'impasto veniva fatta da una lunga pertica: una macchina rudimentale e tutta napoletana.

Un giorno, all'alba, i due uomini si prepararono una colazione di pane e fichi appena colti, montarono sul traìno comperato da un vicino: zi' Vicienzo 'o surrentino (un contadino padrone di un piccolo aranceto sull'altra sponda del canale) e andarono a procurarsi il marchingegno. E avevano camicie e mutande pulite, animo e sentimento di chi va a prendersi una sposa.

Tornarono a notte, rumorosi nello stridere delle ruote.

Francesca, in segreto, nel buio, seduta sul muretto che correva contro la casa, era ad attenderli. I grilli insistevano nel loro canto senza tregua, luci rapidissime di stelle cadenti a lei paurose solcavano lo scuro del cielo e il carro, nel cerchio della lanterna, liberandosi del gravame cigolava.

La mattina dopo, suocero e genero, aggrottati e madidi, montarono la gramola nel capannone grande.

Li aiutava mastro Antonio il fabbro, il maniscalco del quadrivio, "mastu 'Ntuono 'o ferracavallo", un personaggio del posto diventato quasi subito intimo della casa.

Intorno al traffico dei tre si affollavano, infarinate, non solo le fusillare sfacciatamente ficcanaso, ma tutto lo stuolo delle donne di casa, compresa la nonna, di solito dignitosa e riservata.

Ogni tanto il mugnaio le scacciava con la voce e loro si disperdevano con un frullo, ma poi, alla spicciolata, tornavano come colombe intorno a un pugnello di grano.

Gli uomini, seriosi, avevano sistemato in fondo alla costruzione, giusto a riempire l'angolo di destra, un solido spicchio di legno alto una cinquantina di centimetri.

Poco al di sopra di esso incernierarono, con il fulcro congegnato dritto nell'angolo, una lunga pertica robusta. La leva non aveva solo movimento verticale di saliscendi per i colpi, ma anche di scorrimento orizzontale, così da poter raggiungere tutto l'arco della sottostante superficie di legno sulla quale si poneva l'impasto.

La pertica sporgeva dal limite del tavolato per quasi due metri, ed era su quel tratto che si sarebbero seduti gli uomini per darle la mossa, sia di battitura che di rotazione.

Il nonno e Salvatore, accomodati su quella parte di asta, ne provarono a lungo la doppia azione, mentre mastu 'Ntuono spennellava sego tra gli incastri: così, ne eliminarono le incertezze con impegno paziente, grandi cipigli e mani sporche di grasso.

L'asta nel suo punto centrale venne imbracata con un fascio di funi, tutte raccordate in alto alla punta di un palo, un faggio forte e flessibile che, infisso sulla parete, sporgeva come una canna da pesca nelle mani di un uomo.

Naturalmente questa legatura avrebbe reso il gragnolare dei colpi molto elastico proprio per il richiamo delle corde.

Certo la funzione della macchina non era chiara alle donne di casa che, a tratti, ancora continuavano a indagare, ma dopo un ultimo e più severo rimprovero del nonno, nessuna più si mosse dalle spianatoie. Poi smisero di sbirciare da quella parte, e anche le fusillare se ne disinteressarono. Faticavano a cottimo, e dalle dodici ore di lavoro, dovevano con il correre delle dita estrarre la "campata".

Però qualcuna di esse che già conosceva quell'ingegno lanciava alle compagne, ripetendola a lunghi intervalli, una sollecitazione scherzosa e amara:

"Figliulè... Figliulè... Preparateve 'a mappatella... preparateve 'a mappatella..."

L'invito era di tenersi pronte a far fagotto: era arrivata la macchina che, nemica, le sostituiva.

Quando il capannone a sera si svuotò e i tre uomini sospesero il lavoro per l'unico pasto caldo che scandiva la loro giornata, restò ad attenderli l'odore vivo della pasta che si asciugava e il chiarore di una lanterna.

La gramola a stanga sostituiva il nerbo dei pugni e la vigoria delle braccia conservandone tutta l'umana misura. In quell'avventura che era allora il fare la pasta di grano duro, si cominciava con il versare semola nella madia e acqua calda. Nell'universo dei granellini l'acqua così calda provvedeva ad ammorbidire la periferia dei piccoli nuclei. La dolce e costante pressione dei piedi dava inizio alla loro coesione e la gramola trasformava l'impasto in un tutto omogeneo; con forza e anche con dolcezza, perché, congegno pensato con intuito amoroso, manteneva alla pasta napoletana tutti gli elementi che già la distinguevano nella fattura solo manuale: l'impasto granulare, la trasparenza contro luce, il colore giallo dorato e l'interno brillante e vitreo nella frattura.

Il giorno che seguì sembrò essere giorno di grazia, con gli uomini a torso nudo sotto i gilè frusti, gagliardi nella sanità muscolosa delle braccia. Poggiate sul piano di legno, tre giare rosseggianti di vinello schietto sembravano un'offerta sacrale per il rito di una libagione.

Quando i "Bongiorno 'o ssignurì... Bongiorno 'o ssignurì..." delle fusillare cominciarono a rimbombare nella cattiva acustica del locale vuoto, il nonno, con la scopa di saggina che richiamava polvere infinita, mondava il pavimento intorno alla macchina ormai pronta e se la riguardava contento e cantava:

Oro e diamante tene lu Sultano...
ma io tengo 'e trezze toie dint' a sti mane.

Le fusillare, sdegnose, ostentatamente finsero di ignorare il complesso articolarsi dell'ingombro, ma le donne di casa si fermarono con lietezza accanto a esso e le bambine gli fecero festa, Francesca e Lenuccia, la quarta sorella, riuscirono ad abbrancare la leva e, nel richiamo delle corde, fecero piccoli voli con i corpi leggeri.

Ma per manovrare quella pertica e gravarla ci voleva ben

altro; tre persone, sedute disagiatamente sulla sua parte sporgente, dovevano forzare la battuta sulla morbida massa dell'impasto, con movimenti a tempo, di alzata e poi seduta con forte pressione: il tutto avanzando e retrocedendo a piccoli passi.

Quando cominciarono a usare la gramola, i due uomini del mulino decisero che accanto a loro, verso l'esterno, dovesse accomodarsi la nonna. Così essa fu tolta dai suoi antichi lavori, certo più donneschi, e fu messa a gramolare in virtù della sua mole; e sempre a cagione di essa dell'asta le toccò proprio la punta.

La sua qualifica era di tiramponta, cioè "tiratore di punta", e la sera, a mani aperte, si massaggiava la sua groppa lunare, certo la più impegnata e ponderosa nell'esercizio della tirata. E dal riserbo della sua casa, di solito ben custodito, arrivò fino alle fusillare la contezza di certi lividi che segnavano come continenti la sue globose natiche.

Ma la nonna, nonostante le pene fisiche, non aveva scontento del nuovo impegno. Lontana dalle operaie, troppo sfacciate per la sua timidezza, non le dispiaceva il lavoro fianco a fianco con il suo uomo, anzi la divertiva, perché il marito, per dare al movimento di tutti l'unità di sforzo, lo cadenzava con i suoi canti recitati; e tanti, allusivi proprio a lei, la compiacevano e le davano colore fino alle orecchie.

Anche le lavoranti si erano sempre accompagnate con stornelli amorosi e a volte facevano gli occhi dolci a Salvatore De Crescenzo, a loro giudizio bello e carnale. Ma appena arrivata la gramola a stanga cominciarono a farsi scontrose anche con il marinaio. Soprattutto con il nonno erano imbestialite.

Un pomeriggio settembrino, mentre una pioggerella richiamava dalle zolle l'odore sano della terra, i loro canti, in risposta a quelli del nonno, furono "canti a dispetto".

Salvatore non c'era e il mugnaio gramolava e insisteva sulla stanga con la moglie e la più giovane delle figlie, Prudenza, che chiamavano Tenza.

Nonno Giuseppe, molto ben disposto quel giorno, nella sua accentazione modulata che regolava la battuta, trovava spazi per canterellare omaggi alla sua donna, e questa si schermiva e come sempre arrossiva.

Ammore mio...
campanelluccio d'oro...
e tu m'amave...
e i' niente ne sapevo...
mo ca lo saccio...
e l'aggio addivinato...
te faccio ogni matina...
sta bella cantatina...
pecché d' 'a vita mia...
sì sempe tu 'a reggina...

Gramolavano già da un po', e lui aveva ripetuto tante volte il ritornello cavalleresco alla sua madonna quando dai tavoli, allineati sotto i finestroni, arrivò la rimbeccata. La capintesta delle fusillare, battendo e ribattendo una sfoglia, riprese le strofette e ci aggiunse la ripicca, mentre le altre l'accompagnavano segnando il tempo con i matterelli.

Ammore mio...
campanelluccio d'oro...
e tu m'amave...
e i' niente ne sapevo...
mo ca lo saccio...
e l'aggio addivinato...
te faccio ogni matina...
'o mazzo na mappina...
pecché d' 'a vita mia...
sì sempe tu 'a reggina...

Il nonno si alzò, con buffa truculenza, senza la disinvoltura delle sue incazzature familiari, e cercando come un gallo di farsi più alto, chiese con chi l'avessero; risposero sfacciate e arroganti:

"Niente, niente, cu nisciuno... vuie cantate e nuie cantammo...

Giesù... Chella è na canzone... nun putimmo cantà?"

E la tracotanza, astratta parola, si fece carne e sangue nelle facce insolenti, nelle mani ad anfora sui fianchi, nell'avanzare agguerrito e minaccioso dei corpi atticciati.

Il nonno, che sulla costiera era conosciuto come zi' Peppe, e che stava diventando don Peppe, per la prima volta davanti a delle "femmine" con un dietro front batté la ritirata e la testa aveva avvolta di saette.

Da quel giorno, nel lavoro della stanga lui non cantò più e per la scansione del tempo invocava i numeri:

"E uno, e doie, e tre... e quatte, e cinche, e seie..."

Anche le fusillare smisero il cantare e numerarono il lavoro sempre in ironia.

"E uno, e doie, e tre... e quatte, e cinche, e seie..."

Però, quando gli uomini erano assenti, intonavano certe canzoncelle rozze e ingenuamente licenziose.

Francesca imparò una di quelle strofette senza capirne il significato, solo tanto più tardi, nel tempo ne afferrò la chiave di malizia. Sollecitata però dalla nonna a non ripeterla mai più, so' parole malamente, la modulava di nascosto:

Cicerenella teneva teneva
e nisciuno nun 'o sapeva.
Cicerenella teneva nu gallo
ca muntava sempe a cavallo,
era assai gruosso, era assai bello
teneva cummare e cummarelle
chillu gallo 'e Cicerenella.

E la cantata le tornava sempre alla mente, tanti anni dopo, nella bianca vastità del suo desolato letto nuziale. La ricordava biascicandola come una preghiera, e la ripeteva in freddi albeggiamenti, in attese insonni, mentre un pungolo nel cuore le sobillava immagini che la trafiggevano.

Perché troppo illuminanti erano, nello spogliatoio del marito, le tracce di indugi e ripensamenti in ricerca di calze nere le più perfette, indumenti intimi i più irreprensibili, colli addoppiati e polsini abbacinanti.

Nel disordine, nella maglia di lana abbandonata sul puf e sostituita con quella di seta a righe bianche e azzurre mancante dal cassetto, nella scia di "acqua di toletta" troppo abbondante, era inequivocabile l'impegno dell'uomo, ben preciso e circostanziato per quella notte, soltanto schermato dalla menzogna del circolo e del gioco.

Era assai gruosso, era assai bello
teneva cummare e cummarelle
chillu gallo 'e Cicerenella.

Nella casa cominciarono ad arrivare sempre più ravvicinati segni di benessere, di "provvidenza" diceva nonna Trofimena, che Salvatore chiamava "Mammagnora".

I primi lussi che affollarono le tre grandi camere furono i lettini di ferro con i sacconi rigati di azzurro, bozzati dall'imbottitura crocchiante di foglie di granturco.

Lettini umili, essenziali, ma così confortevoli alla vista di chi li usava, per loro fissa e assettata disposizione. Restò però confusa a Francesca, di quello che fu un tempo di stupori, la cronologia degli eventi.

Quale meraviglia arrivò per prima, i lettini o i luminosi pendenti di corallo che comparvero alle orecchie di sua madre? O venne prima il luccicore degli stivaletti di coppale, che lei voleva mantenere ai piedi anche la notte?

Nessuna cosa le sembrò poi tanto splendente come il brillìo delle calzature che fingevano specchi, e lei cercava di imprigionarvi il sole in un camminare storpiato.

E mai più la esaltarono così altre buccole, neppure le toppe che vennero più tardi, brillanti grossi come ciliegie e che del corredo nuziale furono i più preziosi, i più raccontati tra i suoi ornamenti.

Non ne fu mai consapevole, ma gli orecchini che oscillando lumeggiavano il viso di sua madre, le ricordavano tutto il rosato della costiera: rocce, spiagge, gerani e case, giù giù su quelle piccole marine così gaie.

Naturalmente i segni di abbondanza seguivano il crescere del lavoro e l'aumentare delle operaie.

Con l'impasto gramolato della macchina, più incalzanti furono i giochi delle dita e le ceste si colmavano svelte. Le fusillare raggiunsero il numero di dodici; una schiera nutrita di popolane vivaci e attaccabrighe che, nell'arroganza e nel litigio, sfogavano il patimento e la miseria che le attanagliava.

La brigata contava infatti pochi esemplari di donne miti e pacifiche. Abbondava invece di creature che intelligenti e fiere, nate "lazzare" per ventura, offese dal vivere, si facevano, oltraggio per oltraggio, rissose e linguacciute, ricavando dallo "'nciucio" un divertimento, un piacere che, fiammella nel buio di un'esistenza stentata, diventava appiglio di vita.

L'inverno di quel milleottocentocinquantotto si presentò rigido e imbronciato con il Vesuvio pieno di neve nel vento di tramontana.

La sera le mani e i piedi di Francesca trovavano sollievo solo accanto al fuoco, in cerchio con le sorelle e le altre donne della famiglia, strette strette e vicine vicine.

Gli uomini invece, seduti al tavolo, si scaldavano con il vino e in quelle sere insospettiva un certo loro confabulare con gli amici che venivano a trovarli, mastu 'Ntuono e l'aiutante del fabbro, Domenico, Minicuccio. Un giovane forte e timidissimo che, solo attraverso lo sguardo, senza aver proferito parola alcuna, aveva già stabilito teneri e solidi legami d'amore con la solare e giunonica zia Tenza.

La nonna Trofimena e la zia Rusinella, la prima figlia del nonno, sapevano però tutto di quel discorrere segreto: al nonno stavano costruendo un secondo 'ngegno, che anzi, pareva dovesse arrivare subito, insieme al Carnevale. E le due donne ci contavano. Avevano speranza che il nuovo macchinario, un torchio che pressava e formava la pasta corta, la pastina, potesse liberarle da qualche operaia.

Per questo la nonna mesceva premurosa il vino al fabbro, perché sapeva che era stato lui a consigliare il nonno e a connettere le cose. E quando la sera del suo onomastico, il diciassette di gennaio, andarono tutti da lui sullo spiazzo per il rito del falò, nonna Trofimena gli portò in dono una panella fatta proprio da lei, condita con i ciccioli di maiale.

Mastu 'Ntuono onorava nel nome non il santo di Padova, ma sant'Antonio abate, protettore non solo degli animali ma dei fornai, dei fabbri, dei pizzaiuoli, di tutti quelli che lavoravano con il fuoco.

Un santo tenuto in gran conto in quelle contrade, forse perché terre vulcaniche, o perché l'umanità dei suoi abitanti aveva comprensione solidale per il casto asceta, così tribolato, così messo alla prova dalle tentazioni sfacciatamente licenziose che appositamente gli organizzava il "maligno".

Un povero santo sfottuto da quel fetente di diavolo, che lo spingeva alla fornicazione con visioni e miraggi procaci, per di più nella solitudine del deserto.

E con gusto si puntualizzavano le oscenità e le indecenze nella fantasia dei racconti:

"Povero sant' Antuono... tre figliole zetelle... tutte annure... cu cierte maronne 'e zizze..."

Quella sera d'inverno, il fabbro ferraio, nello spazio davanti alla casa-bottega – e c'erano tutti i vicini – celebrò, come d'uso, la ricorrenza del suo santo accendendo il grande falò, "'o fucarazzo", nel quale si bruciavano fascine, legno vecchio e tutte le suppellettili non più riparabili.

Intorno al grosso fuoco, sorvegliandolo, il festeggiato faceva crocchio con il mugnaio, con Salvatore e Domenico e avevano tutti aria di cospiratori.

Mastro Antonio, che sembrava il capo dei congiurati, mentre illustrava tutta la trama del complotto, gesticolava.

A tratti roteava un braccio descrivendo un cerchio nell'aria e contro il bagliore della vampa adombrava il vorticare di una grande ruota.

Ai primi di febbraio il nuovo ingegno arrivò. Venne da Gragnano, un paese vicino, con il segno del grano nel nome, un abitato raccolto tra vigneti in corsa su pali di castagno, lì, sulla prima rampa dei monti che verso sudest chiudono la valle del Vesuvio.

Venne da esperienze antiche, da prove di altri artigiani che avevano tradizione di maestria in quell'arte che imbiancandoli li additava.

Venne dagli incontri del nonno con loro, in quelle taverne così buie, nel ciabattare del cantiniere che spillava il vino direttamente dalla botte. Venne da un negozio che ebbe solo una stretta di mano a garantirne i patti, con poche domande e lunghi silenzi, lo sguardo abbassato sullo scuro frizzare e sui torbidi fondi del vino così denso.

La macchina era un torchio orizzontale. Una catasta di legno e ferro, ma semplicissima nel suo funzionamento: una grande ruota, mossa dall'arrampicarsi di bambini lungo i raggi, la faceva funzionare. Il movimento era anche accompagnato e favorito da un'altra fatica, quella di un uomo che, aggrappato alla fascia esterna della ruota, saliva e guadagnava dei cavicchi piantati proprio ai lati della fascia, messi simmetrici e in successione.

Quando le fusillare quel lunedì arrivarono infreddolite e con l'orlo delle vesti bagnate – e rimenavano con vigore le lunghe gonne per scrollarle dall'acqua – la macchina non era in funzione, mancando ancora raccordi e viti. Ma, completa nella grande sagoma, essa occupava il centro del capannone, e le donne trovarono i tavoli già spostati e il loro lavoro ancor più ristretto sotto le arcate dei finestroni.

Lì esse si raccolsero nella luce che, già brumosa, entrava affoscata dai vetri sporchi. Si adunarono in capannelli silenziosi e non accennarono a togliersi gli scialli e a rimboccarsi le maniche per cominciare il lavoro.

Si sentì qualche battuta che celiava sull'insidia di quel grandissimo ingegno, ci furono risate false; poi, dai gruppi, qualcuna delle donne si staccò e si avvicinò al perimetro del nuovo macchinario.

Salvatore provava la scorrevolezza della ruota e ne saggiava la stabilità attaccato dritto e impettito agli appigli della fascia esterna. I piedi nudi e prensili poggiavano sui cavicchi e le mani ne impugnavano altri due sporgenti all'altezza del petto. E aveva aria fiera e sguardo perduto, l'antico marinaio, come se i due pioli che stringeva fossero caviglie di timone e la ruota alla quale era attaccato, che aveva leggero dondolio, fosse di una delle sue navi da guidare in un porto lontano.

Il nonno invece era in alto sul davanti di tutto il congegno, innanzi alla trafila. Lui e mastu 'Ntuono erano proprio ai due lati e fermavano bulloni faccia a faccia. Nello sforzo si gonfiavano i muscoli e così, nel braccio del fabbro, si dilatavano i due cuori tatuati.

Sisina detta 'a rossa, la più sfacciata delle fusillare, mentre riprendeva a scrollare la veste si portò sotto il palchetto, e nella familiarità di quel rapporto di lavoro, sistemata la gonnella con un ultimo tirare e stendere, affondate le mani nelle tasche del grembiale nero, la faccia protesa verso l'alto, interrogò il suo padrone con sfrontata e amara ironia:

"Neh don Giusè, ma chedè? È 'a reggia 'e Caserta?"

"No... è il Triato di San Carlo" dall'alto rispose il nonno pronto: senza spostare gli occhi dal suo stringere viti, e neanche mastro Antonio si girò:

"Ah è nu Triato?... Vuie site nu Pullecenella?..."

E il nonno continuava a testa china il difficoltoso avvitare e il braccio nudo nascondeva il suo viso e il silenzio.

Incoraggiata dalla baldanza di Sisina, si fece vicina all'ingegno un altro personaggio, Rafilina 'a nulana – gentildonna originaria di Nola – e nell'accostarsi si portava dietro altre compagne:

"Neh patrò scusate... ma fosse nu presebbio? Fosse 'o

presebbio ca se fricceca? Chillo movibile d' 'e muonace 'e San Pascale?... E voi site nu pastore?... Site San Giuseppe?..."

Neanche questa volta i due uomini reagirono alla provocazione, anzi il nonno rispose con pacatezza:

"Sine, so' San Giuseppe... Però tu nun si' 'a Madonna..."

"E va bè, io nun songo 'a Madonna, ma vuie però manco San Giuseppe site... nun tenite 'a barba... che facite San Giuseppe senza 'a barba?"

A questo punto, spostando con mal garbo due lavoranti che facevano da spettatrici ma di certo non parteggiavano per il nonno, intervenne nel dialogo la fusillara più anziana, Assuntina, severa e drammatica nella voce:

"Patrò e nuie? Nuie 'e stu bello presebbio che simmo? Simmo 'e lavannare o 'e pasturelle?"

"Site 'e papere 'ncoppa 'o sciummo..." e con un balzo e un rinculo scese dagli appigli Salvatore, più verde che olivastro, e con parole ringhiose e bocca da mastino stringendole dappresso le sollecitò tutte, convogliandole minaccioso alle loro fatiche.

E loro mentre andavano gli facevano "Qua... qua... qua... qua... qua... qua... qua... qua..." e gli opponevano solo la resistenza passiva del verso.

Ci vollero tre giorni per perfezionare l'ingegno ma, quando cominciò a funzionare, alle fusillare che non conoscevano la macchina fu chiaro che a dare impulso alla giravolta non era tanto l'azione di Salvatore, che in continua ascesa sulla fascia del cerchione lo forzava arrampicandosi lungo i pioli, ma l'affanno di Francesca e delle sorelle Concettina e Vincenzina che aggrappate ai raggi li rimontavano uno a uno e davano impeto alla ruota della pressa, e più attivo facevano il suo movimento.

Allora la gelosia delle operaie trovò un altro sfogo contro quel torchio ed esse finsero uno stupore e un tremore che esageravano fino ai toni caricati di una recita, e cominciarono una litania querula che non finiva mai:

Giesù, Giesù...
Poveri ccriature...
E si po' vanno 'a coppa abbascio?

Andava la ruota, girava, girava, e il nonno, inalberato davanti alla trafila, aspettava al varco i fuselli che pressati si affacciavano orizzontali dai buchi, curiosi come occhietti. Lui, attento, li troncava di netto, ruotando la manovella del coltello calettato, e il movimento del suo braccio aveva cadenza di tempo, perché a eguale lunghezza fossero interrotti i sottili cilindri.

Così, a ritmo, nella spaziata cesta sottostante, a pioggia cadeva allegra la pastina, e, nello snodarsi lamentoso del legno, a ogni nuova svolta, la ruota aveva come un gemito, un ansito umano.

Ogni volta che una delle sporte foderate con tela di sacco si colmava di pastina, il nonno dava la voce. Qualcuno andava a prenderla, la trasportava fuori nel grande spiazzo dell'aia e spargeva la pastafina sui teloni stesi.

L'essiccavano con un rimescolare frequente e paziente, con garbo, con premura solerte nel cambiare orientamento ai teli seguendo il sole o, se il tempo non era benevolo, nel ripararli nel capannone piccolo. Quello con l'edicola di San Gennaro, che avevano sistemato appena arrivati dalla costiera.

Era stato proprio allora che Vincenzina, nel salire e scendere dall'instabile scala di legno portando il calderotto con la malta, era caduta e si era procurata una lesione all'anca.

Donna Mariella, praticona nell'aggiusto delle ossa, gliela aveva immobilizzata perbene con fasce e stecche di legno, ma quando la bambina riprese i movimenti, tutti si accorsero con sgomento che si era fatta zoppa. Però si consolarono presto perché, anche se un po' arrancava, correva svelta dietro le sorelle e si allungava come loro, dalla sera alla mattina.

A volte anche lei restava con Francesca e Concettina a rimontare i raggi dell'ingegno, uno sforzo che faceva dolere i muscoli a lei e alle sorelle, ma era pur'anche un gioco. E poi erano robuste, a loro di certo non mancava la pasta...

La nonna, ogni volta che dovevano lavorare alla ruota, le chiamava e legava a tutte e tre uno spago in vita e riportava in avanti il telo posteriore delle gonnelle, fermandolo con un rimbocco proprio nello spago, perché i volteggi fossero pudichi.

La grande ruota che girava e loro, piccole figure a imprimerle slancio: quello fu per Francesca l'emblema di un tempo straordinario.

Tanti anni dopo, continuando il lavoro che amava, se avesse voluto nobilitarlo e dargli e darsi uno stemma, quel simbolo l'avrebbe scelto come suo contrassegno araldico, in vivace smaltatura, in campo d'oro come il grano: questa l'insegna che avrebbe racchiuso nella forma del suo scudo, sormontato da figurazioni di spighe a mazzetti.

Ma la ruota fu per Francesca anche armonia universale e monogramma dei suoi giorni più assolati. Il grande schieramento della sua famiglia, abituato al sacrificio, operoso e animato, aveva sempre attinto da ogni piccola cosa serena felicità, ma fu quello il tempo della gioia più piena. E anche sua madre, che sulla costiera lei ricordava avvolta di tristezza e muta, cantò tutte le sue canzoni, e il marito le strizzava l'occhio e il nonno dava pacche compiaciute sulle spalle del genero.

Il marinaio che si era fatto pastaio si ritrovava anche una fresca vocazione di trafilatore e la sera armeggiava con i suoi modelli di legno, con le forme in terra refrattaria e i crogioli e i punteruoli, in quella specie di antro che era la fucina dell'amico fabbro. E cercava di ingegnare uno stampo, diversamente segnato da fori: così da improntare, sostituendo la placca mobile della pressa, un nuovo formato.

Un giorno Francesca, curiosando e girando intorno all'industriarsi del padre, ebbe a portata di mano una delle piastre e, alzandola con le due mani contro la luce, tanti anelli luminosissimi intorno a nuclei scuri le abbagliarono la vista. Era un modello per pasta corta bucata, per anelloni.

Quando la trafila non ancora usata fu per la prima volta innestata nell'ingegno, il profumo dei fiori d'arancio si insinuava dai finestroni aperti ed era vicina la Pasqua. Era sera e il capannone era vuoto e silenzioso. Salvatore, impaziente di provare la nuova filiera, chiamò le figlie, mise Concettina, più grande, a scalare i pioli lungo il fascione esterno e Francesca, Vincenzina e Lenuccia a girare la ruota, e provò il suo stampo nuovo.

Cercò di mantenere il taglio più lungo per riuscire a fare più che anelli, fascette. Ma l'impasto preparato era troppo molle.

Il nonno, sopraggiungendo proprio mentre il formato scendeva acciaccato nella spasella, si arrabbiò molto e si allontanò salmodiando.

Ma Salvatore De Crescenzo con pazienza e allegria svuotò fischiando la campana, pulì la trafila, la bollì, rifece l'impasto più consistente, lo gramolò, e ritentando la prova poté mantenere il taglio del formato anche più lungo di quello arrischiato prima.

Però con intuito assennato aveva fatto salire fino alla trafila le due bambine più piccole, 'Ndreina e Sabella, perché sventolassero con foga i forti e corti ventagli usati per il focolare e soffiassero con essi sulla pasta che veniva fuori: per un asciugamento sollecito, così che il formato non si attaccasse.

E il far vento entrò poi nella pratica della lavorazione, sempre quando occorreva un'essiccazione superficiale più repentina. Per questo furono poi comperati al mercato altri cinque di quei ventagli di paglia e legno.

Il risultato raccolto nella cesta placò e fece sorridere il nonno che era tornato e si era arrampicato anche lui fino alla trafila, e sorrise anche Salvatore che manovrava il coltello.

Si incontrarono con lo sguardo felice e solidale: era la

loro prima pasta corta bucata. Non perfetta, di certo, ma la prossima volta avrebbero fatto meglio.

Quando, dopo l'Ave Maria, la sera del giorno festivo, ed era la domenica delle Palme, mangiarono le fascette condite da un soffritto di lardo, aglio, peperoncino forte, pezzetti di cotica e una grattugiata di pecorino, zi' Peppe ebbe ancora modo di protestare contro il genero ma per gioiosa meraviglia: "Salvatò mannaggia 'a morta, e comme so' buone..."

E il genero, dall'altra sponda del tavolo, gli rispondeva solo con il moto della testa e gli occhi furbi e ammiccanti, tutto compiaciuto nell'assentire.

A Salvatore, il gusto di quella pasta rimase nelle papille e saggiando nuove produzioni e anche a lungo nel tempo, quando vennero ziti e mezzanelli e non si contavano le sue filiere, nel termine di paragone di quella prima, mitizzata prova, trovava una scala di valori di sapidità.

Negli anni capì anche che la rugosità, l'asprezza data alla superficie del formato dalla rozza lamina e dal bronzo stesso con il quale era confezionata la piastra, era anch'essa responsabile della gustosità dei corti maccheroni; perché la scabrezza cattivante e ricettiva, trattenendo condimento e aromi, di più ne insaporiva la natura granulare.

Durante la cena bevvero tutti, anche le bambine, vino del vulcano, omaggio di mastu 'Ntuono invitato al festeggiamento insieme a Minicuccio.

Ci fu anche un altro contributo al pasto, quello di particolari involti di foglie di limoni arrotolate. Esse serravano dall'autunno passato, nel vincolo del loro profumo e di stretti legacci, umori e polpe di gustosa uva passita, di pinoli e tocchetti di fichi secchi.

La forma del fagottino, il pezzetto di vinciglio che sopravanzava dopo il nodo e dava l'idea di un codino, tutto l'insieme rinsecchito richiamava sagome di topolini, e così essi venivano indicati nel loro dialetto: "surecilli".

Subito dopo la parola si precisava, impronta e conio, il nome del contadino che li confezionava: "'e surecilli 'e Tore..." "'e surecilli 'e Vastiana..." "'e surecilli 'e Vicienzo", e si facevano confronti.

L'offerta odorosa era legata alla presenza di un nuovo ospite: il figlio di zio Vincenzo il sorrentino, Nicola. Così si chiamava il giovane, "promesso" di zia 'Ngiulina, la quarta figlia del nonno, un contadinone giovane e prestante ma dall'aria ottusa e addormentata.

Il nonno, che non aveva simpatia per questo ragazzo, parlando di lui, nel commentarlo, chiariva:

"Me pare proprio nu 'Ndilone."

Il senso di quella aitanza assonnata lui lo sentiva tutto dentro l'appellativo tintinnante. E non sapeva che, nel segno linguistico, la sua parlata corrompeva l'antico nome di "Endimione" e ne richiamava il mito greco di amante della Luna. Gelosa e appassionata di quel bellissimo pastore, la Luna, nel sorgere, nel lasciarlo in quella loro grotta, lo intontiva, lo immergeva in un sonno a occhi aperti: così da ritrovarlo subitamente al tramontare, senza tardanze.

Tornando a Nicola, si era capito presto che, anche se di cinque anni più giovane di quella figlia del nonno, fin dal primo incontro sul ponticello che scavalcava il canale, era stato irretito senza scampo dal tondeggiare così procace di zia 'Ngiulina. A suo nome zi' Vicienzo si era dichiarato al nonno e da allora ogni domenica pomeriggio il promesso sposo andava alla casa del mulino a fare all'amore.

E si impalavano i fidanzati su due sedie lontane e affrontate e tra loro stava assisa la nonna.

La sera del banchetto l'aria aveva pace e balsami quasi palpabili. Frizzante era il vinello che bevvero a lunghi sorsi per spegnere l'incendio del peperoncino; il nonno scherzevole intonò le sue frottole.

Alla fine tutti un po' brilli e arrossati, diedero per gioco la caccia ai gatti che avevano rubato un pezzo di lardo.

Ma riuscirono a prendere solo la piccola Stelluccia che miagolava come una pazza e graffiò braccia e mani e il vecchio Guaglione strabiliato e ancor più strabico.

Ma, nel correre e nell'arrancare al buio, dalla casa ai capannoni, zia 'Ngiulina, in un angolo di muro, subì un attacco e non solo frontale del suo contadinone e una sommossa di vesti.

E si prese senza fiatare una vivace strizzata di carni che le lasciò addosso lividi e languore.

Il terzo "marchingegno" arrivò seguendo di poco gli altri due. Era un torchio con la pressatura in discesa verticale, un attrezzo importante come un traguardo: perché finalmente potevano fare a macchina la pasta lunga e soprattutto il mitico formato "vermicello".

Quando il torchio comparve al mulino era il trenta di maggio del milleottocentocinquantanove. La vista del suo solido incastrarsi fu consolante per il povero nonno. In quei giorni era chiuso in scontrosa mestizia perché, proprio il ventidue di quel mese, gli era morto il re.

Ma, alla fine di quell'estate, e c'erano i fichi e l'uva e un po' di fresco, quando andò a completare il pagamento dell'ingegno, quello sembrò un giorno della sua vita di contentezza piena e gli ridevano gli occhi.

Partì all'alba, e nel dondolante carretto portò tre cose: i ducati nel fazzoletto legato per le cocche, la solita spasella votiva con l'omaggio di pasta acconciata sotto le sue gambe, e Francesca issata accanto a lui.

Nel navigare lento e felice in quiete strade le cantò: "Vucchella mia comme rusella 'e maggio tu tiene lu culore e lu profumo..." e come sempre la stupì imitando il verso del merlo e della cinciallegra, che chiamava dalla sua gola mettendo il diaframma della lingua in strane posizioni: e si girava dalla sua parte per fargliele rimarcare. E Francesca rideva... rideva.

Poi invece l'afflisse, con la triste storia del suo re Ferdinando, che dopo mesi di sofferenza era morto. "È morto" diceva "mangiato vivo vivo dai vermi."

E intendeva lo strazio della malattia del pus nel sangue, quella grave infezione, con ascessi in ogni regione del corpo, che purtroppo Ferdinando II di Borbone aveva contratta.

Non è che il nonno conoscesse il termine che designava quel male, né il processo infettivo che lo scatenava, ma era stata molto raccontata, nel regno, la lunga agonia del sovrano e il raccapriccio di quel colare materia come un cadavere. Anche al nonno, come a tutti i sudditi, erano arrivate le tragiche vociferazioni.

Nel racconto quel giorno esternò a Francesca anche un suo pensiero segreto, una congettura che stimava certezza: essere opera di maleficio il morbo che aveva infradiciato il re prima ancora della sepoltura. Ne era sicuro, la baionetta di quel soldato, di quell'Agesilao Milano che anni prima voleva uccidere "'o signore mio", e invece l'aveva soltanto ferito di striscio, sulla lama affilata, nella punta maligna... "teneva 'na fattura... 'na fattura a morte... lenta lenta... ma a morte".

Vedendola però sbiancare per il suo dire severo, per rallegrarla, le diede uno scappellotto affettuoso sulla nuca. E ravvivando il cavallo con la frusta le parlò a voce molto alta perché le ruote, su di un tratto basolato, in quel momento facevano grande fracasso:

"Francé, Francé 'o rre mio mo se chiamma Francisco comm'a te."

Tornarono in un'aria che preannunciava un abbassarsi della temperatura, tornarono a più allegra andatura con il carro che rimbalzante cercava di mandare la ragazza il più in alto possibile: lei mangiava polvere e si aggrappava alle assi del sedile un po' spaventata e un po' divertita.

Sotto le gambe non avevano più la spasella di pasta ma la tentazione di uva dorata, compatta, lunghe pigne coronate di pampini e ancora strette ai tralci recisi.

La cesta, dono cortese dell'artigiano che aveva costruito l'ingegno, ricambiava la loro, spasella per spasella. Era così splendida nella plasticità traboccante, nei grappoli ancora incantati dalla rugiada, che non vollero intaccarla, per poterla mostrare poi alla nonna in tutta la sua interezza.

Per sciogliere la bocca che avevano secca, si fermarono alla fontana della Madonna dei Flagelli e nel dissetarsi si gelarono le labbra.

La macchina che il nonno aveva appena finito di riscattare ma che già usavano da mesi, nella sua operosa azione faceva di lui proprio un pastaio autorevole.

Nel capannone grande, lì avevano sistemato il torchio.

Avevano scavato una specie di pozzetto profondo, tanto che il nonno vi si potesse calare fino alla cintola, largo da permettergli comodamente di muoversi. Al di sopra dell'apertura, a sormontarla, poggiato su rialzi, avevano steso un tronco di rovere. Nel tronco si incastrava la pressa e i vermicelli scendevano dall'alto proprio sopra la buca.

Francesca non li aveva mai visti prima i molli e lunghi vermi che sprizzarono dalla filiera. I sottili rollini, che poi furono per tutta la vita come suoi ornamenti, scendevano svelti e solleciti verso l'attesa del nonno che chiudeva la loro urgenza in un abbraccio, prima di deciderne la lunghezza e reciderli di netto con il filo di quel suo coltellaccio. Spostandosi poi di lato li accompagnava con cura nel distendimento e li sciorinava a cavallo delle canne che gli avvicendavano, distese sulla buca.

I flessibili sostegni, carichi di pasta, la gente del mulino, in coppia, li portava fuori con le estremità in molleggiato appoggio sulle spalle. Francesca in quell'esercizio, le prime volte, guardava continuamente indietro attratta dalla danza dei fili che più si accentuava sulla loro canna per lo zoppicare di Vincenzina, appaiata a lei nel sorreggerla.

Scosse da infantile ilarità dovettero nella nuova esperienza fermarsi continuamente perché i fili non scivolassero, ma nessuno dei lavoranti che nel trasporto andavano e tornavano in fretta le aveva sgridate o sollecitate; tutti si giravano solo per la solidarietà di un sorriso o per una canzonatura. E così cominciò quel gran via vai delle canne dal capannone ai cavalletti, quelli nuovi, quelli disposti a raggiera intorno al pozzo, come una ragnatela.

Per Francesca i primi macchinari furono qualcosa di magico, strumenti "affatati" in un tempo intenso, esaltato e frastornato; un tempo accecante come il pozzo di calce che ebbero sull'aia mentre assettavano il mulino e la casa con pareti rinfrescate di bianco e mobili nuovi. La cavità luminosa e magnetica che la attirò e l'abbacinò per quasi un mese e riverberò ai primi raggi del sessanta. Quel "milleottocentosessanta" che lei per gioco segnò nel cantuccio di un muro della cucina appena calcinato, che scrisse senza difficoltà così facile com'era, semplice e compiacente nelle cifre attondate ma non negli eventi che ancora le celava.

Era il mattino del trenta di gennaio quando arrivò il colonnello Ulloa, il comandante della Fabbrica d'Armi che confinava con loro. Venne per quella visita annunciata, onorevole ma anche temuta, e proprio per degnamente accoglierla avevano imbiancato mura.

Il tenente colonnello, commendatore Antonio Calà Ulloa, era in dimestichezza con il nonno e gli accordava benevolenza e protezione.

Anni prima gliel'avevano raccomandato vari personaggi e lui aveva speso tutti i suoi buoni uffici per le formalità della compravendita del mulino sul canale (anche perché ben seppe che la cosa era gradita a don Carlo Filangieri).

Poi ebbe ancora modo di sentirselo dare in custodia da muliebri premure. Le "tre duchesse", le tre figlie di don Carlo gliel'avevano affidato una mattina che lui era andato a riverirle.

Il mugnaio era appena arrivato sul canale e finiva il dicembre del terremoto e le duchesse erano venute a passare il Natale sotto il Vesuvio nel loro castelletto fortino, spartano ma più saldo nell'eventualità del ripetersi del sisma, più confortante con d'attorno tutto quello spazio aperto.

Don Antonio le aveva trovate a passeggiare tra i pini nella giornata assolata, non insolita in un dicembre del sud, e gli ombrellini erano di quelli orientabili con il manico snodato... brisé.

Lo avevano accerchiato e trattenuto nella loro grazia,

ciarliere nel dare referenze insistite, drappeggiate nei grandi scialli di cachemire, nobilissime e spontanee con quel francese rotondo rotondo e quel vivace napoletano così pronto e descrittivo.

"*Il est un bon homme*... è nù buonommo overamente..."

"*Mais oui... mais oui... il est tambien un artisan de valeur*... Che fusilli che sape fa."

"*Ah bon dieu... ce sont magnifiques... très très bons*... comme so' sapurite..."

In seguito, non solo le prerogative della pasta aveva potuto ben apprezzare il comandante Ulloa, ma, nell'assiduità dei contatti, anche le qualità del mugnaio e aveva dovuto rivedere il rapporto, primitivamente solo di favorevole condiscendenza, e accrescerlo di stima e umana simpatia. Interessato poi, e via via in quegli anni sempre più curioso dei nuovi congegni del mulino, era stato lui stesso a preannunciare a "don Peppino" la visita ai suoi impianti.

Lo aveva incontrato nel cortile della fabbrica che scaricava pasta per la cena degli ufficiali.

Il nonno si era scappellato, ossequiante ma sempre dignitoso, e il colonnello aveva risposto con un perfetto saluto militare e gli si era fermato accanto sorridente e cordiale, l'occhio amico, e l'aveva ringraziato di certi doni di vermicelli. Poi aveva aggiunto:

"Peppi', assai interessami questa vostra fabbricazione... Nu juorno 'e chiste vi vengo a trovare... Vorrei procedere a una solerte verifica dei vostri ingegni. Ci vediamo presto... Vi farò avvertire la sera prima... Aspettateme Peppi' ce vedimmo..."

E aveva ripreso il cammino precedendo con lo scatto giovanile i due ufficiali che lo accompagnavano.

Così era stato dato l'annuncio al nonno di quella visita che poteva anche diventare una bella ispezione.

Lui cominciò subito a paventarla, perché era venuto a conoscenza che il defunto re Ferdinando, prima di ammalarsi, aveva proibito a un mugnaio di Resina di fare la pasta perché nei locali dove lavorava era stata riscontrata mancanza di igiene. A ogni buon conto mise in ansia tutta la casa e cercò di preparare all'avvenimento uomini e cose.

Per fortuna ebbe quasi trenta giorni per sistemare tutto e il messaggio che precisava il giorno della visita lo trovò pronto.

Quando il colonnello con il suo seguito si stagliò, incredibile a loro, ma concreto e colorato contro le mura bianche, quello fu un mattino straordinario, ma così estraneo al vivere quotidiano, così differente, che non riuscirono poi a ben incastonarlo nella successione delle loro vicende.

Anche per Francesca che ebbe il ricordo del passato raccolto come religione l'evento restò sospeso, quasi immaginato, tanto che negli anni, nel raccontarlo, non sapeva mai bene se lo inventava o se l'avesse veramente vissuto.

Il comandante Ulloa si fermò al mulino per quasi due ore e molto del suo dire, così edificante, fu tramandato:

"Peppino e Trofimena, se mi consentite, fiorente fu la vostra unione... voi non avete una famiglia ma un bouquet..."

"Peppi', il vostro opificio ha importante prerogativa nella riguardata pulizia... Voi avreste fatto la felicità del povero ingegnere Spadaccini."

"Questi artifizi meccanici sono prototipi e... voi siete un antesignano di tempi a venire..."

"E bravo... bravo Peppe..."

E vedendo che il nonno si schermiva lo rimproverò:

"Voi non dovete isfuggire la lode perché eziandio, essa vi compete..."

Poi pronunciò una frase che restò come una lapide:

"Voi veramente quando fate la pasta... site n'artista... la vostra è 'a meglia pasta del Reame."

Quando andò via, sorridente e spavaldo, pieno di lucchii, la vita stretta che gli faceva possenti le spalle, la sciabola che gli batteva il fianco, lo guardarono allontanarsi ammutoliti, tutti fermi nello schieramento.

Scomparso, proruppero le voci, si accavallavano i racconti, le impressioni, i particolari, gli aneddoti, e cominciò la leggenda.

I preparativi per ricevere questo personaggio così "notabile" erano cominciati affannosi subito dopo il fatidico incontro nel cortile. Il nonno si era preoccupato di imbiancare a calce non soltanto i posti di lavoro ma la casa tutta e volle darle un assetto più confortevole.

Così due grossi comò, un armadio, una cristalliera e dodici sedie di legno e paglia – e Francesca le contò – erano arrivate a rallegrare le camere che, rinfrescate, avevano rivelato appieno la grazia degli incroci nelle volte a vela.

Dal carretto che veniva da Napoli, dal mercato di piazza del Carmine, furono pure scaricate due cassapanche rustiche e spartane, ma capienti tanto che il giorno dopo Sabella e Vicenzina poterono chiudersi in una di esse e uscendo all'improvviso spaventare la nonna e la sua terza figlia, zia Catarina, la più timida e pudica, che erano entrate nella stanza proprio per spolverare le casse.

A gravare il "traino" c'era anche la sorpresa di due letti matrimoniali di ferro verniciato.

Avvolti in stracci che proteggevano le spalliere, il loro discendere dal carro chiamò un affollarsi familiare e un'eccitazione così fervida da respirarsi nell'aria.

I letti liberati dalle pezze, ancora sull'aia, rivelarono l'alta meraviglia della loro straordinaria coloritura. Vivaci e rustici, entrambi avevano decorazioni cariche di toni, ma il più spiccante era quello attintato di verde destinato al padre e alla madre di Francesca.

Nell'indivisa spalliera, portava il dipinto arioso e campestre di una mietitura, con il campo di grano tra una chiesa e un fiume. Nel pannello dalla parte dei piedi, solo spighe e covoni.

Nella scena, quel celeste così smaltato del cielo e dell'acqua, le gonne delle mietitrici, il verde del prato, il giallo del grano, sottolineavano un addensarsi troppo fantasioso del colore: ma l'ingenuità che allontanava di certo il dipinto dal rigore di una prova d'arte, lo faceva però allegrissimo e anche fausto.

L'altro letto, quello della nonna e del nonno, era verniciato di nero con grandi mazzi di fiori di campo che vivacissimi si stagliavano nei quattro medaglioni.

Ma Giuseppe e Trofimena era da tempo immemorabile che non dividevano lo stesso letto e vergognandosi non lo fecero neanche allora, considerandolo indecente alla loro età.

E poi forse non ebbero neanche il tempo di cambiare idea. Entrava la primavera quando la nonna Trofimena si ammalò di polmonite.

Era un marzo caldo e umido. Il cielo coperto filtrava luci cattive. L'aria afosa che ristagnava vicino al fiume riempiva di sudore. E mentre la nonna cercava refrigerio sotto il noce, un venticello garbato le diede frescura e morte.

Quando Francesca, nell'avanzare degli anni, nel divenire che si rinnovava, richiamava alla memoria quel momento della sua vita che coincideva con l'impianto delle prime macchine, i ricordi prorompevano in rose di colori, come fuochi a mare nelle sere di festa.

Mai in tutto il suo esistere conobbe giorni più succosi.

Vibrati, quasi frenetici nello scorrere, non ebbero il ritmo incantato e immemore della costiera, ma di quel tempo conservarono l'accentuato segno cromatico nell'immagine e il senso vegetale di vivere per fioriture, sole e vento.

Prepotenti, furono giorni larghi anche nell'appetito che mai si faceva sazio e che invece si attenuò tanto dopo, a Gaeta, nell'angoscia dell'assedio e delle cannonate. E addirittura scomparve quasi del tutto, stemperandosi in languori, negli anni del collegio, quando il padre la lasciò nello spaziato convitto di Nola: in una reclusione sofferta ma caparbiamente voluta, così conveniente e signorile.

Cinque lunghi anni come pieghettati, indugiati a prendere respiro, a guardarsi dentro, a leggersi, a raccogliersi nel segreto di timidezze e complicati pudori che la imbavagliavano, attenta agli altri per emulare, alla ricerca dignitosa di forme migliori nel gestire, nel parlare, nel muoversi, nel porgere, nel pensare anche: perché persino le sue idee vestissero l'appiombo e il decoro del nuovo stato sociale.

E non trasandava mai la sua grave compostezza neppure nei giochi del giardino, nel sussurrio tra i lettini. E quando nell'esercizio del ricamo le teste si ravvicinavano, lei, che insertava a "piccolo punto" fiori e uccelli su teli di paraventi e cortine, nel chiacchierare allentato delle altre educande, nel loro romantico confidare non disserrava il suo silenzio ombroso, e anche al suo cuore faceva schermi arabescati, e celava la nostalgia violenta del passato, e il feroce rimpianto di gesti liberi e di liberi spazi.

Tornando alla stagione dei primi 'ngegni, quella che per Francesca ebbe così pieno il sentimento gioioso della vita, essa si chiuse con un tristissimo termine, livido come una pietra miliare che segna il cammino e lo misura e lo fa umano.

Tutto il bello era accaduto prima che la nonna morisse.

Il calesse del medico militare aveva sostato accanto al noce per sei volte.

E Francesca le aveva contate.

Mandato dal colonnello Ulloa era venuto dalla Fabbrica d'Armi l'uffiziale chirurgo a visitare la nonna e la diagnosi, già dalla prima volta, era stata "pneumonite".

Allora la casa si fece odorosa.

Ristagnò balsamico l'aroma canforato delle foglie di eucalipto che bollivano per gli esalanti vapori dei suffumigi, l'essenza oleosa dei semi di lino che cuocevano nella pappina da applicare sul petto, l'effluvio asprigno del vino cotto con lo zucchero e la cannella, riscaldato dal ferro arroventato del focolare.

Tutte le stanze si riempirono della fragranza di mele, fichi secchi, miele, bucce di mandorle, foglie di alloro e di limone, che si struggevano lentamente sulla brace e gorgogliavano nei densi sciroppi.

Zia Papele, la seconda figlia del nonno, che era una cultrice di infusi e decotti e ne faceva in rimedio a tanti mali, usando rudimentali cucurbite e senza alambicchi, per quel rantolo da placare nel respiro di sua madre, con menta, timo, rosmarino, licheni, e altre erbe e muschi dei suoi vasi tenuti all'ombra, distillò filtri che con la forza della disperazione voleva magati.

Il padre di Francesca risalì i monti della costiera e andò in una cava di argilla e ne portò a casa due sacchetti perché la polvere che da secoli curava i loro ascessi, impastata e bollente, si alternasse alle polentine revulsive dei semi del lino.

Zi' Carmela, la vicinante lattaia, passava due volte al giorno il ponticello che la trasferiva dal suo piccolo podere al mulino. Portava latte appena munto per la dieta prescritta, ma la nonna lo saggiava appena e si capì subito che il corso della malattia si complicava.

L'uffiziale chirurgo portò lui stesso dell'"ipecacuana" perché pozioni dei piccoli arbusti potessero liberare l'ingombro dell'albero respiratorio dell'ammalata, e aggiunse alla cura degli impiastri sul petto, anche il salasso giornaliero di otto mignatte che decongestionassero i polmoni. Altro non c'era da fare che aspettare e confidare nella risoluzione naturale del male.

Francesca, a turno con le sorelle, aveva il compito di agitare "'o sciosciamosche", lo scopetto di striscioline di carta translucida e colorata che serviva a tenere lontano dall'immobilità così spossata e passiva della nonna il fastidio di quegli insetti. Specie quando le scoprivano il busto (celandole i grandi seni vizzi a mala pena con lo scialletto di lana a fiorellini) e lo offrivano ai morsi delle sanguisughe e dalle ventose delle larghe bocche si disperdevano stille di sangue.

Forte era il disgusto di Francesca per le mignatte viscide, attaccaticce, saldate con le laide coppe al corpo della nonna. Suggevano con un leggero brivido schifoso che palpitava lungo tutte le anellature e tendevano la pelle mai sazie e si gonfiavano a dismisura sulle carni così chiare, loro così nere e lucide, screziate di rosso, come nate già lorde di sangue.

Mastu 'Mberto, mastro Umberto il barbiere, era l'esecutore dell'attacco e del distacco, operazione che entrava nella competenza più esclusiva dei barbitonsori, estremamente orgogliosi di quella pratica, che non solo li accomunava ai discepoli di Ippocrate ma li faceva anche gelosi possessori, in bottigliette dal largo collo, di schiere di quelle succhiatrici di sangue.

Su delineamenti del medico, che indicava i punti da trattare marcandoli con tondini disegnati a matita, era di mastu 'Mberto il compito di tessere l'immonda rete.

Un giorno, durante lo sgradevole armeggio, c'era proprio Francesca ad agitare lo scopino frusciante e fu scossa a lungo dal vomito.

Perché non avesse più timore degli animaletti parassiti con i quali aveva così dimestichezza, il barbiere volle mostrarle come, nel bacile, desse la morte alle succhione ingorde, tagliandole in due con forbici affilate, e il nutrimento che le aveva così saziate schizzava e gli macchiava le mani.

Per gioco poi, rudemente, ancora insozzato, rovesciandole il braccio, gliene posò una sul polso e lei cominciò a urlare e tutti gli accorsi non riuscivano a calmarla, e continuò a strillare, gli occhi di raccapriccio e il braccio teso allontanato in ribrezzo anche quando il polso fu sgombro.

I piccoli esseri ripugnanti rimasero per lei sempre annuncio di agonia, conferma di morte, amaro segno ogni volta che li rivide sulle carni dei suoi cari.

Per questo cercò di gridare, ancor più disperata per la voce impedita che le restava aggroppata nella gola, quando tanti anni più tardi poggiarono anche a lei i vermi piatti dietro le orecchie e, pur nello stordimento del malore, sentì nella puntura delle mascelle che si attaccavano sciolto il segreto del suo tempo di morire.

La nonna Trofimena fu ammalata per ventotto giorni e, all'alba del giorno di aprile dedicato a San Giorgio, non sconfisse il drago e in silenzio, mentre intorno le voci di dolore e di raccapriccio erano tante, affilata e stanca si arrese.

E il nonno, con occhiatacce e "Mannaggia 'a Madonna" e bruschi allontanamenti delle figlie dal letto perché con il loro spavento non disturbassero la partente, nel contenere l'angoscia degli altri cercava di non vivere la propria, difeso nel doloroso smarrimento dal ruolo che era suo di uomo forte.

Quando tutto fu compiuto rassettarono la nonna e la casa; poi, uno alla volta, si lavarono il viso e il collo nel bacile grande, quello decorato con il tralcio d'edera, e i piedi e le gambe nella tinozza di legno. All'aperto, nel giorno tiepido che avanzava.

Si vestirono dei panni migliori, senza toppe, ma non vennero rifatte trecce né si toccarono lame di rasoi: questo era l'uso per testimoniare un cocente dolore.

Approntati, gli uomini si alzarono il bavero della giacca e andarono ad appoggiarsi alla parete, affiancati, accanto all'uscio. Le donne si coprirono il capo e cominciarono la veglia sedute intorno al letto dove avevano deposto la morta e che era quello con i medaglioni fioriti.

Nel cerchio di pianto sommesso, a turno proteggevano ancora il viso immobile della nonna smuovendo lentamente l'aria con il cacciamosche e la mano aveva nell'agitarlo amorosa premura e religioso moto.

E il fruscio delle lunghe frange di carta segnava le pause di silenzio e diventava cadenza di sortilegio.

Poi arrivarono zi' Carmela la lattaia e il marito, zi' Michelina e la sorella 'Gnese con la suocera 'Nastasia, zi' Vicienzo 'o surrentino con i sei figli e la moglie, zi' Tore con il fratello Alisando e le sorelle Lalina e 'Ndreana, donna Cenzina con il genero e le cognate, mastu 'Ntuono con la moglie, e Vastiana la madre di Domenico che era lontano per il servizio di leva.

Dalle altre case dei mulini arrivò anche il mugnaio che stava dopo la curva del fiume, don Totonno, con la moglie Maruzzella che la nonna aveva aiutato nell'ultimo parto e che piangeva a dirotto.

Gli ospiti maschi si schierarono anche loro contro il muro, lungo tutto il perimetro della camera, in piedi con rispetto e anche perché c'erano poche sedie; le donne, invece, che si erano portate le loro da casa, acconciate nel secondo ordine di posto accerchiarono nel loro sgomento il desolato abbandono della morta, serrarono nella calda solidarietà il dolore delle figlie e alle loro cantate di rimpianto rispondevano con il raffiguramento delle virtù della defunta che illustravano come fossero cantastorie. E assolvevano alla loro funzione corale egregiamente, rispettando tempi, entrate e pause come se avessero a lungo provato.

Dopo l'*Angelus* del mezzodì il nonno andò fino al cortile della Fabbrica d'Armi: avvertissero l'uffiziale chirurgo della morte della nonna.

Quando tornò, qualcuno gli offrì una sedia al centro della camera e lui si sedette, e restò lì, a rigirare il cappello tra le mani. Curvo nelle spalle, le braccia poggiate sulle ginocchia, la testa abbassata, sembrava solo intento al suo copricapo stinto.

Lo rigirava, lo lisciava, lo contemplava, ne verificava accuratamente le cuciture, lo gonfiava con il pugno chiuso, lo poggiava sulle ginocchia per qualche istante e subito dopo lo riprendeva ancora in esame e ripeteva i gesti. Nella visione della moglie aveva impaccio dalle sponde che chiudevano da piedi il letto matrimoniale e così, ogni tanto, si alzava per guardarla come fosse dubbioso dell'evento e volesse verificarne la concretezza. E lanciava occhiate di rabbia a lei così lontana, estranea, così in ozio per la prima volta nella sua vita, supina sul piano disertato fino all'ultimo di quel suo talamo matrimoniale che, con le candele accese sui due comodini, ancora più vivaci aveva le margherite e le verbene.

La guardava come se la nonna gli avesse fatto una sgarberia, una cattiva azione, ma proprio brutta, e Francesca ripescò nella memoria il ricordo di un lontano e terrifico malumore del nonno al mulino, e di una rottura di stoviglie apocalittica che li ridusse a bere dal mestolo fino all'arrivo dell'ambulante che vendeva brocche e piatti.

Quello della veglia alla nonna fu un giorno strano per Francesca, di ozio completo, quasi fosse una festa, ed ebbe anche fame, e le conoscenti operose le portarono da mangiare e i loro bambini giocarono con lei e con le sorelle un gioco quieto, con le nocciole da lanciare in alto e prendere al volo sul dorso della mano.

Alla sera arrivò il prete della chiesa di San Gennaro che era quella della Fabbrica d'Armi e anche quel religioso paffuto dall'espressione così indifferente fu mandato dal colonnello Ulloa.

Dissero il rosario tutti insieme, rispondendo a coro, ma il nonno per tutto il tempo tacque e alla fine non si alzò per salutare il sacerdote.

Erano quasi le undici quando la moglie di zi' Vicienzo, suocera di zia 'Ngiulina, con dignitosa e solenne aria di celebrante spiegò un asciugamano di lino del suo corredo che poche volte dal cassone era uscito alla luce, lo distese sul comò, e le lunghe frange toccavano terra. Preparò un altarino con due ceri diritti nelle lustre bugie di ottone e al centro un crocifisso di legno, a destra poggiò sulla tela una larga fetta di pane, a sinistra una ciotola bianca colma d'acqua e un rametto di ulivo, sul davanti un piattino con la rotonda fetta di un grosso limone.

Intanto sopraggiungevano nella camera Vastiana e donna Cenzina con i grembiuli rimboccati zeppi di foglie di limone che acconciatamente sparsero intorno al letto della morta. Poi Vastiana andò ad aprire la finestra e lasciò i battenti spalancati, fermati alle catenelle.

Questo fu il segno per tutti di uscire. Bisognava allontanarsi dalla camera, la nonna doveva essere lasciata sola con la finestra aperta e la porta ben chiusa. Aveva bisogno di pace per prepararsi all'incontro con l'angelo, all'appuntamento che aveva con lui giusto al rintocco della mezzanotte.

Secondo le loro credenze, quello era per l'anima il momento della separazione dal corpo e lo spirito celeste scendeva accanto al morto ad aiutarlo nella grande rinuncia, ad assisterlo nel saluto alla terra, a sorreggerlo con il conforto mentre lo guidava nei riluttanti passi del distacco.

Chiari erano per l'addio i simboli arcaici della grande madre terra raccolti in quella cerimonia, e anche la presenza del limone aveva aperto significato, e non si riferiva di certo all'agro della vita perché, per quella gente, il limone era indicazione felice.

Il frutto entrava nella formula rituale perché, simbolo di grande magia, affatturato e solare anche nella raggiata fetta, significava e raccoglieva il senso gioioso della luce e della vita: poi, se partenza doveva esserci da quel microcosmo, quella che con dolore lasciavano era anche terra di limoni. E le foglie erano tappeto di commiato e di rimpianto.

La stanza si svuotò, la coperta di filé fu lisciata e stesa in qualche piega, tutte le sedie furono spostate contro le pareti e mancava all'appello solo quella del nonno che restò seduto.

Vastiana, che intanto con una scopa meglio raccoglieva

il tappeto di foglie intorno al letto, ingrugnata e rustica, senza parole, solo a colpi di saggina contro le scarpe lo sollecitò ad alzarsi.

La camera si presentava ormai rassettata, il tempo incalzava, si era quasi al limite dell'ora e l'aria che entrava dalla finestra o forse il battito d'ali dell'angelo impaziente faceva oscillare le fiamme di tutte le candele.

Il nonno però non accennava a muoversi.

Qualcuno lo chiamò facendo capolino dalla bussola:

"Don Peppi', si nun ascite fora, l'angelo nun trase" e zia Papele paziente gli andò vicino a fargli premura anche lei, senza parole, soltanto con l'accostarsi, ma lui non la guardò neanche.

Rientrò anche zia Catarina, andò verso il centro della stanza e a bassa voce, dopo aver lanciato uno sguardo alla nonna, lo chiamò:

"Papà... papà..."

Dopo di lei venne zia Mimela esitante, muta; dietro, a incalzare le sorelle, zia Rusinella, che arrivava energica a richiamare il padre con l'autorità di figlia maggiore:

"Papà... ma vuie tenite 'a capa tosta. Ma che site na criatura ca nun capisce?... Venite... venite..." lo esortava burbera, lei che era la più autorevole e severa di tutte, la meno ridarella. E intanto nella cornice della bussola i volti della madre di Francesca e di zia 'Ngiulina solo con gli occhi pregavano, e più indietro, nello scurirsi del vano, si intuiva zia Tenza per il lumeggiare di una testa rossa.

Ma il nonno perseverava nella sua assenza svagata e cocciuta.

Solo il richiamo di zi' Vicienzo ascoltò. Perché quando ci fu, fu davvero perentorio, dato con quel vocione e una guardatura risentita:

"Peppi' sosete... e iesce fora... 'A vuo' male a sta mugliera toia?"

In risposta all'interrogativo il nonno si alzò e tutti uscirono e zi' Vicienzo chiuse la porta e si raccolsero nella vasta cucina dove c'erano le due finestre, tra di esse il focolare di mattonelle, di fronte il grande tavolo, e lungo le pareti sei lettini.

Mentre aspettavano, zi' Tore raccontò, e qualcuno lo aveva già sentito altre volte, che anche suo padre, quando gli era morta una sorella non aveva voluto lasciarla e alla mezzanotte, mentre tutti erano andati via, era rimasto solo a vegliarla, fissandola con intensità. Allora dagli occhi della donna lentamente erano scese due lacrime e lui precipitosamente, facendo cadere la sedia, aveva lasciato la camera e alle sue spalle, mentre scendeva le scale, rumorosamente si scuoteva la porta.

Ognuno aveva da dire qualcosa sull'argomento, esperienze proprie o di altre persone:

"Quanno, salute a nuie, murette 'o nepote 'e Gennaro 'o passalava..."

"A sora 'e Mariella..."

"O nepote 'e Peppe 'a scala..."

E ogni storia faceva paura e le donne si segnavano svelte.

Quando tornarono nella stanza tutto era come prima e la nonna era ancora lì, ma una candela dell'altarino si era spenta, tutte le altre tremolavano e il lume filava, e questo fece agghiacciare Francesca che cominciò a singhiozzare forte e la consolavano le donne del coro con parole e carezze:

"Povera nennella... essa 'a vuleva bene... 'a vuleva bene assai 'a nonna soia!!!..."

E Vastiana le soffiò il naso e poi andò a chiudere la finestra.

Il funerale da poveri fu onorevole e bellissimo così odoroso di fiori d'arancio in acconci mazzetti, omaggio estremo dei vicini. Espressione generosa, di grande rispetto, perché i contadini mai recidono volentieri i fiori e tanto meno quelli che saranno frutta.

Ma ancor più profumò il cerimoniale del distacco e del rammarico, la nostalgia e il dirotto pianto delle persone che con la morta non avevano richiami nel sangue, ma solo pratica di amicizia, e che si accomunavano nel dolore ai familiari che l'avevano molto amata. E questo chiudeva in attivo il conto che la nonna aveva con la vita.

La cassa di legno fresco, quando fu serrata e si chinarono a baciarla, aveva odore di pino. In modo inconsapevole questo li confortò.

La portarono a spalla in quattro al recinto del camposanto sul pendio del vulcano, nello spazio benedetto al quale, secondo gli assetti cimiteriali voluti dal defunto re Ferdinando, faceva capo la contrada cui appartenevano.

La bara nuda non aveva a ricoprirla il lungo coltrone dei ricchi né l'avrebbero sepolta nel pavimento di una chiesa come Rituccia, però non sarebbe andata nella "fossa carnaria", avrebbe avuto un tumulo con una croce di ferro battuto e un palmo di terra tutto per lei e c'erano due preti a seguirla: il cappellano della Fabbrica d'Armi e il parroco dell'Annunziata che era la loro chiesa.

E tutti gli altri dietro a capo chino, a due a due, composti nel viaggio.

Quando presero la scorciatoia campestre, il corteo ebbe un ordine sparso e zia 'Ngiulina, le cognate, zia Rusinella e zia Papele si fermarono a tagliar ginestre da lasciare poi sulla fossa.

I quattro uomini che sorreggevano il feretro erano: il nonno, il padre di Francesca, il fidanzato di zia 'Ngiulina e il sergente D'Ambrosio della compagnia "artefici artiglieri" della Fabbrica d'Armi. Il sergente era il freschissimo promesso sposo di zia Papele che lo seguiva dappresso, quasi nelle orme, tutta compunta e severa con il capo coperto dal fazzoletto a rose della nonna.

Bella nella figura alta e imponente, luminosa nella carnagione e negli occhi di un azzurro chiarissimo come quelli di sua madre, dolce nel colore castano della treccia, mite nel gesto e nella parola, zia Papele, ancora nubile, era per i suo tempi, con i suoi trentadue anni, attempata zitella.

Ma non se ne doleva, anzi, all'inizio, alle *avances* del sergente aveva risposto dignitosa, senza avventarsi nell'impegno.

Si era però mostrata ben disposta alla sua corte, alla statura che lei superava di una spanna e alla cupola di calvizie dell'uomo compensata da una coroncina di superstiti capelli ("ricciulilli ricciulilli", diceva lei tenera) che ne carezzavano la nuca. Una nuca grassoccia grassoccia, che in pieghe e pieghette debordava dalla pressione del rigido e alto collo della giacca militare, prestigiosa oltre ogni dire.

Il "sì" di zia Papele era forse venuto proprio per quella che era la chance più pregnante del sergente D'Ambrosio: l'importanza del grado che anche in quell'occasione triste, nell'aria marziale e nell'autorità indiscussa della divisa, dava lustro al funerale.

Sulla bara della nonna, quando l'avevano chiusa, il padre di Francesca aveva fermato con quattro chiodi una folta candida ghirlanda. La moglie con le tre figlie più grandi, Concettina, Francesca e Vincenzina, aveva colto lunghi rami di fiori degli angeli dai cinque bianchi cespugli che cingevano la casa dalla parte dell'orto, e li aveva intrecciati per una corona che ricordasse alla nonna la sua casa.

Nella salita oscillava la cassa sulle spalle degli uomini ansanti e sudati, un po' sbilanciati dal sergente che aveva statura inferiore.

Ogni tanto i portatori cercavano di meglio acconciare sulla spalla il doloroso fardello e di fermarlo più saldamente, cingendolo anche con il braccio libero.

Per questo stropiccio, e per gli altri sbalzi nell'andare, la ghirlanda a tratti perdeva un bianco rametto pieno, oppure solitaria e leggera cadeva una piccola corolla stellata, e la bara spargeva fiori come se la nonna volesse segnare il cammino per poi ritrovarlo e tornare.

Ma, tranne la camicia da giorno con il nastrino rosa, la sottana con le due balze di merletto, tranne la gonna e la camicetta di lanetta nera, le calze nuove di cotone bianco, il bustino di seta e le pianelle di velluto, le sue cose migliori con le quali l'avevano seppellita, di lei, ai cespugli, ad arearsi distesi sui tralci dei fiori degli angeli ritornarono soltanto i panni di ogni giorno. Tornò il corredo povero e ruvido, le gonne toppate, le camicette enormi, gli scialli, la vecchia fascia steccata, i grembiuli di cotonina nera e i fazzoletti paesani che nel lavoro, nel sole e nel freddo le avevano riparato la testa.

Tutto raccolto sul biancheggiare dei rami a testimoniare che aveva vissuto e che quegli indumenti avevano rivestito le sue forme, tutto sciorinato a dondolare sugli arbusti percossi da un'aria avvampata che li rabbuffava a tratti con l'alito afoso, e li attristava.

Nel conteggio del vento mancava naturalmente all'appello la mutanda della nonna Trofimena, quella lunga di battista, con il doppio volà festonato di dentelle. Le figlie l'avevano cercata nel segreto di un cassetto e gliel'avevano cinta da morta.

Prima lei non ne aveva mai indossate, ma, in previdenza, da anni ne aveva cucita e conservata una, e a voce bassa, arrossendo, sempre si raccomandava, anche in piena salute, anche in giorni non sospetti, che gliela mettessero in tempo se avesse avuto un malore improvviso. E ammoniva e pregava che la morte nella sepoltura non la trovasse senza: "Arrassusia... arrassusia." E tornava da lontano, nella negazione intensa della donna, il ricordo di un linguaggio del passato: "Adrasus sit... adrasus sit... Sia raso... Sia cancellato... Non esista... Non sia mai."

Fu dopo la morte della nonna Trofimena, e si era chiuso il maggio, che Francesca cominciò a sentire raccontare dal sergente D'Ambrosio di una rivolta in Sicilia, di "liberali mestatori", di uno sbarco traditore, di truppe garibaldine approdate nell'isola con due piroscafi: il "Piemonte" e il "Lombardo", protetti e guardati da due navi inglesi.

E zia Tenza si accorava, lei che aveva il suo Domenico nell' "Armata di mare" e navigante forse proprio verso la Sicilia, su di un legno da guerra, il "Capri".

Il sergente sembrava sapere sempre tutto, di combattimenti, di sconfitte, di Palermo perduta, di concreto pericolo di invasione anche per Napoli, di depositi che si ritiravano dal "Banco", di uomini in camicia rossa e senza Dio che volevano spropriare i beni dei preti, e soprattutto di un uomo che si chiamava Garibaldi. E le donne abbozzavano leste un accenno di croce a sentirlo nominare.

Tante volte si segnavano, perché il sergente nel suo parlare chiamava in causa di continuo il personaggio e sembravano molto turbati lui e il nonno che l'ascoltava. E quando il novellatore abbassava la voce, l'uditorio raccolto ancor più si angosciava nel mistero del bisbiglio.

Poi una sera Francesca orecchiò zia 'Ngiulina confidare

alle sorelle, e glielo aveva detto il fidanzato, che i soldati di Garibaldi avevano la camicia rossa perché la bagnavano nel sangue dei morti e che, con i batuffoli pregni d'olio santo, si nettavano posti del corpo innominabili.

Zia Tenza era scoppiata a piangere e zia Rusinella le aveva parlato di preghiere e penitenze e con l'orlo del grembiale le aveva asciugate le lacrime.

Ma Francesca, di Garibaldi, dalla domenica successiva a quel suo spiare, non ebbe mai più paura.

Le cose andarono così.

Quel giorno lei aiutava il nonno a spennare una gallina per il brodo della festa e Sabella, la più piccola delle sue cinque sorelle, con la scopa più grande dei suoi sette anni, raccoglieva penne. A un tratto si era fermata abbracciando la mazza e aveva, con voce querula, rotto il silenzio dei due. D'un tratto si era rivolta al nonno e l'espressione che si affacciava tra i riccioli scuri e scarmigliati era così piena di curiosità da farle il visetto puntuto, anche per via del naso, che era fortemente rivolto all'insù.

"'O nò... 'o nò sentite na cosa... sentite" e il nonno aveva alzato il viso e si era fermato nel lavoro e volavano piccole piume mentre si girava a guardarla:

"'O nò ma Calibardo... Calibardo 'a fa 'a pipì?" E il nonno serio le aveva dato risposta affermativa; anzi ancor più attestò l'umanità del personaggio:

"Sine... fa pipì... fa pipì e pure tutto 'o riesto..." e Sabella si era tranquillizzata e Francesca anche.

Poi il giugno si spiegò fruttifero e ciarliero con l'imperversare dei cinguettii su ogni fronda. Pendenti di ciliegie, in gioco, ciondolarono dalle orecchie delle donne al mulino. Tra i rami accesi di verde piccole albicocche fiammate sporsero in tentazione oltre i limiti dei piccoli muretti di pietre del vulcano.

E per le sortite nei frutteti confinanti l'arrampicarsi delle bambine alle pareti spumose, così invitante nelle sporgenze degli appigli e nella breve altezza, si svelava invece malandrino all'aggrappo, nell'asprezza graffiante delle pietre e nel dirupare di quelle meno salde.

Dopo le scorrerie, il precipitarsi verso il mulino era sempre sanguinante, ma anche trionfale con i rimbocchi delle gonnelle stracolmi e loro che correvano con un braccio raccolto a serrare il bottino e l'altro teso a mostrare il frutto. E lo gridavano, l'annunciavano da lontano a quelli della casa: "'a crisommola... 'a crisommola..." e riprendevano l'antico greco: "*chrysòmelon... chrysòmelon...*"

Le finestre della casa, quelle al sole, ebbero gli affacci freschi di rose. Erano le rose della nonna. Da quando era appena arrivata e le aveva scoperte così trascurate e neglette contro le mura scrostate, di loro si era presa cura serena. Aveva potato le piante nodose e ne aveva guidato il diramare che il nonno dallo scaletto, più agile nell'arrampicarsi, aveva poi fermato sull'intonaco. Lei aveva concimato con mani sofferte, piene di geloni, la loro terra scura, ancora nel dicembre passato. Esse già dal profondo grembo la conoscevano e segnavano un debito con la bella fioritura e cercandola continuavano a dischiudersi nel loro splendido imbalconato. Per questo forse si affacciarono in tante.

Ma il tempo di quel giugno fecondo era sereno solo nella natura. Inceppato disfaceva il suo groviglio l'incerto milleottocentosessanta gonfio di fatti e d'impeto, e anche di sconcerti, di ansie, per quegli aneliti così esaltanti di "unire" l'Italia, di tradurre in eventi reali il risveglio della coscienza nazionale.

Giorni strani si vivevano allora proprio nel Reame, giorni accozzati e appassionati nei contrasti, perché i desideri e le speranze di tanti erano i tremori e lo sgomento di altri, anche di un umile mugnaio. E quando i moti dell'animo sono questi, non è fuori del sentimento che la misura tra i fratelli sia l'odio.

Ben lo intendeva Francesco, il nuovo e mite re del nonno, e lo paventava per il popolo frastornato che era il suo e che lui voleva felice.

E si attristava nell'assolato palazzo di fronte al mare, nelle profonde e disertate stanze.

Inutilmente si feriva il petto per mostrare il cuore che

aveva trasparente, ma gli uomini influenti fingevano di non vederlo così terso e quelli che lo notavano non erano importanti.

Volevano rapinargli il regno ed era solo, solo con la sua regina, senza consiglio, confuso e giovane e per iattura anche onesto. E il Papa in "conforto" gli scriveva "Pensi Vostra Maestà che se si perde il regno della terra rimane sempre quello dei cieli..."

Lui, Francesco II, proprio sul finire di quel giugno, aveva, in "fidanza", proclamato la Costituzione, promesso nuove leggi e liberalità nel comporle, chiamato un concreto patto con il re del Piemonte per i destini dei loro due popoli, aderito ai grandi principi nazionali e italiani e scelto di aggiungere il tricolore al suo stendardo bianco e oro.

Aveva concesso l'amnistia e spalancate le galere a tutti i condannati politici, richiamati in patria gli esuli e anche aperta per essi una sottoscrizione, perché fossero così rimesse non solo le pene ma anche i rancori.

Ma indifferente all'Atto e ai benefici era restato chi custodiva il sogno antico dell'Italia "unita e indivisibile", dell'Italia Nazione, Patria comune, raccolta entro quelle frontiere di lingua e cultura, Alpi e mare che già la segnavano unità territoriale.

Anzi, quelli che tenaci rincalzavano questo religioso fondamento e nell'impulso dell'accecante meta poco consideravano il rispetto dell'individualità storica ed economica della terra del nonno, e il "come" essa sarebbe entrata nei limiti del grande affresco italiano, avevano subito rilevato nelle concessioni del re napoletano non la buona volontà, ma il malfermo governo. E le avevano subito usate come fionde contro la Dinastia, in un difficile momento del suo regnare, perché più agevole fosse abbattere chi, difendendo il suo popolo e i suoi confini, segnava una strada senza uscita nel disegno dell'intento di "unità".

Invece l'accorto ministro di un re di terre nevose e così lontane nello spazio e nei costumi si muoveva suadente e affidabile nel labirinto di quella speranza di fusione, perseguendo il franco sentiero per arrivare fino al cuore dell'intricata mappa. Mentre Garibaldi, il campione che giostrava con i colori di quello stato del nord, infiammava ed esaltava con la sua avventura di mille soldati contro un esercito, e quello sbarco in Sicilia così facile.

E uscivano dal buio dell'attesa senza misura del pericolo, allo scoperto, i patrioti napoletani, e appendevano come luminarie, a grappoli, illusioni di giustizia, fratellanza e rinnovata umanità. Così si gemmavano le speranze dei puri e dei diseredati, si allertavano i tristi e i profittatori, mentre in prudenza si travestivano i falsi e gli infidi. E il re del nonno per non punire cercava strade ombrose di tolleranza.

Le agitazioni cominciarono appena promulgata la Costituzione.

Un mattino, nell'aria ovattata, si sentirono al mulino colpi di arma da fuoco venire dal paese e dal mare.

Il giorno che nasceva aveva avuto nella notte nuvole e lampi lontani, ma, rasserenatosi molto prima della luce, per la sua rappresentazione si era aperto sgombro e quieto, solo con pochi cirri carichi di rosa, come in barocco proscenio sull'infinito azzurro del fondale.

Era il ventisette di giugno e le fucilate avevano eco nella barriera del vulcano e nel cuore delle donne della casa che sapevano Salvatore e il nonno fuori fin dalla notte. Qualcuno poi tornò anzitempo dal mercato a dire di disordini, di evviva a Garibaldi che si gridavano sfacciati, di scontri nel vicolo delle carceri con la polizia che aveva disperso la folla sparando in alto.

La brigata di fusillare non si era presentata al lavoro, e neanche il nipote di mastu 'Ntuono, Pitruccio, l'altro operaio del mulino, Gabriele, richiamato alla leva, già mancava da qualche giorno.

Comparve, invece, con la luce abbacinante del mezzogiorno, un gruppo di popolane minacciose e tracotanti al di là del cancello. Tra esse c'erano anche delle fusillare che avevano lavorato al mulino, e poi il nonno non aveva più voluto licenziarle.

Le donne, arruffate e misere, avevano i larghi petti e gli scialli neri costellati da innumerevoli e vistose coccarde di nastri bianchi rossi e verdi.

Da lontano scandivano frasi dapprima di oscuro intendimento per quelle del mulino, inveivano plateali e lanciavano lapilli contro i vetri della casa: zia Papele fu colpita alla testa di striscio.

Allora le assediate si chiusero in casa e ogni tanto dalle lastre delle finestre sbirciavano fuori, guardinghe, a sorvegliare la radunanza che, tra lanci di pietre e accenni di tarantelle sguaiate, sottolineava i suoi motti battendo il tempo con duri colpi di nocche ai tamburelli tintinnanti:

"È fernuta 'a festa... È fernuta 'a festa... Mo vene Bardo... Mo vene Calibardo... Mo vene Calibardo."

Ma Francesca non tremava, mentre altre della famiglia, impaurite, si disperavano smaniando i loro "Giesù... Giesù... Giesù..."

Lei in silenzio, esorcizzando l'angoscia, rispondeva al coro che proclamava questa venuta come promessa di male:

"E a me che me 'mporta... E a me che me 'mporta..."

Il tempo a lei lo segnava il tonfo del cuore nelle orecchie.

Richiamati dal fracasso e anche da qualche volenteroso che era andato ad avvertirli, arrivarono zi' Vicienzo e i figli con i forconi e zi' Tore con la zappa, e le ossesse se la squagliarono tallonate dagli uomini che le rincorsero per un tratto disperdendole.

E zi' Tore, fermo al centro del sentiero, anche dopo che erano scomparse le minacciava con la zappa brandita e le rincorreva con il vilipendio: "Janare... Janare..." E si riempiva la bocca con il termine offensivo, e lo spregio di donne malefiche, di streghe, fattucchiere, era nel suono stesso della parola perché lui non sapeva di chiamarle "*Dianariae*", di offenderle con l'ingiuria latina che in un tempo lontano la nuova religione cristiana riservava alle donne ancora pagane, sospettate adepte di Diana, quella lunare signora delle ombre e dell'arcano.

L'uomo restò all'erta per un po' di tempo, poi sempre baldanzoso si volse per il ritorno, e nella mossa l'occhio fu richiamato dal vivace risalto sul terreno di una coccarda. Con la punta della zappa la sollevò in aria lanciandola lontana indispettito e sprezzante.

Nella luce viva rotearono per un momento le tinte della nuova bandiera, i colori della futura speranza. Con essi si erano pavesate le povere donne, come vascelli festosi verso l'attesa di nuove terre e nuove conquiste; con essi, come fossero medagliette e santini, paravano i loro scialli eternamente alluttati, perché dal bianco e rosso e verde accrespato attendevano taumaturgiche virtù di sanare ferite.

La mattina della sassaiola e della tarantella rivoluzionaria gli uomini dunque mancavano dal mulino. Erano partiti per Napoli nella notte con la barca, per consegne grosse e urgenti.

Portavano pasta a casa Craven al Chiatamone, alle cucine delle "tre duchesse", al forte di Sant'Elmo, a quello di Castel dell'Ovo, e ai frati di Sant'Antonio a Posillipo.

Ma c'erano anche ordinativi per certe osterie e locande che avevano programmati grandi banchetti, e proprio la scorta più voluminosa, l'ultima da consegnare, era per donna Teresina la caprese che gestiva la "Locanda dell'Allegria" al largo della Carità.

In quel momento storico la capitale del Regno delle due Sicilie aveva tremori, e nello stesso tempo aveva festini. Anche per frastornare l'inquietudine, tutti avevano qualcosa da festeggiare. I borbonici la Costituzione, i cospiratori l'amnistia, le famiglie degli esuli l'imminente ritorno dei cari, gli unitari cavouriani il vacillare del trono borbonico, i favorevoli a Garibaldi e alla repubblica di Mazzini i segni di rivoluzione, i malintenzionati tutto il torbido che si profilava e che era il loro più congeniale elemento.

In gran letizia era anche la camorra per l'aprirsi delle

galere per tanti dei suoi figli "guappi cospiratori" che, nella consuetudine della prigionia divisa con i condannati politici, si erano rimpannucciati con gli ideali dei patrioti beneficiando del condono, e intanto (così segretamente trapelava) qualcuno di essi nascondeva nella fodera del cappello il ritratto del re.

Comunque donna Teresina la caprese aveva ordinato e aspettava le spaselle del nonno per tavoleggiarne i contenuti in allegri convivi con commensali di rispetto, diceva. In realtà, parecchie di quelle riunioni erano tenute proprio in onore di "stimabili" camorristi (tra gli alti gradi dell'Onorata Società) che si erano fatti liberi dalle segregazioni di Santa Maria Apparente.

Ma la locandiera dovette sovvertire i suoi menù giubilanti perché Salvatore e il nonno non scaricarono alcun fardello alla "Locanda dell'Allegria" dove del resto non approdarono per niente, anzi, quando su quel giorno scese la sera, neanche alla loro casa erano ancora tornati.

Rincasarono fuori ora, oltre ogni limite di attesa, malconci nei volti e negli abiti e con le fasce da lutto strappate.

Alla luce delle inquiete lanterne delle donne appostate sullo stradone ad attenderli, essi, che rimontavano la curva della strada maestra, spuntarono dopo la mezzanotte. Subito eccitati, senza soffermarsi nell'incontro, avevano cominciato i loro racconti che si incrociavano nel cammino; e le donne d'intorno come lucciole. Poi, tra gli appelli di sgomento, "Madonna mia... Madonna mia...", altamente ripetuti, oltrepassarono il segno del cancello che avevano varcato senza sospetti quasi venti ore prima, e rientrarono provati nel corpo e oppressi nei cuori dall'aria di sommossa che avevano respirato e che non prometteva niente di buono.

Raccontarono che si erano trovati a due passi dalla "Locanda dell'Allegria", coinvolti inaspettatamente in un tumulto, in mezzo a gente vociante, tra monelli, donne impudenti e uomini soverchiatori.

I dimostranti tornavano dall'avere assalito il commissariato di Monte Calvario e gridavano "libertà e indipendenza" e "muora la polizia" e avevano preteso che anche chi stava a guardarli o si trovava a passare concordasse con quella loro vistosa animazione. E chi, preso di mira, non conclamava con loro, era oggetto di parolacce e di percosse.

Salvatore, che menava calci e pugni a chi lo aveva abbrancato perché si negava a quella prepotenza, costrinse il nonno a tornare indietro, lui che se la stava squagliando dietro l'angolo di un vicolo seguendo istintivamente il facchino del porto che li accompagnava e che aveva mollato contro il muro pasta, ceste e carrettino a mano.

Così restarono tutti e due intrappolati e dovettero seguire gli agitatori forzatamente, con un braccio ritorto dietro la schiena e la punta di un coltello tra le reni.

Questo fino a che il sole cominciò a declinare, perché allora, placati i bollori, i rivoltosi si fermarono a bagnare tozzi di pane all'acqua di una fontana e li lasciarono liberi, congedandoli con il viatico di calci nel sedere. Ma li prendevano in giro e li stuzzicavano, e mentre suocero e genero girandosi continuamente indietro ancora increduli si allontanavano, gli scalmanati, con mosse che fingevano slanci di corse, recitavano ridendo la commedia di volerli riacchiappare, e sulla fuga finale a gambe levate dei due uomini fecero sibilare fischi e lazzi.

Erano andate in quel modo le cose e avevano perduto la pasta e le ceste; tutto narrarono puntigliosamente, anche gli sberleffi, la conclusione la trasse sospirando zia Rusinella: "Curnute e mazziate."

Il nonno aveva un brutto livido dietro il collo e un braccio molto dolente, Salvatore una ferita di coltello sull'omero, per fortuna di striscio, ma sputava sangue da una spaccatura del labbro e gli dondolava un dente.

Mai sua moglie, che lo medicò con pezze fredde e aceto, avrebbe immaginato che gli restasse ancora forza per il notturno incontro amoroso.

Perciò tralasciò la consueta unzione di certe profondità, le più intime del suo corpo, con il miele di fiori d'arancio di zi' Carmela la lattaia, che a lei il nettare lo regalava, quando però andava al mercato a Menechella 'a puttana lo vendeva.

Ma Salvatore De Crescenzo quella notte era troppo rabbioso contro i "lazzari camorristi", ne avrebbe ammazzato uno se lo avesse avuto tra le mani e sfogò la compressa energia nell'impeto di un accoppiamento che fu vigoroso e breve.

Dopo l'amplesso non ebbe sulla pelle ricordi vischiosi e attaccaticci, ma aveva messo incinta la moglie e la donna, senza quella dolce protezione che era per lei come una scaramanzia, lo sentì e ne fu subito certa.

Salvatore si addormentò di colpo ancora gravandola, ma lei restò sveglia e sentì il nonno uscire e indaffararsi intorno al capannone dove si asciugava la pasta e, rumoroso, chiudere certe finestre e aprirne altre.

Un benefico venticello scendeva dal vulcano, dai suoi vapori segreti, dalla sommità d'altro pianeta. Fresco divallava nel silenzio, con leggero fruscio lungo i sentieri di magma rappreso, lungo le tormentate architetture lunari, sulle onde impietrite, sull'impeto rugoso degli immoti mari di lava.

Ma restava sconsiderato quel vento giovane: dal dramma non apprendeva saggezza, libero bighellonava e ruzzando smuoveva cespi di ginestre, foglie di aranci e panni stesi e tentava frasche di palme in quieti giardini addormentati. Arrivato al mare poi si attardava prima di perdersi, giocava a rimpiattino nei vicoli del paese, da finestre aperte, fiduciose sulla tiepida notte, s'insinuava in case e in pensieri e carezzava mobili e suppellettili e faceva oscillare lanterne ancora allumate.

Da imposte appena accostate si intrufolò nel buio di uno studio severo, turbò carte vissute, il ciuffo di piume erettili sulla testa di un uccello impagliato e il lembo spiegazzato di un giornale poggiato sulla vasta scrivania, piena di cassetti e di tarli.

Il giornale aveva la data del venticinque giugno milleottocentosessanta. In prima pagina pubblicava l'Atto Sovrano:

"Desiderando di dare a' Nostri amatissimi sudditi un attestato della nostra Sovrana benevolenza, Ci siamo determinati a concedere gli ordini costituzionali e rappresentativi nel Regno, in armonia co' principi italiani e nazionali... A quest'oggetto siamo venuti nelle seguenti determinazioni..."

Palpitava il foglio stampato e tremolavano le righe e le parole...

Contro il parere dei "Sette Savi": "Maestà la Costituzione sarà la tomba della monarchia borbonica... affretterà la rivoluzione", il documento, peraltro tardivo e che scioglieva pericolosamente certi vincoli, ormai era un fatto.

Solenne nella speranza, l'Atto non aveva portato fiori e frutta nello sconsolato giardino del re. Anzi, con Garibaldi alle porte, si era fatto cuspide affilata per ancora una nuova trafittura alla dinastia, che aveva già d'intorno mute di cani e cacciatori infiniti.

Ma perché una tragica storia di lutto si compia bisogna che siano ascritte anche le illusioni.

Bianche e vincenti pedine erano toccate al re del Piemonte, nere al re del Mezzogiorno; a lui che forse, non nel tornaconto ma nella purezza del sentimento, era tra i due il più "unitario".

Ma nella beffa del gioco senza scampo, cosa poteva opporre alla bianca altissima torre del genio politico di Cavour?

E all'alfiere in camicia rossa?

E a quel fante così ambiguo, a Napoleone III, che nell'esca della trappola dichiarava amicizia alla vittima?

Il re del nonno poteva soltanto schierare i neri cavalli della sua giovane inesperienza, della pietà religiosa, della difficile discendenza "non da una santa madre, ma da una madre Santa", del rispetto franco per l'avversario, della lealtà a ogni costo come nelle antiche tenzoni, dei ministeri disgraziati dove, in un maligno contrappunto, i sensati che potevano ben guidarlo nel consiglio non erano leali e i leali erano tragicamente incapaci.

E il movimento sulla scacchiera della sua regina e del re che lui fu a Gaeta, nei giorni dell'assedio, servì solo per una gloriosa, struggente sconfitta. Non per la vittoria.

Con la Costituzione erano cominciati i tumulti. E gli uomini dissennati che avevano picchiato il nonno e Salvatore avevano anch'essi piedi nudi e camicie toppate ma portavano, in fede, decorazioni di coccarde tricolori.

La chiesetta della Madonna del Principio suonava l'*Angelus* del mezzodì quando l'uomo che batteva il tamburo più grande di lui si fermò senza fiato al mulino a dissetarsi con una rapida bevuta di vinello fresco, e poi, dopo la stamburata, proseguì dalla parte del ponticello: "Gente... gente... Pupulazione": proclamava lo stato d'assedio.

Lasciò Salvatore e il nonno storditi dai rulli, sbigottiti per il cattivo annuncio, attoniti con le giarre ancora levate. Salvatore, con gesto meccanico, riaccostando la sua alla bocca, si dimenticò della ferita e fece una smorfia, perché gli bruciò forte il labbro spaccato dal cazzotto il giorno prima.

Il nonno poi scese fino alla cantonata a leggere il manifesto con il quale, dopo i disordini, il nuovissimo prefetto di polizia che si firmava Liborio Romano proibiva: "gli attruppamenti e le grida di ogni specie che potrebbero ingenerare tumulti".

L'affisso cominciava così:

Le novelle istituzioni (cioè tutte le belle novità stabilite nella "Costituzione", spiegarono al nonno e a zi' Tore, che non aveva capito niente e niente capì), promettitrici e garanti al nostro bel paese di un lieto e prospero avvenire, non possono convenientemente radicarsi e produrre frutti soavi se il popolo non dà prova di averle meritate aspettando con pazienza le nuove leggi e il tempo dell'oprare, rispettando l'ordine pubblico, le persone e le proprietà...

Il nonno sillabò tutto piano piano per molte volte, cercando di capire, di cogliere il senso dell'appello, soffermandosi soprattutto sui "frutti soavi" a lui così poco chiari, che anzi ancor più gli confondevano le idee, e facevano anche "agreste" l'avviso di questo prefetto.

Con lo stato d'assedio il lavoro al mulino si fermò quasi del tutto. Francesca e le sorelle, nell'ozio forzato di pomeriggi caldissimi, fecero i bagni nel canale, con le sottanelle di cotonina che si attaccavano patetiche alle figure smilze e agli accenni di forme delle più grandi.

Assicurate con le mani alla corda, che a loro cingeva la vita, si calavano nell'acqua frusciante e chiara una alla volta, ripetendo il turno, e le altre sulla sponda, ridarelle, aspettavano, in uno schiamazzare ininterrotto.

L'altro capo della fune era retto dal padre, che scherzava con loro nel gioco di volerle abbandonare alla corrente, e sembrava sereno e di buon umore, lui.

Il nonno invece era scuro e invelenito, girava tra le sue macine e le sue macchine e aveva sempre qualcosa da sistemare e si avvolgeva di vapori come una divinità irata mentre bolliva, per tenerle pulite, le piastre oziose delle trafile.

Non si rasserenò e non si levò a gloria la sua voce, neanche quando, dopo meno di una settimana, il due di luglio, il maresciallo Cutrufiano dichiarò tolto lo stato d'assedio e il sergente D'Ambrosio tornando dal forte di Sant'Elmo portò una lieta novella con occhi ridenti: pareva che le cose si mettessero bene, forse era stata già conclusa la lega con il Piemonte.

Ma il nonno restò torvo, perché l'avvampava un'amara intesa del futuro e lo scontento per un presente che non capiva. E poi nel lavoro del mulino nessuna cosa fu più come prima e le fusillare non tornarono e il suo informatore e conforto, il sergente D'Ambrosio, comandato, ancora partì, e questa volta per l'armeria di Gaeta.

L'arrivo però di un personaggio al nonno molto gradito allentò l'atmosfera sospesa che rampicante isolava il lembo di terra sotto il vulcano.

Inattesa, con un calessino tutto infiocchettato, trainato da "nu cavallo cammenatore", un cavallo da trotto, venne in visita donna Teresina 'a caprese: l'ostessa della "Locanda dell'Allegria", quella dove stavano andando il giorno della rivolta.

Venne perché abbisognava di pasta che solennizzasse alle sue mense la festività della Madonna del Carmine, il sedici di luglio.

Al suo fornitore, per gratificarlo delle perdite di quel malaugurato giorno, dello scompiglio e di tutto l'amaro disagio del quale era venuta poi a conoscenza, portava in dono una spasella di pesce.

Nel presentarla con orgoglio al nonno, con le mani piccole e carnose, sollevava i ciuffi di alghe che con la loro fragranza raccontavano mare e, scoprendo spigole fresche e triglie rosatissime, le celebrava e ne faceva notare compiaciuta l'occhio e l'espressione ancora vivida:

"Don Giuse', l'hanno piscate stanotte... arraggionano ancora."

L'uomo di mezza età, che alla guida del bellissimo roano aveva accompagnato donna Teresina, era sgradevole nello strabismo pronunciato. Era persona assai scontrosa e pretenziosa nel gatteggiare sfacciato della giacca di velluto marroncino, e nel luccicore di uno spiccante anello. Il nonno ricordava di aver già visto l'anello, e quell'uomo borioso che millantatore si vestiva di spavalderia, "'n'ommo ammartenato", *a Marte natus*... in ironia, girare per il porto a raccogliere giocate per il lotto clandestino.

Invitato a entrare in casa, rifiutò e fece la guardia al cavallo, intento solo a strigliarlo, preso solo dalle cure per l'animale.

La caprese, invece, aveva modi assai manierati. Era una donna piccola, rotonda rotonda, sui quarant'anni. Quando era scesa dal calesse lo aveva fatto pendere tutto da una parte.

Il viso era paffuto, la carnagione rosata, i capelli corvini raccolti sulla nuca, la scriminatura centrale della pettinatura marcava una linea di pelle chiara, quasi luminescente. Alla bocca ben disegnata dava ombra una fosca peluria, e nel sorriso, che aveva fisso, mostrava denti forti e intatti.

Il vestito aveva maniche strette che dopo il gomito si aprivano in tre balze arricciate, il colletto ecrù era di blonde in tre ordini di trina, sul petto le cadeva una catenella d'oro con una croce.

Una piccolissima cuffia da passeggio, aerea di merletti neri, si arroccava sulla sommità della testa.

Alle dita aveva sei anelli, e Francesca li contò.

Imbustata e pomposa nel cangiare della stoffa di seta scura, andando verso il nonno alzava, senza grazia, la gonna perché non le impacciasse la camminata che aveva dondolante, "comme a na papera", commentarono dopo le donne della casa.

Il suo tratto, suadente e accattivante, trovava una smentita alla bonomia apparente nello sguardo che aveva vigile e freddo, ma soltanto quando con il suo incrociava la diffidenza delle donne con le quali non simpatizzò. Invece, mentre la caprese si rivolgeva al mugnaio, l'occhio le si faceva tenero e si incurvava ad avvolgerlo tutto, come in una spirale.

E il nonno, nell'offrirle la sedia, il vino e dei biscotti di grano che facevano loro, si congestionava nel volto, e la vena del collo era turgida come quando si infuriava. E la donna gli parlava, gli parlava con tutto il suo dire garbato, con la sua cantilena di voce persuasiva e carezzante, e gli narrava di tutta la dispiacenza che le era venuta da quello che era successo, e che era capitato proprio a lui, a lui che non meritava affronto alcuno, lui così galantuomo, così dabbene, così "nu buon'ommo..."

E il nonno via via cercava sulla sedia accomodamento sempre più diritto, e con due dita ruvide e spaccate allargava lo scollo della maglia di lana e roteava la testa. Donna Teresina suonava il piffero, e il nonno faceva il serpente...

E lei lo rincorava:

"State senza pensieri... 'ammuìna è finita, mo tutto è a posto..." E lo spingeva a portargliene ancora di pasta, "io v'aspetto", e non la finiva di incoraggiarlo, che andasse senza tema e ancora insisteva nel rassicurarlo, "nun avite paura, mo stammo quieto... Aspettammo surtanto ca vene Calibardo".

Poi, leggendo sofferenza nella mutata espressione del nonno, con la sua mano paffuta cominciò a battergli dei colpi sulla coscia:

"Don Giuse' nun ve pigliate collera, passa... passa... so' passate tanta cose, passa pure Calibardo..."

Ma il nonno ebbe come una ribellione, afferrando, stranito com'era, del discorso non il senso eracliteo del "tutto scorre" ma il significato più sostanziale di passaggio, quello di transito e di conquista, e scattò dalla seggiola facendola cadere e senza sostegno si ritrovò anche la mano della donna:

"Eh no, donna Teresina Calibardo nun addà passa'... mannaggia 'a morte, nun adda passa'..."

Ma una volta in piedi rimase impacciato dall'irruenza della sua mossa, perché della locandiera aveva soggezione, e congestionato si risedette sulla sedia che qualcuno intanto aveva rialzato.

Sorrideva la donna reclinando la testa, e più appariscente si faceva il rigonfio del doppio mento. Sorrideva a lui dondolando il capo e attese che tornasse in limiti più pacati, e poi cercò con la parola di consolarlo, guidandolo in sentieri obliosi, di filosofica noncuranza:

"Neh don Giuse'... ma a vuie che ve ne fotte? Calibardo a vuie che ve leva... che ve mette?... Penzate a' salute... Bevimmo..."

E più le si allargò il sorriso, e spostatasi in avanti, prese il suo bicchiere dal tavolo, lo alzò, lo tese verso di lui in gesto augurale, e bevve d'un fiato.

Poi lo ripose e si pulì la bocca con un fazzolettino che tirò fuori dal piccolo sacchetto di velluto ricamato che aveva appeso al braccio.

Dalla loro parte le donne seguivano ogni suo gesto come fossero un solo occhio, e malevolo anche. Ma donna Teresina piegava il fazzolettino, lo richiudeva con lentezza nel sacchetto e non le guardava; per lei la sponda della stanza dove esse erano assiepate era come se non esistesse, e continuò pacata a rivolgersi al nonno:

"Don Giuse', vuie pe mo 'e Calibardo nun ve ne curate... nun ve facite sango amaro. P' 'o mumento diceno ca stu fetente sta ancora 'a Sicilia... E nun 'a po avè na bella palla nfronte?... Ma sapite quanta lumini stanno appiccianno 'e monache e 'e prievete?... Chille proprio a loro 'e vò fottere cchiù assaie!!... Dint' 'a chiesa d' 'o Giesù stanno cu 'a faccia pe terra 'e Giesuiti... e aspettano 'a grazia... E vulite ca Giesù Cristo proprio a loro nun 'e stà a sentì?..."

Non abboccò il nonno alla lusinga che gli offriva la sua buona amica, ma per farla contenta si mostrò più sollevato, e le sorrise.

La conversazione era retta solo dal nonno e dalla caprese, gli unici seduti. Tutti gli altri in piedi e in silenzio.

La donna portava notizie dalla capitale in contrasto con il sentimento di speranza che voleva trasmettere al nonno. Gliele comunicò con circospezione, punteggiandole di "così ho sentito... così dicono..."

Raccontò che a Napoli, nella confusione dei poteri, un nome si era fatto popolare, quello di Liborio Romano, fresco prefetto di polizia, un nome che il nonno aveva già incontrato sul muro della cantonata in fondo all'appello dei "frutti soavi". A questo personaggio inneggiava specie la camorra e lo chiamava "Papà". Grazie alle ardite decisioni di questo prefetto, essa – la camorra appunto – era diventata nientemeno che tutrice della "Pubblica Sicurezza".

Quest'uomo del momento, sfinge e onnipotente, si era

liberato della vecchia polizia e nel perseguire la tutela dell'ordine pubblico aveva formato una "Guardia cittadina". Senza uniformi e armati solo di un bastone, i nuovi sbirri don Liborio li aveva reclutati attingendo dalla "Onorata società". E sembrava essere riuscito, con chi sa quali promesse, ad assicurarsi la loro più incondizionata fedeltà non solo nel compito di tutela dei "vecchi comandi" ma nell'intesa tutta segreta di appoggiare le probabili "signorie venture".

Insomma, su questo nuovo e alto funzionario borbonico, così singolare e infido, indeciso era il giudizio, diceva donna Teresina, perché non si sapeva veramente bene da che parte don Liborio stesse. Però, commentò poi a bocca amara, uno dei suoi clienti, tra i più stimabili, del ceto dei galantuomini, con lei in confidenza, in un loro discorrere appartato, aveva prezzato don Liborio: "Na chiavica 'e merda."

E questo, disse la caprese, era anche il suo pensiero e continuò come più sollevata il suo rapporto.

Riferì che il mantenimento dell'ordine, in ogni singolo quartiere, era stato affidato a un capo camorrista, e che tutti i rioni avevano in quel momento composto assetto. Sotto la drastica sorveglianza, non solo i facinorosi, che solitamente si avvantaggiano e traggono profitti dai disordini e ne creano le occasioni, ma anche i contrari a Garibaldi, quelli che volevano opporsi e, fedeli alla dinastia, fare "nu poco 'e ammuina", erano rientrati nei ranghi; frenati nell'impeto dalla nota attitudine alla violenza di quella particolare sbirraglia, sconcertati più da essa che non dallo spiegamento di forze e armi.

"E mo a Napule dint' 'e quartiere cummannano Michele 'o Chiazziere, 'o Schiavetto, 'o Perzinaro, Tore 'e Crescienzo... Tore è chille ca cumanna cchiu assai dint' 'o puorto... È 'o cchiù mammasantissima... De Crescenzo Salvatore... 'o frate 'e donna Mariannina..." e indicava un'altra ostessa.

Poi la voce si abbassò mentre più raccostava la sedia a

quella del nonno, e si piegava per bisbigliargli nel segreto dell'orecchio che era stato ucciso anche un ispettore della vecchia polizia, il più audace nell'opporsi alle nuove ingerenze camorriste, e che i nomi degli assassini si conoscevano, anzi pareva se ne fossero vantati proprio i colpevoli... Così si diceva.

"Ma 'a santa verità nun se sape... nun s'è pututa sapè... Però chi è stato è stato, l'ispettore l'hanno acciso e nun l'hanno pavato."

E nel fluire delle parole, ancora più sottovoce, lei commentò lo stranissimo periodo maligno e confuso che stavano vivendo e stigmatizzò il trionfo della slealtà e dell'astuzia e rafforzò il suo consiglio che era quello di non interessarsi di vicende che per loro altri tessevano:

"So' tiempe 'mbrugliate... So' asciute fore tutt'e sierpe... è meglio ca 'nce facimmo e fatte nuoste..."

Poi l'ostessa si raddrizzò sulla sedia, sospirò seria, si lisciò il petto, toccò la croce e guardò dalla parte delle donne che la fissavano gelose e ostili. Anzi, quando poi la caprese andò via, esse, senza farsi scorgere dal nonno, le lanciarono dietro tre manciate di sale e poi con colpi vigorosi di saggina scacciarono il maleficio scopando l'uscio di casa.

E nei lavori della sera spesero tutte le loro parole per lei, e come conclusione, anche se in presenza delle bambine, senza rammorzare la voce, sicure e ferme sancirono il suo inquadramento, la sua professionale anzianità in un preciso mestiere:

"È na zucculona vecchia."

Ma al momento restavano schierate mute e mutrione, a fissare donna Teresina che si gingillava con la croce facendo scorrere il gancio nel laccio.

La donna riprese a parlare in tono normale che tutti potessero sentire:

"Però comme v'aggio ditto l'ordine adesso c'è e se po' cammenà... se cammina sicuro..."

"Donna Teresi', chi cammina cchiù sicuro è Calibardo, ha avuto stu bello piacere. Chillo pur' isso è nu guappo: e guappe e guappe se capisceno." E alle sue stesse affermazioni il nonno rammaricato annuiva.

Fuori, nell'ombra del noce, il roano scalpitava. Con quella folla di bambini intorno era inquieto. L'uomo con la giacca di velluto lo carezzava, cercava di tenerlo tranquillo e sollecitava superbo qualcuno della casa che si affacciava sull'uscio, perché portasse all'ospite la sua premura alla partenza.

Ma nessuno osava interrompere il discorrere del nonno e della locandiera.

"Donna Teresi', ma 'o signore mio... 'o rre... 'o rre che fa? Pecché nun se move?... 'O rre che dice?... Che dice 'o rre mio?..."

E nell'occhio del nonno la frase più si caricava di domande, come se donna Teresina fosse un'intima della corte e veramente potesse dargli notizie e aggiornamenti precisi:

"Don Giuse'... e che adda dicere 'o rre... che adda dicere puveriello... e che s'adda movere... E che cumanna, che cumanna 'o rre!!?"

E non si capì se gli interrogativi retorici, accompagnati dal gesto vigoroso ed essenziale delle dita raccolte nella mano che si agitava sconsolata, fossero per un sovrano detronizzato, un monarca soltanto di nome, o per l'umana impotenza di un re di fronte ad avvenimenti ineluttabili che lo travolgevano.

"'O no', cuntatece nu cunto."

Petulante Sabella, con la vocina lagnosa, picchierellava il braccio del nonno.

Contro la casa si abbuiava l'ultima luce, dietro la sagoma del tetto ancora un alone chiarescente ma già le prime stelle. A nord si stagliava la dolce linea del vulcano che s'incupiva denso di cobalto e si faceva segreto.

"'O no', cuntatece nu cunto... 'o no' cuntatece nu cunto." E il nonno seduto sul muretto alzò il viso e sembrò tornare da molto lontano, lui, il suo sguardo rattristato, e la sua voce di rancore.

'Nce steva na vota nu Riame
ca teneva 'a sciorta 'e na puttana.
Chino 'e mare e chino 'e stelle
nisciuno Riame era accussì bello
comme 'o riame 'e Cicerenella.

E riabbassò la testa e si dondolava sul muro come se volesse cullarsi.

"'O no', ma chisto è nu cunto?"

"Sine sine..." rispose lui dolente "è nu cunto... è nu male cunto."

Si consumava l'estate che quell'anno fu molto calda, anch'essa infiammata, e più dissetava la frutta nei colori accesi e più era bello e prepotente di viola il vulcano, ma i giorni restavano tristi e malsicuri. Nonostante ciò, forse proprio per questo l'ultima domenica di luglio si sposò zia 'Ngiulina, e fu volere deciso dal nonno non rimandare la data della cerimonia già stabilita prima che la nonna morisse.

Il giorno prima, il sabato, per il matrimonio civile avevano scortato i promessi al municipio zia Papele, la suocera di zia 'Ngiulina, il sergente D'Ambrosio che era rientrato dalla fabbrica di schioppi, mastu 'Ntuono con il berretto nuovo, zi' Vicienzo con le scarpe che gli facevano male e il nonno con una spasella di pasta per lo scomodo del "Primo eletto del Comune", che celebrava il matrimonio.

La stessa sparuta compagnia ebbe la coppia il giorno del matrimonio religioso, la mattina dopo, alla chiesa della Madonna della Neve. Compresa naturalmente, per il prete, la spasella di pasta che era il biglietto da visita del nonno, e lui non si sognava di intraprendere nessuna azione senza di essa, senza la ghiotta offerta sacrificale che poi diventava un lasciapassare.

Affollato fu invece il festoso rito del pranzo di nozze che seguì, e che vide riunita non solo tutta la gente di quel tratto di canale ma anche, su distese tovaglie bianchissime di bucato, quasi tutte le stoviglie della piccola comunità: boccali alti e bassi, piccoli e grandi, piatti scompagnati, grandi tovaglioli usciti dai cassoni e posate di ferro stagnato lustrate con limone, sabbia e puntiglioso lavoro di gomito.

Erano arrivati regali riguardevoli dalle altre case dei mulini; da quella del mulino alla Corsea, quello grande più vicino al mare, il lusso di uno scialle di seta ricamato di fiori e uccelli, dalle altre case due canne di merletto, uno specchio, due pezze di pelle d'uovo, quattro sedie, una grande zuppiera, una sputacchiera di maiolica e tre vassoi di rito, con i dolcetti e i confettini lunghi con l'anima di coriandolo. Erano tutti segni di rispetto degli altri mugnai per il nonno.

Il sergente D'Ambrosio aveva donato agli sposi dodici piatti, il comandante Ulloa un bacile e una brocca. E sembrò al nonno cosa lieta la chiamata del colonnello qualche giorno prima del matrimonio per la consegna solenne e personale del ricco presente. Almeno, lui pensava fosse per quello.

Era stato il sergente D'Ambrosio, nel presentargli il suo regalo di nozze, a dargli anche notizia di quello del comandante Ulloa. Gliene aveva rivelato non solo il genere, ma gli aveva anche chiarito con sussiego che, come il suo servito di piatti, anche il completo per i lavacri elargito dal colonnello era confezionato in pregiatissima ceramica di Faenza.

Aveva poi sottolineato vivacemente la parte molto amichevole sostenuta, nell'operazione di acquisto di entrambi i doni, dall'appaltatore ai casermaggi don Agostino Ciaramella, che si era personalmente occupato della cosa e che bisognava calorosamente ringraziare. Spiegò anche che questa possibilità di mediazione con le manifatture faentine arrivava a don Agostino dal continuo contatto che lui aveva con Faenza e le sue prestigiose fabbriche per l'acquisto di vasi da notte.

Il sergente portò a conoscenza del nonno il fatto che il rigoroso ordinamento dell'esercito borbonico stabiliva e fissava, nei minimi particolari, a seconda della carica, tutte le spettanze di diritto agli ufficiali. Erano obbligati non solo i tipi di alloggio, il numero di stanze, quello di cassettoni, sedie e "seggette", tavoli e candelieri, ma venivano circostanziate anche tutte le caratteristiche degli arredi, perfino quelle che essi dovevano possedere nell'eventuale sostituzione per rottura.

Per quanto riguardava il soggiorno di un ufficiale di alto grado in un ospedale militare, mentre per norma bisognava fornirlo di posate d'argento e bottiglie e bicchieri di cristallo, assolutamente non si poteva corredarlo di un orinale che non fosse modellato in artistica e prestigiosa ceramica di Faenza. E il sergente serio approvava questa esigenza di prestigio nel vaso da notte di un generale, e il nonno, pur non convinto, creanzato annuiva a quel dire.

Comunque lui nell'incontro con il colonnello Ulloa ricevette sì il bel regalo, ma anche certe notizie sconvolgenti...

A zia Rusinella, che al ritorno gli chiedeva se si sentisse male, perché fosse così pallido, rispose che le cose non andavano per niente bene, così aveva capito dai discorsi eccitati del colonnello e aggiunse:

"Però a Calibardo io nun 'o voglio verè... Si 'o rre va a Gaeta ce vaco pure io, Rusiné iamme a fa 'a pasta p' 'o rre."

E fu proprio in quel giorno che, in giro per la casa, cominciò a tirare fuori le monete dai suoi segreti mattoni, e zia Rusinella le fece cucire negli orli delle gonne e nei corsetti e riempì un cassone con coperte e indumenti.

Tornando ai doni di nozze, oltre quelli elencati, il giorno dello sposalizio tanti altri ne sfilarono davanti a zia 'Ngiulina e a suo marito, seduti impacciati e vergognosi al centro della tavolata. Anche due sacchetti di fagioli, un orcio zeppo di strutto, tre pelli di coniglio, un doglio pieno di olio, serti di fichi secchi, e castagne, e quattro forme di cacio.

Naturalmente non mancarono i doni scherzevoli che con

campagnola franchezza ammiccavano all'imeneo. Per primo fu presentato ai novelli sposi un grosso salame poggiato sul tagliere, spellato per metà e rossiccio nella carne scoperta, poi un mazzo di peperoncini forti legato alla punta di un ramoscello, e un fantoccio di pezza imbottita. Il pupazzo, che voleva augurare un figlio maschio, era piuttosto informe, ma priapesco, con certe protuberanze e appendici sferiche molto precise, e così grandi che, nelle sforzature del rigonfio, mostravano il cedere della stoffa.

Sempre in gioco allusivo, fu solennemente regalato da mastu 'Ntuono alla famiglia che nasceva un grande tondo, un rustico piatto con il disegno di una greca gialla, appena abbozzata sulla bianca incorniciatura della stoviglia; e il fabbro, che lo sorreggeva sulle braccia forti, fece con esso più volte il giro del lungo tavolo. Al momento il vassoio offriva una bella lattuga che ben appiattita si poggiava sul tondo sfumata di verde riempiendone la circonferenza. L'insalata si adagiava in riposo, grinzosa e chiusa nelle ravvolte pieghe della sua rosa di foglie. Ma un grosso zucchino, compatto e teso nel violentarla, ne infilzava dritto il centro, e s'immergeva rude nelle crespe della cappuccina, disserrandone la più chiara compattezza del cuore.

La presentazione e i motti buffoneschi e licenziosi suscitarono crassa allegria e complicità di gomitate, nelle quali nessuno però osò coinvolgere il nonno, che severo non rideva.

Il tavolo molto esteso lo avevano aggiustato alla meglio e imbandito proprio sotto il noce, con assi basate su cavalletti.

Le donne erano più degli uomini, e in quella occasione mancavano anche un fratello e un cognato dello sposo e un figlio di zi' Tore, tutti e tre nello stesso battaglione del Genio, tutti e tre "soldati zappatori" dell'esercito borbonico.

Fu un pranzo prolungato, con sei galline in brodo fra le più grasse di quelle che razzolavano nei "possedimenti" di zi' Vicienzo, tagliolini e orecchiette del nonno e fusilli con il sugo di lardo e cacio, minestra di verdura con le cotiche, la leccornia del sangue e delle rigaglie fritte con cipolla, alloro e peperoncino forte, tre papere tirate al vino bianco che venivano dall'aia di zi' Tore, tre capponi imbottiti, e poi le tortiere di melanzane, i peperoni fritti, i galletti e i conigli con le patate cotti nel forno del pane.

Si trattennero in un desinare lungo, spaziato fino alla fine del giorno, come era uso tra loro che, così presi dal lavoro, non avevano nella vita che contati avvenimenti per assaporare senza fretta il cibo. E nella povertà o parsimonia dei loro limiti, ancora più numerate avevano le occasioni di gustare varie qualità di pietanze.

Un gruppetto di uomini con Salvatore in testa andò a lanciare, dopo un fischio di richiamo, biscotti dolci e cosce di galletto ai soldati di sentinella dall'altra parte del muro di cinta della fabbrica d'armi.

Rafforzando la sorveglianza, già da tempo, il comando della polveriera aveva concentrate più sentinelle e garitte anche su quel lato del fabbricato.

Al finire del pranzo zia 'Ngiulina baciò e abbracciò tutte le donne della famiglia prima di trasferirsi nella nuova casa, la stessa del suocero. Lì le comari le avevano approntato, con lenzuola di corredo, la camera nuziale. Al centro del letto, tra i due guanciali, avevano poggiato un piatto con un bel panello di lievito del pane, in magia di "crescita", e sotto il materasso avevano posto il rosso mazzetto di peperoncini piccanti che funzionò, e davvero molto, perché la seconda notte gli sposi novelli ruppero il letto e con il grande fracasso svegliarono tutta la casa.

Zia 'Ngiulina andava soltanto oltre il ponticello, ma nella sera dolce quello fu un distacco doloroso per loro che non si erano separati mai, "come le dita della mano", diceva il nonno.

L'accompagnarono tutti insieme fino al limite del ponte, e le donne asciugarono lacrime alle cocche dei grembiuli nuovi: come se oltre il piccolo valico zia 'Ngiulina scomparisse in una contrada sconosciuta e mai esplorata.

E il nonno brontolava che zia 'Ngiulina si era maritata e non andava a morte, e che loro trovavano tutte le occasioni buone per piangere, come giornate di marzo erano sempre pronte a fare acqua, anche a sole spiegato.

Però anche lui era turbato e a zi' Vicienzo, diventato suocero di zia 'Ngiulina, dopo avergli girato un po' intorno, aveva fatto alcune accigliate raccomandazioni:

"Trattamélla bona..." E al genero invece aveva lanciato a faccia dura una frase intimidatoria e un poco guappa:

"E tu guardate 'o cuollo."

Quel matrimonio non gli andava molto a genio e lui con la promessa di male voleva mettere in guardia il novello sposo, stesse attento: che non avesse danni la figlia da quel contratto.

E non fu cosa strana che la stessa frase, ma proprio quella, uguale uguale anche nel tono che insieme raccomandava e intimoriva, quasi in quella stessa dimensione di tempo, la proferì il re del nonno. Perché il re di quei posti parlava tale e quale ai suoi sudditi.

Francesco II la disse a tutte lettere al suo ex prefetto di polizia, in rapida ascesa suo ultimo Ministro degli Interni, del quale palesemente diffidava e che, per ragioni di Stato, subiva. La disse, quasi fosse un "dichiaramento", a quel don Liborio Romano voltagabbana e giocatore di bussolotti che, nel triste cunto del reame, giocò il furbesco ruolo, classico nelle favole orientali, del vanitoso e infido Gran Visir.

Il re la pronunciò nel momento del commiato, il sei di settembre, mentre si allontanava da Napoli per risparmiare alla città l'assedio e i lutti e andava ad attestarsi a Gaeta con chi ancora in lui confidava. In sfida, nella speranza, nell'augurio del ritorno, come avvertimento e come minaccia, così ammonì quel don Liborio bifronte nello stesso momento in cui gli affidava "la perla della sua corona":

"E tu don Libò guardate 'o cuollo!!!"

Un cielo senza luna ma chiarescente, così inzeppato di stelle vicine e lontane a sgomentare il pensiero. E poi i grilli, e l'aria profumata e rorida, e la terra che andando verso il mattino vaporava tra le canne; come doveva essere una notte fonda di mezzo agosto, una notte d'estate come tante altre. Le cannonate la fecero diversa.

Nei telai delle finestre si stralunarono i vetri, si scossero rumorosi al limite della rottura, e gli abitanti della casa si destarono di soprassalto.

Soltanto le bambine, nel loro sonno tenace, non furono subito raggiunte dagli schianti, e il nonno dovette andare a svegliarle e, passando dall'uno all'altro lettino, le chiamava:

"Criatù... criatù... susiteve... Cuncettì... Francé... Vicenzì... susiteve... Lenuccia... 'Ndreina... Sabella... stà venenno... Calibardo!!! Fuimmo, fuimmo..." e le scuoteva: piano, con calma, frenando la smania. Solo quel verbo, che incitava a fuggire, nella sua fonazione così descrittiva e drammatica sottolineava l'impellenza dello scampo: "Fuimmo... fuimmo..."

Francesca si svegliò, sentì i cupi rimbombi e non li ebbe come suoni spaventevoli, ma come intuizione di sgomenti che le si svelarono più tardi nel vivere l'assedio a Gaeta. In quei giorni, allora futuri, imparò a riconoscere i colpi e il loro sibilo di morte, a seguire con lo sguardo, nel sole e nella luce, le traiettorie e il loro piccolo fumo, e di notte la scia della fiammella che lei pregava si spegnesse in mare. Al momento ancora assonnata non si spaventò, capì però che qualcosa di stentato e pericoloso stava appena cominciando. L'offesa delle cannonate non la conosceva che per squarci di racconti, ma poi, nei giorni di Gaeta, l'avrebbe avuta davanti agli occhi, ben chiara e oscena nei corpi sconvolti di uomini e bestie. E anche di poveri pesci che galleggiavano con i ventri aperti, desolatamente riversi, e che lei e le sorelle raccoglievano sporgendosi dagli scogli, manovrando i retini con mani che si facevano di ghiaccio, in quell'inverno che fu tanto freddo.

"Susiteve... stà arrivanno Calibardo... Susiteve... susiteve... fuimmo... fuimmo."

Così era cominciata la fuga a Gaeta, una fuga che poi risultò un viaggio di tre giorni, favorevole nell'imprevisto, nel rischio delle strade, nelle verifiche così solenni dei salvacondotti, eccitante per lei e le sorelle che, nella fanciullezza incosciente, non avevano il cuore oppresso da sgomenti per l'oscuro domani.

"Stà venenno Calibardo... Stà venenno Calibardo..."

Non l'agghiacciò la paura, e stranamente tranquille erano anche le altre sorelline.

Si vestirono senza parlare, con occhi pronti e curiosi, e quando furono ordinate, a ciascuna di esse la madre infilò nel braccio una "mappatella", segreta di panni e di pane.

Fuori, nel buio, sul ritmo di fondo dei tiri di bombarda, si sentiva dalla Fabbrica d'Armi strombazzare l'allarme, e nei vuoti di suono richiami si sovrapponevano a richiami, e Francesca riconobbe la voce agitata del padre.

Salvatore era stato il primo a precipitarsi fuori, e dappresso l'aveva seguito il nonno.

Insieme, all'aperto, avevano riconosciuto anche il posto del golfo dove si sparava, Vico Equense o Castellammare, di sicuro vicino, molto vicino, e dalla soglia anche le donne tremebonde l'avevano capito.

Poi il nonno era rientrato in casa, e le figlie con lui. Salvatore invece volò lungo il muro di confine con la Fabbrica d'Armi, incontrò zi' Vicienzo e i figli, trafelato arrivò zi' Tore con il fratello Alisando e tutti insieme corsero fermandosi nei noti segni delle garitte a interrogare gridando le sentinelle dall'altra parte del muro.

"Ciccìii... Ciccìii... Si' Ciccillo?"

"No so' Carminuccio."

"Carminù, ma che succere?"

"E chi cacchio 'o sape!!!"

"Funzì... Funzì... Sai niente?"

"Nun saccio niente."

Si agitarono come disperati ma non appurarono alcunché dalle sentinelle; solo l'ultimo, che era Eustachio, diede notizie esatte... ma indubbiamente ovvie.

"Salvatòoo... Salvatòoo... stanno sparanno... stanno sparanno... e cà stanno sunanno 'allarme."

Sempre di corsa il gruppo, invertita la marcia, si diresse alla casa del mulino e gli uomini entrarono d'impeto urtandosi sulla soglia, gonfi di congetture e di domande per il nonno.

Lui li fermò con occhi freddi e accennò alle donne, che cattive nuove non le impaurissero ancora di più, e continuò a dar loro disposizioni precise, ed esse si muovevano leste, senza isterismi. Solo zia Mimela, stravolta, inebetita, era seduta su di uno scanno incapace a muoversi e zia Catarina trepida l'aiutava a chiudere lo scialle.

Aveva perduto tutta la sua festosa parola zia Mimela, questa figlia del nonno anche lei rosata come un confetto, anche lei con i seni come due cocomeri e che, a Gaeta, fu poi sposata con un anello di ferro e l'impellenza di un amplesso da un biondo e scapato "Caporale Trombetta": Ammirati Andrea.

Quando Salvatore, ultimo della compagnia, entrò, il nonno andava proprio verso quella sua ragazza spaventata con una bottiglietta scura, a farle ingoiare decotto di papavero, e la rincorava con una voce sicura e alta che valeva anche per le altre sorelle.

Quando esse videro Salvatore si fermarono nell'andirivieni e gli si aggrupparono d'attorno; ma il nonno tagliò corto alle tante domande che si arruffavano, decretò che era inutile esporre altre congetture, tanto si sapeva cosa stesse succedendo (intanto si sentivano andare cavalli al trotto e carriaggi, giù nella strada maestra), certamente c'era stato uno sbarco e stava arrivando Garibaldi.

Perché il mugnaio era così che si aspettava l'evento, era così che l'aveva sempre paventato, con lo sconquasso dei tiri di cannone e le fucilate senza freno. Ancora non sapeva che Garibaldi era sì per davvero nel golfo, in quella che era la notte tra il tredici e quattordici di agosto, ma soltanto per compiere, con una fregata abbuiata e quatta, il "Tuckery", un'azione piratesca: nientemeno che disormeggiare e trafugare una delle più grosse navi della marina borbonica, il "Monarca". Una due ponti armata di sessantaquattro tra obici e cannoni: nel porto di Castellammare sostava a riparare alcune noie meccaniche scaturite dal suo adattamento da nave esclusivamente a vela a nave con motore ausiliario.

Per questo era lì l'eroe, solo per rubare la nave.

Da conquistatore invece sarebbe arrivato non quella notte d'agosto, bensì in un giorno del vicino settembre, privo di audacia e di sfida.

Il sette settembre – e il re Francesco si era imbarcato sul "Messaggero" alla volta di Gaeta nel pomeriggio del sei – sarebbe arrivato tranquillamente alla capitale del Regno con un pacifico treno che proveniva da Vietri, esattamente al tocco e mezzo, giusto in tempo per un pasto napoletano... Sarebbe sceso a Napoli come a una normale fermata e ad attendere il nizzardo, e a fargli festa, c'erano carrozze con frasche, e, a confonderlo, suoni per lui nuovi, crocchianti e tintinnanti, di triccaballacche e putipù, perché era Piedigrotta, festa grande da quelle parti.

Nel suo arrivo, quieto, privo di baldanze, senza il concreto gusto dell'ardimento, ci fu, nella successione degli eventi, un episodio particolare che avrebbe potuto chiarire quel certo dubbio a Sabella.

Il fatto, storico per altro, ma che Isabella non seppe mai, fu che il povero Garibaldi appena fermo il treno, sordo alle esortazioni dei suoi, alle proteste di Rendina e De Sauget che volevano smontare per primi per rassicurarsi sulla tranquilla accoglienza dei napoletani, scese precorrendo tutti, ma dall'altra parte della carrozza ferroviaria.

Smontò di premura per un bisogno che molto gli urgeva... e per soddisfarlo si appiattì in piedi nell'incavo tra due vagoni.

Quando tutti questi fatti si compirono, e il generale Garibaldi conquistò Napoli, il sette di settembre, era di venerdì, e il nonno non mancò mai di puntualizzare questa circostanza.

Era un venerdì, diceva, malaugurante, di cattivo auspicio per tutti, dittatore e napoletani.

Ma intanto tutto era ancora da accadere, e Garibaldi quella notte nel golfo battagliava spericolato, caparbio nella sua azione di razzia. Ma il tentativo intrepido non riuscì per via di alcune complicità venute meno, per certe gomene che dovevano essere sciolte e non lo furono, per la reazione generosa e fedele dei marinai che avevano difeso il "Monarca". E a stento il "Tuckery" riuscì a sgattaiolare dal porto.

Anche dall'artiglieria, dall'alto del fortino di Pozzano, erano venute per la fregata nemica tante cannonate e nessuna connivenza.

Al mulino i chiarimenti e le notizie di sollievo per il fallito colpo arrivarono presto, verso le sette del mattino, attraverso le solite fonti d'informazione della Fabbrica d'Armi.

Tutti erano giubilanti. Garibaldi aveva fallito. "Ha fatto fetecchia."

Ma il nonno era pronto a partire e partì, non desisté. A sole alto, dopo due incontri con il colonnello Ulloa che lo rifornì di lasciapassare e salvacondotti (perché di nuovo era stato proclamato lo stato d'assedio), se ne andò con due carri, il suo e quello che aveva comperato con moneta sonante la notte stessa, da zi' Tore.

A guidare i traìni c'erano lui e il fratello di zi' Tore, Alisando. Un vedovo senza figli e senza responsabilità di famiglia, anche lui contadino e vicinante, una persona basata e molto buona, "nu cacchione", così diceva di lui mastu 'Ntuono. E secondo il fabbro pareva che quest'uomo desiderando accasarsi di nuovo, avesse posto gli occhi su zia Rusinella, e lei ci contava.

Rimasero al mulino zia 'Ngiulina, ormai appartenente a un'altra famiglia, e Salvatore, che restava a guardare la proprietà e tutte le macchine.

Il nonno, sereno nei saluti, li rassicurò che sarebbe tornato presto, poi, alto sul carro, tolse il freno e si avventurò: lui, la sua madia, le sue donne, il gatto Guaglione, i suoi permessi di passo, le lettere di referenze, e le spaselle di pasta per il comandante della piazza di Gaeta, per padre Borrelli, e per il parroco della chiesa di San Francesco.

Partì, ma la sua, più che una fuga, fu la ribellione agli eventi, l'atto di fede di un suddito leale.

Oltre nove milioni di persone avevano nei confini, "di qua e di là dal Faro", il segno di una Nazione, e un vincolo di tradizioni, di costumi e di lingua. Chi veniva a parlare al nonno di un'altra Patria? Lui ne aveva una e non ne voleva altre.

Ma per la sua terra, per l'antico Regno, c'era un destino già segnato e un incantesimo che la serrava. Per vincerlo non bastava cuore puro, lancia ferma e punta di ossidiana. Più che un drago dalle cento teste il sortilegio era un'idea, e soldati, eroismi, cannoni, e il povero nonno stesso, non potevano combattere la magia di quell'idea.

Sublime, altissima, pur se solo "ipotesi senza nessuna verifica", essa si ammantava di ogni compiuta perfezione e, nella gloria dei suoi paludamenti, si faceva sacro progetto da tradurre in realtà, santa causa che voleva raccogliere nelle sue braccia tutti fratelli; e poco importava se nell'abbraccio venissero stritolati il nonno e il suo re, e se nella stretta fosse sacrificato un popolo e stravolto il divenire di una gente.

Salvatore percorreva le stradine incassate nei segni antichi della Napoli greca. Discendeva alla piana del mare e del porto, e andava furtivo, nascondendosi quasi.

I vicoli erano pieni di bandiere tricolori e vessilli, elargiti in quei giorni senza risparmio, in molti bassi avevano sostituito tendaggi e ripari dal sole.

Era l'undici di settembre, quattro giorni erano trascorsi dall'arrivo di Garibaldi, cinque dalla partenza del re. La luce del mattino, tersa, specchiata, arrivava nei solchi scuri delle strade, i colori smagliavano, e s'illuminava la gente vivace che all'aperto cucinava, puliva verdure, lucidava mobili, batteva suole, comperava o vendeva frittelle, polpo lesso, frutta, e parlava vociando, e sembrava felice.

Dopo un angolo, in un brevissimo slargo, un gruppetto di spettatori osservava due uomini, che ansanti nello sforzo dei pesanti martelli, cercavano di cancellare, fracassandoli, i gigli borbonici da un bassorilievo di marmo. Il fregio decorava il piccolo monumento di una fontana addossata a un palazzo nobile.

Proprio mentre Salvatore passava, un colpo di maglio fracassò la bocca del mascherone e l'acqua uscì senza raffreno in mille spruzzi che non lo investirono per un pelo.

E fu allora che Salvatore affrontò l'esercito garibaldino, e incrociandoli e urtandoli li guardò per la prima volta negli occhi, quegli altri italiani.

Poi, attraversata la strada, fu di nuovo nell'ombra di un vicolo.

La verità era che Salvatore sapeva appena leggere, e scrivere ancora meno, ma sarebbe stato capace di uscire da un labirinto in fiamme.

Anche quello che si accingeva a fare non era facile cosa, anzi non era impresa per uomini senza coraggio e avventura.

Il disegno di forzare con la barca il blocco delle navi piemontesi e andare a Gaeta arrivava dalle sue ragioni di amore per la famiglia, così gonfiate dalla perdita di ogni contatto con essa.

Nel pensiero affannante di trovare il modo di raggiungerla, saputo che dei pescatori di Castellammare e Sorrento avevano già cominciato, con le barche, a sgusciare di notte tra le navi che assediavano Gaeta, pensò di seguirli nell'esempio coraggioso.

Però anche lui voleva andare e tornare, non lasciare senza sorveglianza il mulino e tutta la loro roba. Voleva fare la spola, e aveva bisogno di consiglio e protezione.

Così si era ricordato di quando la padrona della "Locanda dell'Allegria" era andata da loro al mulino, e dei discorsi che aveva fatto con il nonno su quel mammasantissima, fratello di donna Mariannina, quel Tore 'e Criscienzo che al porto comandava "assai", così aveva detto donna Teresina.

Salvatore aveva ponderato che valesse la pena tentare di arrivare al guappo personaggio per chiedere aiuto. Non voleva restare bloccato a Gaeta.

Proprio per la paura di non poter tornare, non aveva seguito il colonnello Ulloa che, partito il re da poche ore, lasciava di notte la Fabbrica d'Armi e cercava di raggiungere con i soldati Capua e Gaeta: in grande premura per non incappare in Garibaldi.

Li aveva accompagnati fino alla stazione del paese, aveva anche assistito alla collera del povero colonnello perché le manovre di alcuni rivoluzionari e l'opposizione di un certo Carabelli gli avevano impedito di avere un convoglio per le compagnie e le armi che portava via.

Quando il colonnello decise di raggiungere con i suoi Capua a piedi, con una marcia forzata, Salvatore era stato con loro a guardarli mentre si incolonnavano nei preparativi della partenza.

Notò anche che dei soldati si allontanavano. Due di essi si nascosero dietro un carico di carbone che sostava in fondo alla stazione su di un binario morto, ma non li denunciò al caporale accorso a riacchiappare i fuggitivi, anzi lo dirottò con un'informazione sbagliata.

Quando gli uomini in fila s'avviarono, non si seppe staccare da loro, li accompagnò fino a Santa Maria la Bruna e lì si fermò, e loro gli sfilarono davanti, cadenzando il passo con il motivo struggente di quell'antica canzone così ricantata in quel tempo e che essi adattavano a marcia: "Io te voglio bene assaie ma tu nun pienz'a me... Io te voglio bene assaie ma tu nun pienz'a me..."

E si commosse perché essi andavano non solo a Gaeta ma in ogni direzione del suo cuore.

Così Salvatore era restato, ma le sue notti erano state insonni, i suoi pensieri avevano tramato, e all'alba di quell'undici di settembre, vincendo ogni incertezza, caparbio nel suo intento, aveva bussato alla porta dell'amicizia e della protezione e gli avevano aperto.

Prima che il sole sorgesse era disperato; adesso, a sole alto, nei fili della trama intravedeva già la tela e scendeva al porto a parlare al luogotenente di Tore 'e Criscienzo.

La frase magica da pronunciare all'ingresso dei cancelli agli uomini della camorra ormai era in suo possesso. "È robba 'e zi' Peppe", questo doveva dire, questa la parola d'ordine perché tutto fosse possibile; e naturalmente zi' Peppe designava Garibaldi.

I fatti si erano svolti con semplicità. Era andato alla "Locanda dell'Allegria", la caprese l'aveva accompagnato da donna Mariannina, e donna Mariannina da suo fratello Tore:

"Dice che è nu parente... vò nu piacere gruosso assaie."

"Ah si! E chi si'?..."

"Mi chiamo Salvatore De Crescenzo comme a vuie."

"E bravo... bravo" e lo sogguardava attento e ironico l'uomo dai folti capelli imbiancati, lo sguardo chiaro chiuso a fessura.

"E che piacere vuo'?"

"Voglio passà... La famiglia mia mo sta a Gaeta."

Quando Salvatore fu un uomo ricco e riverito, chi sapeva di questa sua audacia, e non erano in molti, parlava di guadagni ingenti e vili che lui fece in quei continui viaggi per mare, portando ogni genere di merce nella città assediata che aveva necessità di tutto.

Ma il primo movente non era stato quello. Con sincerità negli anni lo poté ben dire a se stesso, alla coscienza che lo interrogava. Voleva soltanto proteggere i suoi e assicurare a essi la sopravvivenza; da questo gli veniva l'ardire di forzare ogni volta il blocco.

Tutto il resto era stato soltanto consequenziale, e chiaramente ovvio: lui veniva da una gente che da secoli aveva imparato a comporre in equilibri da circo l'impervia esistenza con la sua altissima vocazione alla vita.

Anche per questo, nel giorno più sgomento dell'assedio, quando a Gaeta saltò in aria la "Cortina Sant'Antonio", ed esplosero quaranta "cantaia" di polvere e quarantamila cartucce, pianse e invocò la sua bambina, ma continuò a raccogliere le monete.

Con 'Ndreina, la penultima figlia, quel giorno, ed era il cinque di febbraio del maleficiato milleottocentosessantuno, era andato con il "carruocciolo" in giro a portare pasta, anche al Torrione francese e all'ospedale. Verso le quattro del pomeriggio tornava a casa dopo le consegne, vicino alla "porta di terra" un ufficiale pagatore lo chiamò nella casamatta per certi conti da saldare. Aveva appena aperta la cassetta con le monete, allora accadde l'orribile calamità. Salvatore, dopo la deflagrazione violenta, dopo che riprese coscienza tra gemiti e solitudine, dopo che uscì dalla sua parte non crollata, mezzo tramortito nel fumo, nella polvere e nell'aria affocata, cominciò a spostare come un forsennato, con le mani nude, le macerie che ricoprivano l'angolo di muro e i gradini dov'era seduta la bambina. Non si fermò un istante, come impazzito scavava con la forza di un leone, ma le monete luccicavano d'oro e lui tra le lacrime le vedeva, le intascava, e continuava a scalzare pietre. E anche quando ritrovò la figlia, distante dalla scalinatella, più vicina alla casamatta, spinta dallo spostamento d'aria, o forse perché un attimo prima dello scoppio si era alzata e stava andando da lui, mentre in ginocchio le puliva con un lembo della camicia il viso stravolto e senza vita e le chiudeva gli occhi e le baciava le piccole mani con le dita ancora incrostate d'impasto, a tratti continuava a scrutare le rovine, e si alzava a raccattarle in cerchio quelle monete anch'esse sporche di terra e sangue.

Sul luogo dell'immane disastro, dov'erano morti militari e civili, scavalcando le macerie accorsero anche il re e la regina, nella familiarità raccolta in quel destino comune.

Salvatore restò inginocchiato davanti a loro, accanto alla bambina, così profondamente sconsolato nel cuore e nell'inclinazione del capo, ma le mani a pugno, nelle tasche gonfie, tastavano e stringevano la certezza del metallo.

Il cruccio di Salvatore era saper leggere poco e scrivere ancora meno.

In passato, del Marocco e dell'Algeria aveva imparato i linguaggi con naturale istinto, e riusciva a farsi capire e a capirli, gli indigeni; nel suo dialetto pronta e sciolta, e anche sagace, aveva la parlantina, ma l'italiano, che cominciava dopo l'unione a sostituirsi al napoletano, gli era quasi sconosciuto. E a mano a mano, diventando sempre più ricco e rispettabile "galantuomo", s'accresceva in lui il disappunto per questa mancanza.

Dopo l'annessione, con molta audacia, senza spaventarsi di niente, con "virate" coraggiose e "cambi di mura", da antico marinaio, navigò spericolato tra barriere doganali che crollavano, tra i flutti del nuovo e imposto sistema fiscale, nel subisso di tasse necessarie a coprire le esigenze e anche lo sforzo bellico del Piemonte, tra balzelli imprevisti e imprevedibili per i quali fu poi anche preteso dal governo il pagamento "manu militari". E fu solo al timone, solo nel comando, nel credito, nelle decisioni, nel maneggio dei soldi, perché il carattere del nonno già a Gaeta, dopo la resa, quando voleva sputare sui piemontesi che sbarcavano, era scivolato verso un'intemperanza sragionata e pericolosa, una caparbietà negli odi e nei rancori senza alcuna disciplina.

Forse il dissenno fu malattia delle sue vene, o dolore, o dolore e malattia, oppure il diabete che si affacciava nel suo sangue, ma qualcosa nella sua testa non funzionò più come doveva e lo fece stralunato, sordo al buon senso, occupato a vivere non agendo ma solo recriminando.

E Salvatore sempre a lui sottomesso, sempre sottoposto al suo giudizio, dovette chiamare solo su di sé ogni compito e responsabilità, in verità pensando sempre a un'esigenza provvisoria, reputando sinceramente contro legge di natura che un giovane comandasse a un vecchio. Ma certo fin dal principio anche al nonno fu tolta la corona. Il genero non poté lasciargli l'autorevolezza di un tempo e arrischiargli il governo di una barca così piena di naufraghi. Lui stimò di meglio rappresentare con chiarezza ed equilibrio le esigenze del loro lavoro e ne tenne le fila, e il nonno, in altro perso e svanito, gliele lasciò.

Salvatore acquistava grano, vendeva grano e pasta, ricomperava grano e terreni, rivendeva pasta, in geloso riserbo faceva costruire trafile, le mandava un po' da tutte le parti a fare i suoi maccheroni, e intanto sempre più solida faceva la sua fortuna.

Ma sapeva leggere poco e scrivere ancora meno.

Instancabile, insonne, preciso, affidabile e fantasioso nei negozi, temerario e fortunato nelle avventure, impiantò due pastifici a Gragnano e nel borgo di Trecase, e uno più grande a Crotone.

Usò, per allogarli, vecchi palazzetti su fondi confiscati: beni ecclesiastici comperati quasi per niente.

Invece si fece progettare e costruire daccapo, senza sparagno nella grossezza delle mura, un mulino e pastificio a San Severo, e un altro complesso molitorio e di pastificazione proprio nel paese sotto il Vesuvio, e lo destinò a Francesca.

In particolare questo edificio volle ferrigno e feudale: su di un terreno che comprò dalla famiglia Montorsi, la più antica e altezzosa del posto.

Lo innalzò, come si faceva allora, come palazzo signorile, con i timpani di pietra sopra i balconi e le belle ringhiere in ferro battuto, senza sagoma esteriore di opificio ma incrollabile e massiccio a sfidare invidie, e chissà per quali inconsce sue inquietudini anche a respingere offese.

Gli attacchi delle fortezze volanti americane, i terribili bombardamenti dei primi giorni del settembre del millenovecentoquarantatré, nel panorama di rovine, lo videro ferito ma in piedi, le pietre bugnate della facciata solo scalfite dalle infinite schegge. Il terremoto del millenovecentottanta lo lasciò senza una crepa.

Nel milleottocentosessantotto, per certe forniture di grano al mugnaio più influente sotto il vulcano, che per le difficoltà di quel tempo si era così indebitato da arrivare al dissesto, Salvatore, creditore di ventunomilatrecentocinquantaduelire, fece istanza di fallimento e iniziò la procedura di esproprio.

Liquidati gli altri aventi diritto, rimase proprietario del mulino con solo l'ingerenza, peraltro minoritaria e trascurabile, di due soci, gentiluomini di eccellente reputazione, don Matteo Galdo e don Annibale Fienga, che lasciò nell'affare perché ne stimò altamente onorevole la frequentazione.

Della reazione non si occupò e non volle occuparsi, fin dall'inizio. Anzi, appena capì, e ancora prima della Pubblica Sicurezza, e l'anno era il milleottocentosessantatré, che alla locanda di Carmine Bravo, all' "Arco della Neve", si arruolavano volontari per la causa del re Francesco, con una scusa a Carmine non portò più pasta.

Quando in quegli anni Napoli e i suoi paesi si svegliavano tappezzati di cartelli che inneggiavano alla monarchia borbonica, lui, con prepotenza, il nonno non lo lasciava neanche uscire dal mulino per andarli a leggere.

Quando arrestarono il maggiore Federico Fiore, loro amico e protettore a Gaeta, non permise al suocero di andarlo a trovare; anche se, e tanto volentieri, sarebbe voluto andare lui stesso a portare conforto al maggiore, ché vedeva tanto aggravata la sua posizione di cospiratore per essere stato, al tempo, uno dei giudici militari di Agesilao Milano.

Salvatore tenne per sé ogni amaro di quel tempo, non lo divise e non ne parlò con nessuno, e tanto meno si accostò ai filo-borbonici che, traducendo in pericolo di vita le loro ragioni, tramavano per il ritorno del re Francesco.

Conosceva l'ufficiale che, dopo la resa di Gaeta, si era imboscato con alcuni suoi soldati nelle selve della Calabria, ma non volle mai vederlo. Lo finanziò in una sola occasione, però con pezzi sonanti, non con carta moneta che intanto aveva "corso forzato".

Connivenze cercò di non averne neanche con Antonio Cozzolino, detto Pilone, quello del borgo di Boscotrecase, lo scalpellino delle cave di pietra lavica che, "legittimista" e perseguitato, si era nascosto con i suoi nelle boscaglie del Vesuvio e si era fatto brigante.

Nonostante i messaggi pressanti non volle mai incontrarsi con quest'uomo braccato; fu costretto a parlargli quando il tagliapietre, una sera, gli si parò davanti al calesse, deferente e amico, ma in agguato accanto a un tronco che chiudeva la strada.

Così Salvatore per ben due volte fu costretto a mandargli somme importanti, e fu molto contento quando seppe che l'avevano ucciso: anche se a chi gli diede la notizia dovette mostrare dolenza.

Lui voleva soltanto che lo lasciassero lavorare in pace. Per questo versò il danaro, non per rinverdire le belle speranze dei fautori delle cadute insegne: aspettative ancor più rinvilite dalla legge "Pica", che proclamava il Sud "in stato di brigantaggio", trasferiva la competenza dei reati che entravano sotto questa voce dai tribunali ordinari a quelli militari, e faceva la dura repressione non più misura straordinaria, ma inflessibile norma sancita dal diritto.

Dalla sua terra si alzava un lamento di delusione e di dolore, ma lui non volle neanche sentirlo, né volle ribellarsi. Non credeva assolutamente che qualcosa del passato potesse ancora tornare, l'unità era fatta, con il suo peso di bene e di male, di fortuna e danno; il legame, al di sopra delle passioni, lui lo sentiva in quella carta d'Italia che gli inchiodò sul muro il suo primo scrivano: nel vecchio mulino appena rinnovato.

Fu rispettata regola della sua vita che in sua presenza non si parlasse né di politica né di governo. Una sola volta gli capitò di dover ascoltare il resoconto di una riunione del Parlamento piemontese, ma fu perché il nonno, con un conclamato suo dire, l'aveva messo in grande difficoltà con don Gioacchino Tota, che era uno spione e un profittatore.

Si trattò di questo. Dopo la proclamazione del regno d'Italia il diciassette di marzo del milleottocentosessantuno (numero infausto il diciassette, aveva notato il nonno), e il riconoscimento del titolo di Re a Vittorio Emanuele e ai suoi discendenti, Cavour ebbe l'incarico di formare il nuovo governo. Al suo primo presentarsi esso diede subito uno spettacolo chiassoso perché nell'aula, in poncho e camicia rossa, irruente come un fiume che ha rotto gli argini, Garibaldi, deputato dei napoletani, prese la parola e, con chiarissimo accusare, sconcertando tutti, anche i suoi, cominciò la sua protesta al governo che aveva voluto a Napoli una "guerra fratricida".

E neppure il grandissimo baccano che si alzò a contrastargli la voce riuscì a coprirne la veemenza, e lo stesso Cavour dovette strillare forte "Non è permesso di insultarci", e la seduta fu sospesa.

Qualcuno raccontò e spiegò l'episodio al nonno, presente don Gioacchino, e il commento del vecchio mugnaio fu irruente e sobillatore:

"Io me crerevo ca Calibardo era sulo nu pazzo... invece... puveriello è pure nu scemo... 'E napulitane mo le fanno pena?... Nun ce poteva penzà primma?... Si cagne 'a museca sa quante cavece 'nculo voglio dà a tutte 'e traditure ca saccio io..." e sconsiderato aveva guardato dalla parte di don Gioacchino che più tardi, nell'astioso riferire le parole di don Peppe alla famiglia, nell'inquisire ricattatorio voleva poi sapere che significava "Se cambia la musica" e "i calci nel sedere" il nonno a chi voleva darli e quali erano i "traditori".

E a De Crescenzo Salvatore acchetare quel delatore probabile costò non solo parole. Perché, in quel tempo, il pericolo di vedere iniziato a proprio carico un procedimento penale anche per un'inezia era purtroppo assai concreto.

E di contro il nonno sempre più perdeva intelletto e misura, e il genero, costruendo nell'avvenire, che voleva sgombro da ogni scoglioso o anche solo imbarazzante trascorso, molto vigilò perché zi' Peppe non lo esponesse a rovine. Tenne l'uomo impulsivo sempre con il freno di qualche operaio di fiducia che lo controllasse e sempre lo lasciò a corto di soldi: con dispiacere, perché non gli sembrava cosa giusta.

Dovette contrastare il suocero anche nelle canzoncelle che rabbiose volgevano in politici canti a dispetto. Gliene lasciò cantare soltanto una piuttosto salace su Garibaldi, ma dopo che per l'Eroe, sconfessato anche da un re che non aveva disposta attitudine per la riconoscenza, fu preso un certo uso: trasportarlo con prepotenza, quando lui più si faceva impiccione, all'isola di Caprera, da dove poi regolarmente scappava.

Comunque, quando un malore mortale una notte colse il borbonico mugnaio, nel racconsolare e dar coraggio alla famiglia, nel rammarico di tutti, il pur devoto marinaio ebbe un sentimento istintivo di sollievo: e se ne dolse.

Però l'intento suo era la sicurezza nell'oprare, per questo coltivava la saggezza del distacco. Solo così poteva farsi remoto ogni scontento di quel tempo.

Nello sconforto dell' "unione" che si svelava così "invasione", Salvatore non aveva seguito l'esempio del suocero che si era seduto per terra a gemere e aveva passato quel poco di vita che ancora gli restava ad affliggersi e rammaricarsi; lui aveva pensato solo a fare la pasta e aveva seppellito il suocero tanto prima di quel piovoso "quattro aprilante", quando l'accompagnò al camposanto.

Nell'affratellamento il nuovo stato italiano esigeva doveri, ma non elargiva diritti?

Non se ne curava. Non aveva mai avuto illusioni, e non lo toccavano disincanti. Sulla sua terra erano state rovesciate infinite promesse non mantenute, tutte sgargianti e finte. Nella semplicità del suo pensiero, le somigliava alle piccole ceste di creta, le stupende "spaselle dell'abbondanza" che nel classicismo del presepe napoletano, nella rappresentazione ferma della Natività, i pastori intorno alla grotta presentano generosi al Bambino Gesù. Canestri colorati che sempre lo incantavano, stracolmi di ortaggi festosi, di frutta, o pesci iridescenti, spaselle così aggraziate nella visione delle forme che contenevano, nella miniata e ingenua riproduzione del vero che esaltavano, offerte ragguardevoli e squillanti, ma di terra impastata, doni opulenti e ostentati, ma di pietra.

Tutto questo gli era stato sempre ben chiaro, fin dall'inizio, e non ci sprecava certo parole e pensieri.

Nella tela tessuta di una storia che la perdeva, mentre in lei si perdeva, la sua gente antica ne aveva sopportate altre di "dominazioni", ne aveva godute altre di "liberazioni", e nel pazientarne le geometrie, nel raggirarle, aveva imparato a camminare sull'acqua come solo sanno fare i gabbaminchioni e a volte i santi.

Così Salvatore aveva solo disperata intelligenza per sopravvivere.

Con più buona sorte di altri della sua terra che, dopo il milleottocentosessanta, dovettero percorrere la desolata via dell'emigrazione, l'attossicato cammino che non avevano conosciuto prima, lui fu aiutato dai guadagni che gli erano venuti dal forzare il blocco, dall'"arte", che aveva così ben imparato, e dalle monete sporche di terra e sangue che del resto pagarono una devozione e una giovanissima vita molto a buon mercato.

Nella protervia del nuovo governo che "piemontizzava" (questo il termine che si coniò allora in una mozione d'inchiesta parlamentare) e che faceva venire dalla sua capitale gli uomini da impiegare in ogni campo, e non solo nei pubblici uffici, e da Torino faceva arrivare perfino le cassette per la posta e la carta per i dicasteri e la pubblica amministrazione, continuò a fare la sua pasta al meglio, e cercò caparbiamente di farla mangiare anche ai piemontesi.

Perché aveva come fede che, quando la pasta è buona, davanti a un piatto di maccheroni fatto con arte, non ci sono barriere di riso o di polenta che tengano.

Perfino le balie per allattare i bambini degli orfanotrofi erano fatte venire dal Piemonte; e così, quando gli veniva richiesta la sua roba, e anche con tanta sollecitudine, e spediva la sua eccezionale pasta che cominciava a invadere il Nord, gli sembrava di rispondere a una sopraffazione con un'altra sopraffazione. Solo del ventre, è vero, ma non per questo meno importante. Ed era in questo modo che si sentiva di "fotterli"... i piemontesi.

A suo modo fu un gigante. Ma sapeva leggere poco e scrivere ancora meno.

Quando fu un ricco industriale, anche con lo "sfizio" di una maccaronìa a Marsiglia, Francesca fu il suo braccio destro. L'affiancava nel lavoro anche al tempo del Convitto di Nola, non solo nelle lunghe vacanze ma anche nei mesi dello studio quando, con mille scuse, con tante storie di familiari malati e moribondi, il padre riusciva a sottrarla alle mura del collegio: fuori, in carrozza, dopo i visi lunghi di circostanza mostrati alla direttrice, si sorridevano complici.

Ma le più grandi premure e i terreni più irrigui li riservò a Vincenzina, che si fece maestra e con il titolo raggiunto fu fregio del petto di suo padre, glorificabile placca scintillante. Ma non solo in questo lo onorò, soprattutto gli dava lezioni accurate e pazientissime, sminuzzandogli con garbo gli elementi più semplici del sapere. E spesso in questo compito l'affiancava il fidanzato, poi marito, un avvocato di Crotone che in seguito fu deputato al Parlamento. E Salvatore le sollecitava le lezioni, specie la sera quando aveva più tempo, anzi a volte le allungava oltre il limite di veglia per i due giovani.

La nuova posizione sociale lo portava sempre più a contatto con personalità e burocrati importanti, voleva ben figurare nella parola.

Ma molte volte purtroppo fallava, e strafalcioni gli uscivano dalla bocca, e di lui si rise tanto. Naturalmente alle spalle, perché il controllo di Salvatore era rimasto quello antico, e le mani le menava alla svelta, senza complimenti. Questo fino all'ultimo, fino a pochi mesi prima di morire, quando atterrò un uomo con un pugno e il mediatore truffaldino si svegliò dall'intontimento dopo qualche minuto.

Forse il suo peccato di vanità fu proprio quello di contrabbandarsi per istruito, di voler usare un linguaggio forbito che lo elevasse, e per questo le sue cadute nell'esprimersi ancor più suscitavano ilarità, e si raccontarono fino a cinquant'anni dopo la sua morte.

Molti episodi furono inventati e attribuiti poi a don Salvatore De Crescenzo, ma certamente sua fu la risposta data al prefetto che in visita, in un ricevimento al municipio, gli chiedeva ragguagli sull'assenza di Francesca e del marito:

"Eccellenza, mia figlia ha dovuto fare una figliata e mio genero don Giordano è al suo capezzolo."

Una volta, per una riunione di beneficenza, insieme a don Pierino Prota, al conte e alla contessa Vecchi, all'ingegnere Carbone, e a molte altre ragguardevoli persone fu invitato dalla contessa Guarracino, nuova padrona di casa del fortino dei Filangieri trasformato in villa.

Nel porticato, aperto e sospeso sul mare, la comitiva in chiacchiere, incantata dal tramonto che arrossava Capri e Sorrento, fu sorpresa dal primo buio.

Senza candelieri nessuno osava spostarsi nella sfilza di stanze zeppe di mobili, neanche la contessa. Non si poté e non si volle suonare nessun campanello per chiamare la servitù; si preferì, conversando amabilmente, aspettare che arrivasse qualcuno.

Quando venne il cameriere con la lampada, Salvatore si alzò e con ampio gesto del braccio, che indicava il chiarore avanzante, pronunciò la frase che poi sempre precedette e seguì, tra amici e nemici, le sue entrate e le sue uscite:

"Signore e signori... ecco il lumo!..."

Quando però, lucido, morì per un'emorragia violentissima della sua vecchia ulcera, parlò il napoletano più puro, e mentre batteva i pugni contro il muro, e lo arrossava, nella sua calda lingua bestemmiò anche, perché ben capiva che era finita e invece lui, assolutamente, non se ne voleva andare.

Lo stanzone lungo e stretto, con i suoi quattordici letti bianchi e in fila, era rischiarato dalla luce della luna che entrava dalle finestre altissime e spoglie. Sul fondo dell'ambiente una tenda di tela di lino, girando intorno all'intimità di un comodino e di un letto, isolava lo spazio di suor Maria Addolorata ed era, all'interno, illuminata dal chiarore di una candela che mandava sul soffitto lame di luci danzanti.

Nunziata non riusciva ad addormentarsi, un pensiero la teneva eccitata. Fissava le ombre che la suora, svestendosi, tracciava sulla mussola bianca e sgranava su quel teatrino silenzioso l'intensità festosa dei suoi occhi nocciola che avevano dentro il sole.

L'indomani una di loro sarebbe stata scelta, poi sarebbe andata via dall'orfanotrofio per entrare in una casa piena di sole, tende di velo alle finestre, fiori nei vasi, e rampicanti nei giardini. Una di quelle case che lei intravedeva nelle passeggiate del giovedì e della domenica pomeriggio.

A volte al rientro, nel giorno che appena si scuriva, al piano terra dei palazzi con fregi di pietra sui portoni già brillavano caldi lumi. Lei si attardava, disertava il suo posto accanto alle compagne nella lunga fila che si allontanava, cercava di sbirciare oltre i tralci, nelle stanze dove le sembrava di scorgere sempre, come la prima volta, bambini con colletti di trine in prospettive di tappezzerie rosso cremisi. Bambini che contro sfondi di quel colore lei sapeva con certezza felici, tanto che per tutta la vita quella particolare tinta fu per lei legata alla letizia e alla prosperità: chi sa se seppe mai che proprio in quel tono di rosso era il collare della Congrega del Santissimo, quello che "in onore" le poggiarono sul petto tanti anni dopo quando fu esposta da morta nel salone affrescato della villa.

Suor Benedetta, quando si accorgeva delle insistite soste di Nunziata, tornava indietro a riprenderla e la redarguiva per il ritardo. Lei fingeva di allacciarsi uno dei bottoni degli stivaletti, e la religiosa, chinandosi per aiutarla, le solleticava il mento con le ali da gabbiano del grande cappello inamidato dell'ordine di San Vincenzo.

Così, triste e a capo chino, tenera nelle treccine sparute del colore del grano a luglio, la bambina si incamminava dietro la suora. E ne fissava pertinace lo scuro della gonna per non vedere dopo il noto angolo, addossato al monte, chiuso nella piccola piazza, l'edificio cupo che le faceva sempre paura, con gli occhi arcigni delle finestre, la bocca irata del portone e come denti in ghigno cattivo i sette scalini.

Frattanto sul telo continuavano i giochi d'ombra. Suor Maria Addolorata nel suo riparo seguitava a svestirsi e a riporre con ordine i panni sulla sedia. Poi in camicia da notte, aggrandita nell'ombra, tracciò sulla fronte un ampio segno di croce che si dilatò quasi drammatico sulla bianca cortina e spense la fiammella con un soffio.

Nunziata chiuse gli occhi ma soltanto per un po'. La suora, girandosi e rigirandosi, faceva cigolare il lettino di ferro e crepitare le foglie di pannocchia del materasso.

A un tratto si sentì, in un alto crescendo, l'inequivocabile rumore: come di uno strumento a fiato che crocchia. La bambina nascose il capo sotto le lenzuola "La suora ha fatto... la botta" e rideva, rideva soffocandosi con il cuscino, e rise tanto che le scesero le lacrime e le colava il naso.

Quando si quietò ci fu solo il riverbero della luna e l'odore acre dell'umidità frammisto a quello della scarsa igiene, l'afrore dell'umanità raccolta dalla vita nel chiuso di una stanza, un tanfo sempre presente, sempre in sottofondo, così noto a Nunziata e che, più acuto, le faceva stringere la bocca dello stomaco e a volte le dava conati di vomito.

Poi alle sue orecchie attente, tese a sentire i moti del suo mondo, arrivò il russare leggero di suor Maria Addolorata. Di solito al suono rassicurante la bambina si addormentava serena, ma quella sera proprio non poteva... La signora sarebbe venuta domani. Sarebbe venuta, aveva detto la superiora, a sciogliere un voto.

"Questa nobile dama" aveva spiegato madre Clementina "che tiene un mulino grande quanto un paese, ha chiesto, e dalla Madonna Santa ha ottenuto, una grazia straordinaria, la guarigione di uno dei suoi nove figli, uno dei più piccoli... una bella bambina che stava morendo... Povera nennella... La signora alla Vergine aveva fatto una promessa, se salvava la sua creatura lei avrebbe adottato una figlia della Madonna, una come voi, senza mamma... E domani questa santa donna viene a scegliere un'orfanella e poi dopo qualche giorno se la porta a casa sua."

Sentiva Nunziata, nella saggezza sofferta dei suoi otto anni, che l'indomani per lei o per una delle sue tredici compagne, le più piccole dell'orfanotrofio, tutto poteva cambiare e di un subito, come per incantesimo.

E per una soltanto di loro.

La signora che doveva arrivare era come quei personaggi dei racconti di suor Bernardina, quei "cunti" che la vecchia suora narrava piano, a voce ammorzata, nei lavori di cucina, tra i vapori gonfi delle pentole e le alte quinte dei piatti insaponati.

La signora era come l'orco e il re che potevano dare la vita o la morte a loro piacimento. La vita o la morte. E Nunziata la morte la conosceva bene, l'aveva fissata molte volte. Perché difficilmente c'era una salma nel paese che le orfanelle non vegliassero e seguissero nel funerale. Specie le più piccole, perché più adatte a intenerire e a influenzare la consistenza dell'obolo.

L'altra volta, quando era stata scelta Maria Rosa, cinque bambine erano rimaste chiuse nel dormitorio, e tra esse c'era anche Nunziata.

Le monache le avevano tenute nascoste perché, per misure igieniche prese dalla superiora ("Queste povere creature tengono i pidocchi"), a tutte e cinque erano stati tagliati i capelli a zero e sulle loro misere cocuzze la sera veniva strofinato il petrolio delle lampade, lo "scisto".

Un rude uomo dalle mani mollicce aveva scempiato loro i capelli con forbici squillanti nel recidere e le aveva rapate una per volta nella solitudine di uno sgabuzzino. Quando rimanevano soltanto poche setole penose e agghiacciate, aveva a ognuna passato sulla testa, che lui con durezza teneva chinata in avanti, un rasoio che raspava e scricchiava nel silenzio.

A tosatura ultimata si erano ritrovate tutte e cinque nel corridoio con i crani azzurrognoli rasati: "a zizze 'e pacchiana". Così aveva specificato il barbiere con l'aggiunta di uno schiocco di tovaglia e un deferente e ironico: "Le signorine sono servite."

Il giorno della scelta, ed era il settimo di un aprile matto, così fuori di modo nel tempo rigido, loro cinque erano state escluse e lasciate nel dormitorio con suor Crocifissa. Erano rimaste con i nasini incollati ai vetri a spiare, nella luce ottusa del mattino schermato a lutto dalla pioggia, la piccola piazza spazzata dagli scrosci e la carrozza che sotto arrivava nera e lucida d'acqua, con il cocchiere che inalberava un enorme ombrello verde.

La sera, a tavola, nel refettorio, grosse lacrime avevano rigato le guance di Nunziata indugiando sugli zigomi alti del suo visino a triangolo... così singolare.

Era stata prescelta Maria Rosa, sua compagna di fila, di banco e vicina di letto; la sua Maria Rosa cinguettante, sonora come una campanella. Il pianto sconsolato era per l'amica che se ne andava, ma anche per il crudo dell'esclusione e per la mortificazione che rampicava come un ragno sull'amaro della sua testa configurata "a provola": così dicevano le compagne più cattive e senza pidocchi.

E l'umiliazione durò a lungo, anche se ricoperta da una calottina di lana all'uncinetto che la superiora aveva fatto calzare a tutte e cinque:

"Povere creature si gelano... 'a còccia."

Durò l'amaro avvilimento tutto il tempo, che le sembrò interminabile, della crescita dei capelli. E anche quando la pena se ne fu andata, negli anni, il ricordo del suo capo così spoglio fu per lei sempre legato alla condizione di vergogna, più che la nudità e tutti gli altri tributi (decime a lei per niente imbarazzanti) che il suo pudore pagò al desiderio e alla passione degli uomini che la ebbero.

E nell'estate che seguì alla rapatura, non godé appieno la delizia dell'acqua salata sulla pelle. Immersa nel mare trasparente della costa sorrentina, nella cala fiorita di alghe delle monache di Gesù Bambino che ogni estate le accoglievano ("Anime di Dio, hanno bisogno di sole, se no prendono la tisi"), Nunziata aveva scorno della sua zucca pelata. Quando qualche saio delle sorelle ospitanti compariva affacciato al piccolo poggio sospeso e si fermava tra i pini e quella torre rosata che sembrava un minareto ma che era poi una colombaia, lei pensava che le suore indugiassero a guardare, tra tutte le altre teste, proprio i loro cinque scoperti melloni. Non sapeva che, mentre il gruppo si bagnava nei camicioni bianchi di tela grossolana, la stoffa umida si apriva, si gonfiava e galleggiava intorno al corpo di ognuna. Così, sulle acque di luce che rimandavano il verde ai pini e il rosa alla colombaia, a chi le guardava dall'alto le piccole sembravano sparse ninfee.

Ma ormai da allora era passato un anno, i capelli erano ricresciuti, la primavera era tornata e i pidocchi no.

Nunziata sorrise stringendo tra le mani la certezza consolante di una biondissima ciocca.

Domani ci sarebbe stata anche lei.
E si perdette nel sonno.

La superiora madre Clementina si accendeva di inconsueto rossore nel viso senza ciglia e senza età; e gioiosa, linda nella vecchia tonaca rinfrescata, amministrava sotto l'androne l'attesa e la confusione.

Nel mantenere le bambine in riga si spostava con zelo ansioso battendo le mani, e, nel moto fervido dell'andare e tornare, il suo grande cappello candido batteva l'aria. "Silenzio, silenzio... State zitte... su, su in coda, una accanto all'altra... come le formiche..." e batteva le mani facendo combaciare soltanto i polpastrelli e tutta eccitata e leziosa con la voce in falsetto vinceva il brusio.

Le aveva fatte schierare in fila contro il muro e scivolando da un capo all'altro interrompeva il picchiettare delle dita per sistemare, con gesti rapidi e veloci, fiocchi e colletti:

"Su, su bambine. Erminia, pulisci il naso, Silvia stai ferma... dritta, dritta Maria... Olghina ma neanche trovi pace!!... Ecco, brave... brave... accussì... accussì."

Sul portone don Gioacchino, il prete del convitto, con la testa infossata e il solito suo gesto di lisciarsi le mani come per insaponarle, guardava il cielo contento di vederlo così limpido e ammiccava sorridendo ad alcune orfanelle grandi affacciate sul lato del brefotrofio.

La giornata della primavera del milleottocentottantasei aveva sole chiaro, ma pungente un'aria di tramontana la rinfrescava. Il povero sacerdote, nell'abito talare che sembrava rivestisse una gruccia, batteva di continuo i piedi per riscaldarsi, però non si muoveva dal posto di osservazione alla sommità degli scalini: desiderava essere pronto ad accogliere le persone in arrivo.

Poi ci fu il suo: "Eccoli... eccoli..." che rimbalzò e si ripeté tra i gruppi in attesa: "Eccoli... eccoli..."

Dalla strada che sfociava nella piazza stava arrivando

una carrozza padronale che aveva riconosciuto dai colori. Si precipitò incontro ai visitatori prima del tempo. Affrontando la breve scalinata già ripetutamente e perigliosamente si inchinava nell'ossequio e con tutte e due le mani sorreggeva la veste nera facendo ancor più avventuroso il suo discendere.

Quando riapparve alle bambine, risalendo i gradini, precedeva di un passo gli ospiti e aveva il braccio steso in un largo gesto di invito.

Dietro di lui, nel riquadro luminoso, lentamente appariva una formosa e alta figura di donna. Vestiva di grigio, di stoffa marezzata abito e mantellina; dallo scollo della cappa, dagli ampi spacchi delle maniche, apparivano montature di trina bianca che orlavano collo e polsi. Sul capo portava, inclinato sulla fronte, un bellissimo cappello con pallide rose di seta, snervate e languide nei petali dischiusi. Una veletta perlata dava ombra al viso olivastro, pastoso e morbido, e a due occhi lunghi, nerissimi e severi.

La signora era arrivata.

Si fermò un attimo sulla soglia mentre accanto a lei emergeva una figura maschile. Poi, ignorando il gesto del prete che voleva portarla verso destra nella sala attigua per un rinfresco (l'odore del caffè e della torta arrivava fino all'ingresso e copriva quello dell'eterno brodo vegetale che bolliva), si diresse dall'altra parte, verso la fila delle bambine. La risalì tutta e si fermò a guardarle una per una, il volto senza sorriso.

Quando arrivò davanti a Nunziata, la bambina implorò in silenzio, il faccino sollevato e gli occhi intensi: "Pigliate a me... pigliate a me..." e trattenne lo sguardo della donna per un lungo momento prima di abbassare la testa arrossendo.

E, mentre si guardava la punta delle vecchie scarpe che aveva lucidato con tanta cura, ripeteva muta:

"A me... a me... pigliate a me..."

La donna passò oltre e giunta all'ultima della fila tornò indietro piano, altera, ripassando la riga senza più esaminarla, e la seguivano il prete e il bell'uomo in panciotto di broccato che era arrivato con lei.

Poi affrontò tutto il gelido spazio che la separava dal salone: l'accerchiavano le suore guidandola con garbo verso l'approdo lontano del biancheggiare di un tavolo e le ampie tese dei loro cappelli avevano lento moto come di sereni frangenti.

Timide, compunte, le mani unite come in preghiera, le religiose precedendola e seguendola l'accompagnavano con cerimoniosi "Prego... prego...", e nella premura di farle strada e nel riguardo di cederle il passo indietreggiavano e avanzavano a piccole movenze, ondeggiandole d'intorno come in una danza.

Nella carrozza Nunziata era seduta sul velluto dello strapuntino, di fronte alla signora con la pellegrina di martora e al suo compagno dai baffi ramati.

La bambina, gli occhi di meraviglia, una mano aggrappata al sedile l'altra a stringere la manopola di cuoio, fissava la signora senza distogliere lo sguardo, ma la donna, il viso volto al finestrino, sembrava interessata soltanto al panorama che scorreva.

La carrozza era piena di cigolii. L'uomo dal gilè lucido si chinò e da uno sportellino a molla che aprì dietro le sue gambe, prese una fiaschetta d'argento.

In silenzio offrì dell'acqua a Nunziata; lei bevve ma senza lasciare con gli occhi la signora che sempre non la guardava, girata verso il vetro.

Più che il volto la bambina ne fissava il cappello, affascinata dallo strano uccello su esso fermato, un pennuto fosco, immobile, ad ali aperte, alta la coda nell'impetuoso slancio per un volo che poi mai compiva.

Di lui scorgeva solo il cangiante della punta delle ali e l'iridata forbice delle penne timoniere. Però, quando per gli scossoni delle ruote la carrozza traballava e lei, leggera com'era, aveva grandi sussulti sul velluto dell'imbottitura, invece di raffrenarli aggrappandosi più forte al bordo dello strapuntino, cercava di accrescerne l'impeto perché, sospinta più in alto, potesse vedere di quel bizzarro volatile tutto il corpo, soprattutto i ciuffetti verdi della testa così viva, il becco chiaro e gli occhi fissi e lucenti.

Senza saperlo, quel pennuto poggiato tra gli sbuffi del cappello di seta marrone era il sostegno, il relitto al quale si aggrappavano sperduti i suoi otto anni e l'inconscio sconcerto per il taglio con il passato. E il puntello era fragile solo in apparenza. Perché con quell'esaltazione lei chiudeva fuori l'inquietudine e l'assurdo sentimento di angoscia così in contrasto con l'attesa gioiosa e la lieta speranza per le cose che erano ancora da venire. Perché la meraviglia, stranendola, la portava lontana da se stessa, la prendeva tanto da isolarla e così la faceva salva.

Con il visino appuntito sotto la cuffia grigia, Nunziata fissava l'uccello e negli occhi lucenti dal taglio lungo, di memoria etrusca, aveva lo stupore, l'incanto che conservò poi per tutta la vita, come se ogni cosa, anche la più piccola, fosse sempre una scoperta e un'emozione: e anche la scodella di latte con il pane fresco al mattino fosse un dono e un'avventura. Ed era questo suo sentire così autentico, così scoperto e tangibile, che si poteva quasi prenderlo per i lembi e annodarlo in un bel fiocco.

Andava la carrozza sulla strada sorrentina. Tra le macchie di aranceti e pini, a tratti, spaziava il paesaggio. Nella visione incupita dal celarsi del sole ma aperta dal vento, al centro del golfo si levava come sigillo l'inconfondibile altura del Vesuvio e chiaro ai suoi piedi si distingueva il paese dove andavano, con le arcate della ferrovia borbonica e le case tutte in linea nell'affaccio sul mare, tutte a stringere e delimitare lo slancio di una bella cupola.

La sagoma del vulcano, visto così faccia a faccia, aveva addolcimenti nel colore e terminava con i due declivi che netti, poggiandosi sul mare, si distendevano lunghissimi e si concludevano nella leggera curva di un abbraccio: come se il vulcano volesse cingere di riparo la vita e l'arco della sua costa.

Alla bambina fantasiosa, nelle serene passeggiate della festa, la linea dei pendii aveva sempre dato l'idea di uno strascico, come se il Vesuvio, avanzando incoronato da vapori verso l'azzurro dell'acqua, avesse la piega regale di un ampio mantello a seguirlo.

Uno strascico come quello che avevano le spose per le quali dietro le grate avevano cantato lei e le altre orfanelle, tutte raccolte intorno all'organo, tutte attente ai cenni di suor Remigia, severa perché voleva ben figurare con il medico del convento che maritava la figlia o con il vescovo che accasava la nipote.

Nunziata quella vetta fumante al di là del mare la conosceva bene. Se la riguardava sempre incuriosita e affascinata ogni volta che, negli itinerari scelti dalle suore, arrivavano alle alte terrazze protese sulla marina di Sorrento.

Però, qualche settimana dopo il suo arrivo dall'altra parte dell'insenatura, nel nuovo paese, nella famiglia Montorsi che era diventata la sua, mentre con gli acquisiti fratelli si trasferiva, per passare le feste di Pasqua, dalla casa del paese alla bella villa settecentesca che loro avevano proprio sotto il vulcano, il Vesuvio non lo riconobbe. Anzi, ne ebbe sgomento a vederlo così vicino e incombente, ritinto di un indaco violento nel pomeriggio che avanzava.

Allora si rivolse alla persona vigorosa e matura che le era seduta accanto nella carrozza, Mariuccia, una specie di rustica governante, e, indicandole il monte con il dito, solo con gli occhi che interrogavano chiese chiarimenti.

Nella vettura allegra e chiassosa, terza e ultima della fila, i bambini Montorsi, così attenti a lei ancora da scoprire, risero prendendola in giro, mentre Mariuccia con premura cercava di darle notizie della cosa:

"Scemona non lo sai... chell'è 'a Muntagna."

Fu invece una delle nuove sorelle, Paolina, una ragazzina altezzosa e non bella, di tredici anni, quasi quattordici aveva puntualizzato poco prima, al momento di salire in carrozza, rivendicando il diritto al posto in quella dei grandi, fu lei a darle la risposta più esauriente: anche se con sgarbo e indirettamente, rivolgendosi a Mariuccia:

"Mariù sei un'ignorante e non sai proprio parlare. Non si dice 'chell'è 'a Muntagna' perché quello è un vulcano e si chiama Vesuvio."

E dopo l'affermazione proferita in tono saccente, Paolina aveva continuato il viaggio in sostenutezza di modi, persistendo, anche nella familiarità, nel suo gioco di superbia e sussieghi affettati che si tirava dietro dal collegio e che poi, consoni al suo carattere, tenne e portò avanti caparbiamente, anche nei giorni delle sconfitte, sempre, fino alla fine della sua esistenza, specialmente con la sorella arrivata dall'orfanotrofio.

Ma questi fili di vita nel canovaccio della loro storia erano ancora da essere lanciati e al momento, sballottata, Nunziata neanche sapeva di una servente che si chiamava Mariuccia, né di una sorella altezzosa e tantomeno di nuove visioni del Vesuvio; anzi, non si interessava affatto al panorama del golfo ma soltanto al cappello della signora.

Nella carrozza i due continuavano a tacere, il plaff plaff dei cavalli chiamava assopimento, il veicolo era confortevole così molleggiato dalla doppia balestra, ma ogni tanto, per le difficoltà della strada, scosso, rumoreggiava, e c'erano sbalzi per i passeggeri e anche per i loro pensieri.

Fu l'uomo a dissipare il lungo silenzio:

"Te l'avevo detto che facevamo in tempo."

Sfilando dal taschino la catena d'oro, fece uscire l'orologio e guardò l'ora; poi, spostando solo di lato la mano, lo mostrò alla donna e le parlò: mentre in dispetto girava la testa dalla parte del suo finestrino:

"Hai visto che avevo ragione?... Potevamo fermarci... almeno per un saluto... Giovanni Maria e Gian Piero ti fanno sempre tante feste... ma già... i Contillo sono cugini miei... e tu avevi fretta. E arriviamo almeno con due ore di anticipo. La partita di grano Taganrog è tua, non ti devi preoccupare."

La signora continuò a guardare fuori, non si voltò e non rispose. Lui ritirò il braccio, cominciò a dare corda all'orologio e riprese a parlare:

"Nel mulino e pastificio 'Francesca Montorsi e figli' (e calcò molto su quel Francesca mentre il bel viso si faceva amaro), entra solo quanto di meglio offre il mercato del frumento... La 'padrona' Montorsi è fissata... Solo grano duro che arrivi dal mare d'Azov... lei non si abbassa... la pasta non la fa senza il suo mitico Taganrog...", e l'inflessione della voce era via via diventata sempre più enfatica.

Mentre rimetteva l'orologio nel taschino e sistemava e stendeva il panciotto, continuò sempre con lo stesso tono calcato e sfottente:

"Solo grano di eccezione macina donna Francesca... e non solo quando deve preparare il suo tipo di pasta 'sublime', ma anche per la sua pasta 'semifina'. Al massimo può ripiegare sul Tibisco, sull'Algerino, sul Mentana, sull'Ardito e Saragolla di Puglia... Perché donna Francesca schifa il Massengo e il Gentilrosso.. per carità..." e il tono ironico, mentre si riappoggiava ai cuscini, aveva conferma nelle luci di beffa dei suoi occhi castani, caldi e intensi...

"Ma che parliamo a fare... Si torna al mulino di corsa... Tanto, si sa, donna Francesca pensa solo a una cosa, non si preoccupa di altro, ha solo un pensiero... la pasta."

Ma quasi subito si pentì della sua ultima frase e si girò verso la moglie che gli mostrava la nuca e il nodo della veletta e sembrava intenta a controllare la successione degli alberi. Quasi tangibile vide uscire, da quell'occipite vaporoso di tulle, una considerazione e una risposta per lui ovvia:

"E tu invece di pensieri ne hai due: il gioco e le femmine...", e stette in guardia.

Ma la donna non raccolse la provocazione e non per tener fede al suo carattere sostenuto; non aveva neanche ascoltato il resto del discorso, non si era curata del sarcasmo del marito che le era noto, sapeva dell'antico disappunto di lui per l'intestazione del mulino che era solo "Francesca Montorsi", perché suo padre aveva voluto così, senza la chiamata in società del coniuge. Non si era neanche addolorata dell'irrisione, che pinzava, per quel suo sollecito impegno. Ben la conosceva, molte volte era proprio spregiando il suo lavoro di "pastaia" che lui chiudeva i loro litigi, litigi condotti quasi sempre con monologhi, perché lei in quei momenti, arroccata dietro le ciglia socchiuse e le labbra strette, più che mai altera poco parlava.

Tutto quello che il marito aveva detto era stato solo vento. Invece era rimasta colpita dall'elenco dei grani, non aveva sentito altro, stupita dalla bellezza dei nomi. Pronunciati da quella voce così gradevole avevano per lei un suono nuovo, e se li diceva dentro:

"Ardito, Tibisco, Mentana, Saragolla, Taganrog, Gentilrosso... Gesù, non ci ho mai pensato prima..., ma che bei nomi tiene il grano... so' più belli di tanti nomi di cristiani... ma come va che a qualche cavallo suo Giordano non ha mai messo il nome di un grano? Tibisco, Ardito, sono nomi belli pure per un cavallo..." e questi erano i suoi pensieri.

Il teso don Giordano, visto che non arrivava nessun cenno cattivo, si rilassò. Poco dopo dalla sua fronte già sparivano le rughe di corruccio e, superficiale nel carattere, dimenticando di colpo il motivo della dispiacenza, con un sorriso di tutta la faccia e uno sfavillìo negli occhi si spostò col busto in avanti, risfoderò l'orologio con il monogramma smaltato sulla cassa, lo accostò all'orecchio di Nunziata e fece scattare il carillon.

La bambina si allontanò d'impulso rannicchiandosi nel più profondo della carrozza. Più che sorpresa, sembrò infastidita dalla modulazione del *Valzer dei pattinatori* che le laminette, tintinnando, davano chiara e vibrante e restò nell'angolo a guardarlo attonita.

Allora lui, fermata la musica e riposto l'orologio, cercò di interessarla all'offerta di una grossa caramella, ma dovette ripetere il gesto due volte e sollecitarla con la voce perché la prendesse.

Nunziata non la mangiò ma la tenne stretta nella mano che, tornando all'antica posizione, riappoggiò al sedile. E riprese subito a fissare la signora e il cappello del colore delle castagne che le schermava la fronte e faceva più scura la seta dei suoi occhi, così perduti e distanti.

Il cammino che stavano percorrendo, aggirata l'ansa del golfo di Castellammare, scesi in terreno sempre più pianeggiante si faceva frattanto molto vicino alla spiaggia passando tra orti e colture di piselli e di fave.

Il mare sgombro che accostavano sulla sinistra tratteneva la sommossa delle brevi onde in racchiuse fluorescenze di verde, in macchie fredde e vivide cariche di tensione, ma la sfuriata di primavera era impellente, vibrava nei piccoli segnali di spuma che riddavano infiniti come fiammelle. E il piccolo isolotto di Rovigliano così prossimo alla riva, con il castello che spuntava abbarbicato agli scogli, aveva d'intorno effervescenze nel contrasto dei frangenti ed esplosioni abbaglianti di bianco.

Ci furono ampi colpi di vento, nella vettura i sibili sottolinearono il tornato silenzio, mulinelli di polvere raffrenarono il cammino, poi la strada solitaria cominciò a farsi più allegra di case.

La carrozza passò davanti a una chiesa barocca con una larga scalea e ampio sagrato, sfiorò una piazza e subito dopo le povere bestie fecero più serrato il trotto presentendo la stalla.

Arrivarono a un palazzo grigio e solido come una fortezza, bugnato con grosse pietre di lava. Lungo la facciata sui balconi del primo piano, al di sopra dei timpani, correva dritta, incastrata tra i blocchi, la grossa scritta scalpellata a mano "Mulino e pastificio Francesca Montorsi e figli".

I cavalli aggirarono ad angolo retto il fabbricato entrando nel vicolo cieco che lo fiancheggiava e poi ancora svoltarono a sinistra. Passarono così dal cancello di ferro battuto aperto da due operai infarinati e scalzi, con pantaloni lisi e vecchie maglie intime di lana, e arrivarono finalmente al cortile interno. Un ambiente che raccoglieva e custodiva severo e quasi feudale il cuore della casa, i figli, le robe, il denaro, gli argenti, i mobili, i corredi, le abbondanze e le cantine; nello stesso luogo dove c'era il lavoro, da esso separato con mura gelose, ma a esso familiarmente congiunto dalle complicità bonarie di passaggi, cortili e scalette.

Tutto nel medesimo quadrato fortezza; gli affetti e gli interessi, i guadagni e gli operai da sorvegliare, i guardiani da sorprendere, il grano da conservare con estrema cura e soprattutto la lavorazione così delicata che bisognava seguire passo passo, dalle alchimie dei perfetti dosaggi per gli impasti, fino alle trepidazioni per la pasta che si asciugava stesa all'aria e al sole.

Così era allora per i pastai padroni e così aveva voluto il padre di donna Francesca, don Salvatore De Crescenzo, perché da lui arrivava la grossa proprietà tutta costruita su un terreno che aveva comprato direttamente da don Giordano Montorsi. Per l'occasione si conobbero e qualche anno dopo si imparentarono.

I maligni allora dissero che don Salvatore quell'appezzamento l'avesse pagato a caro prezzo. E senza mercanteggiare, quasi volentieri, perché voleva ingraziarsi, entrare in buon rapporto con i Montorsi, la prima famiglia del paese: anche se solo per il prestigio e una mezza nobiltà, non più per censo, perché al tempo, oltre quel suolo nella strada principale e la settecentesca villa sotto il Vesuvio, peraltro ipotecata, dell'antico e ricco patrimonio ai Montorsi restava quasi niente.

Nella corte intanto la carrozza aveva gli ultimi sussulti e i cavalli sbuffavano spruzzi acquosi. Lo sportello si aprì e la prima persona che vide Nunziata fu Mariuccia:

"È arrivata... è arrivata... Venite... venite..." chiamava la cameriera con eccitazione felice. Poi dopo, aiutandola a scendere, la tenne sospesa con le sue braccia lunghe come pertiche, trattenendola con il viso all'altezza del suo per guardarla meglio.

"Ma che bella nennella... ma che bella nennella..." e così sollevata se la strinse al petto largo quanto un armadio. Mentre la metteva giù sorridente si rivolse a don Giordano:

"È minutella minutella... ma è bellella assaie" e prendendola per mano la guidava verso l'androne e le scale, trascinandola quasi. La bambina le opponeva riluttanza così girata com'era a guardare donna Francesca che con il piede scattante aveva raggiunto l'altro lato del cortile e scendeva una scaletta. Gradatamente il vano l'inghiottiva e svelava finalmente tutto per intero quell'uccello impossibile e il suo fermo impulso di volo.

La voce di Mariuccia rimbombava sotto la volta della scalinata:

"Venite... venite... è bionda... è bionda bionda..."

Dal pianerottolo si affacciarono le donne di servizio Naneve e Ninella:

"Venite..." incitava Mariuccia "Carolina, Eleonora... Maria Vittoria, Giovanni Antonio, Nanà, balia, balia... Venite... venite..."

Nella casa c'erano i Montorsi più piccoli. Enrico, di quasi diciotto anni, e Federico di sedici studiavano a Napoli; Paolina, la terza figlia, era in un educandato di Capua. Tutti e tre sarebbero rientrati a giorni per le feste di Pasqua: ma i fratelli rimasti a casa erano sei, i piedi nella casa erano sempre tanti e la scala si riempì di festa sotto i passi e le voci.

"Qui c'è Giovanni Antonio", e di volata un bambino di dieci anni arrivava per primo affrontando gli scalini d'impeto, il palmo che scivolava sul corrimano. Il ragazzo fermò il suo moto irruente soltanto contro il lampione che concludeva la ringhiera, ne abbracciò il palo con una piroetta agile e piena di vento e tintinnarono forte i vetri della lampada scossa.

Dopo il salto di lato tornò verso Nunziata e le si fermò accanto accaldato, accesi e amici gli occhi, i capelli rossi e dritti stravolti da una vertigine sul cucuzzolo.

"E questa si chiama Eleonora..." e l'adolescente veniva giù rapida, elastica nei saltelli ma dignitosa e composta nei suoi dodici anni e nel movimento della gonna alla caviglia, quadrettata nei toni del beige e orlata di nappe.

"Lo sai, Eleonora suona il pianefforte..." circostanziò Mariuccia "lo suona bene assai... poi te lo faccio imparare pure a te" e ci fu un impegno solenne nella sua mano che strizzò complice quella di Nunziata.

"E arriva pure Carulinella..." e la bambina, con un grande collo di trina, lunghi capelli scuri sciolti sulle spalle e un nastrone rosa a rassettarli, aveva rosa anche sulle guance ambrate e la stessa età di Nunziata.

A un tratto a metà della scala si fermò, si girò verso il muro al quale si appoggiava e nascose la testa nell'incavo del braccio:

"È scurnosa Carolina..." giustificò Mariuccia e la chiamò ma la bambina non si mosse. E allora Eleonora che era già ferma davanti a Nunziata tornò indietro e redarguì la sorellina. Poi scesero insieme.

Lentamente intanto affrontava i ripidi gradini molto attenta all'impresa un'altra Montorsi sui cinque anni paffuta paffuta:

"Maria Vittò, la vedi la sorella tua? Questa è la sorella nuova..." e Nunziata guardava le caviglie grassocce incrociate da nastri lucenti, e l'orlo di Sangallo dei mutandoni. Maria Vittoria si approssimava fermandosi a ogni scalino, la mano scorreva le colonnine della balaustra cercando ogni volta saldo appoggio nella cauta discesa. Dietro di lei, dietro quell'andare così prudente, anche per sorvegliarlo, con lentezza calava una giovane contadina in costume. Aveva in braccio un infante di otto mesi, Leopoldo, già vispo e partecipe negli occhi vivaci ma ancora stretto e drizzato nella fasciatura che lo avvolgeva dal collo ai piedi. Una bimba di tre anni, Nanà, si aggrappava con una mano alla gonna arricciata della balia, una gonna che nel passo ondeggiava con l'inserto di una fascia di raso giallo.

La piccola era gracile, pallidissima, con la testa coperta da uno zucchettino di feltro verde e cercava di nascondersi dietro la veste della nutrice. L'altra mano di Nanà la stringeva saldamente Naneve, una delle serventi, con il grembiule rimboccato, il seno sodo e l'aura di sugo e di frittura.

Mariuccia continuava le presentazioni:

"E brava... brava... sta venendo pure la balia con l'angelo della casa che si chiama Leopoldo... E ci sta pure Nanà. È bella Nanà mia... Nanà è stata tanto tanto poco bene... Ma tu ti chiami Nunziata?" e Nunziata seria annuì; "Nunzià, scendono tutti per conoscerti... pure don Paoluccio."

Magro e agile, dall'apice della scala sopraggiungeva sorridente il fratello maggiore di don Giordano, don Paolo: quarantacinquenne e azzimato, con una bella giacca da casa di velluto cremisi, il colore che piaceva a Nunziata.

Un'altra donna di servizio, Ninella, già impegnata nella discesa, con gli zoccoli risonanti, il corpo senza sesso e il sorriso ebete, raffrenò il passo pudica e rispettosa, perché don Paoluccio, che le era apparso accanto, potesse sorpassarla.

"Ti vogliono vedere tutti, Nunzià" e Mariuccia, che teneva sempre la bambina per mano, si piegò e con la sinistra libera le aggiustò un poco la cuffia. "Tutti ti vogliono vedere, pure la signorina Luigina che è una cugina di don Giordano e donna Rusinella, la zia di donna Francesca."

Alla sommità, ferme sul pianerottolo, occhieggiavano due donne anziane entrambe alte: una era magrissima e funerea nei capelli e nelle vesti, l'altra grassa e bianca, candida nello scialle, nel tuppo e nel vasto grembiale. Sulla pettina aveva appuntati aghi da ricamo con fili colorati e uno spillo d'oro che fermava la catenella con le forbicine in fondo.

"Signorina Luigì, donna Rusiné" chiamò Mariuccia, "è

arrivata, adesso saliamo e la vedete da vicino... è bellella assai..." e si chinò verso Nunziata per raccontarle più da vicino: "Donna Luigina fa certi dolci!!! E donna Rusinella ricama che sembra na pittura... Poi la ricama pure a te na bella vesticciolla." E rialzandosi le fece un'altra strizzata di mano ancora in segno di complice impegno.

La balia e Ninella, intanto, erano arrivate quasi in fondo alla scala, dietro le loro gonne si nascondeva Nanà. Mariuccia la chiamò e le tese le braccia:

"Nanà... Nanà vieni", e Nanà a quell'invito rispose lasciando la mano di Naneve.

Mariuccia abbreviò il cammino della bambina prendendola sotto le ascelle e facendole guadagnare con un salto gli ultimi scalini. La depose accanto a Nunziata:

"Datevi un bacio... datevi un bacio" e Nanà, con i merlettini delle mutande che piccoli piccoli e in folto arriccio le uscivano dalla vestina, senza più timidezza così all'ombra di Mariuccia, si alzò sulla punta dei piedi e sfiorò con le labbra la guancia di Nunziata. Nunziata si abbassò un poco e le baciò la fronte.

Fu allora che si accorse con sorpresa che la piccola sotto lo zucchetto verde aveva pochi capelli. "Forse pure lei ha avuto i pidocchi" pensò.

"È stata tanto malata Nanà... tanto malata" e Mariuccia le abbracciava entrambe, stringendole l'una all'altra, avvicinando le faccine.

E si baciarono ancora, lievemente, le due ignare creature legate da altri nella solennità di una promessa, le due cifre di un patteggio con la divinità e di un conto che tornava.

Donna Francesca aveva avuto una discussione vivace con Mariuccia circa la sistemazione di Nunziata prima che la bambina arrivasse. Aveva affrontato l'argomento una mattina mentre la cameriera, come sempre, la pettinava nella stanza degli armadi: per non disturbare don Giordano che dal circolo tornava tardi e alle sei, così di buon'ora, era quasi sempre nel primo sonno.

Per la verità quelle che Francesca intendeva dare alla domestica erano solo disposizioni. Non pensava di doverle discutere, anche se Mariuccia, bonaria ma fiera, con la confidenza che le veniva dall'essere in casa Montorsi da quando aveva dodici anni, gli ordini che non approvava sempre li eseguiva, ma mai senza averli prima contrastati.

"Adesso che arriva la bambina la sistemiamo dove sta zia Luigina che spostiamo invece al piano di sopra nella stanza accanto a quella di don Paolo, quella dove lui tiene i libri e le sciartapelle sue."

Mariuccia, che aveva le labbra strette intorno a due piccole forcine, seriamente rischiò di ingoiarne una.

"Uh Madonna mia... e tutte le cose di don Paoluccio dove le buttate?"

"Le mettiamo nello stanzino grande. C'è una bella finestrella e ci sono pure gli scaffali a muro per sistemarle bene, così stanno ariose e ordinate."

"Ah... lo stanzino tiene pure una bella finestrella?... Ah stanno ariose e ordinate?... Ma che state dicendo? E chi lo sente don Paoluccio se perde quella camera e quello sfogo... Gesù... Gesù... Lui lì dentro ci va pure a scrivere sopra la scrivania."

"Vuol dire che don Paolo trasferisce la scrivania nella camera sua... prima lì stava, e non mi complicare sempre le cose, Mariù..."

"Ah sì? Vi complico le cose? Ma qui succederà il quarantotto... La signorina Luigina poi già si offende per niente... già dice che in questa casa come cugina di don Giordano non conta niente... figuriamoci mo che la mandate sopra dove stanno i maschi... Ma ci avete pensato che la poverella deve salire e scendere e c'è anche l'età?"

"Ma perché, zia Luigina è paralitica?" e nel rispondere irruente Francesca aveva vivacemente rialzato il capo.

Mariuccia agitando il pettine le parlò attraverso lo specchio, con gli occhi di fuoco.

"Ma non avete visto com'è contenta da quando è arrivata vostra zia Rusinella? Si tengono tanta compagnia... e donna Rusinella le pitta pure i capelli di nascosto... e la notte loro due si chiamano, si fanno le bussate nel muro... si fanno."

C'era tanto rammarico negli accenti dell'anziana domestica, ma il modo con il quale donna Francesca erse il busto altera era chiaro segno del suo disappunto e la voce con la quale ribatté era cattiva:

"Ah sì?... Vuol dire che zia Luigina i capelli non li tingerà più di nascosto e i segnali nel muro li farà a don Paolo... E non mi dare i tormenti... sei sempre una scocciante."

"Io sono una scocciante?... Don Paolo in quella stanza tiene tante cose sue... specialmente i libri per fare l'avvocato..."

A questo donna Francesca rispose con uno scatto che ancora l'allontanò dalla spalliera e dal pettine di Mariuccia e cominciò a ridere. Un ridere franco e un illuminarsi gaio degli occhi che divennero di colpo tanto diversi; e Mariuccia ritrovò nella lastra di cristallo il ricordo di quando la vide la prima volta, giovanissima, appena uscita dal collegio, accanto a don Giordano, nel viale della villa, ed erano così belli tutti e due.

"Mariù... ma perché don Paolo..." e ancora con la risata si interruppe "don Paolo che hai detto che fa? Fa l'avvocato? O fa l'arte 'e Michelasso mangia beve e va a spasso?... Ma tu lo sai che cosa conserva lì dentro? Chiude sempre con la chiave grossa e la nasconde... e io so dove la mette... Schifezze ci tiene... Uccelli impagliati, le lettere della fidanzata, la spada del nonno, la bambola di zia Edwige e tutte le carte delle ipoteche e dei debiti che tenevano. Schifezze ci tiene... Sai quanti scarrafoni che trovi quando vai a pulire!! Le perle e l'anello con il rubino 'sangue di piccione' di cinque carati e tutti gli altri gioielli della madre non sono certo nello stanzino. Nella cassaforte del notaio Di Liegro li ha depositati..."

"E va bene... I gioielli di donna Romilda sono toccati a lui come primo figlio, ma sempre roba vostra è: tanto, quello non si sposa." E Mariuccia suadente cercava di raddolcire con lo sguardo quell'immagine riflessa e intanto meccanicamente riavvolgeva le ciocche:

"Donna Francé, sentitemi... abbiamo fatto il cattivo servizio a don Paolo e alla signorina Luigina... e va bè e passiamo appresso... Ma questa povera creatura che deve arrivare, perché deve dormire sola sola in fondo a questo corridoio che sembra una galleria?... Posso prenderla nella stanzetta mia?"

"Ma se non c'entri neanche tu da sola. Come la metti un'altra branda?"

"E allora perché non la facciamo dormire con la balia?... Piazziamo il lettino vicino a quelli di Nanà e Maria Vittoria o dalla parte della culla di Leopoldo... La stanza è tanto grande!!" E speranzosa concluse la richiesta con un "Che dite?" il più garbato possibile.

"Dico di no. No e no... Non sappiamo se ha una malattia che ancora deve scoppiare come un morbillo o una tosse convulsa... Io non posso mettermi in pensiero per i figli miei... deve stare da sola ed è meglio che si abitui subito."

Ritornò l'impeto a Mariuccia e la dolenza per quel duro parlare:

"Ma che state dicendo? È abituata a dormire con le suore e le orfanelle..."

"E già, adesso ci portiamo a casa tutto l'orfanotrofio... va bene? Comunque è così e basta" e donna Francesca si alzò, si liberò del pettinatoio, afferrò due forcine e le piantò nella crocchia mettendo termine di furia alla pettinata.

Il colloquio era ormai chiuso, Mariuccia zittì, non disse altro, ma portò dentro una rabbia e una ribellione che cercò di manifestare nei giorni seguenti con mugugni e fracassi, mentre metteva a posto la camera al secondo piano sbatacchiando mobili e suppellettili, lei che era solitamente lieta e acconcia nell'operosità.

La riprovazione ostentata era poi in concerto con le rimostranze di don Paolo. Permaloso e pignolissimo, privato dello spazio dove aveva ammassato il suo ciarpame e i suoi adorati volumi di Eschilo e Cicerone, minacciava di deferire al fratello Giordano tutte le angherie che in tanti anni era stato costretto a subire da donna Francesca, e le elencava, punteggiandole con una frase latina: "*Rustica progenies semper villana fuit*" e un tremito nella mano che ciancicava lo sciallato della giacca da casa.

Naturalmente la rumorosa protesta di Mariuccia era accompagnata anche dagli svenimenti e dalle lacrime intermittenti e isteriche di zia Luigina, e dal suo gesto tragico e reiterato delle braccia magre protese al cielo in richiesta di anatema per donna Francesca. Poi si tranquillizzò la domestica quando Nunziata arrivò. La bambina era frastornata, ma con una luce fidente negli occhi, che lei lesse anche assennati, e una bella espressione, attenta a tutto ma dolce dolce, mentre si faceva svestire e lavare.

Quando Mariuccia la mise a letto nella camera di zia Luigina, rimboccandole le coperte prima di lasciarla, cercò di rassicurarla con una voce che colorava di sereno:

"Non ti prendere paura... Noi dormiamo in tanti al primo piano vicino a te... Io... la balia... Nanà, Leopoldo il piccolino... Maria Vittoria... Carolina... Eleonora... donna Rusinella... donna Francesca e don Giordano... e pure Naneve e Ninella... Pensavi di stare sola? Noi siamo tanta gente... Sopra poi, dai maschi, c'è don Paolo... Giovanni Antonio, Tanino e mo pure la signorina Luigina. Sotto, nel mulino, ci sono i guardiani, per Pasqua poi arrivano dal collegio Paolina, Enrico, Federico e Giuliano, che è il figlio di donna Sabella, la sorella di donna Francesca. Il signorino Giuliano per quest'anno fa le scuole a Napoli, ma i genitori li tiene a Marsiglia della Francia... Hai visto quanti siamo? Tu puoi dormire quieta quieta..." Andò verso il balcone, aprì le invetriate, accostò appena le gelosie senza rinchiudere fuori tutta la pace delle stelle e nel fermare i battenti armeggiò con le maniglie difettose, facendo tintinnare i vetri nelle intelaiature. Poi, senza abbassare il lume, uscì oltrepassando la soglia pensosa e lasciò la bussola spalancata.

Nunziata, che aveva seguito Mariuccia con lo sguardo fino al suo scomparire, restò a fissare il vano dell'uscio che l'aveva inghiottita: per questo la rivide subito quando, dopo qualche istante, riapparve facendo capolino e le raccomandò:

"Fatti la croce e addormentati."

La bambina invece, appena la sentì ciabattare lontano, si alzò. Subito si avvicinò al comò, affascinata da una campana di vetro che proteggeva un Gesù Bambino tutto rosato nelle carni paffute, in piedi, quasi nudo, robusto e allegro, senza presagi di patimenti e di croce.

Sollevandosi sulle punte, lievemente ma con tutto il palmo della mano, esplorò la convessità luccicante e trasparente del vetro che all'improvviso, si rivelò tremulo e sonante nell'incastro con la base di legno; allora ritirò in fretta la mano.

Spostò il suo interesse verso una cornice di bronzo a ghirlandelle che chiudeva un dagherrotipo; nei chiari toni seppia l'immagine di una signora che lei non conosceva, fotografata in piedi contro lo sfondo di un giardino finto.

Andò poi verso la toletta accanto al balcone, sollevò una scatola di porcellana con piccoli dipinti di damine e cavalieri, e rimosse un cuscinetto puntaspilli di raso rosso che aveva la forma di un cuore. Alzando lo sguardo, si trovò riflessa nell'ovale dello specchio sospeso, allungò una mano per toccarlo, ma riuscì solo a sfiorarlo con le punte e a farlo oscillare nei perni. Aggirò la tolettina e cercò di verificare la parte posteriore della lastra, ma era racchiusa in un impenetrabile tamburello di legno scuro e lucido.

Il dondolare dei cordoni di seta delle tende di velluto, che passando aveva sfiorati, la richiamò a un'altra attenta indagine. Nel chiarore filtrato della macchia di luce il verde muschio dei drappeggi si faceva più caldo e più cupo. Lei cominciò a spianare le molli pieghe sentendo con gusto la stoffa solleticarle la mano e darle la pelle d'oca quando, lisciandola, non assecondava il verso della folta trama.

Al centro della stanza, davanti alla poltrona, il risalto del poggiapiedi ricamato a roselline richiamò la sua attenzione. Aveva borchie dorate e spiccanti a fermare l'imbottitura: per guardarle da vicino Nunziata s'inginocchiò sul pavimento.

L'affondare delle gambe nel tessuto pieno e morbido del tappeto fu una sensazione bellissima, che volle prolungare e accrescere poggiandovi sopra prima le braccia, poi un fianco, lentamente le spalle, e infine distendendosi tutta a possederlo supina, braccia e gambe aperte.

Fu il cigolare prolungato e sgradevole di una porta a farla alzare di scatto e guadagnare il letto all'istante. Si nascose e infilò anche il capo sotto le coperte, con la pancia in giù e il corpo raccolto. Cominciò a ridere, sempre nascosta sotto quel riparo, per non farsi sentire ma anche per l'emozione di un gioco di antico istinto.

Quando rimise la testa fuori e aguzzò le orecchie, sentì in lontananza voci e scalpiccii.

Su di essi, sempre più netto, prevalse il passo pesante di Mariuccia che ritornava e si affacciava alla porta.

Nunziata finse l'assopimento, mentre la donna le riacconciava le coperte e usciva dopo avere abbassato la fiammella nel lume.

La penombra tremolante invitava al riposo la bambina, ma l'eccitazione intensa lo contrastò a lungo. Si rigirava nel confortante letto che restava silenzioso, senza cigolii, molleggiato e caldo e anche fresco nel lino delle lenzuola profumate di tutti i profumi del pulito, con il cuscino grande quanto una piazza. Continuò a voltarsi e rivoltarsi, e mancava poco all'alba quando la vittoria della stanchezza fu solo un madido dormiveglia.

E fu a quel sopore che arrivò dal buio delle stelle la triste canzone, a lei così strana, così inconsueta. Perché c'era fuori un cantilenare, una tiritera che, pur se perduta ancora nella lontananza, imbronciava la serenità della strada. Era un salmeggiare lugubre, una specie di richiamo che si prolungava nel grido come fosse un ululare di bestia e che qualcuno da lungi, nell'incasso della via ripeteva, ripeteva come un lagno.

Nunziata cambiò ancora posizione, molestata ma non ancora perfettamente cosciente, poi si chetò nel riposo, perché si fece ancora corposa la quiete.

Ma durò pochissimo. All'improvviso con uno schianto tornò più chiaro il lancio della voce.

Allora aprì gli occhi, con un soprassalto che dalla posizione supina la fece sollevare sulle braccia e girare verso il balcone, tesa e angosciata nell'ascolto. E l'agghiacciava la tensione del grido che sempre più si avvicinava, l'intensità del recitato che nella malinconia del suo distendersi modulato soffermava l'accento su alcune sillabe e le strascicava... le strascicava desolandole.

Poi ci fu ancora la tacita pausa che si mantenne più a lungo, e lei nell'intensità del tremito già un poco si acchetava quando, tanto più sonora, riprese ad alzarsi acremente reale la cantilena triste dalla profonda ombra della strada.

Di chi era la voce che improvvisa violentava il silenzio? Di chi era l'allungato chiamare così accorato che nell'acme dell'intonazione si arrestava di netto e poi riprendeva la nenia e s'impigliava nella sua essenza dolente? Di chi era quella voce?

Cercò scampo nel cuscino premendolo sul capo, ma pur sempre la raggiungeva l'alto lamento che si ripeteva, e incalzava, e la smarriva nelle esili spalle indifese che lo ricevevano tutte le volte con un trasalimento, come se ogni scansione la colpisse ferendola.

L'uccello notturno, il cantore di lutto che nel buio tempestava il suo sconsolato verso, dava corpo e sonagli alle antiche paure. E tornavano dilatate le superstizioni respirate nei segni di croce di suor Genoveffa così ampi e teatrali nella scongiura del "maligno" nei lugubri "*requiem aeternam*" recitati da suor Maria Addolorata che nell'ululare del vento sentiva il lamento dei morti, nei racconti di suor Bernardina che nel lungo arricciolarsi delle bucce di patate o nei risciacqui di verdure evocava l'orco, "'o mammone" e le apparizioni del "munaciello" dal pozzo del giardino.

Lo sgomento così si aggiunse alla spossatezza, alle tante

emozioni di quel giorno, al dolore che affiorava nella nostalgia di suor Maria della Speranza, delle compagne e soprattutto di Pinarella e Mafalda, e si sommò all'inquietudine per il domani ignoto. E fu troppo per i suoi otto anni. Troppo anche per lei che alla sua culla, dopo che la fata della cattiva sorte l'aveva così malignamente segnata, aveva avuto benigna la natura a generarla forte.

Adunghiata dal panico balzò dal letto e fuggì nel corridoio. Il muro di buio ancora più l'atterrì e perduto ogni controllo cominciò a urlare con quanta forza aveva, le mani premute sulle orecchie, e non si fermò neanche quando arrivarono i primi soccorritori.

Poi furono in tanti a rincuorarla, infiniti lumi fugarono l'oscurità, un trambusto vivace le roteò intorno e allora cessò di gridare e cominciò a singhiozzare forte.

"I quattro sciroppi... i quattro sciroppi..." sollecitava zia Luigina e Mariuccia le faceva eco.

Donna Francesca passò poi la richiesta a qualcuno che di premura andò a prendere dalla credenza della cucina la bottiglia con l'intruglio composto dallo speziale con quattro sciroppi calmanti.

Nunziata tardava a consolarsi e ancora aveva lacrime tra le braccia di Mariuccia che si era seduta sul lettino, e con movimento appena accennato la cullava.

E aveva il viso nascosto nel solco che la camicia sbottonata lasciava scoperto tra i vasti seni della donna. Odoravano di bucato e di cucina e fu quella sensazione, appena nel suo intronamento l'avvertì, che più di tante parole la calmò.

Quando sollevò il volto e aprì le gonfie palpebre, donna Francesca in candido negligé le accostò alle labbra, forzandola a ingerire, un bicchierino con due dita di liquido rosso cupo.

Nunziata cercava invano di non finire il medicinale girando la testa e intanto scopriva la piccola folla assiepata nella camera.

Seduta sullo sgabello della tolettina, ravvolta in una coperta di picchè bianco, la balia stringeva al petto Nanà che si stava riaddormentando. Maria Vittoria, ravvicinata alle ginocchia della donna, si appoggiava alla sua coscia e osservava il tutto attenta, con gli occhi sgranati, e si succhiava il pollice.

In fondo al letto brandiva le colonnine di ottone della sponda Carolina, che assonnata accentuava la sua delizia di broncio nelle labbra fortemente rilevate. Eleonora, in desiderio di protezione, le circondava con un braccio le spalle e intanto aveva per Nunziata occhi teneri e intensi.

Giovanni Antonio, spiritato nella lunga camicia bianca listata di rosso, giocava con lo specchio mobile della toletta e, incontrollato e divertito, perigliosamente lo faceva rotare sul suo asse.

Sulla soglia apparivano e scomparivano la donna bianca e la donna nera, zia Luigina e zia Rosinella con le cuffie avvizzite. E le invocazioni: "Povera criatura... povera criatura" che salmodiavano nel corridoio concludevano enfaticamente una sentenza contro qualcuno, e contro chi non era difficile capirlo.

Nella stanza, vicino allo stipite spalancato, con l'espressione della meraviglia, c'era Tanino, l'uomo anziano che Nunziata aveva già visto alla guida della carrozza.

Piccolo, buffo, con il fiocco del berrettino da notte pendulo e spennacchiato, era contratto come un ragnetto nel suo avanzo di plaid a quadri. Le mani incrociate tiravano di continuo la stoffa di lana e cercavano di coprire un punto strategico delle sue brache ristrette, quello dove il tessuto consumato sottolineava un patetico ingombro.

Accanto al comò, Naneve e Ninella, statue di sale, fisse come allocche, portavano come manti arazzi dozzinali raccolti nel cammino, sui cassoni di corredo spiegati nel lungo corridoio.

Ai piedi del lettino, sulla poltroncina fiammata a punto lungo, era seduto don Paolo, un po' scarmigliato, con la sua giacca pomposa di velluto rosso, ed era l'unico che sorridesse:

“Ma di che cosa avesti paura frugoletta?... Del richiamo del nostro Masino?”

“Avete visto don Paulù che scemona” e Mariuccia le puliva con la sua dura mano la bocca attaccaticcia di bevanda.

“L’ha impressionata la voce di Masino. Quello è il Chiamatore... è il Chiamatore nostro!!.. Scemona, quello canto così bello... fa venire a piangere quando dà la voce...”

“Adesso piccina” riprese don Paolo manierato, congiungendo nella mano alzata il pollice e l’indice nel gesto essenziale e retorico della puntualizzazione: “Adesso noi ti diamo un ragguaglio sul fatto che tanto ti scompigliò. Non c’è di che temere. La voce che hai testé udita era di Masino, un facchino del mulino, un lavorante che come gli altri riceve una sua paga... Però per soprassoldo e per una sorta di vocazione e di scelta è anche sua cura e suo ufficio...”

“Don Paulù... uh Madonna mia... ma questa poverella che capisce?” si intromise Mariuccia.

“Certo che non capisce, e se tu mi interrompi e non mi lasci fare tutta la spiega, non capirà mai niente... e ogni notte facciamo ’a nuttata... Dunque bimba” si interruppe e chiese “comme se chiamma? Nunziata?”

“Dunque Nunziata” continuò impassibile l’uomo “come ti dicevo, oltre al facchinaggio è anche cura e ufficio di Masino, per la bisogna del lavoro, trarre dal sonno con la sua cantata gli altri suoi compagni, che non sanno che ore sono... e con questa scusa non si alzano e non vanno a lavorare... Quindi casa per casa, con il richiamo intonato, dà l’impellenza di una solerte dipartita per espletare tutti i doveri del proprio stato!!... Per cotesta ragione” e l’uomo accavallò le gambe e ciancicava un fazzoletto cifrato “essendo suo compito chiamare, è appellato Chiamatore.”

“Mamma d’ ’o Carmine... e tanto ci voleva...” sbottò Mariuccia.

“Ma le cose bisogna chiarirle, è vero piccina?... Hai afferrato bene?...” le chiese l’uomo, e Nunziata dal seno di Mariuccia lo guardava intontita.

“Ma don Paulù, ve l’ho detto già, sta nennella che capisce?... Voi parlate pure tutto 'taliano...!! Ma a chi lo fate questo discorso, a chi lo fate? È notte... buona notte, felice notte. Iammoce a cuccà."

La vecchia servente aveva cercato di profittare della brevissima pausa di fiato che si era concessa don Paolo. Sapeva, per antiche esperienze, che l'avvocato con quel folto pubblico presente avrebbe continuato a dissertare e, salvo lei, nessuno per soggezione avrebbe avuto il coraggio di fermarlo. Neanche donna Francesca che in piedi, il bicchiere ancora in mano, lo guardava fredda e infastidita. L'intervento della povera Mariuccia fu però travolto dall'avvocato che imperterrito riprese:

"Appunto perché la bambina non sa, io le voglio spiegare... fatemi finire presto... così ce ne andiamo tutti a dormire.

"Dunque, tornando ai miei chiarimenti, sappi piccina che l'appello cotesto Chiamatore lo grida e lo diffonde anche quando si prevede un cambiamento del tempo inteso come fenomeno celeste..."

"Uh Madonna mia don Paulù... ma voi mo cominciate un'altra cantalesia?"

"Statte zitta Mariù... Ho quasi finito... Taci, non mi interrompere più..." ed ebbe l'uomo in giacca rossa un altezzoso gesto della mano come a fermare in aria qualcosa. "Dunque," riprese, "anche in questo caso egli, a qualsivoglia ora, corre a chiamare i compagni, perché nella cura che si deve avere per la pasta che lentamente si asciuga, fa d'uopo, a seconda del cambiamento atmosferico, darle imperioso riparo oppure crearle, immantinente, accorte ventilazioni... Se no 'a pasta o se spacca o s'ammuffisce. Intendi?"

"Mamma d' 'a Neve" sospirò Mariuccia, e Nunziata contro il suo seno di traverso fissava don Paolo.

"Tutti i fabbricanti di pasta hanno il loro Chiamatore e ogni Chiamatore ha la sua chiamata alla quale aggiunge un motto che spesso innova, ma che è pur sempre una frase che estrinsechi un suo umano sentimento, un verso che esprima anche un po' della sua filosofia. Perché l'esercizio di chiamatore esige un *modus vivendi* con propensione filosofica... Stanotte Masino tra l'altro cantava 'La fatica è una condanna... ma aspetta' a significanza che l'uomo a essa non può isfuggire perché..."

"Va bè va bè avvocà" lo zittì Mariuccia fuori di sé. "Avvocà... la fatica è una condanna e a voi il re ha fatto la grazia... Mamma mia santa... Ma voi avete detto una messa... Non bastava la paura... Questa povera figlia pure lo sproloquio vostro doveva sentire... Bella di Mariuccia. Lo dicevo io che le faceva impressione dormire sola sola" e guardò in tralice donna Francesca e ricominciò a cullare lentamente Nunziata.

Nella camera, dopo tante parole, per un momento si fece così silenzio che si sentiva l'orologio a pendolo del corridoio ticchettare.

Poi don Paolo, rumoroso nel respingere la poltroncina, si alzò dando così il segnale di fine dell'adunanza. E non c'era sul suo viso di tranquillo galantuomo nessun disappunto per l'irruenza e l'interruzione di Mariuccia: aveva con lei legami di familiarità affettuosa che risalivano all'infanzia e ai giochi.

In piedi risistemò lo sciallato della veste da camera, lo lisciò e lo chiuse al collo e scintillava sotto gli occhi affascinati di Nunziata, che già si rasserenava, il grosso brillante che lui portava all'anulare della destra. Poi, nel passarle accanto per guadagnare la porta, le carezzò una spalla e riprese a parlare quasi a se stesso:

"Però a volte Masino quando dà la voce grandemente esagera... me pare nu lupo..."

Fuori, ormai lontana, l'ombra portava dall'altra parte del paese, fino alla campagna, il suo richiamo primordiale, come se camminasse non nel segno di una via ma nel letto secco di un fiume:

Guagliù, Guagliù.
È l'ooora...
È l'ooora...

Guagliù, Guagliù.
So' 'e quatte...
So' 'e quatte...

Iammo, Iammo.
Iammuncenne... Iammuncenne...
'A fatica... è na cundanna
ma aspetta.

'A fatiiica...
'A fatiiica è na cundaaanna...
Ma... aspeeetta... Ma aspeeetta.

Nunziata non ebbe mai dimestichezza con il personaggio di Masino, di per sé scontroso e rude. Dietro il suo torso villoso tatuato di cuori e di serpenti, sempre si segnò. Una volta trovò uno dei bracciali di cuoio pieno di borchie che Masino portava al polso e lo bruciò nel fuoco del bucato. Quando lui morì giù al porto, sotto un carico che gli spaccò il cuore, e le raccontarono che riverso, a occhi fissi, perdeva sangue dalla bocca, lei diede di stomaco perché lo vide chiaro il filo vischioso che bagnava la massicciata rozza e formava pozzanghere cupe di voci e di richiami.

Era tornato a cantare il merlo nei cespugli della villa Montorsi e si allegrava del bosso ritrovato e saltellava. I suoi via vai si facevano sempre più audaci, dal nascosto della siepe al bordo del viale, dal bordo del viale alla scoperta centralità del portale d'ingresso, dalla quiete del portone serrato fin quasi alla metà del viale deserto e andava sempre più verso la casa, incuriosito, attirato dai suoi rumori.

Nella prospettiva di fondo si alzava la costruzione, armoniosa nell'architettura, quasi musicale nel suo barocco, negli stucchi ornati della grande cornice centrale che, vuota, le decorava la facciata e gliela segnava catturando un pezzo di cielo.

Ma per certe marcate fatiscenze, la trascuratezza degli intonaci, i fregi scrostati, e anche per l'intontito smemorarsi nell'impulso arioso degli svolazzi di pietra e nell'azzurro così azzurro fermato nella cornice lobata, l'ergersi della casa aveva una bellezza dolente, una grazia confusa e spaesata. E le chiome dei pini che l'incastonavano sembravano piegarsi proprio a proteggere la fragilità di quell'esistere.

Dal primo piano, dalle imposte spalancate, dal composto riposo della balconata centrale, arrivava una voce. Colorita dal dialetto vivace, suonava sotto la grande volta dipinta del salone d'onore, il salone "pittato" lo chiamavano i Montorsi.

"Donna Francé vedete, domani stesso comincio i lavori nel viale e lo metto a posto. Per questa specifica fatica, gli operai miei vanno troppo bene... Però in questa villa si tratterà poi anche di lavorare di fino, voi qua gli stucchi, le quadrerie e le pitture antiche le tenete da tutte le parti... San Pasquale Bailonne... ma prima quanto pittavano!!!"

La voce era quella di don Giovanni, il muratore capomastro, l'appaltatore di fiducia chiamato per le riparazioni alla casa settecentesca e che, al centro del vasto ambiente, si rivolgeva al gruppetto familiare di Francesca e dei due figli maggiori Enrico e Federico.

"Donna Francé, devo essere sincero con voi, vicino a queste cose vostre io le mani a chi le faccio mettere? Voi dite... cominciamo dal salone... Ma questo è pure il lavoro più delicato... Qui la cosa si fa più seria" e perplesso don Giovanni alzava gli occhi al soffitto affrescato, a quel cielo dove su sparsi cirri rosati si rappresentava una storia mitologica.

"Dodici anni fa don Michele, 'requie e pace', che era un artista, qualcosa di buono lo fece. Ma adesso, salute a noi, non c'è più... I figli mo fanno i muratori in America, lo sapevate?

"Il pittore che tengo adesso" continuò il capomastro facendosi allegro "può solo biancheggiare una loggia o una cucina, non può certo dare una rinfrescata a chisti signure scostumati... che stanno in cielo al vostro salone masculi e femmene tutte annure" e sorrideva ghiotto.

"Perché sono scostumati?" chiese Federico che per un momento si era affacciato alla balaustra e rientrava... Come un giunco sul varco luminoso nella sua splendida adolescenza.

"Don Federì" rise l'appaltatore "quelli stanno con tutte le vergogne da fuori, pure le femmine..." e in segno di maliziosa intesa gli fece l'occhiolino.

"Don Giovà, questi signori scostumati, come dite voi, si possono permettere questo e altro... Sono Divinità... Sono Dei e non conoscono il pudore... Però, scherzi a parte, i danni nel soffitto purtroppo sono gravi. Che facciamo? Chi chiamiamo?"

L'appaltatore, ancora ridarello ma convinto dell'importanza del problema, annuì alle ultime frasi di Federico e ritornò a guardare in alto. Poi si illuminò.

"Forse una persona per questo lavoro ce l'avrei" e di più si rischiarava la sua fronte e l'aria si faceva furbesca. "Don Federì, don Errì statemi a sentire, io tengo una forte amicizia con un monaco di Monte Vergine... quello pitta proprio che è un capolavoro... Si chiama padre Eligio, che ne dite, lo mandiamo a chiamare?... Sì, lo mandiamo a chiamare, vediamo lui che dice. Però dobbiamo conoscere la spesa... Chi sa quanto vuole!!"

"Chi sa quanto vuole!" pensò Francesca, e il viso si rabbuiò e don Giovanni se ne accorse.

"Va bè donna Francé, ma quanto può volere? Me la vedo io. Faccio il patto prima. State senza pensiero! Se non ci conviene, amici come prima... Però chissà quando può venire!! Certo ai primi di giugno lui dovrebbe essere qui, perché voi a settembre volete la casa libera. È vero?... Sì, voi per San Gennaro la volete pronta. Io lo so giacché ci venite a passare tre o quattro giorni con gli amici vostri."

Faceva tutto lui don Giovanni, le domande, le risposte, asseriva certezze, esternava dubbi, e intanto camminava in tondo, guardava il soffitto, e, claudicante per una vecchia e brutta caduta da un muro, saltellava sulla gamba più corta e da essa prendeva lo slancio per il passo da fare con quella sana e senza danni.

Federico cercò di raggiungerlo nella sua astrazione con una frase che lanciò verso l'orbita che il capomastro descriveva:

"Don Giovà qui da noi ci vuole una mano esperta e geniale, stiamo attenti, mi raccomando..."

"Non vi preoccupate..." gli rimandò l'appaltatore con aria furba.

"Sì, non mi preoccupo... Però desidererei che questa persona, che il monaco facesse una prova... voi mi dovete capire, danneggiare ancor più questi dipinti sarebbe un delitto. Desidereremmo sincerarci prima della bravura di questa vostra persona... Senza offesa."

Era garbato Federico con l'operaio, e la luce di condiscendenza che aveva negli occhi freschi di verde non feriva.

Enrico invece, che era più battagliero del fratello, intervenne con superbia:

"Non una, ma dieci prove prima di metterci le mani... Non facciamo come dagli Amodio ai Camaldoli... Spieghiamoci subito, altrimenti le cose finiscono male, e, sia chiaro, quei saggi dovranno essere fatti in mia presenza. Mi spiego?... Questo sia ben chiaro... In mia presenza."

"Senza offesa" ribadì e cercò di attenuare Federico.

"Ma perché si deve offendere Federì, ci dobbiamo offendere noi se poi ci combinano una papocchia" si accalorò Enrico. Alto quasi quanto il fratello, più tarchiato di Federico, la fronte più bassa, più duro nei lineamenti, in lui la bella età si faceva vigore, baldanza, e nel viso ambrato come quello della madre tornavano spavaldi gli occhi azzurri del nonno Giuseppe.

"Qui le cose, se le dobbiamo fare, le dobbiamo fare bene, senza pazzià... E anche per la storia del terrazzo... Don Giovà, io non sono tranquillo per quelle crepe nelle volte del portico sottostante... Il terrazzo lì si appoggia... Voi dite che è roba di intonaco, ma io sono in pensiero per la staticità vera e propria della loggia... Sono perplesso..."

"Don Errì, mi avete detto che all'anno nuovo cominciate a studiare per fare l'ingegnere, la faccia mia sotto i piedi vostri, ma quella loggia non se ne scende neanche con il terremoto."

"Perché non chiamiamo l'ingegnere Iacono?" suggerì Federico.

"Io sono sicuro di quello che dico, ma chiamatelo pure, i padroni siete voi."

"No, l'ingegnere Iacono no." Un po' distante dal centro della conversazione arrivò la voce di Francesca alta e decisa nel diniego. A un certo punto era andata a sedersi su uno dei divani dorati che simmetricamente arredavano il salone, quattro salotti, due sul lato destro due sul lato sinistro. Aveva così assistito da lontano all'ultimo discorrere sui mali del povero affresco e sulle speranze che esso aveva di guarigione.

Si girarono tutti dalla sua parte, ma fu Federico a rispondere sollecito:

"E perché no mammà, non lo dovevate chiamare anche per i lavori da fare al mulino? Non deve progettarvi gli altri locali di prosciugamento da fare in giardino?"

"No... a me non deve progettare proprio niente... Mo per ogni cosa ci mettiamo a chiamare l'ingegnere... A me poi don Luigi Iacono mi sta antipatico... così pignolo com'è. Per ogni cosa che esce da sotto terra lui subito dice che sono 'antichità', anche se è un mezzo muro o un vasetto scassato."

"Mammà, ma il mezzo muro o il vasetto scassato come dite voi, sono testimonianza del passato, di altro vivere... forse prove della mitica Oplontis..."

"Federì" sbottò Francesca come punta "non cominciare la tua solita litania su tutti gli scavamenti e le case scarrupate..."

"Ma non dobbiamo chiamare nessun ingegnere" conciliò l'appaltatore accomodante e sollecito "tenete fiducia donna Francé... tenete fiducia. Però a voi don Errì voglio dare tutte le soddisfazioni, adesso andiamo prima sul terrazzo e poi scendiamo nel portico. Con una mazza, vi faccio cadere l'intonaco dalle volte, vedrete che sotto sono sane, sono senza peccato... so' figliole zitelle don Errì" e ridanciano si crogiolava nella sua battuta. Si avviò per primo e uscì arrancando ma più svelto degli altri e li sollecitava:

"Iammo, iammo subito subito." Attraversarono la sfilza di stanze, da quella con il soffitto a specchio uscirono sul terrazzo assolato esposto a mezzogiorno: dalla parte proprio opposta alla balconata del salone. Questa si affacciava a nord e guardava il viale, il portale d'ingresso sulla strada maestra e il vulcano. Il loggiato invece si apriva sul cortile e la pineta: dal lato del mare che però nascosto dagli alberi non si vedeva.

Ma se, come aveva fatto Federico appena arrivato, attraversato il portico e usciti nel cortile si saliva la scala della piccola torre belvedere fino al terrazzino circolare, il panorama spaziava dalla parte del vulcano e su tutto l'arco della costa. La penisola di Sorrento era di fronte, Capri faccia a faccia si tendeva all'orizzonte sfrontata e felice, lontana Ischia, più soffusa e vaporosa nel chiudersi dell'altro braccio del golfo.

Dalla loggia invece si contemplavano solo pini, e si respiravano. Lastricata di maioliche verde chiaro, nel pavimento aveva dipinta a mano la finzione di foglie cadute: così perfette nella riproduzione del vero, così naturali nell'abbandono e nell'autunnale veste che il piede era tentato a spostarle. Sospesa e fiorita, in un angolo interno alloggiava l'armatura rettangolare di un piccolo bersò e il pergolato di gelsomini che lo rivestiva faceva segreta come un'alcova la sua profonda panca, un sedile di maiolica che era anch'esso verde come il pavimento ma senza foglie.

Il terrazzo poggiava sugli archivolti centrali del portico e si inseriva nell'architettura della casa incastonandosi in essa con la particolare suggestione di un cestino. E il suggerimento era dato dalla balaustra traforata, dai giochi dello stucco che s'intrecciava nel parapetto come nei bordi di un canestro.

Vasi di terracotta a cratere segnavano in ornamento i muretti a bande incrociate. Dalle teste ricadevano a casco luminosi gerani di un rosa intenso, e i rami delle piante scendevano rigogliosi cercando di nascondere, nell'omertà di foglie e fiori, le palmature di umido malato che segnavano il bianco della pietra.

I tre uomini uscendo furono investiti dalla luce, dall'aria avvampata e da tutto quel cinguettare. Per un momento si fermarono intontiti.

Francesca, quando gli uomini avevano lasciato il salone, era rimasta ancora seduta. Era stanca. L'aveva infastidita la visita alla casa che, come si disperava Federico e invece a lei non sembrava affatto, stava andando in rovina.

Insomma, tanto aveva insistito il figlio che chiedeva aiuto per la villa e sollecitava urgenti lavori coinvolgendo anche il fratello nell'impresa di convincerla, che lei aveva ceduto.

E adesso se ne pentiva. Ci abitavano così poco in quella casa.

Certo aveva resistito a lungo, perché ben sapeva che pozzo senza fondo era quella dimora sempre con qualcosa da sistemare. E adesso si era arrivati al dunque e quel ladro di don Giovanni già faceva gli occhi lucidi e l'acquolina in bocca. Tutto, nella sua casa, ogni cosa, finiva sempre così, in soldi che lei doveva tirar fuori... Lei e solo lei.

"Adesso" pensò "ci mancavano solo le crepe nel portico... Mamma mia, aiutami..." e si alzò sbuffando.

Attraversò lesta il "salottino cinese" spoglio di mobili, con gli affreschi di mandorli fioriti e a grandezza naturale le figure nei costumi orientali. Passò nelle due camere con i dipinti di scene bucoliche sui portali, prima in quella che chiamavano del "pastore" con il tavolo da pranzo, le credenze e la grande cristalliera, poi in quella della "pastorella" con il pianoforte e nell'angolo l'arpa che era stata della suocera, donna Romilda. Arrivò nella stanza con il divano impero, il grande puf centrale giallo e stinto, il tavolo da gioco e il soffitto a specchio, la camera che loro indicavano come la "stanza degli sposi", e uscì direttamente sulla loggia.

Quando arrivò sul terrazzo gli uomini controllavano il parapetto e lo stucco spaccato in certi incroci e don Giovanni scuoteva la testa.

"Vuoi vedere" pensò Francesca "che pure quelle pazzielle dobbiamo aggiustare?... Ma io faccio fare un muro liscio!... Ma quanti vizi... Ma che capa fresca tenevano quelli che hanno costruito questa villa."

Dopo un po' tutti insieme rientrarono nella "stanza degli sposi". Don Giovanni, nella disamina delle opere da fare, si compiaceva di trovarla tanto in ordine e guardava il soffitto, sorrideva di quella specchiatura e sembrava contento.

"Questa veramente sta una bellezza, qui non dobbiamo proprio entrare... e chi vi lacca più così le porte... E questi fregi dorati... ih che capolavoro!!!"

Rifecero il cammino a ritroso, passarono nella camera della "pastorella", in quella del "pastore", nel "salottino cinese", ritornarono nel salone e uscirono sul ballatoio. Francesca stava cominciando giusto a scendere le scale quando don Giovanni la chiamò accanto al grande specchio chiuso nel biancore del muro.

Nella sbalzata cornice di gesso che lo incassava, negli amorini paffuti della cimasa, c'erano delle screpolature. Nell'importante scultura c'era qualcosa che non andava e preoccupava l'uomo. Don Giovanni andò a prendere lo scaletto e nel silenzio di tutti si riguardò da vicino la finitura trionfale della specchiera con gli angeli e i fiori. Per liberarla dalla polvere, soffiò su tutto quel plastico candore, e sull'esercizio di "benvenuto" dei due angeli cerimoniosi. Perché essi, simmetrici, inclinavano i lembi di un panno ricolmo di rose, così su chi arrivando si specchiava si arrovesciava una cascatella di roselle di maggio trasognate nei mancamenti immemori dei voli fissati nello stucco.

Per una diagnosi più approfondita il capomastro con la mano amorevole tastò fiori e figure, con un indagamento che più si fermò sulle rotondità nude dei due angeli e, nello scorrere avido della mano, l'uomo si deliziava di quella fattura:

"Ma comme so' bellille... ma comme so' bellille."

Poi saggiò delicato col polpastrello del pollice una ferita nell'ala dell'amorino di destra e la caviglia segnata da un brutto spacco dell'altro angelo menomato:

"Il piede di questo è proprio rotto... puveriello!!"

La carrozza scoperta aspettò a lungo nel viale. Al piano terreno della casa, seduto al tavolo di cucina con carta calamaio e penna, Enrico patteggiò con don Giovanni interventi e contrastò prezzi e computi di giornate di lavoro, che il capomastro giustificava anche nei dettagli di scalpellini e interventi del falegname per alcune imposte.

Alla fine i conteggi portarono a un'importante cifra.

Francesca, che aveva ascoltato tutto senza intervenire e tanto meno patteggiare, accolse la chiusa del conto e la definizione della somma senza stupirsi, almeno così sembrò.

Comunque, perché l'importo che Enrico giudicò troppo alto potesse scendere, dovettero ricominciare tutto daccapo e prendere in considerazione solo i lavori più urgenti e la riparazione del viale d'ingresso.

Federico all'inizio cercò di contenere nelle trattative l'astiosità del fratello, che in alcuni momenti proprio l'impacciava.

Alla fine, mortificato, si allontanò dal tavolo dove si discuteva il contratto.

Se ne andò a passeggiare nel portico e uscì anche nel viale a riguardarsi il vulcano canticchiando una canzone nuova:

A Marechiare ce sta na fenesta...

Conclusi i patti, salutato don Giovanni che restava a prendere misure, i tre si sedettero nella vettura. Enrico accanto alla madre, come gli competeva, Federico di fronte, e la carrozza s'incamminò verso il paese e la casa sopra il mulino.

Quando percorso il viale arrivarono al portale, qualcosa nella serratura del portone di legno non scattò. Tanino dovette scendere, armeggiarono lui e Prospero il guardiano con il chiavistello inceppato, e la carrozza restò ferma ad attendere.

Francesca era cupa e innervosita. Era domenica, c'era il grande pranzo e tante cose da controllare. Si aspettavano diversi ospiti e chi sa se Mariuccia si era ricordata di adattare a Nunziata il vestitino verde di Carolina e se era riuscita a far bere a Maria Vittoria, che aveva un po' di febbre, l'infuso purgativo.

Con la mano guantata tamburellava sulla capace scatola di legno intarsiato poggiata sulle ginocchia e che le faceva comodo portare alla casa del paese. Le serviva al mulino per certe campionature di grano. A un tratto, come per un richiamo, smise di picchiettare il legno e si girò a guardare la villa.

Dignitosa e schiva, per le stupende proporzioni appariva piccola e raccolta e la patina di decadenza, di tempo vissuto, la faceva umana e patetica. Non era più calce e pietra ma un personaggio sperduto nell'abbandono, e i decori di stucco, che si schiudevano in forma di conchiglia sulle aperture delle finestre laterali, erano come ciglia in uno sguardo supplice e scorato.

Francesca, pur nella sua salda concretezza che lasciava poco spazio all'immaginazione, colse nell'intensa prospettiva dell'antica dimora qualcosa che era come il battito di un appello. E allora con scatto nervoso si raddrizzò e le girò le spalle...

"Tu non mi incanti..." e nel muto suo discorrere con la casa, in gesto meccanico, stendeva le grinze dei guanti nell'incavo delle dita e si aggrottava.

"Tu non mi incanti... Ogni volta mi vieni a costare quanto maritare una figlia...

"Io non te la dovevo togliere l'ipoteca... all'asta ti dovevo far vendere... all'asta..."

Poi la carrozza si mosse e uscirono dalla maestà diruta del portale.

Era il pomeriggio inoltrato del sabato santo. Un sabato pieno di sole. Le carrozze si fermarono nella strada. In allegria chiassosa si cominciò a smontare e le voci erano tante.

Nunziata indugiò sul predellino, Giovanni Antonio le diede una mano e l'aiutò a scendere. Il cocchiere porgeva e Mariuccia scaricava fagotti infiniti.

Quello fu l'anno nel quale arrivò Nunziata e si sistemò la pavimentazione del viale. Così esso era tutto disastrato e le carrozze non potevano percorrerlo. I bagagli si portarono a mano.

Nunziata era frastornata dal chiasso, dagli scuotimenti e dalla novità della cosa.

Oltrepassò il portale abbracciata a un borsone.

Fu allora che incontrò la villa per la prima volta.

In un momento di confuso suo vivere, in una realtà che aveva dell'immaginifico, senza sapere che la suggestione le arrivava dalle linee così aeree della costruzione settecentesca, proprio la vide, in fondo al viale, sollevarsi un poco e farsi alata. E per lei la villa, con l'impeto delle volute, nella vivacità appassionata della sua architettura fantastica, forse lo tentò davvero un piccolo volo, forse nella luce esaltante del giorno che finiva, nel trasognare del lembo di cielo arrossato che riempiva la vuota cornice centrale, veramente cercò di librarsi in un tempo e in uno spazio che più le appartenevano e che erano quelli del sogno e della fiaba.

Così cominciò il rapporto particolare che Nunziata ebbe con la villa e la villa con lei.

Al mulino e pastificio "Francesca Montorsi e figli" il lavoro ferveva anche se il giorno si era appena schiarito. Sotto l'arco del vasto androne, al punto di mezzo dell'imboccatura, Nunziata come ogni mattina era al solito posto in piedi sullo sgabello: e intorno a lei andavano e tornavano come flutti tutte le operosità della fabbrica.

Il falegname del mulino, Tore, per ordine di donna Francesca aveva fatto il panchetto rettangolare alto quanto bastava perché la bambina, che per i suoi dieci anni era piuttosto piccola, potesse arrivare a manovrare i pesi della grande bilancia a pedana piazzata da sempre al centro dell'atrio, proprio davanti all'ufficio di donna Francesca.

Un "ufficio" per modo di dire, perché era solo una piccola costruzione a vetri che pomposamente veniva chiamata "studio".

Una struttura provvisoria che era accostata al muro per un solo lato, mentre gli altri si ergevano in legno e riquadri di vetro.

Una stanza da lavoro che sotto l'ampia volta era solo una grossa gabbia, trasparente per meglio controllare, corredata di mobili essenziali: quattro sedie, una scrivania con la civetteria di intarsi sorrentini, un tavolo sbilenco per lo scrivano, un orologio a pendolo preciso e scuro e, dalla parte del muro, una libreria bassa di mogano con i registri e libri paga.

Accanto al mobile a ripiani una tenda misteriosa di tela nera schermava un piccolo vano: un sacello ricavato nel muro dove, come l'arca santa dietro il velario, si allogava profondamente un secrétaire.

Dietro il panno ogni tanto si nascondeva Francesca perché in quel mobile, nel segreto di un vasto cassetto che non si poteva svelare se non se ne apriva un altro e non si girava a sinistra la terza colonnina e non si premeva la testa del leone, c'era il danaro, tutto il contante. Per la ditta e la famiglia.

L'ufficio non era certo comodo, però attraverso i vetri dello studio donna Francesca poteva sorvegliare tutto il via vai dell'azienda, tutti i carichi, gli scarichi e soprattutto le canne con la pasta che andavano e tornavano dai cortili e dai seminterrati nella lenta, delicata operazione dell'asciugamento.

Quella mattina però il suo sguardo vigile non seguiva gli armeggi degli operai ma insolitamente era fisso su Nunziata che, sollevandosi leggermente sulle punte, molto presa e compresa, faceva scorrere il romano della bascula lungo l'asta graduata. Letto il peso, tirato fuori dalla tasca un librettino nero, la bambina, con la matita che conservava poggiata sull'arco di un orecchio, segnava il carico e nel farlo tirava fuori un pezzetto di lingua.

La pasta e la farina che uscivano, il grano che entrava, tutto passava sotto il suo riscontro attento, ed era diventata bravissima nel calcolare anche la detrazione delle tare.

Sotto la grande volta, scura come una bocca di forno, inospitale come un antro, la figurina elevata così minuta nella sopravveste di cotonina grigia, era diventata familiare a tutto quel mondo laborioso che le formicolava intorno: a facchini, operai, mediatori, acquirenti e anche spedizionieri e agenti di cambio e di navigazione, perché non era donna Francesca a recarsi nelle banche, in piazza, o in borsa.

Anche quella mattina Nunziata era lì, con il grembiale sporco di farina, dritta sulla piccola piattaforma con gli spifferi di tramontana che attraversando l'atrio a tratti fischiavano e sollevavano polvere biancastra.

Quel giorno, proprio per proteggersi dal vento, aveva anche una mantellina di lana che si incrociava sul petto e si legava dietro, uno scialletto allegrissimo di tanti colori che le aveva fatto Mariuccia all'uncinetto con avanzi di lana.

L'orologio batté le sette. Donna Francesca controllò il suo che sul pettino del grembiale nero pendeva dallo spillo di foglie d'oro.

"A quest'ora quei mangiafranco dei miei figli stanno ancora dormendo, Giordano ha fatto giorno al circolo ed è nel primo sonno, e invece questo mozzicone di femmina è già all'erta e si guadagna la galletta."

Era proprio contenta di non averla data vinta al marito e di aver completato l'adozione.

"La Madonna mi ha ricompensata della buona azione."

Ricordava l'espressione intensa che Nunziata aveva quel giorno mentre lei le parlava nello studio del notaio.

"Adesso ti chiami Nunziata Montorsi... Sei grande per chiamarci mamma e papà, continua a chiamarci come ci chiami, però qui ci sono tutte le carte, tu sei figlia di Francesca e Giordano Montorsi" e la bambina, seduta sull'alta sedia intagliata, i piedi che non toccavano terra, l'ascoltava attenta attenta così minuta e giudiziosa.

Intanto sotto l'androne Nunziata richiamava un facchino e ricontrollava il peso. Poi, guardando il libretto, sorrise, forse perché non c'era sbaglio e istintivamente sentendosi fissata alzò gli occhi sul vetro e Francesca abbassò la testa.

"È stata veramente una buona scelta" e la donna controllava meccanicamente delle cifre "non è cresciuta molto, è rimasta piccerenella, ma tiene una salute di ferro... e poi è una lavoratrice... è come me..."

Istintivamente, chinò la testa a guardarsi le pianelle di velluto con i ricami dorati che occhieggiavano dall'orlo della gonna: e per quella strada ritornò ai tempi lontani quando, tanto più alta di Nunziata ma anche più piccola di età, con i suoi piedi mescolava quintali di semola e fiumi di acqua calda. Quasi avvertiva il tepore e l'attaccaticcio della massa soffice che le imprigionava le gambe nella madia e risentiva la risatella a singhiozzi della sorella Lenuccia. Nello sforzo di sollevare le ginocchia per battere forte l'impasto appiccicoso, si aggrappavano l'una all'altra e tutte e due all'appiglio dondolante, al tratto di corda che scendeva da due anelli infissi al soffitto. E in quel difficile equilibrio ridevano, e il nonno dava pacche piene di affetto ai loro culetti umidi di vapore e poi versava altra semola nel cassone, e si alzavano sbuffi di polvere.

Da quel distrarsi, per lei non solito durante il lavoro, Francesca fu richiamata dall'arrivo di un sensale di grano, don Antonio Pennasilico, che veniva a offrirle un affare: a sentir lui "una partita di roba eccezionale".

Si rabbuiò alla vista del personaggio che lei non gradiva,

e non perché non fosse uomo onesto e brava persona. Anzi, ne aveva anche pena per le tante sfortune familiari calate su quella testa pelata con una gragnola di colpi da lasciare tramortito un sasso. Il fatto era che don Antonio, prima del diluvio di guai, quando era ancora vivo suo padre, aveva studiato con passione scienze naturali e in seguito, abbandonata l'università, mancato naturalista, parlando delle granaglie amava citare sempre i loro nomi scientifici.

Forse sottolineare il suo grado di cultura, gli studi fatti in materia, era un modo istintivo per aprirsi un varco dignitoso in quel lavoro di ripiego, massimamente nei confronti con altri che facevano il suo mestiere con tanto più lucro e sapevano appena leggere e scrivere.

Ma la sua dottrina dei termini confondeva la padrona Montorsi disorientandola e da qui l'antipatia.

Il grano gonfio e arrotondato che lei identificava anche solo con il tatto come tenero e semiduro, era per Pennasilico *Triticum turgidum,* e quello ricco di amido *Triticum amyleum* e una malattia del frumento, un fungo che donna Francesca indicava come "ruggine gialla", nel linguaggio di don Antonio diventava *Uredo rubica,* e l'acaro, uno degli insetti che può tarlare il chicco, era per lui *Tyraglyphus farinae.* Tanta sapienza però non intimidiva la donna perché di fatto ne sapeva più di lui, ma sommamente la infastidiva l'inutile logorrea dell'uomo dalla quale scaturiva una gran perdita di tempo.

Ed era questo a mal disporla: invece qualcuno, dietro le sue spalle, di questa insofferenza dava un'altra spiegazione:

"Quello è un pover'uomo... donna Francesca però si è fissata e lo tiene per jettatore."

Quella mattina donna Francesca cercò di controllare il suo disappunto ricevendo senza sgarbo il sensale. Premurosa nell'offerta della sedia gli chiese come stesse la malatissima moglie e gli mandò anche a prendere una tazza di caffè: tutto però con la seriosità di chi non vuole indulgere a chiacchiere inutili. Era anche scettica circa l'eccezionalità dell'affare, ma si preparò a trattare e vagliare scrupolosamente l'eventuale acquisto facendo spazio sullo scrittoio e tirando fuori da un cassetto una lente d'ingrandimento, una bilancina e una specie di misura in forma di cilindro. Gli unici strumenti dei quali si serviva per il saggio del grano: la sua valutazione era essenzialmente empirica. La piccola misura riempita di granelli e pesata le dava un'indicazione del rapporto tra il volume e il peso orientandola su quello specifico del chicco.

Mentre sistemava la campionatura che le aveva portato don Antonio e allineava i cartocci lungo i disegni a greca del piano di legno, il commerciante cominciò a dichiarare la prima caratteristica dell'ottima derrata che offriva: la sua impurità intorno al due per cento.

Questa classificazione era importante perché garantiva dalle cosiddette "mondiglie", ossia dai semi di altre piante cresciute insieme alle spighe: alcuni innocui, ma altri molto nocivi e che il frumento può contenere trascinati dalle operazioni di mietitura e trebbiatura.

Nello stesso tempo il particolare chiarimento fu per don Antonio occasione di una sua pedante elencazione di alcune sementi maligne e nel farlo sembrava dicesse le litanie:

"*Rhinantus augustifalius... Melapyrum arvense... Loleum temulentum... Claviceps purpurea... Agrostemina githago...*"

Donna Francesca non reagì sgarbatamente fermando la tiritera, perché cominciava a interessarsi alla merce, che sembrava ottima, ed era presa dall'osservazione dei granelli.

Però le arrivava quel dire astruso, e le era molesto il linguaggio incomprensibile, anche se perfettamente sapeva che cosa stesse nominando il suo scomodo interlocutore.

Lei ben conosceva il loglio, la segala cornuta, il gittaione, i semi cattivi che intossicavano la farina e che potevano nascere nello stesso campo insieme alle spighe di grano.

Aveva imparato a leggerli nelle grandi mani del nonno piene di chicchi, a temerli e a ben distinguerli da quelli innocui dell'orzo, dell'avena, della senape, dell'erba medica...

Ma che veniva a raccontare proprio a lei quel noioso?

E si innervosiva e cominciava a battere il pavimento con un piede:

"Ma questo che m'accocchia?..." e quasi si vedeva la testa fumarle mentre pensava che il Pennasilico le ricordava il figlio scemo di Lalina la stiratrice, che in chiesa interveniva con un susseguirsi a voce alta di "Los... los... los... los... los..." e la chiusa rapida di un "Amen".

Allora lo interruppe di brutto:

"Don Antò... zitto. Mi fate venire il mal di testa." Poi chiamò don Ernesto, il suo vecchio scrivano che riguardava alcune bollette seduto al tavolino di fronte. Lo pregò di sospendere il controllo, di andare alla bilancia a occuparsi delle pesate e mandarle nello studio Nunziata. Interrotto nei suoi conti e riporti, don Ernesto, molto anziano e irascibile, contrariato dall'ordine della padrona, uscì con un moto di stizza e Francesca lo vide informare con sgarbo Nunziata del cambio.

Ma la bambina gli sorrise mentre scendeva con un saltello e gli porgeva il libretto e la matita.

Francesca le fece attraverso il vetro un cenno con la mano:

"Vieni... vieni."

Quando Nunziata fu sull'uscio, ancora la invitò a entrare e a salutare don Antonio:

"Chiudi la porta e vieni qui vicino a me... devi imparare a comperare il grano."

Nunziata si avvicinò alla scrivania ma non si sedette, curiosa e intenta al cilindro e alla fila dei sacchetti di ruvida carta che raccoglievano i chicchi.

Era molto interessata a quel rituale che, dal suo posto alla pesatura, sbirciando nello studio attraverso i vetri, le era sempre sembrato oscuro e un poco misterioso.

Ora invece, proprio sotto i suoi occhi, ebbero inizio le ponderate indagini di donna Francesca che, per prima cosa, da uno dei fogli ravvolti a forma di cono, prese una manciata di granelli, li accentrò nel palmo, chiuse la mano e scuotendo il braccio cominciò ad agitare il pugno accanto all'orecchio di Nunziata: e lei sentì i chicchi sonare.

Poi donna Francesca si fermò, portò la mano sotto il naso, aprì piano le dita e si chinò ad aspirare l'odore del frumento con lunghe fiutate, a occhi chiusi e stretti, come in trance, isolata per meglio coglierne l'essenza.

Ripeté l'operazione, poi passò gli acini a Nunziata che rinnovò il gesto. E tentava di imitare la sua iniziatrice anche nell'espressione del volto che faceva stranito nelle inspirazioni prolungate concluse da un "Ahhhhhh..." vibrante e forzato.

Nunziata era nell'azione teneramente buffa e a quella scena don Antonio ridacchiava con piccole scosse delle spalle e il prominente pomo di Adamo gli andava su e giù. Ma donna Francesca restava con il viso severo e interrogava l'allieva:

"Senti?... Senti che bell'aroma?... Questo è l'odore del grano quando è sano e non ha muffa... Ricordalo questo profumo. Conservalo nel naso..."

Il mediatore annuiva contento: la padrona Montorsi era esigente e difficile, ma questa volta il suo *Triticum durum* era veramente eccellente e la compratrice se ne stava rendendo conto. Le analisi però continuavano e donna Francesca provava la resistenza del grano schiacciandolo sotto la sanità dei suoi denti e ne offriva anche a Nunziata:

"Devi sentirne la forza... stai attenta però, non romperti un dente... piano... piano... brava ma non lo mangiare... sputalo. Adesso ne apriamo qualche acino con il coltelluccio... Ecco così... e poi guardiamo le scanalature. Guardale con questa lente... chiudi quell'altro occhio..."

Le linee curve dei semi disserrati si rivelavano nette, sane e leggermente translucide:

"So' pulite... sono come uno specchio. Guarda sempre bene, perché è qui che non devono esserci macchie." E di scatto, presentendolo, alzò la testa e con un'occhiataccia dura fermò lo slancio del Pennasilico:

"Zitto... don Antò per piacere, non parlate." Così gli gelò sulle labbra le parole che stavano per fiorire, gentili ed esotiche, il nome del fungo così comune che nel granello aperto e non sano si presenta in forma di contaminazione grigia e verdastra lungo il solco e presso l'embrione: *Penicillum glaucum.*

Ma don Antonio non si sentì offeso dall'interruzione, perdonava tutto a donna Francesca, e poi l'affare stava andando.

Certo ancora lunghe sarebbero state le verifiche e le trattative e, anche quando fosse stata effettuata la consegna dei sacchi, il pagamento della merce sarebbe avvenuto solo dopo qualche giorno.

Lui già lo sapeva.

Restava pur sempre l'ultimo esame al quale Francesca, in presunta segretezza e in estrema prudenza, faceva sottostare tutto il grano prima di avviarlo ai cilindri e agli stacci, anche quello eccezionale proclamato con solo il due per cento di impurità.

Dopo il giardino, passando per un varco diruto, in un quadrato di terreno incolto si incontrava basso e tozzo un vano rustico con una porticina robusta. Ne possedevano la chiave solo la padrona e Gaspare, una specie di guardia del corpo di donna Francesca che si sentiva investito ancor più d'importanza proprio per il controllo che aveva di quella sorta di scuderia della sua padrona.

Nell'ambiente tetro e buio, in una grande gabbia di legno e ferro intrecciato, c'erano, come in una stia, dodici esemplari di vivaci bestiole. C'erano, come diceva il giannizzero: "'E zoccole personali 'e donna Francesca."

Solo dopo che i grossi topi di fogna avevano gustato, gradito e digerito senza danni le manciate di grano che Gaspare prendeva a piene mani dai sacchi in sosta provvisoria, solo allora l'affare poteva dirsi confermato e concluso, solo allora si passava al regolare pagamento.

A Francesca decisamente il carnevale non piaceva.

Chiamata dai figli, si affacciava nel cortile dal balcone

della sua camera da letto per guardarli sfilare nel corteo familiare e un po' sciatto che seguiva il fantoccio del Carnevale e lo accompagnava al rogo.

Si erano mascherati alla buona, con fasce, nastri e cappellacci, e a Nanà, vestita da brigante, avevano disegnato baffi finti con il turacciolo di sughero bruciato.

Tanino si era travestito da donna con poppe vistose e disuguali e Ninella da uomo con una vecchia redingote di don Giordano e una tuba.

Francesca pensò che quasi quasi alla servente sarebbe convenuto farlo sempre il maschio.

Aprivano il corteo Enrico, perfetto e gobbo Rigoletto, e Federico aitante e piumato duca di Mantova, tutti e due con i costumi che avevano fittato per il ballo mascherato dato dal sindaco don Ciro Ilardi.

Giovanni Antonio era Masaniello, mezzo pescatore e lazzaro per intero nel chiasso che faceva e nello scompiglio che portava al corteo. Eleonora era una spagnola, Carolina un angelo, Paolina una damina del Settecento, Maria Vittoria una bambola. Nunziata era stata acconciata da contadinella all'ultimo momento; Mariuccia era scesa di corsa al mulino a toglierla dallo scannetto perché nella baraonda nessuno si era preoccupato di chiamarla. L'aveva trascinata quasi di peso nello stanzone dove le altre sorelle, nella confusione di scialli gonne e sciarpe, avevano già portato a termine le vestizioni, e aveva chiesto consiglio e aiuto a Paolina per arrangiare qualcosa alla ritardataria:

"Paolì, che dici che le metto, come la vesto Nunziata?" e Paolina le aveva dato una risposta cattiva mentre segnava due nei nella sua guancia:

"Vestila da orfanella."

Dai balconi zia Rusinella, don Paolo, zia Luigina, Naneve e Cannetella, che era la donna del bucato, lanciavano stelle filanti e confettini colorati.

Francesca no, non aveva coriandoli e confetti da lanciare, restava lì a guardare solo per accontentarli.

Il carnevale non le piaceva.

Non le piaceva al mulino con le fusillare che si vestivano da uomo, né al convitto con il rito della crema di cioccolata e sangue di maiale che facevano le suore e le educande vanitose che ostentavano costumi e parrucche.

Aveva poi un ricordo tristissimo di quel carnevale a Gaeta, con i travestimenti patetici dei soldati e la tarantella sciamannata che ballarono per richiamare fuori dalla casamatta il re e la regina. Maria Sofia si appoggiava al braccio del marito con tutte e due le mani. Sorrideva con malinconia e lo scialle di cachemire scivolandole dalle spalle la lasciava scoperta nell'aria gelata...

Erano gli ultimi giorni dell'assedio e tutto era perduto, Gaeta e Andreina.

Il carnevale non le piaceva.

Il corteo faceva ancora una volta il giro del cortile. La balia non aveva travestimenti e camminava in fondo alla fila tirandosi per mano Leopoldo con il vestitino da Pierrot che Enrico gli aveva portato da Napoli. La donna chiudeva la processione e la gonna, che scendeva dalla stretta del corsetto ad allargarsi in fitti panneggi, per l'ancheggiare marcato della giovane, ondeggiava lucida con un bell'effetto.

Mariuccia, sconcertata fin dal principio dalla camminata di Teresella, da un po' di tempo ne sottolineava anche un certo accentuarsi e lo stigmatizzava tutta ingrugnata con un annuncio recitato tra i denti:

"'A femmena ca 'o culo l'abballa..." e glielo tirava dietro quel motto, spesso e volentieri, appena la balia non poteva sentirla.

Perché quei baldanzosi colpi di anca della donna, Mariuccia li catalogava come funzione vessillifera, sbandieramento di una disponibilità, di una vocazione precisa e certa, e stava all'erta. Francesca si era accorta del vigilare della domestica, la scopriva spesso a sorvegliare Teresella, a seguirne circospetta le mosse. E questo la innervosiva oltre ogni dire:

"Mi mette altre cose in testa... come se non ne avessi già abbastanza."

Le era anche venuto il sospetto che Mariuccia fosse gelosa di Teresella, poiché i bambini, specialmente Nanà, le si erano molto affezionati. La balia era sempre con loro e saperla così sana e forte accanto ai figli dava conforto a lei e anche a Giordano. Era un piacere guardarla porgere a Leopoldo la mammella così azzurrata e gonfia. Il bambino cresceva tanto bene con quel latte di donna che integrava il pasto e che teneva lontane le malattie. Ogni mamma cercava di ritardare il più possibile lo svezzamento completo, e anche lei. Tutti i suoi figli avevano succhiato almeno fino a tre anni.

All'inizio, per Enrico, era stata assunta una balia asciutta perché il bambino prendeva il latte solo dalla madre. Siccome però gli impegni del mulino erano pressanti e il latte di Francesca stentato, per gli altri figli, dopo i primi giorni di latte materno, arrivavano giovani contadine che avevano da poco partorito.

In casa, a volte, di balie ce n'erano state anche due contemporaneamente, e i rapporti di Mariuccia con queste donne erano sempre stati idilliaci. Con Teresella invece sin dal principio non aveva legato e adesso si era "fissata". Non faceva discorsi, non esponeva sospetti, solo le mormorava alle spalle:

"'A femmena ca 'o culo l'abballa..."

Però, lo volesse o no Mariuccia, la balia doveva restare almeno altri quattro o cinque mesi. Leopoldo non aveva ancora tre anni e succhiava ancora così tanto di gusto, anzi, siccome già parlava spedito, quando era attaccato al petto e aveva svuotato una mammella, lui stesso con garbo richiedeva il cambio.

Tutte queste cose rimurginava Francesca senza sorriso, affacciata al balcone della camera da letto.

Le maschere intanto si erano fermate in cerchio intorno al pupazzo che bruciava e si battevano le mani e i tamburelli. Alla finestra del "salotto turco", suo studio, tempio e nascondiglio, inaspettatamente si affacciò don Giordano e lanciò frizzi.

La balia, che batteva il tempo con le anche, si girò verso di lui e sorrise, poi ancora gli diede le spalle e i colpi di bacino si fecero più sinuosi e procaci.

"Domani" decise Francesca, "domani scrivo al marito di Teresella che alla fine del mese può venire a riprenderla. Leopoldo ha succhiato abbastanza."

Era il 13 dicembre milleottocentottantanove, il giorno di Santa Lucia. Nunziata e Francesca salirono dal mulino come al solito verso il tocco; la prima si avviò a raggiungere i fratelli che nello stanzone studiavano con don Pasqualino il prete già dalle nove e mezzo, l'altra invece si diresse verso la cucina che confessava al resto della casa, con un aroma da resuscitare un morto, il solito caffè ristretto che a quell'ora preparava Mariuccia.

Era il momento nel quale carta, calamaio e penna e il premio della tazzina fumante toccavano anche a Tanino. Ogni mercoledì Francesca si sedeva al tavolo di marmo e insieme al suo anziano domestico – che aveva anche funzione di cocchiere – faceva la lista della spesa settimanale.

Quel giorno, dopo la sorpresa di una bambolina di pezza fatta da lei per Lucia, una nipotina di Tanino – che era scapolo – gli programmò, riempiendo tutto il foglio quadrettato, anche certe visite col biroccino ai suoi coloni:

"Domani vai da Luisella a Boscotrecase, vai a prenderti le otto dozzine di uova, il vino e i quattro conigli. Però li voglio vivi, li ammazziamo noi. E ricordati, li devi scegliere tu...

"Sabato puoi andare a Sorrento da Carminuccio per le arance, ma quelle vainiglia non le voglio, non piacciono a nessuno... E stai attento al peso... Portami qualche chilo di mandarini verdi... devo fare il rosolio. E il sacco delle noci non deve tenere le buone sopra e le cattive sotto... Ti raccomando...

"E devi dire a Carminuccio che quest'anno i dieci capponi per Natale me li deve dare belli e grossi, l'anno passato quel fetente me li ha mandati che facevano pena. Erano tutti quanti scellati assai."

I periodici incontri di Tanino con gli affittuari che coltivavano le terre di donna Francesca avevano come fine il ritiro, di volta in volta, di uova, galline, anatre, conigli, frutta, ortaggi, verdura fresca che poi non sarebbe bastata mai.

E si meravigliava sempre, donna Francesca, delle grandi quantità di broccoli, cavoli, carciofi e insalata che si consumavano nella sua casa:

"Ma questi si mangiano nu bosco" sospirava quando a fine anno con i suoi mezzadri tirava le somme del dare e dell'avere.

L'incontro quotidiano di donna Francesca con Tanino, che don Paolo chiamava "ministro all'approvvigionamento", aveva una particolarità. Tanino non sapeva né leggere né scrivere e donna Francesca, nei promemoria e nelle liste, per i diversi generi faceva disegnini svelti e approssimativi delle derrate. Accanto, sullo stesso rigo, dopo uno spazio tracciava asticelle che segnavano le unità, i chilogrammi di frutta, i cespi di insalata, i fasci di broccoli e le dozzine di uova. Tre aste accanto alla rappresentazione di una specie di ala stavano a significare tre polli, accanto a due aguzze orecchie tre conigli, accostate alla sagoma di un pesce erano richiesta di tre spigole.

Il simbolo della frittura di pesce erano quattro segni di onda e l'accenno di una rete seguiti dalle solite asticelle che determinavano i chilogrammi. Se mancava l'indicazione della rete e c'erano solo le onde, il pesce da procurarsi era quello per la zuppa.

Comunque questi ideogrammi fantasiosi non sempre erano chiari a Tanino. I biglietti compilati in grandissima serietà risultavano molte volte motivo per i due di accesi contrasti e per tutta la famiglia fonte di affettuosa ilarità, specie quando Tanino, al momento dell'acquisto, ne sbagliava l'interpretazione e portava a casa tutt'altra roba e tutt'altra quantità.

Una di queste liste, stinta e consunta nelle piegature, tanti anni dopo, nel millenovecentoventuno, quando morì Federico fu trovata tra le sue cose più segrete.

Paolina, nello studio del fratello, mentre lui appena spirato era nella camera accanto, aveva forzato un cassetto della scrivania e rovistato tra i documenti. Tra le carte c'era anche la nota e lei l'aveva data a Maria Vittoria che era presente e cercava di opporsi allo scasso. Altri fogli, poesie e anche lo spartito di una canzone, Paolina li aveva irrorati di alcool e bruciati nel bacile che era servito per le medicazioni del fratello.

Maria Vittoria conservò il biglietto e cominciò a mostrarlo solo dopo la morte di Francesca, in memento affettuoso. Nubile, sensibile, maestra di pianoforte, artista e compositrice, fu proprio Maria Vittoria la sacerdotessa e la cantora dei Montorsi e portò fino alle soglie del Duemila certe essenze e profumi dell'Ottocento nel quale era nata, e fino a novantadue anni, lucidissima e attiva, testimoniò la famiglia e la pasta, intrigò le cose del passato, con la sua voce appassionata le fece rivivere: e così anche i figli dei figli dei figli di Francesca si sentirono radici e rami.

Tornando alla mattina del tredici dicembre, un suo giorno qualunque ma pur sempre così straordinario e irripetibile, Francesca, vergati i soliti ideogrammi, concluso l'abboccamento con Tanino, riposto calamaio e penna, sorseggiato il secondo caffè, scese con la spasella vuota insieme a Mariuccia e a Naneve per i prelievi giornalieri nella cantina che era poi la sua passione.

Scura, grande, fresca, con le finestrelle sbarrate piene di ragnatele, chiusa con serrature cigolanti e una grossa chiave, era inzeppata di damigiane di vino, di olio, bottiglie di pomodoro, distese di vasetti di sugna e marmellata, zucchero, miele e appese di salame, lardo e caciocavalli che le davano allegrezza come le luminarie di una sagra. Quella cantina così stracolma la faceva sentire al sicuro più dei titoli in banca, del denaro nel secrétaire e delle liste catastali delle sue proprietà. Ed era sempre con una certa dispiacenza che intaccava quel tesoro riempiendo le ceste con tutte le cose che Mariuccia elencava e lei ordinava di prendere: lei solo poteva, non si toccava niente senza il suo benestare.

"Mi servono sei bottiglie di pummarola... l'olio è finito... prendetene due fiaschi..."

"Ma questo è un fiume..." commentò quel giorno ad alta voce Francesca, alla quale sotto sotto veniva il dubbio che qualche bottiglia prendesse la strada verso le case dei nipoti di Mariuccia o Tanino.

Anzi, tornata in casa, mentre si lavava le mani e si rinfrescava con il bergamotto, ancora una volta prese una decisione che ponderava da sempre. Effettuare verifiche improvvise a quei fazzolettoni – dai contenuti ignoti – legati a cocche e appesi al braccio dei suoi cortigiani, nel momento in cui attraversavano il cortile interno della casa e si avviavano a uscire dai controllati cancelli come se passassero un ponte levatoio.

Ma mentre si asciugava le dita una a una, mentre toglieva il grembiale e ne infilava uno fresco – sempre nero con la cifra ricamata in oro sulle tasche – e lo gravava di tutte le chiavi e si avviava alla stanza degli armadi per sistemare il bucato asciutto, aveva già cambiato idea e bilanciato che non farlo era estremamente diplomatico e vantaggioso.

Avrebbe riguadagnato dell'olio, dei pomodori, forse del caffè, ma perduta la pace perché, avendoli smascherati, non c'era scelta: avrebbe dovuto cacciarli i ladruncoli e rompere così un equilibrio di compiti che per la verità erano tutti eseguiti con diligenza e affetto. Concluse per il partito di "far finta di niente" e questo suo deliberato la rasserenò. Ne aveva già tanti di pensieri e andò a spalancare e a chiudere stiponi, a contare, ricontare e riporre la biancheria che Ninella e Naneve portavano in pile sulle braccia forti.

Stirata alla perfezione con i ferri arroventati dai carboni, leggermente inamidata dove più fitti la ricoprivano i ricami, profumava di spigo.

Un senso di fresco veniva alla donna che la sistemava, di più ampio respiro alla vista di tutti quei biancori abbacinanti, setosi e ruvidi, di damascato, di lino, di tela fiandra, tela d'Olanda, pelle d'uovo e battista in filo; e nella distensione di un sorriso c'era orgoglio per il corredo dotale, che nelle chiacchiere del paese era stato così sbandierato al tempo del suo matrimonio. Un corredo a "cento": cento lenzuola, cento federe, cento asciugamani, cento tovaglie, cento camicie, cento di ogni cosa. Lei che sui monti della costiera, quando era nata, possedeva a stento qualche cambio di fasce.

Si allineavano e si ergevano come muraglie i panni da letto, da tavola, da cucina e quelli personali e intimi, e saziavano quegli stipi capienti grandi quanto una casa. E dalla gelosia della doppia mandata di chiave evadevano attraverso le connessure frange, balze e pizzi vaporosi, indisciplinati e avidi di luce. Per riportarli al chiuso bisognava che Francesca disserrasse e richiudesse gli alti battenti un paio di volte, cercando con la mano di tenere in riga le balze e i merletti mentre lo sguardo avido ancora sbirciava nello scurirsi dello stipo. E nel ripetersi dell'operazione i cigolii sottolineavano le aperture e le chiusure svelte e ventose che sapevano di legno.

Le tre donne, assolto il compito di guardarobiere, si avviarono verso la cucina ridendo per il vivace e mimato resoconto di un fatto di gatti che le due domestiche facevano a Francesca.

L'episodio riguardava un beniamino di donna Francesca, uno dei gatti di casa, il più giovane e malandrino.

Il giorno prima era caduto dal primo piano anzi, per dire il vero, si era lanciato dal balcone della cucina direttamente sulla fragrante spasella di pesce che Tanino portava sulla testa giù nel cortile. L'uomo, che tornava dalla marina dove aveva comperato spigole e triglie dai pescatori, si era fermato a farsi accendere un mozzicone di sigaro e a chiacchierare di reumatismi con Gaspare. La bestiola giusto sopra le loro teste era affacciata al balconcino. Sotto, la cesta odorava intensamente. Ricoperti di alghe i pesci avevano ancora guizzi: il gatto annasava, Tanino ristava e così, a un certo punto, il povero animale "imbriacato" si era tuffato a "pesce".

Tanino si era molto spaventato per il colpo non sapendo cosa diavolo stesse cascandogli sulla testa e d'impulso, facendo cadere la spasella, pensando a un terremoto, si era messo a correre come minacciato, e Gaspare con lui. Poi, passata la paura e rendendosi conto dell'accaduto, vedendo il gatto che aveva in bocca una triglia, si erano messi a inseguire il saltatore. Intanto dalla spasella lasciata alla ventura spariva anche la spigola più grossa. Furono incolpati gli altri gatti del mulino. Tanino sosteneva che la spigola era troppo grande per le fauci di un gatto, non ce l'avrebbe fatta a trasportarla e aveva sbraitato al vento contro gli ignoti, ma secondo lui, umani ladruncoli. Comunque il mistero più fitto aveva avvolto la sparizione.

La birichinata del gatto aveva divertito molto Francesca, che il giorno dopo ancora ne ascoltava il racconto ridendo.

Arrivate alla cucina le donne si divisero. Francesca si avviò sola verso la camera da pranzo e insolitamente ancora aveva disteso il volto nello spensierato riso.

Nella sala c'erano già zia Luigina e zia Rusinella, che stavano sciorinando un'enorme tovaglia e ricoprivano il tavolo grande e massiccio.

Era cura di donna Francesca, nell'apparecchiare, controllare nitori di piatti, vasellame e posate: anche suo particolare impegno era verificare, per esigenze proprie di pignola pulizia e per evitare soprattutto facce schifate di don Giordano che la mortificavano, macchie e opacità nei bicchieri di cristallo: tenendoli alti contro la luce e strizzando gli occhi.

Così fece anche quel giorno, e se in qualche coppa c'era qualcosa che non andava e c'era bisogno di un ripasso con i panni fini, lei la porgeva a zia Luigina, zizia, così la chiamavano i ragazzi Montorsi. Zia Luigina quel giorno tanto pallida, convalescente da un'ennesima indisposizione, Francesca la volle seduta accostata alla tavola.

L'anziana signorina pudibonda e svenevole aveva con lei, con questa cugina acquisita, un rapporto di odio e amore, sempre molto intenso fin dalle prime volte che l'aveva vista, così giovane e così bersaglio all'altezzosità della suocera.

Quel tredici di dicembre la vecchia zitella, nel gioco delle sue propensioni, era vinta da un appassionato impulso di affezione con l'aggiunta di slanci da martire:

"Signore colpisci me ma non Francesca."

L'aveva intuito da bisbigli e, con la complicità di un collettino di corallo alla moglie di uno dei guardiani, ne aveva avuta notizia certa: Francesca ancora una volta era stata tradita. Dell'ultima infedeltà era ancora ignara ma prima o poi qualcuno l'avrebbe informata.

Zizia sempre sotto la spinta del suo impeto amorevole, volendo dar prova di sollecitudine, di efficienza, di buona volontà, per meglio poggiare i bicchieri nettati si alzava dalla sedia suscitando così le proteste di donna Francesca:

"Sedetevi... poi vi ritorna il mal di schiena... se vi ammalate un'altra volta vi mando all'ospedale... al San Gennaro dei poveri... vi mando" e lo disse sorridendo.

Ma alla sua frase zia Luigina, come colpita, con languore si abbandonò contro la spalliera della sedia. Poi sollevò la testa al cielo e più risaltò la collarina di pizzo chiusa dal cammeo, strabuzzò gli occhi e in lamento cominciò a ripetere.

"Oh cielo... oh cielo..." e la destra si alzò a tasteggiare spillo e merletto.

Quel moto del capo, della mano, degli occhi rovesciati e l'esclamazione dolente, tutto quel gesto che recitava e che era così suo, sottolineava la sua più viva approvazione, il suo diniego più certo, la commozione, lo scontento, il dolore, la gioia, il rimpianto, tutte le sue reazioni emotive più intense.

I ragazzi dietro le spalle le facevano il verso e Giovanni Antonio era perfetto nell'imitare la bocca stretta a cuore, lo stralunare dello sguardo e l'inclinazione della testa: e tutti i fratelli a ridere come matti.

Tanti anni dopo, vecchi anche loro, per qualcuno che assumeva arie leziose e sdolcinate tutti a dire la stessa cosa:

"Mi sembra zia Luigina... Oh cielo..." e roteavano le pupille.

Si rise e si sorrise sempre di questa vergine patetica che fu fidanzata a un uomo per una sola settimana e ne parlò per tutta la vita, di questa vecchia fanciulla che quando morì lo fece a palpebre strette, le chiuse la sera e non le aprì la mattina dopo. E Mariuccia visto che non compariva in cucina le portò il caffè a letto.

Collasso cardiaco, scrisse il medico nel certificato, ma in realtà la morte, e nessuno lo seppe mai, le venne dal fuoco che le rodeva le viscere e che lei non denunciò neanche a Mariuccia.

Però a fulminarla non fu proprio il brutto male all'utero che, pur se impiantato nel suo ventre senza riguardi, le avrebbe ancora concesso un po' di vita: la uccise invece la trepidanza ossessiva di dover subire una visita ginecologica.

Invece zia Rusinella anche se più vecchia della signorina Luigina, quel giorno di dicembre trotterellava svelta intorno al tavolo sul battere risonante delle pianelle. E nello stendere le braccia per sistemare al centro le saliere e le oliere, svelava sotto lo scialle bianco la pettorina di percalle abbagliante con la catenella e le forbicine da ricamo.

Ancora rosata nelle guance flosce zia Rusinella, anche nella vecchiaia, manteneva la bellezza della carnagione ereditata dalla nonna Trofimena. Prima figlia del nonno, si era sposata tardi, quattro anni dopo il ritorno da Gaeta, e non aveva avuto figli. Quando era morto il marito Alisando, lei non aveva cominciato con Francesca quei lunghi litigi giudiziari intrapresi da alcuni eredi del nonno Giuseppe, né le aveva venduto la sua quota come altri. Le aveva invece fatto dono legalmente della sua parte, purché la tenesse con sé fino alla morte.

E questo accomodamento così oculato non confermava, anzi contraddiceva, la diagnosi del medico che in zia Rusinella, peraltro ancora attiva e vivace, per certo suo improvviso anche se breve smemorarsi, ravvisava un'importante arteriosclerosi, quasi una demenza senile.

Ma lei era lucida, perfettamente in sé, gli occhi furbi e accattivanti; solo a tratti, ma a distanza di mesi e mesi, aveva un breve e passeggero stato confusionale che alla nipote non dispiaceva, perché in molti di quei momenti zia Rusinella tornava a rivivere il tempo del mulino sulla costiera. E Francesca con lei.

Una volta, in uno dei rimbalzi al passato, aveva apparecchiato anche per il nonno Giuseppe e la nonna Trofimena, pretendendo e sollecitando, con l'insistente porgere i piatti, anche per loro porzioni di salsiccia e broccoli.

E donna Francesca li aveva fatti servire.

Francesca uscì dal suo ufficio e Nunziata le camminava accanto. Era mezzogiorno e, come sempre, cominciò con Gaspare, per un altro controllo, il secondo giro dello stabilimento e passò silenziosa, austera tra i suoi operai sempre intimiditi.

Francesca aveva con loro un rapporto paternalistico che le sembrava di estrema condiscendenza. Li conosceva uno per uno, ne sapeva anche i bisogni che a volte soccorreva. Era a tanti di loro che andavano abiti smessi, olio appena rancido, marmellate leggermente ammuffite e la pasta di scarto, quella che nei tanti spostamenti cadeva dalle ceste e dalle canne. Certo non ebbe mai per essi la solidarietà di una nata povera: un tempo la sua era stata vita di umile fatica, ma il nonno e il padre avevano avuto pur sempre la proprietà del mulino.

Durante la sommossa di undici anni prima, quella così ricordevole del milleottocentosettantotto, la terribile rivolta delle "marsigliesi", quando impazziti, violenti, gli operai degli altri stabilimenti entrarono nella sua fabbrica, certe braccia restarono conserte e non impedirono agli scalmanati di fracassare anche da lei le semolatrici nuove. La sua forza di lavoro non fu compatta nell'opporre resistenza, però Francesca non serbò rancori e volle solo ricordare le braccia e i petti amici, le facce tumefatte nel tentativo di contrastare lo sfascio.

Erano distribuite un po' in tutti i mulini quelle macchine intelligenti da poco arrivate e costruite a Marsiglia. Gli operai le odiavano e le ritenevano "affamatrici" perché con la stessa seta, lo stesso diaframma bucherellato dei setacci manuali, uno scuotimento meccanico, un solo manovratore, soffi d'aria calda che investivano dal di sotto il macinato e lo stratificavano per peso lasciando la possibilità di attraversare i fori solo alla semola pura, questi ingegni del demonio sostituivano, ognuno di essi, ben sei uomini impegnati con i crivelli nella fatica antica dello stacciare.

Chi tenne le fila della sedizione non fu gente sua, erano di altri mulini i sobillatori che riuscirono a trascinare in una vera rivoluzione gli operai, raccogliendoli fabbrica per fabbrica, sconvolgendoli tanto con le parole da renderli ciechi nella furia.

Non tutti i suoi operai difesero lei e le macchine, comunque quelli che non mossero un dito mentre i cancelli venivano scardinati e le marsigliesi distrutte, lei non li licenziò e non li denunciò: nessuno di essi finì in carcere.

Cinque se ne andarono, emigrati clandestini, e non passarono neanche a salutarla; quattordici invece restarono a comporre insieme agli altri il suo piccolo esercito: vestito quasi fosse una divisa di maglie intime toppate, piedi nudi e calzoni sdruciti arrotolati fino al polpaccio. Restarono a invecchiare con lei, a formare anch'essi, nelle dodici-quattordici ore di lavoro, la sua corte dei miracoli.

Il suo atteggiamento tollerante non fu poi approvato dagli altri molinari, ma lei seguì nel consiglio suo padre, che si schierava dalla parte degli operai e sollecitava in lei clemenza.

Indubbiamente quello delle "marsigliesi" fu un episodio grave che solo la truppa riuscì a domare, e ci vollero cinque giorni. Tutte le fabbriche ebbero danni ingenti, qualche mulino fu incendiato, quello di don Ciccio completamente distrutto e lui colpito a morte.

I feriti furono tanti, perfino tra le guardie, e Francesca stessa, incinta di Carolina al settimo mese, era stata in grande pericolo.

Peppe fu allora che le fece scudo e si prese quella maligna randellata in testa: lei lo curò, lo vegliò, lo tenne nella sua casa anche nella convalescenza e lo rimandò dai suoi guarito o quasi, fornito di coperte, materasso di lana e provviste di pasta e farina. E dopo lo tenne ancora al mulino a far quasi niente, a pagargli la settimana anche se non rendeva molto, così com'era rimasto, con l'equilibrio un po' instabile. Anche se fortemente sospettava e aveva raccolto voci che Peppe lo svanito continuasse a farlo solo al mulino.

Anche Giordano si ferì a una mano per difenderla e menare botte da orbi, anche il padre accorse lasciando il mulino sul canale presidiato dai soldati della Fabbrica d'Armi.

Poi le "marsigliesi" furono ristabilite dovunque.

La repressione fu dura quasi quanto la rivolta. Il "castigamento" e le condanne così esemplari da intontire i lavoratori: tanto che quando, Francesca per prima ma poi anche tutti gli altri pastai, adottarono le presse idrauliche della Pattison e le impastatrici meccaniche a "palmole" che sostituirono la fatica dei piedi e metà degli operai restò senza lavoro, nessuno osò fiatare.

E nessuno reagì neanche alla gramola a coltello che dopo un po' rimpiazzò l'antica gramola a stanga e mandò a spasso tanti tiratori.

Il pastificio "Pantanella" aveva bandito un concorso per una macchina che sostituisse adeguatamente il lavoro della stanga. La "Pattison" l'aveva vinto proprio con questa gramola a coltello, che era un grande piatto di legno sul quale l'impasto che vi si poneva veniva colpito da una doppia stangata, questa volta di coltelli anch'essi di legno. Il piatto poi, governato da un uomo solo, meccanicamente si spostava e a ogni colpo girava di un piccolo angolo.

Francesca, che allora definì parecchi licenziamenti senza battere ciglio, in seguito fu, d'istinto, doppiamente contenta nei particolari periodi, a volte precedenti il Natale o la Pasqua, quando, arrivandole diluvi di ordinativi da ditte del Nord Italia (nei suoi registri di spedizione ancora le segnava come ditte "fuori regno") e dai suoi splendidi clienti inglesi e americani, per evadere le commissioni in tempo, doveva far lavorare tutte le macchine, anche quelle sorpassate: poteva così richiamare a battere la gramola, a impastare coi piedi e a girare i torchi i suoi uomini che non sapevano fare altro.

Comunque il sentimento benevolo che aveva per i suoi operai era sì di protezione, ma come fossero esseri ritardati, bisognosi di guida e con propensione e vizi da non alimentare. Tanto che, anni dopo, i salari, non più giornalieri ma settimanali, venivano da lei pagati la domenica mattina: così che, con i negozi chiusi, si potesse avere un attimo di riflessione prima di spendere il soldo.

Però aveva una sorta di riconoscenza per le fatiche di ognuno, perché, avendole conosciute e praticate quasi tutte, avendo rivestito i ruoli delle tante qualifiche, ben ne sapeva il peso.

L'impeto di amore e di pietà per essi lo ebbe invece tanti anni più tardi quando, per una certa attività di banchiere che il marito volle a ogni costo intraprendere e che lei appoggiò con firme di garanzia, fu anch'essa travolta dai debiti di don Giordano e il mulino e il pastificio furono serrati con i sigilli giudiziari.

Avviata alla condizione di misera quando li vide radunati oltre il portone, derelitti, senza più lavoro, inebetiti dallo sgomento, con le mogli che asciugavano lacrime ai lembi dei grembiali e avevano teste ricciute di bambini tra le pieghe scure delle gonne, allora li sentì come figli. Allora li sentì come gente del suo sangue e quella modifica così violenta e dolorosa di certo nel conto della sua vita le fu segnata a favore.

Allora li ebbe cari e li riconobbe come le dita delle sue mani. E così ben sapeva cosa dicesse in quel giorno di grande sconforto, mentre girava come impazzita tra le macchine mute, nel suo mondo che all'improvviso come nella favola si era fermato e non c'era la speranza del bacio che restituisse la vita.

A voce alta, senza singhiozzi e senza pianto, in frasi rotte e drammatiche ripeteva di continuo "le mani... le mani mi hanno tagliate le mani..." Nella smania ribelle alla disfatta scendeva e saliva scale con la figura tragica e smagrita, spalancava porte ed entrava ventosa nei locali di prosciugamento acidi di residui di pasta, li attraversava uno dopo l'altro, uno dentro l'altro come in un gioco di specchi, e nel susseguirsi degli ambienti passava sollevando pulviscoli di farina e rompeva silenzi imbiancati e fermi:

"M'hanno tagliate 'e mane... m'hanno tagliate 'e mane..."

Ma tutto questo sarebbe accaduto poi, intanto ogni giorno seguiva il suo filo e si dipanava pur sempre nuovo con i gesti di sempre.

Così, come al solito, anche quella mattina, ed era il venti di dicembre, Francesca con il viso indurito da chi sa quali sue contese con la vita, con le occhiaie così nere da sembrare truccate, terminata l'ispezione all'interno della fabbrica andò negli spazi aperti per "sentire il tempo" e riguardare la pasta che si asciugava.

Era in patimento palese, ma rigorosa e civile nella disciplina e nel rispetto del lavoro; anche quel giorno lenta passò tra gli intrighi dei sipari di pasta stesa, visitò i cortili, oltrepassò il portone e arrivò al marciapiede spazioso e scrutò il cielo e il Vesuvio. Dovette richiamare Nunziata che si distraeva e, nelle inclinazioni che aveva il pennacchio del vulcano, le fece leggere il vento.

A quell'ora il lavoro, cominciato nelle prime luci del giorno, dondolava dorato sui folti schieramenti di flessibili canne di bambù. Lunghe due metri spiegavano i loro festoni appuntellandosi su cavalletti a due ordini di piano.

Le impalcature si innalzavano negli androni profondi,

nei cortili, sulla strada, in labirinti di ragnature, in cortine e cortine intorno all'edificio, a nasconderlo e allo stesso tempo a definirlo.

Ziti e vermicelli stesi all'aria, freschi, teneri nel bel colore mentre subivano l'iniziale essiccazione rapida e leggera, chiamata nel linguaggio dei pastai "incartamento", erano consistenti ma anche fragili nel primo vivere il contatto vivace con l'aria.

Come diceva Biagio 'o spannetore, un capo operaio che aveva la responsabilità della spanditura all'esterno, la pasta che si asciugava bisognava riguardarla con trepidante vigilanza come fosse na figliola zitella.

Era difficile allora senza mezzi tecnici, usando soltanto l'ombra e la luce alternativamente in ponderazione e in misura sapiente, proteggere nell'asciugamento naturale l'equilibrio dei processi chimici ed enzimatici della pasta. Equilibrio responsabile poi del suo futuro del colore translucido, del buon sapore, del suo nervo, del glutine intatto e della compattezza nella cottura.

In un pastificio l'essiccazione naturale era l'operazione più stentata e complessa, istintiva e sagace, precisa e variabile, avveduta e insieme ardimentosa.

La sua custodia, senza distrazione, doveva essere attiva e vibrante. E anche movimentata perché, al turbarsi del tempo, la pasta fresca chiedeva lesto asilo e prontezza di riparo con tende e schermi di legno, a volte anche nella perfezione di un cielo sereno, allo spirare di ariette leggere ma stimate non propizie.

Ma chi stabiliva questi arcani modi e tempi? Soltanto la capacità tecnico-intuitiva, e Francesca cercava di trasmettere a Nunziata pratica e istinto, specie quel venti di dicembre, ingannatore nel tempo sereno che lei però leggeva cattivo nell'alito del vento che cominciava a cambiare.

Ma Nunziata era distratta quel giorno. Giovanni Antonio cercava di seguirla nel suo giro affacciandosi da tutti i balconi e da tutte le finestre e la rincorreva con il fischio di richiamo. Il segnale voleva avvertirla dell'arrivo della maestra di musica: si sbrigasse a salire, la signorina Izzo era arrivata. E si sentivano, esitanti, le note del *Piccolo montanaro* che i ragazzi avevano cominciato a studiare.

Francesca rassicurò Nunziata, non avrebbe perso la lezione, il giro stava per terminare, l'avrebbe mandata presto di sopra.

Poi con la sua docile allieva scese nei locali seminterrati. Era lì che nella seconda fase dell'asciugamento la pasta già "incartata" si portava, in quei luoghi appositi dove in solitudine riservata "riposava", così si diceva.

La temperatura in quei vani freschi, umidi, senza correnti, senza rinnovamento d'aria tra un deposito e l'altro, doveva essere inferiore a quella del locale o del luogo dove era stato effettuato il primo asciugamento.

Nel suo buon ritiro, appartato e quasi segreto, la pasta stava per circa dodici ore, comunque fino a quando "rinveniva", cioè fino a quando l'umidità interna veniva alla superficie equilibrandosi in tutta la massa, che tornava fresca come se fosse stata appena fabbricata. E il riscontro del perfetto "rinvenimento" e dell'avvio alla terza e ultima fase dell'asciugamento era verifica fatta sempre dall'intuizione e dall'esperienza.

Dopo, per la prosciugazione definitiva, la pasta si portava nella sfilza dei locali di stenditura, ai piani superiori, e lì dolcemente subiva l'essiccazione progressiva e totale con la naturale ventilazione.

Ventilazione dosata, curata, mutevole, aperta ai venti benigni che si invitavano a scorrere, ad arieggiare gli essiccatoi, chiusa, serrata in prudenza tempestiva a quelli infidi, a quelli umidi che facevano ridiventare molle la pasta e a quelli secchi che la spaccavano.

E le canne negli ambienti venivano continuamente spostate sugli stenditoi e orientate diversamente fino al perfetto asciugamento.

Un pastaio allora doveva essere, e lo era, anche un astronomo e un meteorologo, doveva precorrere sereni e tempeste, sapere di stelle e fasi lunari, di pressioni ma senza barometro, di umidità ma senza igrometro.

Francesca il tempo lo intendeva respirando, i cambiamenti li fiutava quasi. Ne conosceva i segni, i momenti, le ore, le successioni, i periodi cronologici e quelli stagionali: ne sapeva per antico esercizio e per connaturate qualità sensitive e un po' magiche che le venivano da lontano e che non l'avevano mai tradita.

Difficilmente l'aveva colta di sorpresa uno scirocco umido e traditore che poteva portare muffa e acidità ai suoi fili o aveva sbagliato un sereno variabile o non previsto un vento di tramontana troppo gagliardo da cui difenderli che non li incrinasse lasciandoli segnati.

"Quando si asciuga la pasta" raccomandava sempre "non si può sbagliare. Ci vuole sempre tanta attenzione, non è mai fuori pericolo perché la pasta non è 'na cosa morta, è 'na cosa viva."

Questo era un concetto che lei ribadiva spesso: due domeniche prima, a pranzo, spiegando certi processi della lavorazione a don Michelangelo Romano, l'antiquario così appassionato e interessato ai vecchi mobili della villa e che era loro ospite, aveva ripetuto quell'affermazione concludendola con una frase:

"Don Miché, perciò vi sentite forte dopo che l'avete mangiata."

Don Giordano, che dall'altra parte del tavolo ascoltava altri discorsi, afferrò il commento della moglie e le sorrise annuendo serio e convinto. E di questo Francesca fu molto felice.

Ma il consenso di don Giordano era per altri motivi; l'uomo si era accorto che a Sorrento, nella locanda della "Cocumella", i giochi erotici con la donna che cuciva i sacchi per il pastificio, l'operaia soda e ricciolută, gli riuscivano molto meglio se prima aveva mangiato un bel piatto di ziti o vermicelli.

Francesca nella sua camera nuziale, la bussola chiusa a doppia mandata, nel segreto silenzio dei mobili amici, era lì che sventagliava in solitario furore la nascosta vergogna e digrignava la feroce gelosia che l'orgoglio non voleva riconoscere: ma la gola sì, e raggrovigliava il suo gutturale lamento e lo teneva a lungo.

Era nel segreto di quelle mura che un lucido raptus torturava con lame oscene l'adultero immondo, l'uomo infame. E gli attorceva la testa, lo sventrava, gli toglieva le viscere con mani di acciaio e gli addentava il cuore e restavano di lui solo brandelli così scempiati da non poterli mai più ricomporre; tanto che poi incontrandolo le sembrava di vedere un fantasma.

Quella sera Mariuccia bussò. In giubilo le portava Leopoldo finalmente sfebbrato.

Francesca non aprì e le gridò in malo modo di andarsene.

Mariuccia allora fu certa che Francesca aveva saputo, qualcuno le aveva detto di don Giordano e della dissennata che cuciva i sacchi.

Prima dell'alba salì il guardiano con l'urgenza di un avvertimento per Francesca nella pasta che si asciugava c'era qualcosa che non andava e bisognava porvi riparo.

Comparve anche Mariuccia, premurosa con la tazzina di caffè riscaldato. Francesca lo sorseggiò in piedi soffiando per raffreddarlo. Aveva la bocca amara e impastata e allo sguardo di Mariuccia che interrogava il solito "Com'è?" rispose indispettita: "È na schifezza."

Poi, ravvolta nel suo scialle, seguita dal guardiano, si avviò alla scala e cominciò a discenderla.

Proprio allora il marito la risaliva tornando dal circolo o chi sa da quali cammini.

Quando lei lo vide, si fermò e si accostò al muro sconvolta dal suo apparire. Quasi si appiattì contro la parete, come cercando un nascondimento o un anfratto che si aprisse a celarla.

Allora il marito, a vederla così rimescolata e ostile, si fece cattivo e con il solito inchino da burla beffardamente la rassicurò:

"Donna Francé non abbiate paura... mettetevi tranquilla... Siamo già stati serviti..."

E aveva continuato a salire fischiando *Il piccolo montanaro*: la suonatina che i ragazzi in esercizio al pianoforte avevano strimpellato per tutto il pomeriggio.

Era di lunedì e finiva un gennaio acceso di arancione con gli alberi del giardino inzeppati di frutta in quell'annata così carica, che fu poi l'ultima: il piccolo aranceto fu sacrificato allo spazio per nuovi locali e altri stenditoi per il rinvenimento della pasta.

Francesca lasciò il lavoro prima dell'una. Aveva mandato due grossi carichi in America, salutò cortese sull'arco del portone don Ciro Autore, il suo spedizioniere, e salì in casa e Nunziata con lei. Era il milleottocentonovanta. La ragazza aveva dodici anni e anche i "sette spiriti", come diceva Mariuccia vedendola sempre in attività. Infatti, ancora affannata per le scale fatte in furia, corse subito verso lo "stanzone" – così era chiamata nella parlata familiare la camera per lo studio – a raggiungere gli altri fratelli scolari.

Enrico e Federico erano tutti e due in pensione a Napoli, l'uno studente del quarto anno di ingegneria, l'altro del secondo di legge. Venivano a casa d'estate, nei giorni di festa e in quelli vicini agli esami: per un ripasso confortato dai corroboranti zabaioni al marsala di Mariuccia. Paolina avrebbe lasciato il collegio quella primavera, giusto in tempo perché Carolina le desse il cambio, Eleonora doveva restarci ancora due anni.

I Montorsi più piccoli invece, aggruppati, studiavano dalle nove, quando arrivava il loro maestro don Pasqualino, fino alle due e un quarto, quando venivano chiamati per il pranzo. Prima il prete, alle sette, andava a dire messa alla cappelletta di villa Filangieri e portare la comunione alla vecchia contessa Guarracino, che gli offriva latte e biscotti.

I ragazzi si istruivano nella vasta camera sparsi su tavoli e tavolini e tra essi il dotto sacerdote si aggirava con le mani appigliate dietro la schiena e l'atteggiamento del corpo un po' inclinato all'indietro, nella ricerca istintiva di equilibrare il peso della prominente pancia.

Questo prete senza chiesa, senza Perpetua, latinista, grecista e patito di archeologia, per sbarcare il lunario faceva da precettore ai figli di donna Francesca. Era il beniamino di Mariuccia che di nascosto, con riverenziale rispetto, gli lavava e rammendava la biancheria e a tavola cercava sempre di fargli avere una delle braciole più grosse e il piatto di spaghetti alto e tondeggiante come una cupola.

Una volta don Giordano si divertì molto ad assegnare a se stesso una di quelle predestinate porzioni e risero tutti i commensali per il contrariarsi di Mariuccia.

Don Pasqualino dispensava il suo sapere nel camerone ogni giorno salvo la domenica; coscienzioso, solerte, seguiva gli allievi spostandosi tra i tavoli in un incessante andirivieni, e frusciava la tonaca.

Lo "stanzone", comunicante con i due salotti belli, nelle prime intenzioni doveva arricchirli e farli più capienti per le riunioni importanti. Poi, siccome per le "grandi occasioni" la famiglia saliva sempre alla villa e i ragazzi erano tanti, donna Francesca aveva destinato quello spazio al riunirsi dei figli e non solo per lo studio.

La camera era anche il posto dove, spostati i tavoli e messe in fila le sedie, la domenica o nei giorni comandati si celebrava la messa in casa le rare volte che non andavano alla chiesa del Carmine o non salivano alla cappelletta della villa sotto il Vesuvio.

Sulla parete di fondo c'era giusto sistemato un grandissimo armadio di noce, uno stipone fatto fare apposta da don Salvatore De Crescenzo e che, spalancato, rivelava spaziature, ripiani e arredi di un autentico altare: sormontato e nobilitato dalla scultura lignea di una bella e tornita colomba circondata da raggi di ottone che Nanà, da piccola, chiamava "'a coccò" e che non era una gallina ma lo Spirito Santo.

Nello stanzone, sul muro più lungo, era accostato anche il pianoforte di donna Francesca e serviva alle lezioni dei figli e per accompagnare qualche canto della messa.

L'ordine di spostarlo lì dalla camera da pranzo, lei l'aveva dato anni prima, precisamente un lunedì mattina dopo che la domenica precedente, nel pomeriggio, durante una sua stentata esecuzione di un valzer di Chopin, don Paolo lasciate le carte sul tavolo, senza completare il solitario che stava facendo, visibilmente stizzito, era uscito dalla camera e don Giordano si era messo a ridere dietro il giornale.

E da allora Francesca non aveva più sfiorato un tasto.

Tornando allo "stanzone", era diventato il regno dei ragazzi Montorsi. Delle passate aspirazioni a camera di rappresentanza gli era rimasto solo il soffitto, con aquile e serti di alloro e un bellissimo pavimento di lieta maiolica gialla a disegno di tenere canne intrecciate.

Sulla superficie così specchiata, in rivista ai compiti dei suoi scolari, si muoveva il prete; e la tonaca nera portava su quello spazio solare macchie di ecclissi:

"Nanà, Nanà... ma come si scrive letto?... Con due t, con due t... e pure tetto... Cuore di Gesù... Ma quante volte lo devo dire!!...

"Bravo, bravo Leopoldo... L'o tondo tondo... tondo tondo... Maria Vittoria... Maria Vittò... Ma se i sacchi contengono due quintali di farina, quanti caspita di chilogrammi sono?... Anche ieri hai sbagliato il problema... Era una moltiplica che dovevi fare e di poi la divisione... *Sic et simpliciter.*

"Brava, brava Carolina, le prime civiltà arrivano da quella terra d'oriente che sta tra due fiumi: 'meso-potamia', la mitica Mesopotamia... tra il Tigri e l'Eufrate. Hai fatto proprio un bel disegno, che bella cartina... brava, brava.

"Dunque veniamo a noi... Neh Giovanni Antò... *lupus in fabula*... Ma tu per San Pasquale Bailonne sei proprio nu ciuccio...

"*Dies... diei*... di che declinazione è?... E *animal... animalis*?... animale comme a te?..."

E giù lo scappellotto che il ragazzo già si aspettava, tanto che ancor prima di riceverlo aveva raccolto, a proteggerla, la testa tra le spalle e aveva già detto "Ahi".

Intanto Nunziata, con i suoi libri ordinati che sembravano nuovi, era andata a sedersi accanto a Leopoldo, sul tavolino piazzato davanti a uno dei due balconi e aveva iniziato una copia in bella.

Quando arrivò a lei, il prete le fece una carezza sul capo e la mano scese a prendere il quaderno. Lo sfogliò e come sempre aveva il viso compiaciuto perché era una gioia per i suoi occhi quella calligrafia ferma e così ornata.

Certo il profitto di Nunziata lasciava a desiderare; lui ne aveva parlato a tavola con don Giordano e in colloquio privato anche con donna Francesca, che però aveva sorriso:

"I conti, don Pasqualì, i conti Nunziata li sa fare bene... li sa fare molto bene."

Ed era vero, in aritmetica era proprio brava. Sembrava al docente che Nunziata fosse intelligentissima e stupida nello stesso tempo, per certi versi in ritardo specialmente nei confronti di Carolina che era sua coetanea.

Il paragone però non reggeva, perché Carolina poteva dedicare allo studio il tempo che voleva, mentre Nunziata era già presa da obblighi di lavoro.

Ecco, anche il tema che le aveva assegnato il giorno prima, "Pie ricordanze dei nostri eletti morti", era stato svolto in modo infame e il prete leggendolo cominciò a scuotere la testa.

"Nunzià, la stesura di questo compito risulta troppo breve... molto povera di concetti" e glielo disse con voce garbatissima, perché ben sapeva che una nota più aspra poteva far aprire le fontanine e da quegli occhioni stupefatti sarebbero scese lacrime senza fine e senza singhiozzi.

"Questa creatura non la puoi neanche guardare storta" lui si lamentava a volte con Mariuccia.

E mantenne il tono gentile, mentre continuava però a rimproverarla:

"Perché non svolgesti a dovere il componimento e lo facesti così corto?... Senti come hai scritto: 'Se penso ai morti io non sono triste. Suor Veneranda che è morta non è triste. Io non mi prendo paura dei morti, mi prendo paura degli scarrafoni, specialmente di quello grosso che stava all'orfanotrofio. I nostri eletti morti vanno in Paradiso. Se si dicono le preghiere che tengono dentro le indulgenze essi salgono prima tutte le scale per il Paradiso. Amen.'

"Nunziata, ma che cosa mai combinasti, perché non hai parlato delle anime del Purgatorio e delle messe di espiazione come ti avevo spiegato?... Poi bisogna fare attenzione, dicono si scrive con l'acca?... E poi, le preghiere che tengono le indulgenze dentro? Come ti sei espressa male!!... Ma che è, pane con il salame?"

Alzò lo sguardo il prete dai fogli e si allarmò e si intenerì.

Nunziata era rossa in volto con il fiocco che le legava i capelli dritto come un'antenna e gli occhi già colmi di lacrime indecise.

"Cuore di Maria, io non ti voglio rimproverare, dimmi solo perché lo hai fatto così breve. Stai serena... di me non devi avere timore alcuno... solo rispondi."

"Tenevo sonno..." e Nunziata abbassò il volto.

Don Pasqualino non seppe che cosa ribattere e si strinse nelle spalle... ma ben capiva. "Aveva sonno poverella..." e poi pensò "ho sbagliato a darle quel tema... Senza famiglia non ha neanche morti."

Proprio allora dalla porta si affacciò qualcuno che chiedeva di Nunziata e le portava certe urgenze di donna Francesca per dei controlli rapidi alla pasta corta che completava l'asciugamento sui terrazzi... Si affrettasse Nunziata e nel dubbio portasse a lei la campionatura. La ragazzina però restò a capo chino e non si mosse finché il prete non le disse di andare.

Appena Nunziata fu uscita scomparve anche Giovanni Antonio.

"Ma dove è andato 'stu pazzo?... Giovannii... Giovannii... Giovanni Antonioo..." chiamava il religioso dalla porta dello stanzone e non aveva il coraggio di attraversare il corridoio e avventurarsi in quella casa piena di usci, camere una dentro l'altra, anditi e ballatoi.

Grande era il suo timore reverenziale di trovarsi all'improvviso in presenza di donna Francesca, di disturbarla, per qualche verso scontentarla, e mettere così in pericolo il tepore profumato di quel desco al quale lui arrivava come un naufrago alla riva.

"Giovanni Antonio... Giovanni... vieni qua, devi ancora finire la versione... Giovanni Antonioo... Giovanni Antonioo..." e titubava ad affrontare il passo verso la scala.

Il ragazzo, sulla scia di Nunziata, era salito verso le parti scoperte dell'ultimo piano della casa. Attraverso il terrazzo pieno di panni stesi e la camera del bucato con i grandi lavatoi e le fornaci dove si faceva bollire la biancheria e in agosto le bottiglie di pomodoro, era passato anche lui ai lastrici solari del pastificio.

Limitati da bassi muretti, come vassoi tenuti alti in offerta al vulcano e al mare, tappezzati di stuoie di sacco, si accrescevano di pasta corta che, pigra e fitta, quasi pronta per l'imballaggio, prendeva l'ultimo calore da un sole acquattato in una quieta foschia.

I terrazzi erano silenziosi e caldi; il fuggiasco nascondendosi tra i fumaioli spiava le mosse della ragazza.

Nunziata dalla distesa raccoglieva tubetti, ditali e altri campioni e cercava di stabilirne l'essiccazione rompendoli sotto i denti.

Appiattito nell'incavo del muro, Giovanni Antonio aveva leggero sentore di fumo a pizzicargli il naso e a riempirgli di lacrime gli occhi spalancati sul continuo e profondo chinarsi della ragazza. Ogni volta si scoprivano i polpacci e occhieggiava il biancore delle calze e ogni volta lui sentiva nel ventre un sobbalzare.

Appena vide Nunziata tornare indietro spedita senza più fermarsi, le mani a trattenere le cocche della sopravveste piena di campioni da portare a donna Francesca, si rincantucciò ancora di più e quando la sentì vicino le si parò davanti d'un subito: per spaventarla.

Corsero in acchiapparello tra il battere profumato dei panni finché lui, non impedito, con le gambe più lunghe, la prese e piccola com'era la strizzò tra le sue braccia forti. Poi le fece il solletico, e Nunziata perdeva dal grembo anelli e tubetti e diceva un "No... no... no..." grillante e ridarello.

Finirono per terra seduti vicini, dietro una catasta di legna, le schiene contro la pietra fredda del lavatoio. E si chetarono.

Lui aveva un braccio a cingerle le spalle e la mano ciondoloni sfiorava la piccola mammella.

Finse allora residui di risata perché con gli scuotimenti le dita pendule potessero più disinvoltamente appurare la globosità che si arrotondava sul busto della ragazza.

Poi, ardito, senza più mascheramento, posò sul piccolo seno tutto il palmo aperto e strinse la mano a coppa. E Nunziata ristette.

Chiamava il prete sgolandosi. Si era spostato fino alla tromba della scala e la voce arrivava chiara al terrazzo e sciorinava il doppio nome come una stesa di panni: "Giovanni Antoniooo... Giovanniiiii... Giovanni Antoniooo... Giovanni Antoniooo."

Una Nunziata tutta eccitata e una Mariuccia gongolante anche nell'incedere che ondeggiava per gli anditi e i corridoi nell'allegro andirivieni, svelarono all'ora del pranzo la gelosa sorpresa di un festeggiamento familiare, per i quarantatré anni che compiva Francesca.

La mattina di quella domenica del milleottocentonovantadue era stato vietato a tutti, perfino a don Paolo, l'ingresso nella sala che poi si svelò ornata di fiori di carta colorata, anche nel lampadario di Murano:

"Non si può entrare" pregava Nunziata facendo schermo con la sua persona e richiudendo i battenti perché non si scorgesse la corbeille di fiori, il grande cesto nell'angolo accanto alla credenza.

"Non si può" e rideva "non si può entrare nel refettorio..."

Aveva conservato dall'orfanotrofio quell'abitudine così radicata che, dopo sei anni dal suo arrivo in casa Montorsi, non era ancora riuscita a cancellare. Per lei la severa stanza della casa al mulino dove si riunivano per i pasti era il "refettorio".

Tutti ridevano quando le sentivano dire:

"Vado nel refettorio... Abbiamo pulito l'argenteria del refettorio..."

Francesca no, perché quel tavolo largo, lungo più di tre metri, con tutti quei commensali schierati, poteva certamente sembrare quello di una comunità.

"Questa non è una famiglia, questo è un esercito. Questa non è una casa, è un'azienda passiva e fallimentare dove tutti prendono e nessuno paga."

Così spesso si sorprendeva a riflettere e a tavola quel giorno, mentre si alzavano calici in suo onore, guardando dall'altro capo il marito che con allegria, arrossato e vorace, si beava degli ziti al forno, sentì chiudersi lo stomaco con una sensazione dolorosa e dovette portarsi una mano al petto e bere un sorso d'acqua:

"Signore aiutami e scansami..."

Erano mesi che pregava così. Don Giordano da meno di un anno era stato autorizzato dal Banco di Napoli e dalla Banca d'Italia alle operazioni di sconto e si era fatto banchiere.

Quanto, quanto aveva parlato il marito per convincerla...! Dio solo lo sapeva.

"Francé, basta con i cavalli e le serate oziose al circolo... Tu lo sai, del mulino non mi interesso, è cosa tua, quello del pastaio non è lavoro per me; quest'attività invece mi darà prestigio, mi toglierà dalla condizione sempre più avvilente di principe consorte... Sai che mi ha detto l'altra sera Ottavio Palmieri? Io ero un po' allegro, lo avevo vinto allo scopone e lo prendevo in giro... pazziavo... Inchinati, lo stuzzicavo, inchinati dinnanzi alla mia eminenza... io sono un re... anzi un imperatore... invece tu sei un popolano qualunque. Sai che si è permesso di replicare quel fetente?

'E va bè Giordà, ammetto la tua eccellenza, tu sei un imperatore... bè e io sono un popolano... però a casa io non tengo un'imperatrice...'

"Hai capito? Io parlavo dello scopone e lui mi ha risposto con la battuta maligna... Però non conta... questa è soltanto invidia e basta... Il fatto importante è che dobbiamo pensare al futuro. Abbiamo nove figli. Dobbiamo sistemarli tutti."

"Abbiamo dieci figli... c'è anche Nunziata."

"Ma Nunziata non è una figlia, non è sangue nostro."

"Non è sangue nostro, ma è la decima figlia" aveva puntualizzato la moglie.

"Nove o dieci sono sempre tanti, anche se le proprietà sono parecchie... Stammi a sentire" la pregava "per una volta dammi il tuo incondizionato affidamento... Stammi a sentire Chicchì..." e la trafiggeva con l'appellativo della tenerezza "Chicchì, se mi segui, se mi aiuti ti faccio vedere.. ti faccio vedere che so fare."

Con le sue chiacchiere l'aveva fatta scimunita per giorni e mesi. Lei non era per niente serena su quell'attività da intraprendere e resisteva. Però lui, irruente e anche sincero, senza dolo, senza neanche gioco di finzione, solo con l'istinto del varco per raggiungere la preda; si calò nel di lei modo ordinato e serio di raffrontare i fatti, e la vinse con le cose estremamente ragionate, le loro fattibilità che sembravano così ponderate e sicure, assolutamente chiuse alla cattiva ventura.

L'aveva attirata nella sua rete di complicità, le aveva spiegato ogni cosa con pazienza, senza risparmio di tempo, e l'aveva coinvolta chiudendola nella solidarietà di una stretta congiura che apparteneva a loro due soltanto.

Per la prima volta dopo gli anni del fidanzamento le baciò la mano, per la prima volta da allora dissero quiete parole che adombrarono, quasi ipotecarono, sereni equilibri.

"Chicchì, ti faccio vedere, verranno tutti qui da me, tutti con il cappello in mano, tutti i tuoi amici proprietari di mulini, tutti i pastai come te che invece si credono chi sa chi... E solo con quelli che potranno dare garanzie solide e certe, solo con quelli opererò... Però dovranno venire con il cappello in mano tutti gli amici tuoi che tengono iotte a mmare e cavalle cammenatore, i Farro, i Fienga, i Montella... gli Arpaia... i Monsurrò... lavorerò sul velluto... Ma ho bisogno del tuo appoggio... Solo all'inizio però... poi vedrai..." E Francesca si spogliò delle sue incertezze... e così volentieri.

Ci sono momenti nella vita di una donna nei quali un uomo la incorona regina. Talvolta basta un gesto del cuore o anche l'amaro di un'umile settimana di paga consegnata tutta nelle sue mani, comunque Francesca ebbe il suo serto.

Ma non appena esso le cinse la fronte si accorse che era di spine.

Cominciò a vergare firme di garanzie con quella sua scrittura alta e dritta così inconsueta allora, senza svolazzi. Ebbe tanti contatti con "pezzi grossi", compilò menù, fece alti babà, invitò a soggiorni e pranzi alla "villa" gente importante che dopo le mandava ceste enormi di fiori con sdolcinati biglietti di ringraziamento:

"Nella dilettevole e aprica magione che ancora portiamo nel nostro sguardo e dove respirammo aure sì dolci..."

Quando dalla "Bottega del fiore" arrivavano le grandi corbeille lei non si compiaceva affatto, anzi arcigna commentava:

"Neh, ma che a niente a niente mi avessero presa per una sciantosa?"

Poi don Giordano cominciò a operare "sul velluto"...

Che rimase verde.

Da gran giocatore qual era, di quell'attività principalmente gli piacque l'azzardo.

Le sue partite non le giocava più al circolo, ma nell'ufficio aperto nei locali del mulino. Francesca aveva fatto abbattere un muro, aveva aperto un'altra porta sulla strada e da lì entravano i clienti della banca.

All'inizio, quando lei nei suoi giri capitava nell'ambiente contiguo allo studio del marito, dietro la porta interna, prima che la facesse murare, quasi sempre sentiva ridere: crasse risate di uomini che la infastidivano:

"Ih che capa fresca ca teneno..." sospirava "e invece a

me 'a capa m'avota..." perché lei era tormentata dalla nausea...

Era incinta e giurò che quella sarebbe stata l'ultima volta. E abortì, un aborto segreto e cattivo.

Adesso i cesti di fiori, le corbeille gliele offriva anche il marito e si ricordava anche del suo compleanno:

"Signore aiutami."

Dall'altro capo del tavolo don Giordano, sentendosi osservato, la guardò e alzò il calice in suo onore.

"Signore scansami" ancora pregò Francesca.

Era arrivata l'estate e in ricerca di refrigerio erano spalancati tutti i balconi sui cortili interni del mulino. Per la cena della domenica, con ospiti graditi i due mediatori di grano venuti dalla Puglia e il cugino di don Giordano, il notaio don Diego Panarello che veniva da Sorrento, erano riuniti tutti i Montorsi.

Appetitose nel piatto profumavano le grosse fette di sartù e i commensali erano intenti non solo a imboccarsi ma anche alle verifiche del ripieno. Con infinito gusto don Paolo scopriva i fegatelli di pollo, don Giordano i funghi, Giovanni Antonio scartava i piselli ed Enrico sceglieva qualche polpettina da far arrivare al piatto di Nunziata.

Federico, imboccandosi con lentezza, invece del sartù sviscerava con don Diego la situazione politica. Correvano i nomi di Turati, Crispi e Giolitti, e Mariuccia, dalla soglia, storceva gli occhi perché al suo pupillo, che pensava solo a parlare, si freddava il piatto.

Anzi Francesca, a un certo momento, l'aveva notata abbrancare con stizza la salsiera e andare in cucina a prendere un po' di sugo bollente da rifondere sulla pietanza dell'oratore.

Alla frutta Federico ancora disquisiva e cercava di trascinare nel ragionamento don Pasqualino, visto che il notaio, preso dal cibo, gli rispondeva a stento con monosillabi ed Enrico era solo intento a stuzzicare Nunziata.

L'argomento che vedeva appassionato il futuro avvocato era la pregnanza dell'ultima enciclica papale, quella *Rerum Novarum* che giusto un anno prima, mentre Turati si preparava al lancio del suo Partito dei lavoratori, aveva rotto il silenzio sfingeo di Leone XIII. Il Papa, con la concretezza di un dire grave, avanzando rivendicazioni in favore della classe operaia, lanciava fili di tessitura tra cattolici e liberali e sinistre intransigenti.

Leone XIII chiamava i datori di lavoro a certi obblighi morali. Chi cattolico voleva definirsi non poteva speculare sulla debolezza dei miseri, né ignorare la lotta di classe, né disinteressarsene. Suo preciso compito era sostenerla e inquadrarla con proprie associazioni e farla sua nello spirito del vangelo, in una saggia gerenza, senza lasciare ai più sconsiderati il filo delle pretese, il delicato governo di quel giusto richiedere.

Non che Francesca sapesse molto di *Encicliche*, di queste "lettere apostoliche" del capo della chiesa ai vescovi su argomenti riguardanti situazioni religiose o sociali, e tantomeno di questa *Rerum novarum*. Da principio aveva seguito distratta il dialogo, ma poi capì dove andasse a parare il discorso del figlio (che del resto aveva termini chiari), colse il senso profondo e per lei provocatorio del messaggio che così entusiasmava e rincuorava Federico, capì quello che si delineava dietro la parola pur sempre prudente della chiesa.

La conversazione era retta solo da Federico che aveva scelto come interlocutore giusto il povero prete il quale, a certe verità di giustizia e coscienza sociale, doveva suo malgrado annuire, ma quando lo faceva lanciava occhiate supplichevoli dalla parte della padrona di casa.

Don Diego si era chiuso in distratto e prudente silenzio e fissava solo il piatto; i due sensali, anch'essi ammutoliti inoltrandosi il giovane nel discorrere sfidante, a tratti si giravano a guardare donna Francesca con una sorta di sgomento, come se tutto quello che Federico diceva dovesse colpire lei, lei che in realtà delle pretese operaie stava a rappresentare la controparte.

E Francesca avvertiva l'imbarazzo dei due mediatori e dentro ne sorrideva. Loro non conoscevano a fondo il figlio da lei amato più degli altri, quel figlio luminoso, bello come Giordano, con la stessa fiammella entusiasta e giovane che il marito aveva negli occhi quando lo aveva conosciuto e con lui tutto era ancora possibile: quel figlio alto e dritto come loro due, ma da entrambi così diverso.

I nobili ideali del cuore di Federico erano l'orgoglio, il segreto vanto di sua madre, anche se essa non li condivideva e anzi tenacemente li avversava. Erano sempre in lotta loro due, Federico nei confini del rispetto che allora era d'obbligo e di un affetto grandissimo, lei nell'indulgenza amorevole e benigna come per un figlio inadatto al mondo, un figlio tanto sprovveduto, perso se non ci fosse stata lei a guidarlo.

Ma il contrasto c'era e in quell'esercizio il giovane era sempre perdente, anche se a volte Francesca cercava di contentarlo. Come quando lo aveva visto così in pena per il figlio del povero Catello.

Ciruzzo aveva sette anni ed era il maggiore dei quattro orfani di quel suo operaio che poverino, mesi addietro, mentre si stava lavando la faccia, era morto di un subito, "â 'ntrasatta..."

"*Intra res actas*" aveva proclamato don Paolo, che si sfiziava sempre tanto a parlare in latino specie se lei era presente, e la soddisfazione di chiedergli se quello fosse il nome del possibile malanno Francesca non gliel'aveva data.

Qualche giorno dopo il lutto di Catello lei aveva chiamato a lavorare al mulino Ciruzzo come raccattapaste, proprio per un moto di solidarietà verso la famiglia rimasta senza sostegno.

Una mattina presto Federico, che rientrava a Napoli, cercandola in giro per il mulino per salutarla, si era imbattuto nel bambino ed era rimasto sconvolto. Lo aveva visto mingherlino e smunto, con il sacchetto per la raccolta legato in vita, chino a tirar su con lo scopino e la mano tutti i rottami di pasta. Lo aveva notato più piccolo degli altri ragazzini, il più sconsolato nel gruppo che sciamava dietro i portatori di canne e spaselle per spigolare tutta la pasta caduta nei trasporti. Allora si era più affannato a cercare la madre e trovatala l'aveva trascinata per un colloquio nello studio e l'aveva pregata con tanta passione non solo di rimandare a casa Ciruzzo ma di passargli lo stesso la settimana.

E lei lo aveva acchetato quel figlio caritatevole, aveva acconsentito, anche se con il conforto di uno sfogo:

"Tanto... una in più, una in meno!... Le opere buone per noi so' pazzielle..."

Nel discorrere di Federico a tavola quel giorno Francesca non voleva intervenire. Già lei parlava poco, poi aveva anche soggezione di quei commensali estranei e il figlio faceva il filosofo e usava tante parole difficili. E c'era Giordano che non si lasciava coinvolgere dal ragionamento, sorrideva sornione, la guardava quasi incitandola e la provocava a scendere in lizza. Per questo lei non si avventurava, ma le mani cominciavano a pruderle e la gamba sotto il tavolo aveva un leggero tremito. Così, a un certo punto, d'impulso, con cattiveria si lanciò nella conversazione e, l'occhio in linea con la lancia, portò offesa nel campo avverso:

"Federì, ma dimmi una cosa... I piemontesi... Signore scansaci e liberaci... I piemontesi che ne pensano di tutti quei bei discorsi che fa il Papa? E il re del Piemonte, che dice?" E come voleva, come sapeva che sarebbe accaduto, la frase ferì il figlio.

"Mammà, se permettete dovete dire gli italiani che cosa ne pensano... Voi siete nu poco scurdarella, invece dovreste ricordarvi che c'è stata l'unione d'Italia e i piemontesi sono nostri fratelli... E il re è il re... Non è solo il re del Piemonte... Scusate se vi correggo sempre..."

"Appunto... non mi correggere sempre. Il re mio adesso è sperduto per il mondo e che la Madonna lo accompagni... e io non sono sorella dei piemontesi e quindi tu non sei parente loro."

"Mammà, scusate, ma mi fate dire sempre le stesse cose... mammà, sul nostro bel suolo le frontiere che voi ancora vedete è da trent'anni che non ci sono più... sono scomparse... È vero don Achille?" e si rivolse a uno dei mediatori che restò terrorizzato dal coinvolgimento.

"Ditelo voi a mammà che sono scomparse... e noi ne rendiamo devotamente grazie al Signore Iddio..."

"Ah sì? Veramente? A noi napoletani se trent'anni fa questa bella grazia il Signore Iddio non la faceva... era meglio... noi ne potevamo pure fare a meno..."

"Ma mammà, perché parlate sempre così?" E la guardò negli occhi... La stizza punse Francesca perché su quel bellissimo viso era palese il sentimento di dispiacenza profonda...

"Vedete mammà..."

"Io vedo" lo interruppe dura "io vedo una cosa sola, che tu credi che il ciuccio vola, che l'Italia è unita e che siamo tutti fratelli..."

"Mammà sentite..."

"Stai zitto e mangia e non parliamo più di schifezze."

Allora lui osando sotto il pungolo della rivolta un atteggiamento irrispettoso lo dispiegò con foga:

"Mammà voi state parlando di una cosa sacra. Perché scegliete questo linguaggio? A Napoli ci fu un plebiscito..."

"Ah sì? E bravo... noi non lo sapevamo."

"Sì... lo sapevate, e i napoletani furono invitati a esprimersi su di una chiara formula, io la conosco bene e voi no... fu una chiara domanda 'Il popolo vuole l'Italia, una, indivisibile, con Vittorio Emanuele come re costituzionale per sé e per i suoi legittimi successori?' Il consenso per il sì fu unanime."

"Ah, fu unanime? Grazie della notizia."

"Perché voi date sempre una mala intesa degli eventi?... Scusate se ve lo dico... ma voi siete in mala fede. È vero, avete perduto una sorella a Gaeta, però non l'hanno uccisa i piemontesi, ma la caparbietà del Borbone che assurdamente voleva contrastare una causa santa."

E Federico aveva orecchie rosse come drizzate e occhi lustri che la fissavano accorati.

Allora lei, senza più profferire parola, si era alzata con furia facendo cadere all'indietro la pesante sedia, e stravolta, insolitamente alterata, conservando solo vestigia del suo controllo, della sua imperturbabilità sdegnosa, con il dorso della mano aveva appioppato sulla faccia che il figlio alzava verso di lei un violento manrovescio che con lo schiocco vivace aveva fermato il moto delle posate nelle coppe del dolce.

Poi aveva lasciato d'impeto la sala da pranzo, lo sguardo turbato di Mariuccia e Nunziata, la sorpresa degli altri commensali, il loro imbarazzo e la pensile aspettativa dei cucchiai ancora golosi fermi e sospesi sulla crema bavarese.

Dietro il paravento, nel riparo dell'angolo spogliatoio, donna Francesca, con mani rabbiose, cercava di liberarsi del busto.

Sciogliendo il groppo di due stringhe si spezzò un'unghia che si impigliò anche nel ricamo della camicia da giorno indossata sotto l'indumento. Allora dal profondo le venne alle labbra una di quelle imprecazioni che echeggiavano frequenti al mulino un "Và fa' 'nculo..." che enunciò con tutto il cuore.

Mentre per sfilarsi la fascia steccata alzava il piede destro e poi il sinistro e la infastidivano i passanastri insaldati all'orlo delle mutande, sentiva una vena del collo pulsare e il battere rapido del cuore le toglieva il respiro.

Un battito che cominciava a conoscere da qualche anno, non più quello della giovinezza docile e discreto, confuso nell'armonia del corpo che rispondeva alla vita, ma un assolo che spiccava su ogni cosa e l'assaltava nei tonfi della collera e dell'ansia, nella percezione dell'organo in quei momenti così netta.

"Federico è uno scemo..." parlava da sola a voce bassa, affannata, e intanto raccolta la fascia rigida, la chiudeva a ventaglio e la buttava sulla poltroncina dell'angolo.

"Tutti i soldi che ho speso per lui... e vedi che creanza gli hanno insegnato" e si sedette sulla panchetta imbottita.

"Non capisce niente... Non sa niente e sputa sentenze..." e si toglieva una calza "è nu fesso" e si toglieva l'altra.

Poi si alzò, con stizza, dalla spalliera del paravento sfilò il grande spreco di merletti che era la sua camicia da notte. Per indossarla non sbottonò fino in fondo l'apertura, cercò di infilarla forzando lo stretto varco ricamato.

E fu allora che un bottoncino saltò e lei che emergeva dai pizzi ripeté ancora l'imprecazione di prima.

Infilò le maniche, chiuse i polsini con i bottoncini di madreperla, andò verso la toletta e si sedette lasciandosi andare sul velluto capitonné del sediolino girevole che per un attimo vacillò sotto il colpo.

Paonazza in volto, il tuppo e la camicia di traverso, stette a fissare la sua immagine senza vederla e meccanicamente, cercando con le mani, cominciò a liberare qualche forcina, ma si fermò per guardarsi l'unghia rotta che si intrigava nei capelli. Dalla scatola di velluto giallo tirò fuori le forbicine d'argento con i due anelli a ghirlandine di foglie e pareggiò la laminella cornea spezzata. Poi, poggiando le dita sulla cornice di legno del ripiano, accorciò anche tutte le altre.

Tornò con il pensiero al momento del contrasto e, come punta dal ricordo dello schiaffo, si alzò lasciando cadere malamente le forbicine nella scatola e andò a sdraiarsi sul letto che l'accolse soffice.

"Mamma mia, ma che scostumato... Gesù Gesù hai capito? Dobbiamo pure ringraziare Dio..."

Avidamente assaporava la collera: dalla bocca dello stomaco le saliva alle orecchie che cupe suonavano lo scandire del cuore.

Da un po' di tempo quella sensazione le piaceva. L'ira, l'arrabbiatura non era più come prima una cosa che le scivolava in fretta dal corpo e dall'animo, aveva un gusto forte da assaporare come un vino, lentamente, schioccando le labbra.

Le doleva molto però lo schiaffo dato al figlio.

Federico era il gioiello di Francesca. Il cognato aveva ragione quando, usando il latino maccheronico dei momenti della serenità e dell'allegria, la prendeva in giro per certe partigianerie: e tutta la famiglia a fargli coro.

"Federicus, dominae Franciscae, brilloccus est" così diceva don Paolo.

Al ricordo di un decotto "chiacchierato" che aveva fatto per la tosse del figlio, Francesca si intenerì e, chiudendo meccanicamente i nastrini dello scollo, in silenzio gli parlò. E usava parole che non sarebbe stata capace di pronunciare davanti a lui:

"Federico, figlio mio santo, figlio mio bello, tu hai sentimenti nobili, tu sei una 'dama' e credi a tutto quello che ti raccontano, ma i piemontesi hanno pensato solo ai fatti loro, non sono fratelli di noi poveri napoletani, so' sfruttatori."

Rivide, attaccato al muro diruto di una casa colpita da una cannonata, il proclama di Francesco II a Gaeta. Nitido nella memoria della retina, le apparve il lungo rettangolo stampato e anche, in alto a destra, la scritta: "Gaeta 8 dicembre 1860" e sul fondo, solitaria, la firma del re Francesco.

Il nonno le cingeva le spalle mentre lo leggeva piano, il braccio la gravava come se lui avesse un mancamento e lei alzando la testa aveva visto le lacrime.

Di quel lungo scritto solo molto più tardi aveva capito il senso amaro.

Adesso lo conservava nel suo più geloso cassetto, quel foglio consunto nelle piegature, con strappi negli angoli, e ancora incrostati segni di colla.

Lo aveva ritrovato tra le cose del nonno e lo aveva voluto con sé, insieme al coltello con il manico d'osso, a un pezzetto di intonaco e al fazzoletto con le rose della nonna.

Di tutto il proclama adesso ricordava parole e anche frasi intere a menadito per averle lette e rilette tante volte...

"Da questa piazza dove difendo più che la mia corona, l'indipendenza della patria comune, si alza la voce del vostro sovrano... Traditi ugualmente, ugualmente spogliati risorgeremo dalle nostre sventure; ché mai ha durato lungamente l'opera dell'iniquità, né sono eterne le usurpazioni...

Io sono napoletano, sono nato tra voi, non ho respirato altra aria, non ho veduto altri paesi, non conosco altro che il suolo natio. Tutte le mie affezioni sono dentro il regno, i vostri costumi sono i miei costumi, la vostra lingua è la mia lingua, le vostre ambizioni sono le mie ambizioni... Sono un principe vostro, che ha sacrificato tutto al suo desiderio di conservare la pace e la concordia tra i sudditi...

Il mondo intero l'ha veduto; per non versare il sangue ho preferito rischiare la mia corona. I traditori pagati dal nemico straniero sedevano accanto a' fedeli nel mio consiglio; ma nella sincerità del mio cuore, io non potevo credere al tradimento. Mi costava tróppo punire; mi doleva aprire, dopo tante sventure, un'era di persecuzione; e così la slealtà di pochi e la clemenza mia hanno aiutata l'invasione piemontese...

Avventurieri stranieri... uomini che non hanno mai veduta questa parte d'Italia o hanno dimenticato in lunga assenza i suoi bisogni, ora formano il vostro governo... Le due Sicilie sono state dichiarate province di un regno lontano... Io ho fiducia nella giustizia della Provvidenza e qualunque sarà la mia sorte resterò fedele ai miei popoli... questi popoli che formano la più grande e diletta parte della mia famiglia..."

"Che belle parole... Povero re... sperduto per il mondo... ed è anche malato... ha il diabete anche lui come il nonno" e Francesca sospirò.

Lo schiaffo lo aveva dovuto dare per forza a quel suo figlio scriteriato. Certo, se avesse potuto, avrebbe volentieri esposto a lui le sue ragioni e con calma, anche per sciogliere il nodo che le si attorcigliava nel petto. Ma non aveva consuetudine a spiegare le cose ai figli, non usava scendere con loro a patti. E poi, cosa gli poteva raccontare? Lei non sapeva parlare. Il nonno forse avrebbe potuto farlo.

Riaffiorò dalla memoria la faccia severa, il movimento delle labbra mentre le dure parole, scandite in prolungato insistere su alcuni accenti, lente uscivano dalla bocca sibilando come coltelli.

"Io conosco solo 'o rre mio... quello del Piemonte se è veramente nu rre lo facesse al paese suo, senza stare a sfottere gli altri cristiani."

E nel ricordo chiarissimo, Francesca ancora lesse nello sguardo del nonno il luccicore di metallo maligno, come se lui nell'azzurro dello sguardo avesse affilatissime lame.

Poi tornarono gli stessi occhi e si fecero mare, ridenti di luce, mentre il nonno la chiamava in letizia per farle vedere il re che passava e con forza allegra la sollevava sul muricciolo del porto.

Suonavano le trombe e lui le gridava:

"Francé... Francé... mo 'o rre stà a Gaeta, stà vicino a nuie."

E nel pomeriggio ventilato a lei dorava il viso il tondo sole settembrino che calava, e l'abbacinava.

Francesca si sollevò d'impulso dallo sprofondo del materasso di lana con uno scatto ancora agile.

L'aveva trafitta quel ricordare altro tempo, altro vivere della sua famiglia, e l'intendimento del cuore così concorde, che si dilatava, e si stringeva in cerchio a farli allora ancora più uniti.

Si diresse verso l'inginocchiatoio sperando pace nelle preghiere. Spesso le recitava meccanicamente nell'antica consuetudine del convitto o come panacea, nelle ansie e nei pericoli, mai per un bisogno mistico della sua anima.

Prona aprì la sua piccola Bibbia nella pagina segnata con il vellutino rosso, lì c'era il salmo che lei teneva come il più "scaramantico".

"Oh Signore ascolta la mia prece e il mio grido giunga fino a te..."

La pupilla assente non decifrava le parole:

"Gesù Gesù, i piemontesi fratelli miei, io quando parlano nemmeno li capisco... i piemontesi fratelli miei... e poi io avevo solo sorelle... Gesù Gesù..." e sistemò il cuscinetto sotto le ginocchia... "Come ha detto quel fetente di Federico? Il Borbone non doveva contrastare la santa causa dell'unità... E già, il Borbone subito subito doveva fare spazio al re del Piemonte e non solo a lui, ma a lui e ai suoi legittimi successori..."

Così aveva detto Federico e aveva precisato che erano passati più di trent'anni... era vero, solo che lei non li aveva mai contati... Come era giovane allora il re, in piedi sulle rovine dopo lo scoppio della batteria Sant'Antonio, e la regina Maria Sofia impolverata perdeva lo scialle e aveva tante lacrime e diciannove anni.

"Ma che capisce Federico... ma che capisce?... Che ne sa lui di re e di regine vere?... Sufia regina... è 'a chiù reggina 'e tutte 'e reggine... Sufia reggina è 'a chiù reggina 'e tutte 'e reggine."

E questo gloriare che cominciò a ripetere era quello delle popolane nei giorni di Gaeta, quando Maria Sofia passava ed entrava nelle loro case anche se c'era il tifo:

"Sufia reggina... è 'a chiù reggina 'e tutte 'e reggine..."

Questo dire conclamato spesso tornava nel discorrere di Francesca, e la frase così insistita restò poi nel linguaggio della famiglia come segno di aureola. Essa premiava scherzosamente, a volte in ironia, ogni muliebre eccellenza, ogni riconoscimento di valentia e sapienza nei compiti donneschi, anche di babà e ragù.

E il motto, che arrivò fino ai pronipoti di Francesca e anche oltre, fu la manifestazione di rispetto che, onorando l'ultima regina borbonica, più le rese giustizia. Perché la citazione, così codificata nel gergo della casa, incuriosendo sul personaggio molti dei rami che da Francesca discesero, portò i suoi posteri a meglio indagare nella poliedrica visione della storia, a meglio tradurre, dall'aridità e dalla menzogna, e anche dalla stucchevole laudazione del panegirico, quella lontana vicenda e l'ardimento e l'umanità appassionata di una donna che fu solo per ventura sfortunata regina.

Francesca cercò di concentrarsi sulla preghiera "Oh Signore ascolta la mia prece e il mio grido giunga fino a te" ma non stava dietro a ciò che leggeva e ancora si perdeva nei suoi pensieri.

Ma che scilinguagnolo teneva quel figlio suo:

"Mammà ricordatevi che c'è stato un plebiscito... Voi avete una mala intesa degli eventi!!!"

Il commento giusto, le parole sante, le aveva dette Tore 'e Crescienzo, "requie e pace".

Il mammasantissima aveva espresso con molta chiarezza il suo pensiero sugli eventi, mentre consegnava a suo padre Salvatore il grosso pacco di candele, e a Gaeta non ce n'erano più...

"Queste" gli disse "devi farle avere a Sua Maestà, personalmente, con una imbasciata: 'Maestà, Tore 'e Criscienzo vi manda questo divoto presente e vi manda a dire che chisti cà, so' chiù chiaveche 'e chilli là'."

L'ambasciata il padre poi la riferì solo alla sua famiglia. Le candele, però, le portò alla casamatta del re e le consegnò a qualcuno del seguito e poi si seppe che erano state mandate all'ospedale. Quando lasciarono Gaeta e Tore 'e Crescienzo era tornato in carcere, il nonno Giuseppe con il calessino e zi' Vicienzo andò a trovarlo e gli portò le arance e i sigari.

Francesca intanto aveva perso il filo della lettura. Risistemò il cuscino sotto le ginocchia cercando più comodo appoggio e riprese a leggere a voce alta.

"Nel giorno che io sono nelle ambasce e verso di me porgi ascolto benigno. Mentre io ti invoco Signore tu pronto esaudiscimi..."

Ma pronunciava solo vani suoni, mentre era il suo cuore

che diceva parole e così di colpo chiuse gli occhi e poggiò la fronte sul ripiano dell'inginocchiatoio:

"Il plebiscito... che bella cosa!... Il consenso fu unanime... Ma che fesseria."

La notte dopo il plebiscito, proprio quando portò il pacco di candele e le coperte, il padre, mentre si cambiava i panni bagnati, a loro che nella tremola luce dello stoppino gli si raccoglievano d'intorno come petali, raccontò e recitò tutto il rituale della votazione.

Tutto mimò nella danza affratellante della fiammella. Tutta l'azione che cominciava con la mostra del certificato rilasciatogli dal sindaco, documento che chiariva la proprietà della terra e del mulino e comprovava identità e diritto, ma soprattutto – così asserivano severi i notabili con le coccarde tricolori impancati dietro il tavolo – il suo dovere di esprimere concretamente la preferenza.

Poi in mutande il povero uomo aveva finto, nel cerchio attonito della sua famiglia, la sfilata lungo il tavolo delle persone ragguardevoli, e aveva rappresentato l'inerpicarsi su ripidi scalini e l'arrivo sulla lunga piattaforma alta come un teatro, sulla quale c'erano le urne. E si spostava da un lato all'altro della sua piccola ribalta, rompeva la stretta dei suoi per descrivere la geografia così lontana di due cassette vistosamente contrassegnate, l'una dal "sì", l'altra dal "no". Al centro c'era la terza cassetta, senza segnale alcuno.

Per votare lui doveva ritirare la scheda estraendola dall'urna con il "sì" o da quella con il "no" e poi depositarla in quella centrale.

Che significato poteva avere la propria scelta, il sentimento, l'anelito, il voto, certo senza costrizione, ma così pubblico e chiaro?

"Che dovevo fare io?..." relazionava l'uomo agitando nell'aria la mano che, nella loro mimica di domanda, aveva le dita raccolte intorno al pollice.

"Che potevo fare io e gli altri poveri cristiani come me?... Votare 'no' dopo la bella camminata sopra quel palcoscenico? Votare 'no' con il nome e il cognome e tutti i fatti tuoi chiari chiari tutti segnati e scritti?... Io ho votato 'sì'..." e aveva guardato il nonno senza abbassare gli occhi... e il cerchio si era ristretto intorno a lui...

Questa era la verità. E invece Federico adesso se ne usciva "fesso fesso" con la sua bella affermazione:

"Il consenso è stato unanime... c'è stato un plebiscito..."

E al nonno glielo avevano domandato se lo voleva quell'altro re? E tutti i soldati che ancora combattevano a Gaeta non erano napoletani pure loro? Non avevano il diritto di votare...? Un plebiscito mesi prima della resa?

Tutto un imbroglio. Tutto a me e niente a te... Così avevano fatto i piemontesi. E scorata Francesca chiuse la Bibbia, si alzò, ripose il libro nello scomparto dell'inginocchiatoio e si diresse verso il letto:

"Lo darei a loro, ai piemontesi, un bel plebiscito... Lo darei a loro..."

La frase, che ridisse tra sé mentre alzava le coperte, era soltanto un intercalare, un modo di dire; non sapeva che la minaccia invece sarebbe andata a segno, che ottantasei anni dopo quello del milleottocentosessanta un bel plebiscito l'avrebbero davvero avuto anche i piemontesi, ancora più brogliato e falso di quello dei napoletani. Chi di plebiscito ferisce di plebiscito perisce.

Francesca a pranzo aveva bevuto vino. Lo faceva di rado, ma la rorida brocca, con la freschezza dei pezzi di ghiaccio e delle fette di pesche che si maceravano nel *lacrima Christi*, l'aveva tentata più volte. Percorreva accaldata e piena di rossori il lungo corridoio con una certa impazienza, ansiosa di ritirarsi nella sua stanza per il conforto di allentare il busto e il ristoro di un breve riposo.

Quando arrivò alla porta della stanza e l'aprì, la camera, pur vasta ma esposta a mezzogiorno, nella controra estiva era afosa e accecante: l'intensità della luce feriva gli occhi e stravolgeva gli specchi.

Nella ricerca di sollievo Francesca accostò le persiane e

richiamò un po' di frescura e un po' d'ombra, così anche le lucide lastre si addolcirono nel più discreto riflettere.

Cominciò a liberarsi subito della gonna che sfilò ancora camminando. Si tolse la camicetta, cavò qualche forcina dalla pettinatura e così, un po' discinta, si diresse verso il comò. Dal ripiano prese il flacone di acqua di rose e andò a trafficare dietro il paravento con asciugamani, brocca e catino. Quando uscì dal riparo e tornò nella stanza era più rilassata nei tratti, sollevata dal leggero lavacro e sulla sottogonna con la balza di pizzo aveva indossato il matinée.

Andò alla tolettina, si sedette e prese dal cassetto la matita e il quadernetto delle stoviglie di casa. Cominciò a girare i foglietti e a scorrere le liste per depennare, dall'elenco delle ventiquattro zuppiere, quella con le colombelle che in cucina, chi sa per quale sbadatezza, avevano rotto.

L'aveva appena rintracciata e con un certo dolore cancellata dal suo domestico inventario, quando sentì la bussata di Mariuccia che poi entrò tutta di traverso perché portava due cappelliere di paglia intrecciata.

"Le ha lasciate il cocchiere di don Mariano Bignardi. È venuto stamattina e aspettava anche una risposta... Vi ho mandato anche a chiamare, Ciccio è venuto al porto... poi, quando siete tornata, mi sono scordata di dirvelo. Che capa stonata quando arriva questo calore... Le cappelliere dove le metto?"

"Mettile dietro al paravento."

Accantonati i fardelli nell'angolo di riparo, Mariuccia si accostò al letto, si fermò a sistemare i cuscini, a spianare nella coperta pieghe inesistenti, poi andò a richiudere cassetti che erano già ben serrati, ad accomodare ninnoli che avevano esatta disposizione. E cercava di attardarsi.

Francesca, a capo chino sul libriccino nero, aveva girato la pagina delle zuppiere e aveva preso a scorrere la lista dei servizi di bicchieri perché si era rotto anche un calice di quelli cifrati in oro zecchino.

Dal secondo piano arrivavano titubanti note suonate in sordina al pianoforte. Francesca senza alzare la testa si rivolse a Mariuccia.

"Sento il pianoforte di sopra. Federico è tornato?"
"Sì, è tornato."
"È solo?"
"No, sta facendo vedere una carta da musica a Nunziata. Si è comprata na canzuncella nova. Ha portato da Napoli 'na cupièlla. Sopra c'è una signorina che dorme".
"Ancora ha la tosse?"
"Sì, gli ho portato il decotto. Stasera glielo faccio fresco un'altra volta." E sospirò Mariuccia nella pena per quella tosse che non passava.
Nel silenzio che seguì la sua relazione, senza chiedere il permesso, si sedette alle spalle della padrona, sulla dormeuse stile impero che si stendeva preziosa ai piedi del letto.
"Donna Francé, Federico quando lo fate tornare a tavola? Non lo potete castigare così."
Francesca non le rispose.
"Quel povero giovane è mortificato, e non è una bella cosa. Si è tanto dispiaciuto e tiene pure la tosse." E si agitavano i vasti glutei sul damasco e grosso pericolo correvano le sottili gambe del divanetto.
"Donna Francé, ma lo sapete che non è più un bambino?!!!..."
"Tu fatti i fatti tuoi."
Francesca nel parlare aveva alzata la testa dal quaderno e Mariuccia non si rivolse più a una nuca e a uno chignon ma, come in tanto loro dialogare, si guardarono attraverso uno specchio.
"Me li faccio i fatti miei... Ma quello che è giusto è giusto... Federico è tanto nu bravo giovane e voi lo scocciate assai."
"Mariù, ma oggi stai dando i numeri? Come ti permetti?" ma gli occhi riflessi non erano cattivi.
"Mi permetto, mi permetto, quello con i piemontesi ci deve campare. Ringraziate a Dio che non porta odio, anzi tiene una pendenza per quella gente forestiera. E voi non dovete fare sempre una litanìa, se uno dice sempre la stessa cosa si fa stantivo e si fa... schifare."

"Ma tanta confidenza. Chi è che si fa schifare? Io mi faccio schifare?"

"E chi l'ha detto? Io ho detto 'uno'."

"Sì, sì... Hai detto uno... Ma tu oggi Mariù sei proprio impazzita... Te lo dico io..." Ma ancora non c'era contesa nella voce e nello sguardo di Francesca.

"Donna Francé, statemi a sentire... Federico è giovane... con la vita davanti... lasciatelo stare... noi dobbiamo andarcene e quello che pensiamo noi non conta, non porta pregiudizio..."

"Chi se ne deve andare?" la interruppe Francesca. "Tu te ne devi andare, adesso veramente mi stai scocciando."

Mariuccia si alzò impermalita:

"Va bè... me ne vado." Ma restò ancora ferma, a muso arcigno.

"Però in questa casa già abbiamo tanti pensieri, mo che ci mettiamo a pensare pure ai piemontesi?"

Poi si girò e andò verso la porta, ma mentre già aveva la mano sul pomo si voltò di nuovo verso la padrona:

"Se vi posso dire una cosa..."

E si girò anche la padrona, d'impeto, con una lesta mossa facendo rotare lo sgabello.

"Tu ne hai già dette cinquanta di cose, mo mi domandi se mi puoi dire una cosa?" e il tono era burbero ma lo sguardo bonario.

"E va bè..."

"No, va male, tu mi sembri na pittima veneziana."

"Si però questa cosa la dovete sentire..."

"E allora parla e fai presto."

"Donna Francesca voi dovete dire... amen. Quello che è stato è stato. Se Federico è tanto contento di tenere i piemontesi per fratelli... neh, ma a voi che ve ne importa?..."

"Secondo te io che devo fare, devo dire amen? Va bè... amen... l'ho detto. Stiamo a posto?"

Mariuccia sospirò sollevata, si girò verso il battente, lo aprì e uscì. Dopo un istante si riaffacciò di nuovo e diede la festosa notizia:

"Vi porto una tazzina di caffè. Ho caricato la macchinetta piena piena, sta scendendo un caffè che va davanti al re."

E non specificò se quello di Napoli o quello del Piemonte.

Uscita Mariuccia, Francesca ebbe un sorriso pieno. Quell'intervento a favore del figlio l'aveva tanto riscaldata e aveva la faccia contenta e la matita scricchiolava mentre segnava nel suo piccolo inventario le dodici posate che le aveva mandato l'orefice suo, don Angelo Romano, uguali a quelle del servizio, che non bastavano mai.

D'un tratto nel corridoio risuonò la camminata di don Giordano e allora lei si raddrizzò, chiuse d'istinto lo scollo del matinée e nello specchio controllò la pettinatura.

I passi però andarono più avanti. Erano diretti verso lo studio di don Giordano che chiamavano "salotto turco" per un divano alla turca e certi puf che prima erano stati arredo della camera con le decorazioni arabe su alla villa.

Di questo salotto turco, che a volte ospitava anche i suoi sonni, don Giordano aveva fatto il suo studio e il suo *sancta sanctorum*, riempiendolo di suppellettili in guazzabugli di stili, in disordine di carte e libri, in prepotenza di una scrivania falso Impero e di un alto e chiacchierato secrétaire di palissandro, al quale aveva fatto applicare solide serrature che ne avevano accresciuta la segretezza e il mistero.

Le orecchie attente di Francesca seguivano l'andare del marito e avvertirono anche il richiudersi della porta del salotto turco e il tornare del silenzio. Allora si rilassò, ripose il quaderno e la matita e ricordandosi delle cappelliere andò dietro il paravento. Dalle ceste tirò fuori piano i due cappelli e ancora avvolti nelle fodere di seta andò a poggiarli sul divanetto.

Li discoprì con cura, uno alla volta, tenendoli sollevati come in un rito, poi cominciò a provarli allo specchio dell'armadio.

Mise prima quello di tulle nero, rigonfio e soffice che,

un po' inclinato su di un lato, sfoggiava sulla falda che più svettava un ciuffo di piume di struzzo di un colore blu cobalto.

Lei muoveva la testa, la piegava, la girava così da verificare da ogni angolo il risalto perfetto di una così aerea geometria, e nelle mosse sollecitava l'alta superbia delle piume che oscillavano e si arcuavano flessuose.

Passò poi al cappello più calzante, di paglia corposa, a calotta tonda e falda larga e ferma. Intorno alla cupola un nastro scozzese nero e rosa; dall'ampia circonferenza della tesa scendeva un velo color carne che, allontanato dalla fronte e dagli occhi, nel serrato suo stringersi in fiocco sulla nuca, aderiva al mento e le carezzava le labbra con un ricamo in matto e lucido.

Francesca si riguardava nello specchio severa e senza sorriso, ma dimentica di tutto il resto. Affascinata tese la mano e toccò nella lastra l'immagine: era come se non la riconoscesse e non fosse la sua...

Lei era una donna austera, rigida nel carattere, la nativa imponenza la faceva sobria nei vestiti che sceglieva, quelli importanti con gusto sicuro ma assolutamente discreto, i quotidiani con modestia; al pastificio portava su di essi un grembiale nero con l'unica civetteria di cifre ricamate in oro sulle tasche.

Per i cappelli invece aveva una propensione, un gusto da amatore, una passione da collezionista che molte volte le prendeva la mano.

Nella ricchezza furono lo stendardo sfarzoso della sua potenza, nell'impoverirsi delle forme la bandiera a mezz'asta dello sconsolato decadere. Dal chiuso di quella sua casa solo da morta ne uscì senza.

Li conobbe a Gaeta sulla testa della regina e delle dame di corte, trepidi nel battito del vento di mare. Subito ne avvertì il senso di dignità, all'istante l'affascinò il loro imperio di alterezza e più tardi, nel momento dell'ascesa, furono essi che, così pregnanti, consacrandole il capo, segnarono il suo nuovo stato sociale.

Stranamente, a lei così seria, così concreta, sentire quel futile gravare dava eccitazione e una baldanza come se i gonfi nastri la sollevassero al di sopra di tutti gli altri.

Negli anni, poi, i contatti con i rasi, le sete, con quei loro elementi così fruscianti, così vellutati e manevoli, le davano a volte un languore strano e una trafittura al palmo delle mani.

In certi periodi il calzarli, l'assecondare nel moto il palpito delle falde o l'insolenza imbronciata delle piume, il vivere nel cammino l'incertezza tremula dei fiocchi o nel respiro il fragile argine dei veli sulla bocca, dava alla sua essenza di muscoli e nervi una sfinitezza che la prendeva alle reni e le indolenziva il seno.

Così la sua natura più vera, incline ai sensi, nascosta e sconosciuta, impastoiata dalle cento funi della verecondia, accecata dal bigottismo isterico, così tentava cammini tra i labirinti dell'inconscio.

Ma l'indole carnale fu serrato segreto che dal fondo non risalì verso il luogo della vita, prigioniera in arido affosso sulla sponda del fiume, come un salmone sfortunato nel salto controcorrente. Fu seme sterile che non conobbe le lunghe dita della fioritura, fu anelito abbuiato che non si riconosceva e non si sospettava, ma sgranava il suo esistere in trasalimenti e oscuri segni incomprensibili a lei che non poteva tradurne il concreto fondamento né l'avrebbe ammesso e offerto a don Giordano. Che neppure ebbe pensiero di cercarlo in lei, né osò intuirlo mentre era intento a braccare in tutte le altre donne e per tutta la vita la risposta ai suoi succosi sensi.

E così lei la notte, nel sogno, aveva visioni di sé con enormi cappelli smodati e grotteschi che premevano per schiacciarla al suolo, e invece, nella realtà di ogni giorno, ne calzava di perfetti: anche quelli più semplici di quando andava al porto.

E li portava in scontrosa superbia con la sua grazia altera favoleggiata poi insieme ai suoi cappelli nel novellare dei nonni ai nipoti: "I cappelli di donna Francesca... Ih che capolavoro!!..." E i vecchi nel racconto, per non sciupare il ricordo di bellezza che tramandavano o stravolgere l'armonia del mosaico che componevano o il convincimento che propugnavano di perfezione del passato, cercavano di non riferire le battute, e gli aneddoti, i motti, che allora giravano sui copricapi pieni di frutta, fiori e uccelli.

I suoi umili operai, così a contatto con lei, ne erano a volte sconcertati, e nel notarglieli abbassavano gli occhi perché il calare lento delle palpebre rinchiudesse irriverenti luci. Perché il loro sguardo ritrovasse in fondo alla figura della padrona traccia del loro mondo di lavoro nell'orlo della gonna sempre segnato dalla farina e nelle scarpe che si intravedevano imbiancate.

Tutta la gente del posto, semplice e paesana, senza consuetudine di sfarzo, era ammirata e allo stesso tempo imbarazzata da quei suoi addobbi e fioccavano le frasi lapidarie:

"Ma che si è messo in testa donna Francesca?? Tante frasche ca pare nu bosco??..."

In tutta la contrada le altre gentildonne non innalzavano certo vette così sontuose, neanche donna Adriana Carlone e donna Irene Ricciardi, tantomeno le pastaie come lei, le donne fattive che, qualcuna imitandola, altre per scelta, in rafforzo ai loro mariti o in solitario lavoro, si erano fatte "padrone" anch'esse. E con l'ingerenza muliebre segnavano in quell'artigianato un momento particolare e storico.

Quando tutte queste signore si incappellavano, nessuna di esse sfoggiava preziosità come quelle della "padrona Montorsi".

Francesca le faceva arrivare dalle modisterie di don Mariano Bignardi. Anzi, era proprio don Mariano insieme alla figlia Anna che, tre o quattro volte l'anno, affrontava il viaggio da Salerno, dove aveva i laboratori, per poterle presentare, prima di esporli a Napoli nell'atelier di via Toledo, i pezzi più belli della sua collezione. E quando la ditta ebbe una sede anche a Parigi e si sposò Paolina, direttamente e appositamente da quella succursale arrivò a donna Francesca lo stupefacente intreccio di pampini di taffetà verde con le nervature delle foglie in ricami di piccoli jais e il grappolo d'uva rosata molto ben imitato dall'ovatta pesta, e tre chicchi poi erano di ambra.

Quel cappello particolare richiamò in don Paolo l'idea di un pergolato, e gli stimolò un commento acido e spiritoso.

Quando il giorno delle nozze di Paolina lo vide per la prima volta, rivolto a un amico notò:

"Francesca si è messo in testa tutto quello che le è rimasto del vigneto di Terzigno."

E alludeva a una storia di beni dotali piuttosto risaputa e che aveva visto in serio pericolo l'accasamento della nipote. Perché i genitori dello sposo avevano preteso, e proprio all'ultimo momento, che la dote fosse aggrandita di un bel vigneto che Francesca aveva a Terzigno. Lei aveva resistito come una leonessa, decisa a tenersi il vigneto e la figlia nubile, ma tra le lacrime di Paolina, le urla di don Giordano e le sollecitazioni angosciate di tutta la famiglia, aveva finito per cedere riuscendo a salvare per sé di quel vigneto soltanto una piccola parte.

Il capello era magnifico, ma comunque era una di quelle troppo sfarzose sciccherie che le nascondevano il volto, le annuvolavano la testa come se fosse il monte Olimpo, e stimolando gli spiriti rustici e faceti chiamavano l'arguto motteggio.

E così per una bella paglia guarnitissima di frutta, ciliegie e piccole pere in carta pesta, che lei inaugurò per una Pasqua marzolina, qualcuno a bocca chiusa accennò la *Novena al Bambino Gesù*, la melodia antica e popolare "Tu scendi dalle stelle o re del cielo e vieni in una grotta al freddo e al gelo..."

E quelli che erano d'intorno, raccogliendo al volo il riferimento burlone, con prontezza ne rimandarono il sale:

"È overo, è overo non è Pasqua, è Natale, è Natale... Si è messa in testa la spasella dell'abbondanza... Donna Francesca va alla capanna va a portare i doni al Bambino Gesù."

Un altro commento ricordevole e frizzante sulla vastità

di quelle superfici setose, zeppe di fronzoli, venne da un pastaio come lei e fu dettato dalla ruvida invidia per l'importante produzione di Francesca:

"Dice che non le basta mai lo spazio per asciugare la pasta... Perché non se la stende sul cappello... Lei cammina e quella si asciuga."

Ma c'era un punto fermo e cattivo, una conclusione ribalda alla quale tutti arrivavano prima o poi nel fraseggiare ironico sull'argomento:

"Sui cappelli donna Francesca ha spazio, ci può mettere qualunque cosa... ma non le corna che tiene... Quelle sono troppe e non c'entrano."

Tuttavia il ricordo di quelle acconciature rimase come segno di bellezza, di un tempo perduto, di personaggi straordinari che non sarebbero tornati.

E nessuno forse in quei posti portò mai più cappelli con eleganza così sicura nel capo fermo e saldo, svincolato dalla camminata che invece si snodava morbida e sciolta nel resto delle membra.

Un incedere regale che arrivava da antiche consuetudini di cercine e spaselle sulla testa, e da ricerche di equilibri in un lontano portamento.

Francesca avvertì il riaprirsi della porta del "salotto turco". Smise di mirarsi, si rifugiò dietro il paravento con la paglia ancora calzata, sciogliendo frettolosamente il nodo di tulle la levò e l'appese all'attaccapanni nascosto dal siparietto ricamato. Di corsa andò verso la dormeuse dove era poggiato l'altro cappello e svelta lo celò nell'armadio.

Sentì nel corridoio i passi, ma Giordano passò oltre la porta della camera nuziale e non si fermò. Dopo pochissimo però, come per un ripensamento, e lei si era rimessa alla toletta, il marito tornò indietro entrando senza bussare e senza chiedere permesso, scostò le fodere di seta che erano ancora sul divanetto, si sedette e venne subito al dunque:

"Francé ti devo dire due cose... Per domenica ho invitato a pranzo l'avvocato De Martino e sua moglie, l'avvocato Zampella e don Peppe Viola che viene a leggermi le sue ultime poesie. Lo sai che ci tengo... Manda a prendere per Tanino i frutti di mare... Per il resto mi fido di te. Però una zuppa di pesce mi piacerebbe e anche una macedonia, e donna Filomena De Martino, lo sai, esce pazza per il babà che fai tu."

La moglie annuiva, tutta intenta, così sembrava, a dare assetto allo chignon con nuove forcine. Lui continuò:

"La seconda cosa... devi far tornare Federico a tavola... Lascia perdere... tu ne fai una ragione di stato... Ma chi te lo fa fare? Come diceva tuo padre? I piemontesi, pure loro mangiano la pasta... E allora?... Tu Federico lo devi capire. La fratellanza, la bandiera, l'unità d'Italia sono cose che a dirsi so' belle assai, riempiono la bocca e il cuore... E alla gente 'dritta' hanno riempito anche la pancia... So' ideali... ci puoi andare contro?... Non si poteva fare niente allora, e figuriamoci adesso. L'Italia si doveva unire, era avvenimento ineluttabile, e qualcuno doveva pur pagare. È capitato a noi... Ma poteva capitare a loro... La vita è fatta di 'se'... se Cavour fosse nato a Napoli... se i napoletani fossero stati meno scriteriati... Francé, se Franceschiello aveva più fortuna lo faceva lui il re d'Italia... Federico, povero figlio, è in buona fede, confonde la realtà con l'illusione del pensiero... È un sognatore... Tiene l'età per esserlo, poi gli passa... Gli passa, eccome se gli passa... Tu però lascialo stare... Non lo sfottere sempre."

Tacque e si alzò. Andò alle spalle della moglie, si abbassò per guardarsi allo specchio e spartiva con le dita le ciocche dei capelli ribelli, riportandole nell'ordine della scriminatura centrale. Poi riprese:

"Tanto lo sai, sei capace di fargli fare quello che vuoi tu, però per questa cosa succede il quarantotto e non lo convinci. Quando vuole tiene la stessa capa tosta tua!!..." e gli occhi dallo specchio le sorridevano, allegri e beffardi:

"Beh, io vado" e si raddrizzò. "Alle cinque ho un appuntamento con don Alfonso Ciniglio. Ma prima devo far sciogliere un po' i muscoli a Pupusetté, esco col carrozzino... alla fine del mese c'è la corsa, però torno presto, deve venire il veterinario."

Poi si abbassò di nuovo e la baciò sulla tempia, a lei vicinissimo eppure già tanto lontano. Caldo era l'alito, l'odore segreto dell'intimità del petto respirava insinuandosi dai varchi della camicia di lino, in appoggio, a palmo aperto premeva sulla spalla la mano prepotente. Francesca ebbe d'istinto un moto per trattenere con la sua la mano del marito ma il gesto, non solito, abortì senza compiersi.

Lui lo avvertì... però come segno di fastidio e si indispettì:

"Statevi bene donna Francé... noi vi togliamo il disturbo."

E Francesca continuò a conficcare le forcine e sembrava noncurante come se fosse già uscito.

Invece lui, punto da quell'incepparsi della moglie, mentre stava per aprire la porta ancora le parlò, anche se soltanto per colpirla di stocco. Si girò e nella cornice dello specchio si stagliava tutto intero contro la bussola bianca:

"Donna Chicchì" e usò l'appellativo affettuoso mentre vibrava il colpo "voi dovete mettervi il cuore in pace. A Napoli la vostra regina non torna... Sapete come dice la canzone 'Quando il percuoco nasce senza il pizzo... quando Maria Sofia torna a palazzo... e il Papa esce per Roma dint' 'a carrozza...'."

E uscì, e la lasciò con le braccia a mezz'aria e l'espressione che andava ferendosi per quel motto popolaresco – trasferito anche in un canto – che imbrigliava l'avverarsi di un sogno vincolandolo all'assurdo, ad accadimenti impossibili: una pesca gialla maturata in una forma desueta, il mutare di un destino irrimediabilmente segnato di una regina e del suo popolo, una visione mondana, non ieratica e lontana del Papa a spasso per Roma.

Nel corridoio don Giordano incontrò Mariuccia con il vassoio e la chicchera del caffè:

“Mettici mezzo chilo di zucchero...” le disse “la padrona tua mo mo si è mangiata una sorba acerba...” e allontanandosi ratteneva nell’intimità della gola il gorgogliare del riso solitario.

In sordina, dal piano di sopra le note non più incerte si scioglievano e, sempre attutite, accompagnavano decise un canto nuovo che era come una nenia...

Duorme Carmé... 'O cchiù bello d' 'a vita è 'o durmì...
Sonnate a mme... 'mparaviso cu tico vogl' ji'.

Enrico si laureò in ingegneria nel milleottocentonovantatré. Un anno difficile per il lavoro di sua madre con la sconvolgente realtà dei primi scioperi, mentre si dilatavano le lagnanze degli operai e si radunavano i loro scontenti.

Astensioni dal lavoro, però, alle fabbriche sue donna Francesca non ne lamentò, ma quella laboriosità solerte che continuava dovette difenderla da ingerenze e intromissioni con elementi esterni, tracotanti e armati di nodosi bastoni, che perlustravano notte e giorno i confini dello stabilimento.

E lo fece con mano avveduta, come fosse solo interesse dei suoi lavoranti che l'attività non si fermasse.

Quando Enrico tornò a casa, la madre, che vigilava in giro per il mulino a intimorire solo con la presenza, non poté allontanarsi e abbracciarlo e fargli gli auguri subito come avrebbe voluto.

Nunziata invece gli corse incontro come una ventata, come una fresca acqua in pendenza, e lui la accolse in sé, la sollevò e la fece roteare nell'aria tante volte, e quasi la perdeva, leggera com'era, dorata e morbida come un'albicocca.

Subito furono convocati per la domenica successiva i

più intimi della casa e il menù di quel giorno, per diretta manipolazione di Mariuccia, fu affollato di manicaretti tra i più graditi al novello ingegnere: ziti alla genovese, triglie al cartoccio e zuppa inglese.

Nel pranzone festante innumerevoli furono i brindisi e nel gesto del calice alzato gli inviti alle bevande augurali vennero solennizzati da don Idomeneo Russo e dal notaio Di Liegro che, a turno e in competizione, si levavano in piedi e in atteggiamento conviviale verseggiavano di getto con rime alla buona:

Questa coppa rosseggiante
alzò con cuore amico
e si libra il mio voto
per il caro Enrico.

Gioite futuri ponti,
palazzi, viadotti e strade
per tanto ingegno neo addottorato.

Al novello ingegnere brindiam
parimenti alla sua famiglia
inneggiam.

Su questo e altro improvvisato e non certo aligero poetare scendeva la bonaria ironia di don Giordano che a un certo punto, alzando la scintillante corolla del bicchiere, si esibì anche lui, egualmente con uno strambotto ingenuo ma strimpellato sulla corda del sarcasmo:

Molto ringraziamo
noi che abbiamo il lusso
di avere amici poeti
come il notaio e don Idomeneo Russo
però mo se non si stanno zitti
le cusimmo 'o musso.

Venne poi anche una poesia che Federico aveva composta per quella tappa di vita del fratello e che cominciava così:

Ora sciolte le vele ai rapidi venti
tinta di gloria e intrepida
la nave tua
del più prospero mar
prenda la via...
Fulgido all'orizzonte
in augurio per te
si levi il sole...

Nunziata ed Enrico, seduti vicini a tavola perché lui la volle assolutamente accanto a sé, ascoltarono tutta la lirica tenendosi per mano sotto il ripiego segreto della tovaglia, e il segno dell'anello di Enrico rimase a lungo sul dorso delicato della mano di Nunziata.

Mariuccia, sulla soglia, non è che afferrasse le allegorie della lirica che l'amato Federico declamava, ma, senza farsi sconcertare nella sua fede dai misteri di vele e prosperi mari, aveva occhi adoranti e grosse lacrime che asciugava a mani aperte, e continuò a piangere anche dopo, in cucina, mentre faceva a modo suo il resoconto a Naneve, Ninella e Tanino:

"Ma che belle parole... ma che parole belle."

Il festeggiamento ufficiale per l'avvenimento di cotanta importanza fu però rimandato al diciannove di settembre, al ballo campagnolo che nella festa di San Gennaro chiudeva i quattro giorni che i Montorsi passavano alla villa, per la tradizione di una precoce e piccola vendemmia. Un rito antico nelle terre del Vesuvio e tutto in onore del santo.

Nei giorni precedenti la ricorrenza si passava (e ancora qualche contadino passa) tra i filari d'uva primaticcia, olivella e grotticella, si sceglievano i grappoli più belli e già maturi, si riempivano piccoli mastelli di creta e poi ognuno di essi, ogni cupiello, ogni kùpelon, era offerto a San Gennaro devotamente: "'E cupielle 'e San Gennaro."

Dopo questo cerimoniale si passava alla spremitura. La prima torchiata si lasciava fermentare solo tre o quattro giorni e quel vinello dolce si beveva giusto il diciannove di settembre. La prima coppa doveva essere alzata (e qualcuno ancora l'alza) in onore e gloria di San Gennaro ma secondo la precisa formula di rito, rispettosamente rivolti al suo avversario, guardando bene in faccia il Vesuvio in diplomatica manifestazione di ossequio anche per lui, in riverente e prudente omaggio a quella forza della natura.

Ed era proprio per questa occasione di anticipato e quasi sacro vendemmiare che i Montorsi si trasferivano alla casa vesuviana e non solo loro di famiglia, ma arrivavano anche altri ospiti e tanti bambini. I riquadri di maiolica sotto gli archi del portico si affollavano di giochi, di "campane" saltellanti e di vociare alto, mentre si spandeva nell'aria il profumo della legna resinosa bruciata in un angolo del giardino, sotto il calderotto delle pannocchie.

Nella piccola foresteria in fondo alla pineta si mandavano i maschi giovani, perché disagiato era il pernottarvi; nella villa invece si improvvisavano letti in tutte le camere, anche in quelle di passaggio.

Al piano terra, nelle tre stanze in fila dipinte dal Fischetti, dove venivano accampati tutti i bambini e le ragazze, Mariuccia stendeva brande infinite. Tutte accostate ai finti spazi aperti che dilatavano le pareti, una accanto all'altra contro i vasi fioriti degli affreschi, contro la stupenda menzogna di pilastrini e affacci di balaustre, fughe di colonnati, giardini assolati e le gloriette ombrose di rampicanti tra il verde delle grate.

E al cadere della sera in quelle tre stanze c'era il cicaleccio più garrulo. Lì sotto i portali con i trionfi di frutta, l'uva, i fichi, i melograni e i fauni incoronati di pampini.

Quel rito di settembre da tempo immemore si ripeteva ogni anno. Anche con i lutti, le calamità e le eruzioni, anche se con sparuti ospiti, i Montorsi non l'avevano mai tralasciato. Negli anni sereni il raduno aveva, per l'ultima sera, la tradizione di un ballo che allargava gli inviti ai notabili di tutta la fascia di terra tra il vulcano e il mare.

Quell'anno facendo coincidere con la ricorrenza anche i festeggiamenti per la laurea di Enrico, per meglio onorare lui e i suoi invitati, gli addobbi furono più curati e don Giordano ai soliti musici aggiunse altri due mandolinisti che fece venire da Sorrento.

Per la festa tutto il viale e lo spaziato androne d'ingresso, il portico di passaggio al cortile e la torretta belvedere, vennero pavesati con festoni di pampini, uva e fiammelle di lumini in ripari di carta colorata.

Illuminati dall'interno, i quattro balconcini della torre rosata di più risaltarono nella sfilata del loro innalzarsi. E così armoniosa era la loro ascesa da richiamare la musicalità di un canto.

Si ballò sotto l'androne, nel portico, ed eccedendo le coppie, anche sul lastrico del cortile, ruvido, in pietra del Vesuvio.

Donna Francesca, che aveva quell'anno compiuto quarantaquattro anni, aprì le danze con Enrico e sembrava ancora più imponente nell'abito scollato di crêpe écru, con le maniche tenute rigonfissime da pieghettine minute e perfette nell'esecuzione.

La stretta del busto, dopo tante gravidanze, le faceva ancora sottile l'ansa della vita nell'incastro di merletto del vestito, inserto che poi si raggiava anche nella corolla della gonna, con un bellissimo effetto che a lungo poi fu descritto e ricordato.

I musicanti erano sotto l'androne, in gruppo sui primi tre gradini della scala per il piano nobile, lì dove essa ancora libera, prima di restringersi sotto la luce dell'arco e radunarsi in chiusa salita, traboccava suggestiva ai lati della centina e dispiegava l'offerta del suo "invito".

Enrico, dopo il primo ballo, si fermò a scegliere i pezzi da suonare. E di fronte all'orchestrina, lui che segretamente si riteneva goffo nella figura tarchiata e ballava pochissimo, nel tintinnare dei mandolini ne seguì poi i tempi con la mano allegra e la testa giovane. Gli teneva solidale compagnia Giovanni Antonio, anche lui impacciato, allampanato nei suoi diciassette anni pieni e nel vestito nuovo con il panciotto spiccante di ricami setosi.

Nell'occasione del ballo fu richiesto molte volte il valzer scritto da Federico, così ingenuo e orecchiabile.

Quella sera fu ricordevole anche per altro. Nunziata, che stava per irrompere nei sedici anni, ebbe allegro consenso e applausi entusiasti per le mazurche ballate con don Paolo. Avevano complottato lei e l'avvocato la garbata esibizione per un omaggio alla festa di Enrico. In lezioni segretissime ai grandi, ma affollate dai Montorsi più piccoli e da un Giovanni Antonio torvo, don Paoluccio, espertissimo ballerino, attempato ma smilzo e ancora perfetto nella figura giovanile, l'aveva resa estremamente abile a battere il ritmo ternario di quella danza vivace; complice nell'accompagnamento della suonata una Paolina meno scostante, fatta più disponibile dal recente fidanzamento e dalla tranquillità celeste della grande acquamarina che, nuda, le rasserenava la mano.

E così la coppia di Nunziata e don Paolo quella sera diede spettacolo di abilità ed eleganza. I due erano molto accordati e armonici nei passi, nel vorticare, nella figura del "contrer", nelle movenze vivaci e allegre delle membra e della testa, mentre il piede sottolineava l'accento forte sui tempi di battuta.

Alto e dritto lui, flessibile e minuta lei, carolavano senza affanno con espressione felice, e tessevano fili di grazia tra le dolci mura.

Poi alla fine lui le mise al polso, come premio, un braccialetto d'oro con cammeo che era appartenuto a sua madre, donna Romilda. E Nunziata lo abbracciò, spontanea nella gioia, e deferente gli baciò la mano, come si usava allora con le persone anziane.

Cominciò allora, tra la ragazza e l'uomo l'affiatamento così palese che negli anni che vennero diede luogo poi a infiniti sussurrii e piccantissime maldicenze. Cominciò proprio allora l'affettuosità che si faceva così scoperta nelle protezioni, nelle partigianerie e nell'importanza dei doni quella devozione che, nella serrata intesa della casa, rientrò sempre nell'innocente tratto della familiare tenerezza ma che, fuori dalle mura domestiche, fu ragionata e a volte sottolineata con scandaloso intendere.

L'attaccamento a Nunziata don Paolo lo mantenne sempre, lo portò avanti fino al rimbecillimento sclerotico e nei capricci della demenza senile, quando, rifiutando ogni altra presenza, implorava o protestava:

"Io voglio Nunziata... Io voglio Nunziata..."

E Nunziata lo ricambiò anche dopo che l'aveva "spogliato", come sparlavano le male lingue, e tradotto in una bella masseria a Sorrento il rubino "sangue di piccione" e le perle di donna Romilda.

Quando oramai non poteva averne più tornaconto, perché dalla rovina che atterrò la casa di don Giordano anche il fratello fu travolto, lei mai lo abbandonò, specialmente negli anni del decadimento fisico, il più totale nel povero avvocato e il più solitario.

Per lui ebbe impegno paziente e solidale, anche nei tristi e a volte stomachevoli compiti di assistenza a un malato sempre grave, ma con disperata attitudine alla vita.

Lo soccorse sempre, pronta, senza sparagno di veglie, certo faticose a lei che durante il giorno non poteva smaltire la stanchezza della notte e che, presa com'era da tante cure per la casa, i figli, il suo grosso pastificio, non poteva neanche contare sull'aiuto e il conforto di un uomo vedova com'era rimasta e tanto presto.

E lo fece senza risparmio non solo di forze e di danaro, ma anche di cuore, perché aveva lacerante tenerezza quando, nello smarrirsi completo dell'intelletto, don Paolo, fedele a lei pur nel buio profondo della mente, nel suo vaneggiare teneva stretto il filo di quel legame felice e vedendola le tendeva le braccia e la chiamava: "Mammà".

La festa vendemmiale veniva sempre glorificata, in una pausa del ballo, da un buffet ricordevole.

Per l'occasione di Enrico la cena in piedi si fece più ricca e quella sera di settembre il lunghissimo tavolo, che si stendeva in fondo al cortile, al limite della pineta, accanto alla torretta, nella sua proiezione candida con la tovaglia di tela di fiandra arabescata a nodi d'amore, aveva luccichii e colori e odori da giardino dell'Eden.

Le sei lampade di opaline che lo illuminavano, dono nuziale per la madre di don Giordano, alte e addoppiate, erano di un turchese intenso e ancor più lo facevano allegro.

Era un buffet acconcio e civile, per certi versi raffinato, che rifletteva perfettamente il tipo di società artigiana e contadina per il quale si allungava.

Signoresco negli arredi, nella biancheria, nella dovizia delle stoviglie e nel lusso solido dell'argenteria, ricercato nell'offerta stuzzicante di tartellette fantasia, dello splendido sartù di casa Montorsi, di spigole al vapore e di una elaborata "viande au lait" con contorno di patate "machées", in tanti particolari e non solo nel servizio si faceva rustico e alla buona. E anche georgico.

Perché giusto al centro in piatti oblunghi, grandi teglie e vasti tondi di porcellana inglese, il buffet sciorinava la sorpresa lieta e sempre entusiasmante di peperoni, melanzane, peperoncini verdi, zucchini, di particolari pietanze povere ma gradite e gioiose a quel tipo di umanità che per quei piatti aveva preferenza innata e inclinazione non solo di gusto ma anche di cuore. Melanzane alla brace, in tonde fette profumate di fumo, melanzane alla parmigiana dorate sotto le screziature rosse della salsa, melanzane a barchetta che navigavano scure nello zefiro dell'origano con le vele dei pomodorini appassiti, fiori gialli di zucchini fritti, dischiusi e aerei nei petali sfuggiti alla pastella. E ancora zucchini ripieni, teneri di verde sotto le colate di mozzarella, peperoni arrostiti e spellati, smembrati in strisce che squillavano colore, peperoni tirati in padella con il bocciolo del cappero e le olive, peperoni imbottiti, melanzane a funghetti, zucchini alla scapece, peperoncini fritti e polpette di melanzane, rotonde rotonde.

Tutte leccornie campagnole, verdure di stagione che nelle loro fibre portavano gli umori di un terreno fecondo, umili portate, ma che, proprio per il posto d'onore che occupavano, ben definivano quella garbata "imbandigione" e soprattutto, lietamente, ne circostanziavano la collocazione geografica.

Secondo gli accordi presi con Federico i musicanti alle nove in punto suonarono, strimpellandola, un'aria della Traviata, quella del brindisi.

Era il cenno convenuto: che principiasse la cena.

Ma pochi erano a conoscenza dell'intesa e non tutti capirono che quello era l'atteso segnale per l'attacco.

L'ammiccamento fu chiaro quando donna Francesca, cortese ma sempre con la sua solita aria distaccata, si avvicinò alla bella signora e all'ingegnere Annunziata, li invitò ad avvicinarsi al buffet e li accompagnò precedendoli di qualche passo. Una premura che a molti invitati, in attesa sulla linea di partenza, non sfuggì, e poi qualcuno, pur nella frenesia dell'assalto al cibo, maliziosamente e a bocca piena la commentò come sollecitudine avveduta e ruffiana. Perché non si riconosceva nella scontrosità di donna Francesca una così sciolta e disinteressata amabilità. Le sue deroghe al crucciato riserbo erano sempre calcolate. Infatti Enrico si era appena laureato e don Giuseppe Annunziata era ingegnere proprio di quella società "Strade Ferrate Secondarie Meridionali" che, in tronchi via via prolungati, stava costruendo una ferrovia intorno al Vesuvio.

Federico, dall'arco dell'androne, nella scia di sua madre, si diede invece cura di guidare al rinfresco la sfoggiata solennità di una presenza: quella di don Costantino Palumbo, concertista di fama, professore di pianoforte al conservatorio di San Pietro a Majella e che sempre vantava, nel discorrere, l'ammaestramento avuto dall' "eccelso", dal "sommo" Mercadante.

In casa Montorsi il musicista insigne era chiamato "Maestro compare", perché era stato padrino di battesimo di Leopoldo e di Giovanni Antonio.

Don Costantino a Federico, così amante della musica e compositore alla buona anche lui, stava descrivendo, e ne accennava qualche aria, lo spartito che aveva cominciato a comporre: un'opera a carattere impressionistico ispiratagli dai vesuviani suoi luoghi natali e che avrebbe voluto chiamare "Festa del villaggio".

Ogni tanto i due si fermavano svaniti nel loro discorrere solfeggiato e fu così che vennero travolti dagli altri commensali e divisi, e poi dovettero cercarsi.

La direzione giusta del buffet era quella che principiava da quel capotavola, dove un po' vergognosa con il grembiale delle nozze, Graziella, la giovane moglie di Benedetto, il figlio di Prospero, attingeva dai mucchi posate d'argento, decurtava le pile di tovaglioli cifrati in forte rilievo, abbreviava le alte colonne di stoviglie tutte dello stesso servito e con garbo riforniva gli ospiti. E prima di porgere i piatti passava il panno di lino sulle alucce degli amorini e sui loro giochi d'acqua.

Nel flusso vivace che investiva il lungo tavolo c'era anche, invitato triste e ponderoso, don Camillo Tarassi, notaio della famiglia di Boscoreale nella quale Paolina stava per entrare.

Anche quest'ospite di riguardo si smarrì e nella confusione perse la deferente compagnia proprio di Paolina e del fidanzato. Con lui, in quel periodo, l'esimio notaio aveva contatti quasi quotidiani per il controllo e l'assetto dei beni dotali della ragazza Montorsi.

Disorientato, il povero don Camillo seguì un po' impacciato l'andare della moglie che però, anima d'artista, sempre svanita nelle sue astrazioni, lo trascinò dalla parte sbagliata, dall'opposta banda della mostra dove non si apriva bensì si concludeva la rivista delle pietanze, con i dolci e i trionfi di frutta.

Ma la gentile signora Tarassi, per niente sconcertata dal suo errore di marcia, spirito eletto, incurante del cibo com'era, invece di cercare di risalire subito la china, si perdette nella visione delle alzate di porcellana che offrivano, nei piatti svettanti, le ricadute di uva rosa e il languido riposo di fichi neri, pronti nelle spaccature resinose.

E l'ammirazione della notaressa non era come a lei si conveniva composta e contenuta, ma leziosa e insistita, marcatamente plateale. E aveva gridolini, mossette e sdilinquimenti che sembravano finti (ma lei solo sapeva quanto l'esaltasse la bellezza in ogni sua forma) e mettevano in grave imbarazzo la seriosità cupa del notaio. Lui, pallido e rimescolato, era dietro di lei e poi di più si accostò. Con gomitate e frasi biascicate, illudendosi che nessuno vedesse e sentisse, cercò di richiamarla severamente a un più controllato riserbo.

Al notaio spiaceva della moglie non solo l'atteggiarsi di quel momento che, pur nella confusione, richiamava negli altri il solito ridacchiare, ma tutta la sua vocazione d'arte che molto la fuorviava dai compiti di sposa e madre. Tanto che in cucina, a volte, presa da improvvisa ispirazione, la verzura distesa sul tavolo di marmo, invece di risciacquarla e cucinarla, la usava come modello per le sue nature morte. E nell'impeto creativo per niente le sovveniva il disagiato digiuno della famiglia all'ora del pranzo.

E una settimana prima, per la lepre già spellata offerta da un cliente cacciatore a don Camillo che ne era assai ghiotto, invece di preparare con cura la marinatura del salmì e immergervi la selvaggina, aveva scritto una poesia:

Ahi tu,
ma quanto misera
nella tua sorte ria
tu che saltavi libera
Ahi tu sorella mia...

E non c'era soltanto questo, ma ancora più grave era il fatto che, insieme a struggenti mazzi di fiori, lei ombreggiava anche le preziose carte notarili, riordinandole con mani non perfette, ancora segnate dai colori.

E apocalittiche erano allora le rimostranze maritali e si diceva fossero anche estremamente manesche, anzi, secondo alcuni amici intimi e faceti, soprattutto "piedesche".

Per questi trascorsi che già tanto lo contrariavano il notaio, nel frangente del buffet, avvilito e spossato, naufragò senza la forza di cercare il giusto approdo. E siccome qualcuno, rispettoso, gli aveva anche rimediato un piatto e una forchetta, cominciò la cena servendosi una fetta di zuppa inglese che intonsa profumava di liquore i suoi vasti confini.

La confezione del dolce era pregevole, ma a stomaco vuoto esso lo disgustò; così rimontò la sfilata di vivande e passò in rivista, innervosito e già ristucco, le spigole chiarescenti, il rotolo di carne "au lait" e la porchetta ancora intera, dorata e sazia di fuoco.

Ma il gesto della moglie, che passando accanto al maialino da latte arrostito intero ebbe l'istinto, frenato solo a metà, di una carezza alla testina avvampata, lo fece andare ancora più in bestia. E nel turbamento della stizza chiara gli uscì la voce:

"Ma chesta è proprio na scema..." E lo sentirono in tanti.

Il notaio deviò dal buffet prima di toccarne il centro appetitoso dove regnava Mariuccia.

Posta dietro l'assito, affaccendata a servire, nel suo continuo inclinarsi, i limiti della camicetta mostravano le pieghe abbronzate e vizze tra i due seni.

Ancora piena di forza e di salute, amministrava i suoi coloriti domini pimpante e come rinvigorita dagli aromi forti che respirava.

Incignando l'oro fiorito di rosso dell'imponente parmigiana di melanzane, tagliando di netto le porzioni, sembrava che officiasse mentre il grosso coltello nell'incidere richiamava lacrime di umori.

Ne acconciò belle fette per donna Teresa Fogliamanzillo che le portava sempre i confetti cannellini, per donna Maria Teresa Cirillo che le regalava il filo bianco per fare le calze e per il dottor Barba che le curava l'artrite e il giovane medico, nel misurarne l'angolatura della sua, inutilmente si schermiva:

"Mariù, ma è troppo..."

Invece per donna Giulia Russo, alta divinità della sapienza, saccente e superba matrona appellata da don Paolo "la Minerva" e che tempo prima, in una folta "assise" di signore, aveva deliberato: "La parmigiana che fa Mariuccia di donna Francesca è molto indigesta", ne preparò una fetta striminzita. E nel porgerle il piatto, al corretto "State servita", letto, come del resto si aspettava, stupore e anche disappunto sul volto della signora, aggiunse rispettosa la frase di ripicca: "Ve ne ho dato poco così non vi fa male..."

Comunque, se c'era una cosa che Mariuccia faceva in modo superlativo, questa era proprio la parmigiana di melanzane, perché della lavorazione rispettava rigorosamente le sequenze: le doppie friggiture, tra la prima e la seconda il passaggio delle fette nella farina e nell'uovo battuto, tutta la tradizionale liturgia degli strati, delle alternanze di sugo e mozzarella e le fervide cadenze di basilico di terra asciutta.

Del resto tutto ciò che Mariuccia dispensava nella sua parte di dominio era preparato eccelsamente dalle sue mani screpolate e ruvide e così sapienti.

Nel fondo di un piatto oblungo, chiusi nell'ellisse candida della sua cornice, respiravano pungenti i suoi zucchini marinati, piccole monete abbrunite dall'olio, tondi soli dorati che in spazi di aceto pulsavano aglio e mentuccia. Mariuccia insisteva nell'offrirli a Paolina e a don Romualdo, perché sapeva quanto alla ragazza e anche al fidanzato piacessero. I due li avrebbero mangiati volentieri, con pane ricco di mollica, da intingere nel sugo del piatto con gesto ripetuto e fermo; ma l'importanza del convito e il ruolo di promessi sposi esigeva più contegno, e poi, per certi sottaciuti disegni, per quella sera si erano programmati leggeri. Andarono invece verso la zuppa inglese e presero due porzioni di quel dolce che impregnò di essenze i loro respiri:

così le loro bocche nell'emozione violenta di quel primo bacio profumarono di rum. Un bacio bellissimo, romantico, così dolce, ma completamente dimenticato poi in tutto l'amaro della loro intesa.

Mentre la coppia, che si teneva per mano teneramente, si allontanava dal tavolo, incrociò il prete di casa Irlando e quello dei Sansone, don Felice. I due religiosi, sollecitati da Mariuccia con voce e gesti eloquenti a partecipare al rinfresco senza star lì a fare tanti complimenti, vergognosi, più a segni che a parole, le chiesero un assaggio di quei peperoni imbottiti che si allineavano nella vastità di un incredibile piatto da portata, e li indicavano timidamente con il dito teso.

Rossi e gialli, disposti in quiete file, appassiti dolcemente dal fuoco, smorzati nella tonalità dei colori, i peperoni ripieni trattenevano nelle nervature svigorite, nelle grinze degli afflosci, lucide untuosità e si allentavano disfatti e quasi sensuali, con le spaccature che lasciavano intravedere il segreto del ripieno e gli occhi delle olive nere.

Entrambi i preti sempre a mosse e a timidi mugolii sollecitarono schivi un peperone, uno soltanto e dei più piccoli. Invece Mariuccia, parteggiante, ne servì due per ciascuno, quasi trasbordanti dalla larghezza del piatto e li irrorò con cucchiaiate di sugo che scorreva iridescente, vagamente lascivo.

I due uomini di fede andarono a mangiarli nel nascosto della pineta, poggiando i piatti sui muretti che ornavano lo spiazzo della fontana. E così nel buio, solo gli occhi di pietra di un Ercole maligno, senza naso e senza mani, seppero la carnalità di quel pasto.

Accanto ai peperoni imbottiti c'era un'altra specialità di Mariuccia. In una rustica insalatiera, anch'essa di rispettabili proporzioni, peperoncini verdi, ancora vivaci nel colore, pur nella pellicola avvampata dallo sfriggere tempestoso, si insaporivano languidi nel sughetto di pomodoro contenuto e corposo.

Nella seriosità imponente, nella maestà cattedratica e barbuta di don Ernesto, professore di Enrico, docente di calcolo infinitesimale all'Università di Napoli, luce e gemma del convito, nativo del posto, più tardi intestatario di una piazza e da enciclopedie ponderose classificato tra i più geniali matematici italiani, i peperoncini suscitarono un desiderio avido e inconsulto, quasi un raptus: quello di una loro stretta violenta nella morbida estremità di un pezzo di pane, un cratere occluso da fresca mollica, "nu cuzzetiello" da attaccare con frenesia, nello strabuzzare degli occhi, fino all'ultimo boccone odoroso e già pieno di rimpianto.

Ma la dignità, solenne allo scienziato, e l'ufficialità della cena, esigevano sussiego. E così servito da un Enrico premuroso li ebbe nel piatto e li mangiò senza pane, insieme alla carne, con forchetta e coltello come contorno, tristemente.

E pesò la rinuncia all'uomo insigne che, senza saperlo, da quelle cose così piccole ma che tanto allietano e accontentano una vita, aveva da essere rallegrato ancora per poco: per lui sarebbe finita qualche tempo dopo, proprio in quel suo specchio di mare, nel tentativo di salvare un figlio che affogava. E neanche lo salvò.

La zona di Mariuccia aveva ancora affluenze esaltate anche quando l'ondata degli ospiti, sazia, lambiva pigra le altre sponde del tavolo.

La richiesta che si rinnovava, se ce ne fosse stato bisogno, ancora chiariva la predilezione degli ospiti per i fiori e i frutti delle cucurbitacee, per quelle solanacee che nel termine mantenevano un legame con il sole e che da quelle parti avevano imparato non solo ad ammannire in maniera così sorprendente ma anche a conservare, per fermarne i sapori e ritrovarli d'inverno a rallegrare la nudità di un pezzo di pane.

La perizia nel cucinare i prodotti dell'orto si tramandava e arrivava da lontano, forse dall'aver dovuto riversare proprio su di essi non solo un sano appetito ma anche una vistosa fame.

Così in quella terra si erano potuti consolare della mancanza sistematica della carne di vitello e di manzo.

Tanto che, potendola avere, si preferiva cucinata in travestimenti, nell'arrangiamento delle polpette dove la carne era poca, il pane tanto ed essenziale la gravidanza di pinoli e uva passita; oppure come semplice involucro al tanto aglio e prezzemolo delle braciole, i loro involtini per il ragù.

La carne fu e restò segno di prestigio, di conquista sociale, di arma per la salute, specie la carne ai ferri, ma sui carboni ardenti di gran lunga più festoso era per loro arrostire melanzane, peperoni e per Pasqua i carciofi. E respirarne il profumo.

Per questo sul tavolo del rinfresco si allungavano i due rotoli di "viande au lait" decurtati ma ancora acconci, mentre lo scempio delle cibarie di Mariuccia lasciava sempre più vuoti e nessun avanzo.

La donna serviva, sgombrava, spostava le teglie vuote, rassettava e intanto scambiava compiaciuti ammiccamenti con Prospero che di fronte, dall'altra parte del cortile, insieme a don Giordano, offriva il succo frizzantino dell'uva di San Gennaro.

Prospero, con i fianchi fasciati da un telo bianco che lui portava impacciato e tronfio come fosse la fascia di una decorazione, spillava vino dalla botte poggiata sul cavalletto: riempiva piccoli boccali e il rosso del vino rinsanguava la chiaria delle giare. Amabile, don Giordano le porgeva a quelli che si avvicendavano a richiederle.

Corpulento e gagliardo, gli occhi smaglianti che con intensità rivolgeva a tratti alla torretta del belvedere, svaporavano da lui maschi intendimenti, mentre faceva cenni alla giovane moglie francese del direttore delle "Ferriere del Vesuvio" che affrontava le scale con soste piuttosto maliziose alle piccole balaustre. Il viso che l'uomo sorridente sollevava era spavaldo di simpatia, i baffi luccicavano del colore del rame, e nella sera composta e fresca, sul muro rosato della torre, i balconcini attondati e illuminati vibravano nella loro ascesa come “O” sonori e prolungati nella crescente successione di un canto.

"Mater Christi..."
"Ora pro nobis..."
"Mater divinae gratiae"
"Ora pro nobis..."
"Foederis arca..."
"Ora pro nobis..."

Nella cappelletta della villa, inginocchiate, Mariuccia, Ninella, Naneve, la moglie di Prospero, Graziella sua nuora e le ragazze Montorsi, rispondevano a padre Luigi che a conclusione della recita del rosario e della messa, in quel mese Mariano intonava le litanie alla Vergine.

"Janua caeli..."
"Ora pro nobis..."
"Stella matutina..."
"Ora pro nobis..."
"Salus infirmorum..."
"Ora pro nobis..."
"Refugium peccatorum..."
"Ora pro nobis..."
"Consolatrix afflictorum..."
"Ora pro nobis..."

Le voci rimbombavano nell'acustica della piccola cappella ancora nebbiosa d'incenso. Forte profumava la resina bruciata e pizzicava qualche naso.

"*Concede nos famulos tuos, quaesumus, Domine Deus...*
Per Christum Dominum nostrum. Amen."

Il frate grave e ispirato alzò ancora la mano a benedire il gruppo di fedeli, restò un momento a occhi chiusi e poi, seguito dal chierichetto che era Leopoldo, si ritirò nella minuscola sacrestia.

Le donne rimasero ancora per qualche minuto inginocchiate in preghiera. Poi cominciarono ad alzarsi e, una alla volta, andavano da lui che ancora riordinava le cose, e gli baciavano la mano e lo salutavano.

Nunziata restò più a lungo, aveva da finire le Ave Maria di penitenza che le aveva dato da recitare il frate dopo la confessione. Poche, in verità, ma lei si distraeva e doveva sempre ricominciare da capo.

"Nunzià" le aveva detto padre Luigi dopo l'assoluzione "Nunzià sei una brava creatura, resta come sei e ricordati... la prima cosa è l'onore."

"No, la prima cosa è un nome e una casa" aveva pensato lei.

In confessione non ci stava tanto tempo a riferire al frate tutte le mancanze, anche le più piccole, come Mariuccia che poi le rivelava così ad alta voce che tutti sentivano. Lei si sbrigava presto. Non raccontava proprio tutto.

E dopo, quando andava a fare la comunione, il pensiero di essere sacrilega assolutamente non la sfiorava.

La sua inconsapevole ma salda filosofia di vita, la noce fatata, il potente talismano per passare nei "sette fuochi" senza bruciarsi, nei "sette mari" senza bagnarsi, le faceva mondo il cuore, al riparo, dimentico, innatamente senza colpe.

E così andava sempre incontro al Cristo con gioia e non pensava neanche lontanamente che Gesù potesse disertare l'appuntamento solo perché a padre Luigi, a don Giacomo o a don Pasqualino lei non aveva detto ogni cosa.

"La prima cosa è l'onore... No, la prima cosa è un nome e una casa..."

Avrebbe dato la vita per ognuno dei componenti di quella famiglia.

Pregò per tutti loro. Per qualcuno di essi aggiunse anche qualche richiesta specifica:

"Signore fa' arrivare a donna Francesca quell'ordine di pasta dall'America, fa' che a don Giordano restituiscano quei soldi, che Federico faccia un bellissimo esame, che Paolina non litighi più con la suocera, che a zia Luigina passi il mal di schiena e a Giovanni Antonio la tosse."

Per lei non chiese niente, aveva tutto. E quando con il velo tirato fin sugli occhi andò a salutare padre Luigi, mentre abbassava la testa per il bacio alla destra del frate, lui le poggiò l'altra mano sul capo a benedirla.

"Brava Nunziata..." le sussurrò.

E Nunziata rialzandosi gli sorrise.

In fondo al viale, in quel pomeriggio di giugno così chiaro di sole, la villa vesuviana abbagliava con gli infiniti pulviscoli di luce tra i rami dei suoi pini.

Le carrozze arrivavano di continuo ed era il giorno dedicato a San Paolino da Nola, il ventidue giugno del milleottocentonovantasette.

Dietro la leggera sporgenza della balconata al centro della costruzione, nel grande salone, si ritrovavano parenti e amici per le festevolezze di rito in onore di don Paolo e di una Paolina rotonda e cerea che portava avanti una gravidanza stentata.

Don Paolo, sempre azzimato e magro, accanto alle scale riceveva gli invitati. Donna Francesca era con lui, imbustata e morbida in veste di chiffon rosato e più risaltavano i suoi giri di perle, lunari sul petto, in quattro lunghi fili.

Risuonavano negli incontri le voci allegre, i complimenti, le frasi augurali. Nella dolce specchiera macchiata dal tempo si riflettevano i saluti, i gruppi gioiosi, le effusioni, gli abbracci; dal fastigio della cornice sulle figure che in caldi movimenti di vita passavano sulla lastra, gli angeli cortesi allentavano il rigonfio drappo e cadevano le roselle sulle ali delle piccole foglie.

Ma quella incensata barocca, l'inesausto omaggio dei putti adulatori, non fermava lo sguardo degli ospiti. Ormai troppo noto, era indifferente alle persone in arrivo. Solo due contadini (portavano spaselle di frutta in dono ai "santi", non conoscevano la casa, ignoravano che l'ingresso alla cucina era a piano terra dalla parte del cortile e si erano avventurati per la scala e per quei cammini così onorevoli), soltanto loro due a bocca aperta si fermarono a guardare gli amorini aggraziati. E sollecitati a invertire la rotta, discendendo le scale, incantati, ancora si giravano a rimirarli e Mariuccia li affrettava.

In quel momento, nella grande sala dal soffitto affrescato, i salotti Luigi XV, dorati e scomodi, aggruppavano già molte signore che chiacchieravano tra loro rigidamente sedute.

Uno dei divani, quello dove la conversazione languiva retta dai sì e no di Paolina seduta di fronte sulla poltroncina, accoglieva una giovanissima donna che aveva accanto la madre.

Sul fondo della tappezzeria di broccato verde, il biondo un po' spento dei capelli della ragazza si ravvivava, e anche il viso chiaro dai colori tenui che sfumavano lineamenti aggraziati.

Don Crescenzo Papa, il mediatore di grano, mentre tra prezzi di Ardito e Saragolla di Puglia combinava il matrimonio, aveva raccontato di lei a donna Francesca:

"La signorina Gelsomina è nu bisciù, sembra proprio una statuetta di bisquit... Poi vedrete se ho detto una fesseria."

La ragazza aveva una veste di mussola chiara con fiori ricamati a punto pieno, miosotis che richiamavano un po' l'azzurro dei suoi occhi. Un azzurro "slavato" secondo Mariuccia che giudicava anche la promessa sposa di Federico troppo poco in carne per un giovanotto aitante come il suo pupillo.

Certo la "statuetta di bisquit", Gelsomina Ruotolo, che in quel giorno molti amici dei Montorsi vedevano per la prima volta, sembrava ancora più esile accanto alla madre che era seduta dalla parte del piccolo buffet con i vassoi di dolci.

La donna era giunonica, traboccante, avvolta in metri e metri di chiffon. Il seno, imbustato e impalcato, aveva quasi la sporgenza di una consolle sulla quale si poggiavano i tre fili di perle con un fermaglio di granate e due spilli di diamanti, in coppia e a forma di farfalla.

Nunziata, che con garbo e riverenze appena accennate aveva offerto ai gruppi di uomini in piedi e alle signore sedute la fragranza di pignolate gonfie e sazie di pinoli, finito il giro, mentre si chinava ad appoggiare la guantiera sul tavolino, ebbe molto viva la tentazione di spostarsi verso donna Geppina Ruotolo e usare come appoggio l'ansante protuberanza marrone.

E le venne da ridere così tanto che dovette scappare fuori dalla stanza e si imbatté, urtandole, in Eleonora e Carolina che entravano con i cabarè di "bocche di dame" e "spumantini ripieni". Zia Luigina le seguiva con la solita alzatina di vetro di Murano e la profferta delle sue pastine di mandorle così laboriose a lei per il mondare e pestare infinito, ma non gradite a tanti palati perché troppo dolci nei sapori e troppo cariche di essenze di fiori, e anche infide per quei colori rosatini e violettini, per i granelli di carminio e indaco velenoso che le tingevano e che bisognava dosare con esattezza... senza smemoramenti...

Facendo il giro zia Luigina sollecitava l'assaggio, ma, tra sorrisetti ammiccanti, si tesero poche mani. Mani sprovvedute, secondo donna Giulia Russo e altre divinità culinarie impancate sul fasto di quei sedili.

Federico, invece, di quei dolci ne fece prendere due al futuro suocero con il quale, dalla parte della balconata, vagava in amabile conversare. Insistette, glieli raccomandò, ne elogiò la fattura e la delicatezza dando a zia Luigina una splendida occasione per strabuzzare gli occhi e pronunciare uno dei suoi "Oh cielo". Non completato però, per via delle mani occupate, dalla toccatina leziosa all'eterno collarino di pizzo e al cammeo che lo fermava.

Federico anzi fece di più, addentò un pasticcino anche lui mentre lo sguardo gli correva verso la poltrona occupata dalla "Minerva" donna Giulia, e, a lei che lo stava guardando, accennò anche un inchino deferentissimo.

Poi riprese a parlare e neanche la pastina da sgranocchiare gli impediva il dire.

Raccontava al suocero dei lavori fatti al porto:

"Mammà ha sostenuto spese a non finire... L'agibilità del porto per noi, per il nostro lavoro, era una cosa importante... Mammà ha anticipato somme... esborsi onerosi... io ho avuto infiniti incontri con il regio ingegnere Iacono... ma la regia commissione..."

Passarono Nanà e Maria Vittoria che portavano completi da rosolio in porcellana di Capodimonte e le minuscole chicchere profumavano di liquore del "perfetto amore", di "persichino", "nocillo" e "ratafià" di caffè.

Procedevano erette le adolescenti nell'offerta dai gesti rituali, a piccoli passi misurati, attente a non versare le colorate bevande. E la loro grazia, così giovane nei vestiti leggeri, naturale e armoniosa nel gesto delle braccia sollevate, si rifletteva nelle alte specchiere dorate che ne catturavano le fresche immagini, ma poi le perdevano, e subito di esse dimentiche riflettevano altro.

Gli ospiti che si attendevano erano quasi tutti arrivati. L'ora del tramonto sospesa e morbida, con la luce pastosa e abboccata come un vino, leggermente intontiva e destava umidori che invischiavano la pelle. La sala si punteggiò del colorato impeto dei ventagli.

Con scene di gondole e lagune, fiori e uccelli, dame e carnevali veneziani, in carta di riso e seta, piume e merletti, steccati di avorio, madreperla o legno di rosa, essi erano agitati da ritmi diversi, con nervoso e rapido moto, o gesto ampio, appagato nella mano che lenta cadenzava l'andare e il tornare al petto oppure accosto al viso, con malizia d'occhi e civetteria di palpito. E così si palesavano umori e caratteri, mentre si cercava refrigerio all'afa insopportabile che cominciava a stravolgere anche le espressioni.

Invece nella chiarità del soffitto, nel cielo appuntato alla volta con i festoni di stucco, nel dipinto che la luce intensa più eccitava, freschi erano i personaggi dell'antica mitologia e leggiadri nelle trasparenze cromatiche delle tuniche corte. Su nuvole rosate e in turbinii di voli, senz'affanno, senza trasudamenti, vagamente annoiati, distaccati e maestosi nell'attitudine teatrale, declamavano le loro eterne e incredibili storie.

E nella fantasiosa scenografia i colori trascendevano la seriosità stucchevole delle pose, pur se trafitti dal tempo, ancora resistevano allo scempio e nella vastità della volta s'illuminavano festosi, trionfali, cantando la gioia, la meraviglia della vita e ancora raccontavano il barocco di quell'angolo di terra.

Federico, nell'accendersi vivace delle pitture, ne faceva notare al suocero la bellezza, ma anche le crepe e i tentativi di restauro e le ferite senza possibilità di guarigione. Ne indicava le dolenti geografie richiamando a guardare in alto anche altre teste più lontane e incuriosite; si alzò al cielo del soffitto anche il volto di donna Francesca.

Da poco rientrata nella sala, spostata una poltroncina, si era accomodata in cortesia accanto a quella dove, solitaria, sedeva la signora Papa, la moglie di don Crescenzo il mediatore "pronubo" di Federico. Ma si era pentita della premura e il fastidio si leggeva nel suo viso amaro. Perché la signora, in grave contrasto con don Crescenzo per una relazione di quest'ultimo, amorosa e ormai annosa, le chiedeva, tutta arrossata, più segreto colloquio per il blocco di certe provvigioni maturate dal suo legittimo consorte. E nel parlare dello scriteriato marito, con segnali maligni le adombrava altri fatti nascosti e insinuava cattiverie sulla solidità economica del suocero di Federico: il dottore don Giacomo Ruotolo, medico illustre di Caserta e proprietario terriero.

Francesca non dava eccessivo peso a quel parlare; Gelsomina, Mimmina, era la moglie ideale per Federico. Costumata e buona, così malleabile e ricca, era nuora molto adatta a lei... e al mulino, specie in quel particolare momento.

La sontuosità della dote era poi anche garantita dall'eredità cospicua di certi titoli di una zia nubile di Mimmina, zia Adelina. Comunque si ripromise di interessare alla cosa personaggi a lei devoti per avere notizie più precise. Non poteva correre rischi nella sua congiura di nozze.

Intanto il favellare velato e di fiele, il dire e non dire della pettegola signora le aveva fatto perdere le staffe, doveva allontanarsi al più presto da quella donna, troncarle la parola e andarsene con una scusa impellente. Guardò dalla parte del figlio che intanto era sulla balconata e mostrava al suocero, con ampio gesto, l'apertura della vista e il paesaggio che il vulcano quasi in sfida signoreggiava, incombente e guappo.

Un pensiero di orgoglio venne spontaneo a Francesca: "Quanto è bello questo figlio mio avvocato... Tiene la figura di un dio."

L'immagine del giovane che additava a don Giacomo qualcosa lontano, forse la villa del Leopardi, era veramente splendida.

"È il più bello di tutte le mie creature. Solo gli occhi" e li ricordò così carezzevoli e verdi come erba di mare "solo gli occhi non so' sfottenti come quelli del padre, ma è tale e quale a Giordano."

E sentì una puntura sotto la mammella.

Federico, in quel momento, nei declivi di lava particolareggiava a don Giacomo le eruzioni del passato e gliene circostanziava anche epoche e violenza.

Il dottore guardando il Vesuvio faceva una strana faccia e scuoteva la testa.

Sul fondale, irripetibile, struggente, la sagoma di amara montagna riempiva i confini. La nuda sommità di vulcano, nel giorno che le moriva davanti, si accendeva dei suoi colori: più cupi e quieti di viola nelle profondità delle rughe di magma, più caldi e sonori nei rivoli rosati di cristalli fusi. Al di sotto, oltre quel racconto di pietra, il verde intenso dei suoi fianchi, e da essi, su memorie di lava, scendevano impeti di ginestre a lambire la valle.

Il dottore, al contrario di Federico estasiato, indubbiamente non coglieva il fascino di quella altura, né tantomeno si mostrava entusiasta del suo ergersi "come un idolo di lava", per usare le parole del suo accompagnatore, né della bellezza del pennacchio portato "come una corona".

Per don Giacomo c'era poco da incantarsi, la visione anzi lo sgomentava, e sottolineava il suo sentimento con citazioni chiare:

"Sterminator Vesevo... Vesuvio... vae suis... guai ai suoi."

Federico lo ricondusse nel salone sorridendo con bonomia. Tornati al chiuso, il discorrere tra i due continuò, ma questa volta era il dottore a parlare, a descrivere altri luoghi ameni, colline, boschi, case di campagna e a raccontare del figlio ingegnere.

Federico ascoltava guardandosi intorno e don Giacomo parlando doveva alzare la testa perché il giovane era molto più alto di lui.

Federico annuiva e i suoi occhi scorrevano per il grande salotto, non si fermavano che un attimo su di una figura bianca, azzurra di miosotis, e se ne allontanavano subito senza fissarne il volto.

Il suo sguardo seguiva Nunziata e ogni tanto la perdeva: nascosta da una grande pianta, da un rigonfio di tendaggio, da un gruppetto di ospiti o ingoiata da una delle altissime bianche bussole listate di oro.

Era come aspettare il sole quando sparse nuvole lo nascondono. "Eccola, eccola, è tornata... la mia stella diana..." e le sorrise da lontano, poi lei gli passò accanto quasi sfiorandolo e dopo la perdette ancora e per tanto, per troppo tempo...

Dov'era andata? Chi la tratteneva? Chi le parlava?

Il bisogno di vederla, di sentirne la voce divenne sofferenza e tirandosi dietro il monologo del dottore uscì dal salone, attraversò il salottino cinese, la camera del pastore e si soffermò in quella della pastorella, dove al pianoforte Leopoldo, vestito di velluto con il collo di trina, scuotendo i biondi capelli suonava un "notturno". Ma tra gli ospiti che accerchiavano il pianoforte Nunziata non c'era.

Allora Federico andando verso il terrazzo passò nella "stanza degli sposi". La denominazione veniva a quella camera forse da lontani imenei. Comunque in tempi diversi, sia per l'appellativo suggestivo e malizioso, sia per la specchiatura, nell'attraversarla tanti uomini di casa, con ricordi di altri luoghi e peccaminose figure riflesse, avevano avuto e avevano qualche turbamento. Il padre di don Giordano, pochi però lo seppero, e quelli che accorsero tacquero, avanti negli anni ma ancora vigoroso e arzillo, nel pomeriggio infuocato di un giorno di agosto, sotto quella soffittatura, perse il senno. Sconvolto, trascinò in quella stanza una cucitrice in bianco, una zitella prosperosa e attempata che ricamava sul terrazzo nel silenzio della controra e nella frescura del bersò, e voleva a tutti i costi farle fare la "sposa", e glielo ripeteva all'infinito nello stravolgimento del raptus, mentre lei starnazzante cercava di contrastare la forza brancicante e dissennata che stava per sopraffarla sul grande puf giallo.

Quando entrò nella camera, Federico distratto dimenticò di sottolineare la singolarità della volta a don Giacomo, che non alzò il capo, e così non ebbe la triste visione della sua testa pelata in insolite prospettive. Mentre si fermavano davanti all'ampio balcone che si spalancava sul terrazzo, Federico fece scattare la molla della scatoletta d'oro e gli offrì una sigaretta chinandosi garbato.

Le tende di lino bianco erano tirate e i rigonfi laterali incorniciavano come quinte il proscenio della loggia. Sul fondo, tra le chiome dei pini, la balaustra traforata con i vasi di terracotta e i gerani penduli. I lunghi tralci, nella brezza che si stava alzando, si cullavano e avevano carezze per le macchie di umido dei muretti. L'aria, fino a poco prima calma e immota, ora che il sole era sceso fino al mare, aveva fremiti negli alberi. Un venticello arrivava al terrazzo, passava con dita aperte nel folto del rampicante d'angolo che respirando perdeva gelsomini, tra i volant delle tende che palpitando si aprivano, tra i pendagli dei lampadari di cristallo che oscillavano e toccandosi suonavano.

I due uomini furono i primi a uscire sul loggiato e le foglie così vere del maiolicato pavimento, quella decorazione a inganno, fu la cosa che colpì l'anziano medico più di ogni altro elemento pittorico della casa.

Soli, Federico e don Giacomo restarono in silenzio a respirare l'aria che sapeva di resina. Caduto il sole però si sarebbero riversati in molti a godersi il fresco alitare delle piante. Lì sarebbero stati serviti i sorbetti di latte e fragole di casa Montorsi così vantati e che per il momento sostavano in cucina, nel profondo di una tinozza, a difendere sotto una coperta di lana, nel sale e ghiaccio triturato, la loro fresca compattezza e la loro fama.

E dalla camera della pastorella sarebbero arrivati fino all'ombra della pedana stellata cori di canzoni, e si sarebbero stesi con la loro malinconia nell'intricato dei rami. E lì, più tardi, ma molto più tardi, Federico avrebbe atteso Nunziata... Voleva accennarle all'orecchio il motivo che aveva composto per lei e le sue braccia avrebbero avuto sotto le ascelle profumo di spigonardo.

Sorrise il giovane uomo e si girò verso l'angolo interno della loggia, verso il grillage.

Tra il verde serrato dei rampicanti appena si intravedeva la profonda panca che li avrebbe accolti. Ma lui lo sapeva, era ricoperta di gelsomini.

Marsiglia al dì 28 settembre 1897

Carissima madre, nel rassicurarvi sulla mia ottima salute e sperando che anche voi possiate confermarmi altrettanto della vostra, ancora vi sollecito l'invio delle altre procure che vi ho chiesto e dei mancanti istrumenti. Essi assolutamente necessitano per il trasferimento e la vendita della vostra proprietà qui a Marsiglia e, tardando codesti, vengono procrastinati tutti gli altri adempimenti.

Devo anche aggiungere che in Francia sono un po' severi, anzi "cavillosi" in ogni contratto, particolarmente in questo che è abbastanza complesso per il numero rilevante di coeredi. Aggiungo che è mia supposizione, anzi direi convincimento, che vi sia anche una certa diffidenza per qualsiasi negozio composto con cittadini stranieri, in special modo italiani.

Quindi cara madre l'elenco dei documenti che vi ho inviato deve essere espletato con precisione senza nulla omettere e le procure degli altri eredi devono essere complete e perfezionate.

Zio Gaspare Gargiulo e zia Isabella sono ospiti perfetti. Sono dispiaciuti della vendita ma non la osteggiano. Zia Isabella di questa alienazione coglie particolarmente e con disgrado il dato certo che i nuovi proprietari convertiranno il fabbricato in civili abitazioni. Credo che zio Gaspare e zia Isabella, con Giuliano che già comincia qui la professione di medico e Andreina ancora impegnata negli studi al conservatorio, non torneranno in Italia.

Raccomandandovi ancora sollecitudine, con il vostro permesso mi accommiato non senza avervi prima pregata di salutarmi quelli che mi ricordano. Un saluto devoto a zio Paolo e a papà. Baci a tutti i fratelli, a Nunziata e a Mariuccia. Una carezza a Sweet.

Oggi stesso ho inviato un mio scritto a don Giacomo Ruotolo con accluso un biglietto per Mimmina.

Dimenticavo di dirvi che sono passati a trovarmi nel loro viaggio alla volta di Parigi Pelagio Rossi, Agostino La Rana e Giacomo De Simone. Mi hanno portato il quinto numero del giornale che abbiamo insieme fondato "La nova Oplonti".

Zia Isabella, gentile, li invitò a cena. Ci raggiunsero Andreina e anche Giuliano, libero dai suoi impegni di ospedale. Così in terra straniera, intorno a un augusto tavolo Luigi XV, felicemente ci unì un piatto della vostra buona pasta e il conversare nel nostro arguto dialetto.

Di poi con Pelagio, Giacomo, Agostino e Giuliano passai molte ore anche quelle della notte a trattare a fondo l'ormai per noi risolto enigma che appare sull'antica tavola Peutingeriana di quel simbolo cartografico di "Oplontis". Di certo sorse sul nostro territorio questo *pagus*, forse il più ricco sobborgo di Pompei.

Il levarsi del sole ci colse a deambulare ancora sul molo, di fronte al vostro amato "Château d'if", ancora a discorrere insonni. Alle sei accompagnammo Giuliano che rientrava in ospedale e alle sette e dodici minuti alla stazione di Marsiglia salutai gli amici al treno per Parigi.

Per quello che riguarda il giornale pare abbia buon vento e venga molto letto. I miei voti per lui sono di prospera e lunga vita. Attraverso me gli amici sempre vi ringraziano dell'offerta generosamente versata per la sua fausta nascita e per il nostro "Comitato Oplontino", sempre bisognoso di rinfranco per sostenere l'impari lotta e asseverare le sue certezze.

Adesso nel chiudere questa mia mi permetto ancora di ricordarvi la vostra promessa.

Se nei lavori di scavo che stavate iniziando al mulino vecchio, allorché i perentori impegni imposero la mia presenza a Marsiglia, se in quei lavori per le fondamenta del nuovo caseggiato dovesse riapparire un qualsivoglia elemento, riaffiorare mura antiche, pezzi di intonaco dipinto o colonne che svelino il lontano passato del nostro sito, fermate tutto e chiamate l'ingegnere Iacono. Don Luigi è competente, così studioso del mondo greco-romano e profondo conoscitore delle antichità pompeiane.

Con il nostro giornale e il nostro comitato questo ci prefiggiamo, la puntualizzazione circostanziale del territorio che fu di "Oplontis". Ne consegue tassativa la sorveglianza più solerte su quanto ogni tipo di scavo può restituirci, il vaglio più accurato di ogni pietra, coccio, moneta o frammento che possa testimoniare quello per cui ci battiamo, giacché siamo sicuri che dove noi viviamo lì visse la misteriosa e opulenta "Oplontis".

Carissima madre, ove mai un segno si palesasse, fermate tutto e, vi prego, chiamate don Luigi. Di ciò sempre vi saranno grati i posteri e chi rispettosamente vi bacia la mano e si firma vostro affezionatissimo figlio

Federico

Francesca di scatto appallottolò con stizza la lettera del figlio e la compresse tra le mani:

"È sempre un fesso... I frammenti, le colonne... 'A tavola 'e Pintauro... Fermate tutto e chiamate l'ingegnere Iacono... E bravo... bravo... così siamo proprio a posto, interviene il governo piemontese, viene a vedere tutti i fatti miei e viene a disturbarmi pure nel lavoro... E poi noi e gli operai che mangiamo? Facciamo la fame... Sai che bellezza se ci fosse stato l'ingegnere Iacono quando costruimmo questo mulino e uscì quella stanza tutta scarrupata... Stavamo proprio freschi... Chiamate l'ingegnere Iacono... sì, sì... Proprio chi non voglio vedere quando faccio i lavori... Qui come scavi, anche se scavi con il dito, anche quando facemmo l'altro pozzo al mulino vecchio, sempre esce qualcosa antica e scassata... Figuriamoci... qui nessuno avrebbe potuto costruire niente, nessun mulino e nessun pastificio... E la gente come si saziava? Con le pietre e i vasetti? E bravo Federico... bravo 'o fesso..." e pressava irata il foglio...

Poi smise... Nel foglio accartocciato, piano, con cura cercò i lembi e cominciò a disvolgerlo, a disserrarlo. Con attenzione, per non lacerarlo.

Dopo lo allargò sulla scrivania e cominciò a stenderlo. E lo lisciava con la mano come se lo accarezzasse.

Spazzolava i lunghi capelli: ancora i cento colpi del collegio e della giovinezza.

Guardando l'immagine che rifletteva lo specchio, Francesca, con la mano libera, cercò di chiudere sul petto i merletti della camicia da notte che aperti scoprivano troppo.

Seducente, a quasi cinquant'anni, lo era ancora. Fiorente si intravedeva la morbida attaccatura tra i seni, la pelle olivastra del viso era ancora luminosa e compatta, i capelli neri nell'attacco delle tempie avevano come quelli del nonno precocità e insistito biancore ma così più riluceva lo sguardo moresco annegato nelle occhiaie profonde.

In quel momento della sua giornata, rilassata, sembrava tanto più giovane, soltanto le mani segnate dalle vene gonfie e la linea appesantita del collo e del mento dichiaravano la sua età.

Lasciati fuori dalla sua stanza figli e pensieri, senza maschere, senza doveri, senza conti e fatture, riposava cuore e mente. E chiedeva tregua per il suo raccoglimento a quelle pareti, a quel porto fidato. Chiedeva silenzio per la memoria che voleva tornare al nonno, alle alture della costiera, ai sentieri sospesi fatti per le capre e per gli angeli.

Voleva solo isolarsi, tenere fuori il cattivo presagio che le alitava intorno, lasciare al di là di quelle mura la voce del marito che accennava a ritardi di pagamenti, a fideiussioni che nascondevano la frode, a giri di cambiali, a cose che lui indicava come normali difficoltà di lavoro, perché diceva: "Io sono in una botte di ferro", ma, mentre lo asseriva, gli occhi sfuggivano il lampo che si allertava in quelli della moglie.

Dietro la porta il cane uggiolava, inutilmente perché lei non l'aveva mai fatto entrare nella sua camera da letto. Certo le si era affezionato molto quel "pointer" arrivato nella casa da cucciolo. Enrico, anglofilo, lo aveva portato da Londra e lo aveva chiamato Sweet per lo sguardo che la bestia aveva dolcissimo, specie se guardava Francesca. Mariuccia lo chiamava Suvitto e conseguentemente nel diminutivo della tenerezza Suvittino e nelle lamentele e nelle pedate Suvittone.. Suvittò...

Il cane, noioso, cominciò a grattare la porta, ma Francesca non si infastidì; era serena e paciosa, nessuno l'aveva disturbata quella sera né si prevedevano sovvertimenti atmosferici "Ringraziando il Signore". Per questo fu sorpresa e si fermò con la spazzola a mezz'aria quando sentì bussare alla porta:

"So' Mariuccia..." e la domestica aveva già varcato l'uscio.

Francesca si girò facendo ruotare lo sgabello e diede le spalle alla tolettina:

"E mo che è successo?" chiese stizzita. Poi guardandola si accorse dell'espressione della domestica: "Mariù perché fai quella faccia così brutta? Che guaio abbiamo passato?"

"No, nessun guaio... anzi è provvidenza."

"Quale provvidenza?"

"I figli so' provvidenza."

"I figli? E che figli?"

"No, niente... è solamente che Nunziata sta nu poco poco incinta..."

Mariuccia voleva trattenersi quella sera più del solito in ginocchio a pregare, ma le giunture dolenti glielo impedivano e anche per quel poco che riuscì a resistere dovette chiedere protezione allo scialle che addoppiò sotto le rotule.

Si rialzò con fatica e cominciò a spogliarsi. Mise bene in ordine la sua roba sistemando, nascondendo quasi, sotto il ripiego dell'ampia gonna tutti gli indumenti intimi. Non si poteva mai essere sicuri, poteva esserci all'improvviso l'arrivo di quella certa "signora" e il dottore, che avrebbero certo chiamato d'urgenza, o il guardiano, o don Giordano che sarebbe accorso a confortare la moglie e le figlie, tutti quei masculi non dovevano dare sguardi ai suoi panni più segreti.

Mentre sistemava sulla spalliera della rustica sedia la camicetta bianca, la donna continuava a biascicare preci:

"Madonna Santa, Madonna Immacolata mettila sotto il manto tuo."

Pregava per Nunziata che il pomeriggio del giorno dopo sarebbe andata sposa. La cerimonia al municipio non avrebbe avuto solennità perché la famiglia, diceva donna Francesca, era in lutto stretto per la morte della signorina Luigina, "requie e pace". Comunque, rifletteva convinta

Mariuccia, la cosa importante era che l'indomani si sarebbe celebrato il matrimonio. Certo lo sposo, don Angelo Limieri, lo scrivano "giovane" che aveva sostituito nell'impiego al mulino lo zio, il vecchissimo don Ernesto, aveva quindici anni più di Nunziata. Però a trentaquattro anni si poteva chiamare vecchio? Il marito deve essere più anziano della moglie. E poi era un bell'uomo.. bravo, basato, educato... e teneva la camminata e i baffi "comme a nu signore..."

Era passato così poco tempo da quando lei era andata a disturbare donna Francesca e tutto si era sistemato benissimo.

Aveva fatto bene a parlare, sono cose di coscienza che vanno dette subito. Sempre era stata attenta, con precisissima memoria, a certi conti e scadenze. Li aveva ben impressi nella mente. Con tante donne giovani in casa certi fatti andavano verificati puntualmente perché, se c'era un intoppo, "nu 'nguacchio", si poteva rimediare tempestivamente e senza scorno.

Per questo era sempre vigile mese per mese: Paolina il mestruo l'aveva il giorno undici, ma ormai si era sposata ed erano pensieri suoi, Eleonora il diciotto ma a volte aveva qualche ritardo, Carolina il ventuno, Maria Vittoria il sedici, Nunziata il diciassette, Nanà il ventiquattro e donna Francesca il dieci...

Adesso si compiaceva della sua pignoleria da contabile, così si era messa in allarme in tempo, aveva indagato e Nunziata, a lei che la interrogava suadente, non aveva potuto mentire quelle nausee e quei vomiti. Se non ci fosse stato il suo inquisire così pressante, ma fidato e affettuoso, la ragazza avrebbe continuato a tacere e il fatto si sarebbe scoperto quando era troppo tardi.

E il povero don Angelo certo non avrebbe aderito al patto con le corna così troppo scoperte, troppo al sole.

Invece, con una bella spilla, "na bella broscia di diamanti" data alla levatrice (a quella che puverella chiamavano la stortina, perché era zoppa), la mammana avrebbe giurato ad amici e nemici che si trattava per Nunziata di un figlio prematuro.

Bastava un gioiello importante come l'anello che donna Francesca aveva regalato anni prima proprio alla stortina per quell'aborto pericoloso, l'ultimo, di quattro mesi, quello che don Giordano non seppe.

Certo la gente avrebbe parlato, nessuno è scemo, ma avrebbe dovuto farlo alle spalle, perché il coperchio c'era e la faccia era salva...

Mentre dilungava nella memoria la sequenza degli accadimenti, e i pensieri che le abitavano nel cuore, Mariuccia si era seduta sul lettino e, avvolta in un'aura di canfora, strofinava la pomata del suo adorato dottore Barba sulle ginocchia gonfie e stanche:

"Donna Francesca è stata proprio una brigante, è stata na femmenona..." E come era rimasta calma calma quella sera quando era andata a darle la notizia! Solo la faccia le si era sbiancata come cera.

Non si era fatta venire le convulsioni. Non aveva fatto nessuna scenata e nemmeno la domanda specifica:

"Neh... ma sta creatura che deve nascere di chi è figlia?" Anzi, quando incautamente lei aveva accennato alla cosa, incattivita l'aveva zittita:

"Mariù fatti i fatti tuoi... di chi è figlio non ha importanza, non lo voglio sapere, domani glielo trovo io il padre."

E Mariuccia non aveva insistito.

"Tanto" aveva pensato "in questa casa i maschi non mancano..."

Il padre al nascituro Francesca lo aveva trovato subito. La mattina del giorno dopo, alle sette e mezzo, aveva fatto spolverare lo studietto giallo: e lei impaziente sull'uscio aspettò che Mariuccia lo sistemasse.

Ci volle poco perché la camera, piccola, la più appartata della casa, aveva molti quadri ma poche suppellettili: una scrivania maggiolino con una sedia e di fronte due poltrone di legno scuro con monogrammi ricamati al centro delle spalliere in seta gialla.

Erano le otto meno venti quando aveva fatto salire don Angelo.

Era rimasta chiusa con lui fino alle otto, poi erano tornati insieme al lavoro di ogni giorno dietro i vetri del gabbiotto.

Nunziata, in piedi, era davanti alla stadera e li guardò di sottecchi.

Due giorni dopo donna Francesca fece chiamare anche lei nello studietto giallo. Nunziata già sapeva. Era impacciata e timorosa di comparirle davanti, ma donna Francesca, seduta alla scrivania, riguardava un libro mastro con una sfilza di conti e non alzò lo sguardo mentre la invitava a sedersi:

"Mariuccia te l'ha detto? Tu ti sposi con don Angelo e io al tuo fidanzato ho promesso seimila e trecento lire in contanti e di proprietà 'o palazziello a via Maresca con tutto il giardino... Non ti posso dare niente di più perché sono tempi amari, sono tempi tristi pure per me e poi ho altri figli che mi sono più figli di te. Anzi dal notaio dovrai firmare ai tuoi fratelli una carta che sei stata già liquidata e non hai niente più a che vedere con le proprietà mie, il mulino e tutto il resto. Però io... a parte ti voglio fare un regalo personale... perché tu mi hai sempre aiutata, più dei figli miei, hai lavorato assai e ti voglio ricompensare... Dimmi tu che vuoi... Nu ruotolo d'oro... Una parure di diamanti... I bracciali di zia Luigina... Che vuoi?"

E Nunziata si era fatta coraggio e aveva alzato gli occhi nel risponderle... Per un attimo gli sguardi si erano incontrati:

"Voglio due 'ngegni per fare i maccheroni."

La cerimonia non commosse Nunziata, neanche la intristì e di certo non v'era disperazione di vittima nei suoi occhi sereni. Tutto era soltanto quello che doveva essere.

Avrebbe pianto più tardi, si diceva, più tardi, lasciando

la casa, donna Francesca, il pastificio, Mariuccia... Federico...

Sgombro l'animo da remore e rancori, lontano da lei il pensiero di sentirsi agnello sacrificato, era invece piena di riconoscenza per le casse del corredo e tutto quello che le aveva dato donna Francesca.

Quando nella sala del municipio tutta illuminata, dietro il tavolo intarsiato di madreperla, tra due grandi mazzi di rose bianche, il sindaco chiamò a voce solenne davanti a tutti: parenti, invitati, impiegati e gente che curiosava ferma sull'uscio:

"Signorina Annunziata Montorsi" prima che pronunciasse tutta intera la formula del rito e la domanda prescritta "Volete prendere per legittimo sposo..." si concludesse, lei, felice dello sbandieramento del suo nome e cognome, rispose il suo "sì" di slancio. Come un'innamorata.

Allora tra i presenti, indulgenti all'emozione della giovane donna, passò un'aria ridarella per il calore di quel "sì" della sposa.

Della famiglia Montorsi sorrise con dolcezza Leopoldo, adolescente e nativamente così signorile, ripassando tra le mani le falde dritte del cappello di paglia, Carolina impacciata ed Eleonora compunta, tutte e due accanto ai fidanzati, Maria Vittoria con le guance rotonde, le spalle floride e gli occhi azzurri pieni di lacrime, Nanà con viso radioso e ripetuti assetti al gran nastro di raso pervinca che le solleticava la nuca.

Non sorrise Paolina, né suo marito, né don Giordano che aveva quel giorno il pallore di chi ha problemi di salute. Forse non sorrise donna Francesca, anche se la cosa non era poi tanto sicura, perché il viso si riparava all'ombra del cappello e di una fitta veletta amaranto. Non si addolcì l'espressione rabbuiata di don Paolo che soltanto spostò la tuba sull'altro braccio e neppure quella di Giovanni Antonio che, ventunenne e aggrottato, in terza fila, i capelli rossi faticosamente riportati nell'ordine di una scriminatura, sembrava astiosamente rinserrato nel gioco del pollice che duro sfregava il cocuzzolo di quell'alto cappello che ormai gli competeva e ne maltrattava contro pelo la novità del velur.

Federico non era presente. Appena tornato da Marsiglia, solo qualche giorno dopo, si era imbarcato e stava per raggiungere Enrico a Odessa. Insieme sarebbero poi andati a Taganrog per la definizione legale di quella partita di grano, in contestazione da tempo.

Mariuccia con i suoi "nove" ori (aveva ricevuto un gioiello per ogni nascita in casa Montorsi) era rimasta a controllare i camerieri che stavano approntando il tavolo del rinfresco alla villa, nel salone "pittato".

Gli invitati erano pochi, solo gli intimi, anzi donna Francesca non voleva neanche quel piccolo raduno per una coppa di spumante, una fetta di torta nuziale e il rito dei confetti:

"Luigina è morta da meno di un anno, e bisogna rispettare il lutto" così rintuzzava inflessibile e mortificava l'ambizione di Mariuccia che invece voleva anche per Nunziata i "festini" e i "suoni" come li aveva avuti a suo tempo Paolina.

Ma la caparbia governante le tenne testa e con borbottamenti incomprensibili e locuzioni chiare degne di una lapide: "Non facciamo a chi figli e a chi figliastri..." e dichiaramenti arroganti e ironici: "Donna Francé, ne ho piacere, la signorina Luigina, da morta, voi la volete rispettare assai..." riuscì a ottenere il piccolo rinfresco e, massima concessione, anche la fiaccolata alla quale teneva tanto "per il buon augurio", diceva.

Al municipio, dopo la cerimonia, dopo le effusioni e gli auguri, don Angelo andando verso la carrozza offrì il braccio a Nunziata e si guardarono, non a lungo, ma bastò per un loro patto, una loro intesa, una solidarietà da diseredati ai quali la vita aveva offerto un appiglio.

Mentre si incamminavano seguiti dal corteo, lui posò la sua mano, in gesto galante e protettivo, su quella piccola di Nunziata. E nella carrozza scoperta ancora si tennero a braccetto, senza parlare. Avrebbero poi sempre parlato poco, senza mai litigi o discussioni, e in accordo silente mantenuto fede a certi impegni non detti mai, a obblighi mai sottoscritti ma che loro ben sapevano e onorarono.

E negli affari l'identità di vedute sempre coincise perfettamente.

Donna Francesca con i benefici del contratto nuziale aveva offerto una leva, loro avevano speranza di sollevare il mondo.

Quando girarono nel viale, ebbero la vista della facciata della villa, tutta chiara per lo sfolgorio dei bengala che si scioglievano in parata a tutte le finestre e alla balconata centrale, e la polvere di antimonio bruciando aveva colore bianco abbagliante.

A Nunziata, mentre scendeva dalla carrozza, il pensiero di Federico fece mancare il piede, ma il marito fu pronto a sorreggerla.

Prima che Federico partisse Nunziata aveva avuto con lui un brevissimo e intenso colloquio. Quasi non lo riconosceva così nemico, affilato come un coltello, gli occhi stretti e dissennati mentre le chiedeva:

"È vero che ti sposi?" E lei aveva risposto "Sì, è vero" abbassando gli occhi, ma la voce era chiara e senza tremori. Altrettanto sicura la sua risposta all'indagine furente del giovane:

"E perché? Perché?"

"È un bravo giovane e mi farà buona compagnia."

E lui era uscito sbattendo la porta.

Da allora non si erano più parlati e a tavola lei non aveva mai girato lo sguardo verso la sponda dove lui sedeva alla destra di donna Francesca.

Poi Federico era andato via senza salutarla.

Il rinfresco nuziale finì con la tradizionale distribuzione dei confetti. Nunziata aveva un vestito bianco di foggia semplice con corallini sparsi. Lo sposo le era accanto e si fermavano a salutare gli invitati e a ringraziare per il regalo. Come aveva fatto Paolina, la sposa raccoglieva con un mestolo d'argento le bianche chicche profumate da una concolina sbalzata sorretta da due camerieri. Il recipiente, d'argento massiccio, era stato regalato a donna Francesca dal padre quando era nato Enrico: per il suo primo bagno.

Nel "salotto cinese" erano esposti i doni. Per la verità pochi quelli fastosi, quelli ricevuti da Paolina avevano avuto invece proprio la dovizia come connotato.

Il più importante di tutti era quello di don Paolo.

Nella rotondità della scatola cremisi la collana di diamanti stupì tutti.

Compare di matrimonio fu l'avvocato Prisco con il quale gli sposi ebbero poi sempre una frequentazione affettuosa e la consuetudine di incontri per il tressette: che giocavano con incredibile gusto.

Negli incontri festivi, così attesi, partecipavano al gioco Nunziata e il marito, l'avvocato Prisco e don Vincenzo Pinto il mediatore di grano.

Nessuno mancò mai a quelle sfide e quando, dopo dodici anni di matrimonio, venne a mancare don Angelo, sinceramente pianto da Nunziata, giocarono un tressette clandestino. Perché ripresero a praticarlo subito, senza attendere affatto la fine del lutto.

Lo giocarono di nascosto in tre. Fecero quel "tressette con il morto", con le dieci carte servite anche al quarto posto e giocate dagli altri tre a seconda delle chiamate, ma questo solo per un anno e mezzo, fino a che l'assente non fu sostituito, e i maligni dissero non solo al tavolo del tressette, dall'impastatore del pastificio di Nunziata.

Questo capo operaio, che si chiamava Carillo Giorgio, aveva occhio celestino e timidezza e aitanza di giovani anni ma mente matura e istinto appassionato e geniale per la meccanica, le trafile e tutte le cose della pasta. E nel suo carattere pacato e schivo portava un contrassegno non solo di operosità, ma soprattutto di creanza e discrezione che lo faceva estremamente bene accetto a tutti.

Dopo la morte di don Angelo, Giorgio, per più di tre lustri, fu proprio come l'ombra di Nunziata. Silenzioso non la lasciava mai, la seguiva dappertutto e così si malignava le andasse dietro pure nella camera da letto.

Ma tutto questo era ancora ben celato nel futuro; al momento Nunziata e lo sposo, sottobraccio, offrivano confetti e salutavano gli ospiti che andavano via.

Poi, prima che il salone si svuotasse, Nunziata chiese di ritirarsi.

Era stanca, frastornata e la cerimonia religiosa, "il matrimonio vero", come diceva Mariuccia, era fissata per il mattino dopo alle otto, alla chiesa dei francescani.

Mariuccia, contenta contenta e ancora con velleità di chiacchiere, l'accompagnò alla camera e l'aiutò a spogliarsi e a riporre il vestito.

Quando restò sola, Nunziata, spossata com'era, quasi dormiva in piedi nei riti della sera ed era grata a quella grande stanchezza che le impediva di pensare. Tanto era inutile batterci la testa contro, le cose non si cambiano quando non si possono cambiare. Bisogna rassegnarsi e basta. Tutto era quello che doveva essere e lei seguiva una strada senza aver stabilito prima direzioni e linee, da donna semplice, solo d'istinto. E lo faceva in silenzio, il silenzio che non spezzava il filo d'Arianna che con la sua fibra di seta profondamente le tagliava le mani ma che, nonostante tutto, lei aveva tenuto e teneva ben stretto, perché perduto non sarebbe restata che la disperazione del labirinto: senza uscita per nessuno.

Quella notte fece un sogno confuso e arruffato, qualcosa che la riportava a una giornata lontana, a un episodio vissuto tanto tempo prima.

Le monache dell'orfanotrofio avevano cercato invano lei e Margaritella, chiamandole fino ai limiti del giardino, fino al pollaio. Si era impensierita anche la superiora madre Clementina, ma loro si erano nascoste nel salone dove si stava svolgendo una festa riservata alle orfanelle più grandi e segretissima alle più piccole.

Si erano acquattate dietro una scena laterale del teatrino improvvisato: l'indomani ci sarebbe stata una piccola recita, sempre nello svolgersi dei festeggiamenti della SS. Annunziata che correva proprio quel giorno.

Era il venticinque di marzo e l'anno era quello in cui donna Francesca la portò via dal brefotrofio.

Nascoste, lei e Margherita spiavano dall'alto quello che accadeva nella sala, e rintronava nelle loro orecchie la gazzarra che si alzava. Seduti su di una lunga panca posta al centro del salone c'erano giovani popolani, rumorosi e accostati fino all'inverosimile. Davanti a questo poggiolo zeppo di uomini, ordinatamente sfilavano le orfanelle grandi; in riga per una e sorvegliate da tre anziane monache che si spostavano con loro.

Le ragazze, arrossate e contegnose, vestite di una lunga tunica bianca, gli occhi bassi che ogni tanto sbirciavano per tornare subito a guardare il pavimento, le mani giunte nella preghiera, avevano sulla fronte una coroncina come quella della loro Madonna, dell'Annunziata.

La fila si snodava descrivendo un cerchio nel salone e andava e ritornava a lambire lo scanno. Tra le urla e i lazzi dei pretendenti si allungavano braccia vogliose, ma le tre monache, gioviali e condiscendenti, erano assai leste a colpire mani tese e polsi, con i lunghi mestoli di legno che le armavano.

Dalla panca, da quel radunarsi sudato e chiassoso, dall'ilarità rozza ogni tanto partiva a centrare un'orfanella un fazzolettone colorato, sciolto d'impeto dal collo e appallottolato in fretta con un nodo. Era così che gli uomini convenuti manifestavano la loro scelta, e se la ragazza si fermava e raccoglieva la vivace pezzuola il patto era concluso e il matrimonio si sarebbe fatto.

Dietro la quinta, dietro lo squarcio di legno inchiodato che sul davanti fingeva l'azzurro ondularsi di un pezzo di mare, con le ginocchia massacrate dalle traverse irregolari che lo sostenevano, Nunziata, che sapeva tanto poco di vita, inconsciamente allora decise che mai con quel rito umiliante avrebbe trovato marito.

Ma nel sogno non arrivò fino a quel punto, si destò prima con un senso di angoscia mentre molto confusamente le appariva la sfilata delle orfanelle.

Nel risveglio si scoprì in tremito. Si alzò e andò alla finestra. Nel silenzio una luna rotonda chiariva il viale e faceva più luminoso il biancore del portale d'ingresso. Quella pace la chetò, la sciolse e quietamente cominciò a piangere.

Erano riuniti giù nello studio di Francesca. Lei dietro la scrivania e i figli Enrico, Federico e Giovanni Antonio dall'altra parte, raccolti intorno al piano intarsiato.

Federico raccontava dell'incontro che lui e altri industriali avevano avuto al municipio con quelli della Camera del Lavoro e la rappresentanza degli operai. La sua voce era roca, al municipio aveva parlato senza risparmio.

Tutto era cominciato al pastificio di donna Amalia Fabbrocino. A donna Amalia i garzoni avevano chiesto l'aumento di una lira a settimana, non l'avevano ottenuto, allora avevano scioperato e donna Amalia li aveva licenziati tutti. Allora avevano incrociato le braccia anche quarantacinque operai suoi appartenenti alla Camera del Lavoro e si erano astenuti da ogni attività gli iscritti di altri pastifici.

La reazione degli industriali è severa, tutti gli scioperanti vengono licenziati e sostituiti con personale avventizio preso dai paesi vicini.

Federico si era battuto come un pazzo al municipio con il deputato socialista che il partito aveva mandato. "Assolutamente lo sciopero deve cessare, arriva il Natale, che si riprenda il lavoro... I licenziati saranno riassunti e soprattutto si regoleranno i rapporti futuri con un contratto che, elaborato dalla Borsa del Lavoro, oltre a un'indennità di licenziamento equivalente a tre mesi di salario, prevede sussidi: per medicine e maritaggi." Ma aveva perduto la voce Federico e non aveva persuaso il deputato socialista che la Borsa del Lavoro, l'altra organizzazione, finanziata dagli stessi industriali, non era poi manovrata da operai "ammaestrati" dai padroni.

"Federì, io la conosco bene questa cricca di amici tuoi. Sono degli affamatori... Federì, io non voglio disconoscerti meriti ma anche tu... sempre un padrone sei..." così gli aveva detto il deputato socialista, suo antico compagno di università.

E Federico non aveva convinto nessuno che il proposto intervento della Borsa del Lavoro non era una manovra che nascondeva il tentativo di rompere il fronte operaio contrapponendo, alla Camera del Lavoro, un altro organismo più moderato.

Questo lui raccontava, stanco, chiamando a testimone Giovanni Antonio che era stato presente a tutto il lungo discorrere al municipio. E sua madre l'ascoltava, muta, accigliata, le mani raccolte in grembo.

Quelli della Camera del Lavoro e il deputato erano irremovibili e facevano fermi gli operai nel loro proposito. Da qui la loro intransigenza e dalla parte degli industriali ancora più ottusità, questo ribadiva Federico. Lo sciopero non sarebbe finito, anzi alle altre richieste si era anche aggiunta quella della riduzione dell'orario di lavoro a dieci ore. E lui presso gli altri industriali questa domanda degli operai francamente l'aveva appoggiata.

"Si però, Federì, li stanno attossicando, si stanno comportando male" l'interruppe Enrico "hanno perduto ogni rispetto, sputano su chi dà loro da mangiare, insultano e disprezzano, anche i nostri stanno alzando la cresta."

"Non è colpa loro, Errì. Questa è una delle prime cittadine industrializzate del mezzogiorno, non sanno ancora bene i loro doveri e le loro responsabilità, gli operai non conoscono i loro più veri interessi, la Camera del Lavoro è nata da poco, non ha ancora misura e metro, e questa cittadina operosa è un po' la sua palestra, qui si esercita, e nell'esercizio magari sbaglia."

"Federì, tu trovi giustificazione sempre a tutto."

"Errì, sta per venire Natale... E questa gente è senza lavoro."

"E lo vogliono loro..."

La povera Mariuccia, zoppicante con quelle sue gambe malate, era scesa ancora una volta a raffrettarli. La prima volta aveva fatto attraverso i vetri il cenno dell'andare, questa volta bussò decisa con le nocche e agitando le mani congiunte mimò l'impazienza. Bisognava fare presto e mettersi in ghingheri. Quel millenovecentotré era per Maria Vittoria l'ultimo anno di conservatorio e i diplomandi quella sera davano un concerto al San Carlo.

Allo spettacolo benefico, peraltro patrocinato dal Banco di Napoli e dalla S.A.D., sarebbero stati presenti anche il Sindaco di Napoli e il Prefetto; assolutamente dovevano assistere al concerto tutti i componenti della famiglia, specialmente le signore, compresa la moglie di Federico e quella di Enrico, così aveva comandato la domenica prima a tavola un don Giordano irascibile e musone e aveva aggiunto che le donne di casa dovevano essere tutte ingioiellate "assai": per fini suoi, di prestigio e di credito. E adesso era già pronto e profumato e sollecitava la partenza.

Francesca si alzò, i figli la seguirono nel gesto, le cedettero il passo e lei uscì sotto l'androne. L'aria era pungente, il vestito che l'aspettava già disteso sul letto era di quelli scollati, da sera... E lei aveva freddo e nessuna voglia di andare al concerto; del resto, non si sarebbe potuta neanche assentare, degli avventizi che aveva assunto, pochi per fortuna, non si fidava; e poi era affaticata... gli anni cominciavano a pesarle... Ma non era solo quello, era turbata, al di là degli avvenimenti del suo sigillato mondo di lavoro un'inquietudine le raggrumava il sangue... Ebbe un brivido, si strinse nello scialle... "Ingioiellatevi assai, ci sono tutti quelli della Banca" così aveva detto Giordano e rivolto a lei "Tu metti il collier con la Medusa..."

Affrontò la scala... il brivido tornò... anche per quel vistoso monile di diamanti da esibire e che alto le avrebbe cinto il collo nel gelo del suo metallo e nella morsa di un'ansia, di un presagio cattivo... Saliva a fatica... Leopoldo ed Eleonora, fermi ad attenderla sul pianerottolo, premurosi si affrettarono ad andarle incontro e le offrirono il braccio... Appoggiandosi a loro si rincuorò... altri figli la seguivano... quanti figli... quante frecce ancora al suo arco.

A quell'ora di mattina era vivissima la diritta e borbonica "strada regia", da più di cinquant'anni ribattezzata corso Vittorio Emanuele e che, larga e maestosa, attraversava in senso longitudinale tutto il paese come un corso d'acqua.

Era il dicembre del millenovecentodiciannove. La carrozza carica di anni, sbilenca ma decorosa negli ottoni lustrati, passava tra gli alti scalini di pietra dei marciapiedi non lastricati e bordati di muschio. Andava incerta, rumorosa, i grossi massi di basalto inceppavano le ruote e il vecchio coupé navigava lento l'ampio cammino ondeggiando come in un mare inquieto.

Rigida era la giornata di quell'inizio d'inverno, ma tersa era l'aria che l'alito denso del cavallo a tratti segnava. Sola nel chiuso della vettura, la vecchia signora era seduta accostata allo sportello e curiosa sbirciava. Passando davanti alla chiesetta di Santo Espedito accennò un segno di croce e don Salvatore Farro, che dopo aver celebrato la messa stava dando manate di chiave alla porta, girandosi la riconobbe dietro il vetro della carrozza.

"Ecco donna Francesca, mi fa dire sempre che non c'è e così non si confessa. E sono mesi che non ascolta una messa. Ne devo parlare a Federico."

“Questo è un altro...” pensò di lui Francesca “questo è un altro dei fissati con Oplonti e quella tavola là... Ih che capa fresca...”

A cassetta Sabatino il cocchiere, piccolo uomo con la coppola calata sugli occhi, infreddolito, le spalle contratte, la testa raccolta nel grigio scolorito del bavero alzato, incalzava il passo del cavallo facendo schioccare la lingua.

Tra l’animazione paesana e laboriosa della via passava la carrozza sfiorando le file dei carri fermi dinanzi ai pastifici. Gli stabilimenti si susseguivano a breve distanza, senza avere all’esterno niente della fabbrica, uguali alle altre case, con bei balconi e cornici di piperno. Differenti però dalle abitazioni civili per i portoni spalancati su androni vastissimi zeppi di sacchi e per la pasta stesa che danzava intorno ai caseggiati.

Il coupé passava nel solco della strada chiusa dai palazzi alla vista della spiaggia, ma negli squarci liberi tra gli edifici, nei passi che con ripide scalinate da quel terrazzato naturale scendevano al porto, a tratti appariva il mare, di un azzurro così carico e di fronte la costa sorrentina tanto nitida e Capri tanto vicina che ogni volta era come una folgorazione.

A nord, dal lato del Vesuvio, rado era l’ergersi di palazzi, così, senza impedimenti, contro il cielo si vedeva il vulcano, con bianche rughe di neve e lo sbuffo di fumo dritto e perlato.

Dal vetro del finestrino Francesca, smagrita e diritta sui cuscini, occhieggiava con attenzione. Per lei tutto era un po’ come appannato. Folto e fresco il crespo da lutto partiva dalla cuffia di macramé, dalla fronte scendeva dritto fin sulle cosce ossute e lì appoggiandosi sul panno nero della gonna traboccava. Da tempo lei era abituata ad avere, fuori dall’intimità della casa, quel velo nero che non aveva più smesso da quando nella sua vita erano cominciati a susseguirsi i lutti e a sommarsi i morti.

Ad abbrunarle però la luminosità del mattino non era solo quella scura trasparenza. I suoi occhi erano malati.

Colpa delle troppe lacrime, ne era sicura, il professore Minervino invece parlava di cataratte.

Stringendo le palpebre cercava di mettere meglio a fuoco le immagini mentre passava in rivista, spiegati lungo la strada, gli alti supporti che reggevano su due piani le canne. Quando queste sostenevano formati di pasta grossa, erano più doppie e scure, quando portavano le qualità sottili erano esili e chiare. Così nel chiaroscuro delle lunghe stese, negli alti castelli, dondolavano i maccheroni.

"Hanno fatto una bella stesa stamattina... è una buona giornata" e la mano di Francesca con il mezzo guanto cercò un varco sotto il velo per sfregare con l'indice le narici che sentivano il tempo asciutto e benevolo. E ancora le drizzò le spalle l'antica superbia per la sua valentia, il saper cogliere nei segni, per altri oscuri, i presagi di ogni mutamento dell'aria.

Accostata al cristallo, il cuore proteso all'esterno, osservava e scuoteva la testa:

"Quanta fatica... Quanta fatica... Non basta usare il grano migliore se poi non sai fare l'asciugamento. Lì cade l'asino."

E nel moto del capo voleva esprimere scontento totale, rifiuto di una responsabilità così pressante, e invece l'amarezza le gravava l'anima perché di pasta sua erano anni che non ne sciorinava al sole e non ne avrebbe avuta mai più da stendere, mai più...

In quel momento un forte sobbalzo della carrozza, mentre la scomponeva nelle membra e nella cuffia, compassionevole le allontanava dal cuore la stretta che si faceva così gravosa. Con le mani si aggrappò alla cinghia della manopola come una naufraga:

"Ma stu Sabatino che cacchio fa?"

Nello stesso momento Sabatino, girato a mezzo verso il legno, le stava gridando forte:

"Abbiate pazienza patrò. Avimmo pigliato nu fuosso."

Francesca sentì benissimo tutta la frase e nel ricomporsi e nel riportare nella giusta posizione l'acconciatura di merletto che si era spostata di traverso aveva un'espressione irata e stringeva le labbra come se un frutto acerbo le avesse allegata la bocca:

"Lui prende un fosso e poi dice abbiamo preso un fosso. E io che c'entro, io che sto chiusa qua dentro?" E preso il bastone con la testa di cane poggiato al sedile, picchiò forte sul fondo della vettura in rimprovero per il conducente.

Sabatino si girò e le gridò:

"Ditemi padrona."

"Questo fesso mi chiama ancora padrona. Padrona di che? Solo degli occhi per piangere!!! Sono una poverella... So'... na capa 'e zi' Vicienzo. Questo sono... na capa 'e zi' Vicienzo..."

E torceva le labbra nel pronunciare la frase, nell'assegnarsi quella prerogativa di nullatenenza.

Perché, anche se il tempo aveva corrotto la locuzione latina, nella popolaresca dicitura essa conservava ancora il concetto, tutto intero il senso di quella nota che, nel novero degli abitanti e dei beni, era precisa segnatura di povertà: *Caput sine censu.*

Francesca rabbiosa raccolse il bastone che le era caduto, meglio sistemò il velo e sul sedile più si accostò al finestrino.

Fuori, a quell'ora, intorno ai carri, vivace era l'andirivieni dei facchini. Le file scalze, curve, veloci, erano inghiottite dal buio degli androni e restituite al sole della strada in un avvicendarsi di carico e scarico, rapido, intenso, da formicaio.

Colorati fazzoletti di cotone, piegati come strisce, legati sulla fronte fra le sopracciglia e l'attacco dei capelli, arginavano il sudore che invece chiazzava le ascelle delle maglie di lana. Sotto il peso, sotto l'arco del braccio alzato a fermare il carico, le facce pur segnate dallo sforzo erano pateticamente allegre e lo sguardo vivace cercava il colloquio ammiccante nell'incrocio con i compagni. Rimuovevano sacchi e sacchi: scuri quelli del grano, di tela bianca quelli della farina e delle paste lunghe secondarie con le etichette penzolanti dalla strozzatura. Trasferivano pesanti casse a traìno da cinquanta chili per le consegne locali e ceste di legno sfibrato e spaselle ricolme di pasta corta. Negli scuotimenti del cammino esse smarrivano occhi di lupo, fascette e conchigliette, prontamente spigolate dai bambini che le seguivano curvi e solerti. Infagottati in consunte giacche da uomo di quattro o cinque misure superiori alla loro, i capelli in segno di osservata igiene tagliati a zero, accompagnando la pasta non ne perdevano neanche un acino, niente sfuggiva al loro scopino.

Per recuperare una manciata di conchiglie alcuni di essi giostrarono vicinissimi alle ruote e alle zampe di Menechiello, ma lui restò tranquillo e non si scompose mentre invece s'incazzò Sabatino. Bestemmiò e allora i monelli gli fecero sberleffi e lui, girandosi indietro, li minacciò, schioccando la frusta.

Risero alcuni operai con sulle spalle le gerle di tela zeppe di merce. Trasportavano ai carri, dal reparto dell'impaccatura, dei rotoli da cinque chili di pasta lunga, maccheroni avvolti a mano in ruvida carta blé. L'involucro, chiuso con la colla di riso, a seconda dello specifico tipo di pasta che conteneva, ziti, linguine, spaghetti o bucatini, aveva gradazioni diverse di quel blé squillante così caratteristico. Un turchino così tipico da determinare un colore: blé carta da maccheroni. E se i pastai avessero mai pensato a una loro bandiera – e forse avrebbero dovuto farlo – certamente essa si sarebbe sciolta al vento con quella particolare tinta che richiamava cieli intensi sul far della sera.

A una fontana Sabatino svoltò ad angolo retto in una strada, abbastanza lunga ma cieca, che tagliava verso nord, proprio in direzione del Vesuvio. Anch'essa era ingombra di ruote e stanghe. Dopo la curva la carrozza pericolosamente rasentò un carro con pile di cassette di maccheroni.

Esse avevano non solo dignità di imballaggio, con assicelle addrizzate e compatte, ma raffinatezza di pomposi contrassegni con il nome della ditta accerchiato da frasche e sottolineato da stemmi sabaudi e da riproduzioni, diritto e rovescio, di medaglie lustre come patacche.

Le cassette erano del tipo che i fabbricanti riservavano all'estero e al nord Italia.

Su questi colli di legno, tra le scritte dorate e le medaglie, giganteggiava su due lati l'emblema del pastificio, carico di tinte. I pastai marcavano così quelle particolari confezioni e i vistosi simboli che mantenevano tutti lo sfondo dell'azzurro golfo e del Vesuvio avevano la stessa prerogativa spiccante, che fosse l'etichetta di don Alfonso Lettieri con il cigno reale navigante sul mare di Napoli, o quello di donna Rubina Ciniglio con il paggio che sul cuscino di velluto offriva il piatto di maccheroni, o il luccicante stellone dei Fabbrocino, la romanica biga dei fratelli Gargiulo, il baldanzoso gallo tra le spighe di donna Anna Gallo, o l'orso fiero e rampante degli Orsini, le rappresentazioni erano sempre caratterizzate da colorazioni forti, eccessive. Forse magiche segnature per atterrare il male nell'avventura del viaggio, per tenere lontana la iattura da quel prodotto così indifeso, così sensibile a tutti i fenomeni atmosferici.

Il fatto certo era che poi quelle fasce avrebbero sottolineato la provenienza di quella pasta così saporita da una terra di sole e di colori.

Le cassette su quel traìno pericolosamente sfiorato dalla carrozza portavano etichette con il "carro dell'aurora": aulico, con le mitiche figure e i cavalli, si alzava nel cielo vesuviano che albeggiava rosato. E la celeste quadriga, portatrice del giorno e della luce, sottolineava un sorgere e accortamente insinuava una supremazia del prodotto, un predominio sugli altri.

Il marchio era quello del pastificio di don Giovanni, stavano per passare proprio davanti alla sua fabbrica e Francesca si fece attenta, voleva curiosare...

Lui era fermo quasi sulla soglia dell'ampio portone, mani in tasca e gambe divaricate. Sulle spalle, a difenderlo dalle eterne correnti, la solita larghissima sciarpa a scacchi rossi e grigi, quasi un plaid. Sotto la coppola inglese a riquadri grigi un biancore di basette, di baffi all'Umberto, di sopracciglia aggrottate sul felice lampo degli occhi.

Il mezzo toscano spento tra le labbra, ancora un bell'uomo; le mani, tirando la stoffa dei calzoni, meglio delineavano la prominenza del ventre e scoprivano la grossa catena d'oro, decoro del panciotto di cachemire nocciola.

Aveva d'attorno sensali di grano e di sfarinati e venditori del prodotto finito, deferenti nell'accerchiarlo, e lui sornione li giganteggiava tutti, pur nella statura più bassa della loro. Tranne don Giovanni, che abbozzò appena una riverenza toccandosi il berretto con le quattro dita, tutti gli altri si inchinarono scappellandosi con largo gesto. Avevano riconosciuto la carrozza. Dietro il vetro subito si ritrasse nel profondo della vettura la persona velata, senza rispondere ai saluti, e all'istante immaginò i commenti dopo quel suo passaggio:

"Puverella, a quell'età pure la villa si sta vendendo. Ma come è possibile... una posizione come quella... Adesso sta andando da donna Nunziata..."

"I brillanti suoi tutti donna Nunziata se li è comprati."

"E pure la biancheria."

"Forse adesso si compra anche la villa..."

Intanto Francesca, nell'atto di tirarsi indietro, che pure fu rapido, aveva fatto in tempo a scorgere, sotto la volta del portone, un accumularsi di altre cassette con lo stesso imballaggio ma con l'aggiunta di un particolare appariscente e non usuale che lei conosceva troppo bene e individuò all'istante anche nella visione fuggevole e nella poca chiarezza della vista.

Nello scuro dell'andito aveva suonato per lei il colore azzurro vivo delle bordature di carta incollata che listavano le piccole casse di legno e ne segnavano angoli e spigoli chiudendoli all'aria:

"Sta mandando la pasta in America."

Aveva riconosciuto la destinazione della merce, non perché avesse potuto leggere affiancate alle etichette le didascalie in lingua inglese e in caratteri gotici di come cuocere "The pasta of Torre Annunziata" o come condirla "With grated cheese or melted with tomato sauce"; l'aveva ben identificata per le strisce che servivano nel lungo viaggio a isolare e proteggere la pasta dalle impurità, dalla polvere e dagli agenti dell'atmosfera.

"Sta mandando la pasta in America... ne tiene tanti di clienti adesso laggiù... i suoi e pure i miei... Johnson e Miller a Chicago, Jefferson a New York, Sonnino e Cooper a Boston, Seller a San Francisco... Che clienti... che clienti..." E si appoggiò ai cuscini e serrò gli occhi la gelosa. Pensava all'orgoglio che le era sempre venuto dalla sua estrema bravura nel fare arrivare oltre oceano i suoi maccheroni così perfetti, freschi come fiori: dopo aver attraversato un mare tanto grande, stivati per tanto tempo.

Bisognava lasciare loro dentro un poco di umidità ma quella giusta e anche questa misura lei la determinava senza strumento alcuno, la intuiva, quasi la divinava solo con la vista e l'olfatto.

"Mai una lamentela da un cliente. La roba mia arrivava sempre come una rosa di maggio. Sono stata veramente un'artista."

E sapeva di non esagerare nel dirlo, di non mentire; del resto tutta la sua produzione era sempre stata magnifica.

"Però" aggiunse nel pensiero "però... don Giovanni la pasta pure 'a sape fa'. Non meglio di me... ma la sa fare."

E fu in quel momento, senza saperlo, fu in quel preciso istante che passò a don Giovanni lo scettro che ancora teneva nonostante tutto.

Riaprì gli occhi ma li richiuse subito, non voleva guardare.

"C'è troppa luce, mi ferisce la vista."

Ma a dolerle era l'operosità così familiare, che per una vita era stata la sua vita e dalla quale non si era ritirata con l'onore di una medaglia, ma era stata esclusa con smacco e scorno. E sentì tutta intera la disfatta.

"Meglio se fossi morta."

Ma sentendosi ancora ben viva nel fondoschiena, dolente per i sobbalzi della carrozza, vecchia anche nelle balestre, puntellandosi sospirò per due volte: "Di dolore non si muore... Di dolore non si muore."

Erano arrivati in fondo alla leggera salita della via Maresca e al pastificio di Nunziata, un caseggiato a due piani che mostrava a destra e a sinistra chiari segni di ingrandimenti, di corpi via via aggiunti al primitivo e rosato palazziello, dote di Nunziata.

Il cocchiere però non si fermò davanti all'ingresso principale ma, oltrepassatolo, girò invece in un cancello verde che si spalancava proprio alla fine della costruzione. Entrò così in un piccolo cortile lastricato che confinava con un bel giardino.

Fermato il cavallo, scese, tenendo la bestia per la cavezza, lo fece prima rinculare e poi lo guidò nel riparo di un angolo verde di edera. Legò le briglie all'anello infisso nella pietra, tornò indietro, aprì lo sportello e abbassò lo scalino.

"State servita, padrona" ma la donna non si mosse.

"Sabatì, non scendo... Vai a chiamare Nunziata, dille che le debbo parlare e l'aspetto. Non scendo perché mi fanno male gli occhi e mi gira un poco la testa... e poi è cosa riservata... Anzi, fai una cosa, vai dentro dalle saccare e da Lalina, fatti fare una tazza di caffè forte. Dille che ci metta anche una goccia di anice. Sono gelata."

"Ma perché non scendete patrò, dentro allo studio di donna Nunziata state più comoda... e po' pare brutto."

"Ma che pare brutto e pare brutto, qua sto più calda e poi parliamo tranquillamente senza essere disturbate... Fai venire Nunziata, portami il caffè e dopo ti vai a fare una bella passeggiata. Ti vai a bere un bicchiere di vino alla cantina... te l'offro io."

"No... lasciate stare, non fa niente... io resto qua, mi metto a cassetta."

"No, tu dopo, mentre io parlo con Nunziata, te ne devi andare lontano dalla carrozza."

"E perché... Che impiccio vi do?"

"Tu ti vuoi mettere a cassetta perché vuoi sentire."

"Ma voi vi fissate, vi fissate sempre che mi metto a sentire. Ma chi 'e vò sapé i fatti vostri?"

"Tu li vuoi sapere. Proprio tu" rispose Francesca con la sua voce di comando. "Tu sei un curioso... E poi vai a raccontare i fatti miei a tutti quanti."

"Nun è overo, ogni tanto ve ne uscite con questa bella pensata, io sono una persona vostra, io sto con voi da diciotto anni, da quando è morto Tanino."

"E sono diciotto anni che sei curioso. Tu hai fatto sempre questo. Chi non le voleva sapere, da te le conosceva bene tutte le cose di casa mia."

"Mannaggia 'a marina... Ma che state dicendo?..."

"Va bene Sabatì, non è vero. Non è vero che sei curioso. Non sei pettegolo. Sei contento? Comunque a cassetta che ci fai? Prendi freddo e basta. Invece cammini e ti riscaldi... Va bene?..."

L'uomo ripiegò lo scalino e nel far scattare la molla guardava dal basso la padrona tutto ingrugnato, e anche lei, dall'ombra del velo, lo fissava bisbetica.

"Sabatì" gli disse "rassegnati, oggi non puoi sentire."

Chiuso lo sportello con sgarbo, Sabatino si avviò brontolando verso il pastificio ma già avvertita, oltrepassando il cancello, gli veniva incontro Nunziata. Armoniosa e morbida muoveva svelta il passo. Il giacchino grigio era di cattiva fattura ma non riusciva a renderla goffa; nel camminare rapido la sottana dritta, lunga fino alla caviglia, scopriva gli stivaletti con la ghetta di camoscio chiusa da bottoncini. I lunghi capelli erano scuriti nel biondo, ma nel sole i corti riccioli, che intorno alla fronte e alle tempie sfuggivano alla raccolta pettinatura, ancora brillavano d'oro.

Incrociandola Sabatino tornò indietro insieme a lei e arrivati al coupé riaprì lo sportello e l'annunciò:

"Qui c'è donna Nunziata." E Nunziata sporgendosi nella vettura salutò e baciò la mano che Francesca le tendeva:

"Buona giornata a te Nunziatì" le rispose senza sorridere donna Francesca "non scendo, sali tu" e le trattenne la mano per aiutarla nella mossa "ti devo parlare urgentemente" e si rivolse al cocchiere in quel momento nascosto da Nunziata.

"Sabatì chiudi e vammi a prendere il caffè... e non ti scordare: con una goccia di anice."

Nunziata intanto accomodandosi si era seduta sul crespo nero che, tirato, richiamò di lato la cuffia e l'acconciatura di Francesca.

"Nunzià per piacere spostati... Va bene... bene così" e liberato il lembo la vecchia signora raddrizzò il copricapo. Poi alzò il velo e armeggiando lo fermò al centro del cappello, appuntandolo con due spilloni.

E nelle braccia sollevate, nel busto che s'inarcava, nell'eleganza dell'atteggiamento così suo, tornò come pallido sole un ricordo di bellezza. Tanti anni prima almeno tre dei suoi figli erano nati dalla seduzione prepotente di quel suo gesto. Nel chiuso della camera da letto, nel cerchio di luce che si dorava tra le spesse cortine di seta gialla, lei che liberava dalle forcine la pettinatura o la racconciava, inconsciamente allettatrice nell'azione, aveva acceso e fermato un don Giordano distratto.

E molti uomini, in quel tempo lontano, mentre con lei parlavano di affari: agenti di navigazione o di cambio, spedizionieri o rozzi mediatori tutti intenti a definire cifre, date e percentuali, per quelle braccia d'un tratto alzate ad arco, a gonfiare sulle tempie a dita larghe le onde dei capelli, o sistemare lo chignon, la veletta, o sciogliere il nodo sulla nuca, per l'imperioso ergersi del busto, avevano dovuto nascondere imbarazzanti impellenze di virilità coprendole con il cappello.

Sistemato il velo, nel chiuso della vettura ci fu solo il silenzio e l'odore di umidità e di cuoio. Francesca dal sacchetto di velluto che aveva al polso prese un fazzoletto bianco listato a lutto e lo passò sulla fronte e sulla bocca.

Poi riassettata ripose il fazzoletto e incominciò a parlare con la solita voce di comando:

"Nunzià, ti devo dire una cosa importante, sentimi bene. La villa la devi comprare tu. L'avvocato Prisco mi ha detto che in questo momento non vorresti impegnarti, hai anche i lavori al pastificio per migliorare l'asciugamento artificiale che ti sta facendo Giorgio... Però... io ti dico una cosa... comperati prima la villa e poi pensi al resto... Tanto i soldi li tieni... La mattina le lire mettono le gambe e vengono da te... E io ne ho piacere... La vita è una ruota e gira... e mo sta girando dalla parte tua. Ho anche riflettuto che forse tu non ti sei fatta avanti per rispetto a me e allora sono venuta proprio per dirti questo. Se la compri tu, perderla mi darà meno dispiacere perché..."

"Ma io" la interruppe Nunziata "sapevo che la voleva il commendatore Varcaccio, il cugino di Mimmina, ho pensato che così Federico e Mimmina erano più contenti, restava in famiglia."

"Non è la stessa cosa, la devi comprare tu; solo se è tua la famiglia non la perde completamente. Vai dall'avvocato, il prezzo lo conosci, ti metti d'accordo con lui e... fa presto... fammi questo favore..."

Parlava Francesca con l'asprezza che le era così consueta, guardando fuori, gli occhi fissi ai tralci di edera del muro. Però, girandosi un poco, con la coda dell'occhio Nunziata aveva con pena notato nel viso fermo il mento che tremava.

"Nunzià, veramente..." e la interruppe uno scarto brusco della carrozza. Il povero Menechiello, mansueto e tranquillo, aveva avuto un sobbalzo per un gatto che tracotante, calando da un albero con un miagolare dispettoso e arruffato, gli era passato sulla testa, sfiorandola nel salto dal muro.

Gli scossoni della vettura avevano fatto sbandare il discorso di Francesca. Nella riacquistata stabilità del landò riprese il filo più ferma e padrona di sé:

“Nunzià, veramente mi dispiace troppo se la villa la prende un altro... Però... c’è un però e questa è la prima e l’ultima volta che ti faccio questo discorso. Ti devo precisare una condizione, sentimi bene: Giorgio nella villa ci deve entrare da impastatore e non da padrone...

“Io non voglio sapere se quello che si dice di te e di lui è vero o non è vero e la verità ormai neanche conta. Le penne sono sparse e chi le raccoglie più!... Ormai non ha neanche più importanza se è o se non è, se è stato o non è stato...”

Nunziata arrossì violentemente. Strinse con le due mani lo strapuntino come un legno che potesse salvarla, quel dire la colpiva come una mazzata; sgomenta si girò d’istinto verso donna Francesca che continuava a parlare, sempre fissando l’edera.

“Non so se sono chiacchiere quelle di un matrimonio, ma se il pensiero lo hai fatto ti dico levatelo dalla testa, sarebbe uno sbaglio... uno sbaglio grosso assai... È anche più giovane di te, tu tieni i figli grandi... sarebbe una vergogna... na cufecchia... faresti ridere la gente...”

E a Nunziata la testa rombava e le parole le arrivavano come attraverso un diaframma.

“E un’altra cosa ti voglio dire, non ti curare della gente, se hai bisogno delle lire nessuno te le mette in tasca, non fare la sciocchezza che magari siccome si sparla tu, per mettere a tacere le male lingue, Giorgio lo licenzi. Non lo mandare via, quello che ti fa lui al pastificio non te lo può fare nessuno e non solo per la pasta che con tutti i marchingegni suoi, con le stufe e i ventilatori ti fa asciugare così presto. Giorgio è una colonna. Se esce da te se lo prende subito don Giovanni e a lui solo Giorgio manca...

“Ecco, adesso sai come la penso... Domani prendi una decisione e vai dall’avvocato Prisco.”

Detto questo tacque, tornò il silenzio tra loro scandito a tratti dal traballare della carrozza per lo scuotersi di Menechiello.

Poi Francesca si soffiò il naso e intanto spuntava Sabatino, la guantiera di legno tra le mani.

Gli aprirono dall'interno e donna Francesca rabbrividì all'aria fresca che invece portò sollievo alle guance attizzate di Nunziata.

Il cocchiere sollevò il vassoio dipinto con mascherine scolorite e nel viso alzato il sorriso era benevolo, apertissimo: a tutto sfoggio della patetica sdentatura.

Le due donne insieme si sporsero, presero il piatto di legno e vicine se l'acconciarono sulle gambe, attente a non rovesciare le tazzine coperte dai piattini.

"Quella con il fiorellino giallo è con l'anice, è di donna Chicchina..." e non solo nel volto illuminato, ma nel vezzeggiativo domestico usato solo dagli intimi c'era da parte di Sabatino un'indulgente remissione di offesa e una richiesta di accomodante armistizio.

Con donna Chicchina lui in continuazione aveva battibecchi, però non gli lasciavano rancore, anzi dopo lo facevano felice perché determinavano l'altissimo grado di familiarità che aveva con la padrona.

"Io con donna Chicchina m'appicceco d' 'a matina 'a sera." Così spesso ripeteva vanitoso agli amici della cantina.

"E bravo... bravo Sabatino." Francesca scoprì le tazzine e la carrozza si riempì dell'acuto profumo del caffè e della correzione di anice.

Bevvero sorseggiando piano con un leggerissimo risucchio, mentre il cocchiere dal basso le osservava tutto compiaciuto:

"È caldo patrò. È come piace a voi? È con le tre C... cacchio... comme... coce?..."

Nunziata porse il vassoio con le tazzine vuote a Sabatino. Con un senso di angoscia, di mancamento, vide richiudersi lo sportello. La vecchia signora taceva, passava il fazzoletto sulla bocca e si asciugava una lacrima malata che le ristagnava nell'angolo dell'occhio. Poi, riposto il fazzoletto, ancora alzò le braccia a sfilare gli spilloni. E il velo nero, senza fermatura, rapido discese a oscurarle il viso e le spalle.

Il colloquio era finito.

Nunziata si rilassò e fu quasi palpabile il suo sollievo.

E attese il congedo.

Nella carrozza l'umano respiro insieme ai vapori fragranti del caffè si raccoglieva sui vetri appannandoli. Sospesa e drammatica si prolungava la pausa di silenzio.

All'improvviso da tutto quel nero, dal muro di crespo ancora si alzò la voce di Francesca ma spogliata dell'arroganza di prima. Una voce che grave alitava dal lutto serrato e che nel tono era quella della sconfitta e della resa:

"Nunzià, è finita, adesso stiamo proprio in mezzo alla strada... Giordano invece di una banca era meglio che metteva una bancarella... Se vendeva torrone e franfellicche era meglio... Il danaro sapeva solo spenderlo, oppure guadagnarlo con un colpo alle carte... Ha fatto montagne di guai, papocchie sopra papocchie che servivano a coprire altre papocchie... Ma la colpa è mia. Le proprietà erano soltanto mie e le garanzie non le dovevo dare. Io non dovevo mettere nessuna firma. Assolutamente. Dovevo dire 'Ma che sei pazzo?' Ma Nunzià, sai perché ho firmato? Perché gli ho voluto troppo bene. Agli occhi miei era nu Dio... Bello, signore, gran signore... e io ero nata puverella...

"Nunzià, se moriva prima che capissi che uomo era io sarei morta appresso a lui; invece è morto quando l'avevo già schifato.

"Sai perché ho garantito tutti i suoi imbrogli e le sue chiacchiere? Perché lo volevo tenere legato a me con il debito di riconoscenza. Non lo volevo perdere, me lo volevo comperare... m' 'o vulevo accattà...

"Lo sanno tutti che ho tenuto le corna lunghe fino a Capri. Cattive azioni ne ha fatte tante. Bisogna pregare per la sua anima, Nunzià, giaculatorie e indulgenze ci vogliono per quel fetente, si devono dire molte messe per quel grandissimo fetente... E dopo tutta quella bella vita libertina e scostumata che aveva sempre fatto, nel momento brutto, quando appena iniziava il disastro, quando ancora non capivo e stordita cominciavo a pagare e vendere, vendere e pagare, lui una bella mattina si mise a fare lo scemo con mezzo corpo paralizzato e la bocca storta.

"Ti ricordi quando cadde dalla sedia a rotelle e si spaccò la testa ed ebbe dieci punti? Non è vero che nello scompiglio, nella furia, perché stava arrivando la lava del Vesuvio e dovevamo scappare, non è vero che non stemmo attenti e lui rotolò per le scale... Io lo feci cadere, io diedi un calcio alla carrozzella perché quel giorno, più terribile della lava e dell'eruzione mi era arrivata la notizia che il Banco di Napoli aveva messo le cambiali mie all'incasso...

"Papocchie su papocchie. Lui faceva l'invalido e il rimbambito e io e il povero Federico non sapevamo neanche da dove cominciare.

"Meno male che è morto presto se no lo ammazzavo con le mie mani.

"Nunzià, una montagna di guai mi è caduta sulle spalle, sulle mie e su quelle di Federico... Sono anni che facciamo mangiare gli avvocati, nottate intere abbiamo passato sopra le carte. Quel povero figlio mio i capelli bianchi ha fatto.

"E poi mi vengono a dire 'Don Giordano quant'era simpatico, com'era spassoso... era un signore...' e gli amici lo piangevano quando è morto...

"La mia famiglia si è distrutta Nunzià... ma chi mi fa più pena è proprio Federico... Non ha fatto niente di quello che piaceva a lui... 'A patria, i piemontesi fratelli suoi, le statue, le colonne che appartengono all'umanità, la professione, la musica, le poesie... E io a toglierli l'anima con il mulino, il grano, il pastificio, le cambiali, i guai... e l'ho sempre messo in croce...

"Tutto come volevo io e si è sposato con chi dicevo io... Un grande matrimonio, la ragazza ricca, il partito buono. Un'altra beffa...

"Tutto quello che io ho voluto quello ha fatto... Bravo... sempre bravo figlio... troppo bravo... nu fesso...

"Galantuomo fino all'ultimo centesimo. 'Mammà per carità il fallimento mai...' e non era meglio che fallivamo?... Cento volte meglio era... Ma per lui conta l'onore, la parola data, il nome della famiglia... 'Mammà per la bancarotta fraudolenta c'è la galera!!!' E chi se ne fotteva...

"Nunzià, di dolore non si muore, ma questo mi atterra, è come una spada senza pietà... È peggio di quando è morto Leopoldo. Io quel figlio l'avevo già perduto. Per me non è morto al fronte col tifo. Io l'avevo sentito allontanarsi già da quando era entrato in seminario. Non era più mio... e mi faceva soggezione così lontano dalle cose del mondo.

"È anche peggio di quando è morta Nanà. Una mala sorte teneva quella creatura... la spagnola, il cattivo parto, l'emorragia, tutto un destino.

"E poi c'era quell'anima di Dio appena nata, viva per miracolo, che piangeva nell'altra stanza... E si chiamava come me, e questo mi consolava...

"Ma per questo dolore qua non c'è consolazione.

"Tenevo un regno, tenevo danari, terre e palazzi ma la perdita del mulino e del pastificio è stata una cosa troppo grossa... Io non ne parlo con nessuno... e ne sto parlando adesso a te, Nunzià, perché tu la fatica mia la sai e il dolore mio pure lo puoi capire. E un'altra cosa ti devo dire. Tu sei stata la colonna e il buon augurio della mia casa... Quando te ne sei andata ti sei portata con te la fortuna, la salute, l'abbondanza e la mia casa si è seccata.

"Quando sono venuta a prenderti all'orfanotrofio per me eri soltanto un voto, una cosa che dovevo fare, una promessa da mantenere. Eri na scaramanzia. Se ti trattavo bene stavano bene i figli miei... Per tanti anni non ho mai avuto affetto per te, eri un'estranea. Poi quando te ne sei andata ti ho stimata..."

E la voce di Francesca si ruppe e lei armeggiò sotto il velo per prendere il fazzoletto. Forse arginò lacrime, di certo si soffiò il naso rumorosamente. Poi riprese a parlare, ma con la sua voce di sempre. "Mamma mia ma qui dentro si soffoca... Nunzià vai... vai... e mandami Sabatino... voglio tornare a casa. Non mi sento. Dall'avvocato non voglio andare più..."

Nunziata spalancò lo sportello scese e cominciò a chiamare Sabatino.

Nunziata, mentre la carrozza di piazza si rimetteva in cammino, strinse la sciarpa di chiffon bianco che leggera le ricopriva la testa. Un gesto meccanico per nascondere l'impaccio. La gente si era fermata a curiosare quando i figli, Mariano, Alfredo e Carlo, proprio tutti e tre, avevano con richiami vivaci fatta arrestare la carrozza a metà strada, prima che svoltasse, ed erano corsi verso di lei.

Facevano sempre così, quando lei s'allontanava erano come persi. Non c'era una volta che non rincorressero la carrozza e Gerardo per un'ultima cosa da chiarire e un ultimo dubbio da chetare.

Il mestiere di pastai lo stavano ben imparando, l'avevano respirato fin dai primi giorni di vita con l'impalpabile polvere di grano sulle sue vesti. Tutti e tre l'avevano succhiata quell'"arte" con il latte della madre che, sempre in premura, interrompeva la sua opera per il compito di nutrirli: ogni volta frettoloso, sbrigativo.

Più tardi, bambini, fanciulli, per loro c'erano state poche gite o domeniche di passeggio, ma solo giochi nel cortile del pastificio e nei giorni di scuola compiti fatti sul tavolino dello studio: e dopo, pochi ozi. Nunziata se li trovava sempre d'intorno, l'affiancavano curiosi, partecipi, si muovevano con lei, la circondavano negli spostamenti come un piccolo drappello interessati a ogni cosa.

Si erano appassionati a quel lavoro; anche Mariano, il primogenito, che però lei voleva indirizzato ad altre mete: perché Mariano disegnava molto bene, aveva attitudine per l'arte e lei a dodici anni l'aveva iscritto alla scuola del corallo a Torre del Greco, ai corsi serali. Mariano li aveva frequentati con grandissimo profitto per tutti e sette gli anni, e adesso con quello della scuola "normale" c'era anche quest'altro diploma e Nunziata voleva mettergli su un'attività di corallaro padrone.

L'intenzione l'aveva da tanto, ma c'erano state molte cose da fare con più urgenza, soldi da tirar fuori per i lavori al pastificio e c'era da pagare l'ultima quota della villa comperata l'anno prima. Aveva altro per la testa. Però questa cosa andava fatta e in fretta, anche il figlio la sognava e lei voleva dividere completamente gli interessi di Mariano da quelli dei fratelli. Forse era la volta buona per don Mario Tedesco, avrebbe finalmente avuti quei moggi di terra da unire ai suoi, era tanto che il dottore le chiedeva di vendergli il pezzo della masseria di Sorrento che s'incuneava nella sua proprietà.

Doveva far presto però, prima che gli altri due figli si smaliziassero contrastandola nei suoi disegni.

Ventidue anni aveva Mariano, venti Alfredo e diciannove Carlo, uomini erano, e ancora le correvano dietro... La stessa storia ogni giorno. Perché lei per venti giorni consecutivi, due volte l'anno in primavera e in autunno, per alcune ore del mattino regolarmente mancava dal pastificio. Andava a cercare di guarire o attutire certi suoi dolori reumatici con l'acqua minerale della sorgente vicino alla marina, andava alle "Terme Vesuviane Nunziante". Federico era sicuro che erano quelle romane e già individuate dagli sterri del borbonico generale Nunziante. Lì se si fosse scavato, diceva, si sarebbero di certo trovati ruderi delle terme sepolte dal Vesuvio, accennate nel segno di Oplontis sulla tavola Peutingeriana. Lui nominava sempre così tanto l'antica mappa e da tempo così immemore che tanti familiari e tanti amici avevano imparato a ben ricordare e scandire il difficilissimo nome.

Comunque, romane o no, Nunziata alle terme ci andava da diversi anni. La cura le giovava e lei era costante e diligente anche perché farla le piaceva immensamente e le piaceva la scarrozzata per raggiungere lo stabilimento. Bisognava attraversare il paese e scendere fino al mare imboccando una strada di campagna, ancora privata, tutta verde, col mare che sotto ammiccava tutti gli azzurri. Una passeggiata bellissima.

La carrozza intanto stava per immettersi nella strada principale. Nunziata si girò a guardare i figli, erano tornati davanti al loro portone e discutevano: Alfredo era il più vivace e gesticolava, Mariano con le mani in tasca era il più pacato e sovrastava i fratelli con la sua figura.

La vettura svoltò, Nunziata si ricompose e ancora sistemò la lunga sciarpa bianca. Affrontarono il corso. Tra i passanti molti la salutavano e, ossequiosi, richiamavano sull'avvenimento l'attenzione dei distratti, mentre i lunghi lembi di chiffon si riempivano di vento.

"Sta passando la padrona Limieri... Si va a prendere il bagno all'acqua Nunziante."

Era il millenovecentoventotto, di maggio. Nunziata era già sveglia. Aveva dormito alla villa, era salita fin dal pomeriggio del sabato a organizzare la cenetta per gli amici della domenica, quelli del tressette.

Aveva fritto con cura infinita le sue polpette. Don Guglielmo D'Arienzo, maggiore alla fabbrica d'armi, componente del tavolo da qualche anno, ne era così ghiotto e Nunziata ci teneva tanto a contentarlo.

Ma soprattutto si era occupata del pranzo festivo: erano invitati due tecnici delle Fonderie Fratte, sarebbero venuti da Salerno in gita con le famiglie e lei voleva fare un pranzo "aggarbato", un po' ruffiano. Le aveva legate a sé con vincoli anche di amicizia quelle persone competenti, perché fossero sempre sollecite nelle manutenzioni e nel soccorrerla quando qualcosa non funzionava nei macchinari vecchi e in quelli che negli anni stava via via comperando da loro; lei non aveva più Giorgio a fare miracoli con due viti e un pezzo di corda. Giorgio se n'era andato in un altro paese e in un altro pastificio.

Nunziata la sera prima aveva già arrostito i carciofi, preparato il dolce e un bel ragù per il timballo di maccheroni. Cucinare alla villa le piaceva. Lo faceva in libertà, lei e l'amata Graziella. Alla casa del paese invece in cucina non solo c'era Immacolata, Imma, la moglie di Alfredo che viveva con lei, nella stessa casa sopra il pastificio, ma soprattutto guardiana dei fornelli era la madre di Imma, donna Cira, che in casa della figlia spadroneggiava parecchio.

Nunziata, per quieto vivere, lasciava fare e siccome le piaceva prendere parte al traffico della cucina, si faceva piccola piccola e assisteva silenziosa a errori e omissioni gravissime, a mestoli di alluminio calati nel bollore dei polipi senza che primitivamente il metallo fosse stato reso ben caldo, alla preparazione del sauté di vongole con l'aglio messo in abbondanza e a pezzi, non ridotto prima in pasta nel mortaio di marmo e poi dosato con grandissima misura, oppure a cotture a fuoco spinto di poveri fagioli convulsi e agitati in un mare di acqua schiumosa.

A questi e altri orrori lei passivamente presenziava senza neanche un sussulto che palesasse il suo sgomento, senza commenti a queste e a cento altre facilonerie e procedimenti raffazzonati nell'elaborazione delle pietanze. Perché quelle due le cose le facevano alla carlona, senza raffinatezze, disamorate per quello che gorgogliava nelle pentole, e il risultato di tante negligenze erano pastrocchie che don Giordano avrebbe fatto volare dalle finestre.

Nunziata non interferiva mai, soltanto, per la verità, il martedì passato si era intromessa.

La nuora e il figlio aspettavano ospiti di riguardo, invitati dal padre di Immacolata che era un notabile fascista, un gerarca. Le persone attese, in visita al municipio, erano particolarmente ragguardevoli e del gruppo faceva parte anche un vice prefetto che arrivava dall'Italia settentrionale. Il menù convenuto, proprio in riguardo a questo commensale non napoletano, si apriva con un consommé, e donna Cira quella mattina presto, nell'approntare il brodo, acciaccava e buttava nella pentola anche dei pomodorini.

Nunziata, preoccupata che la famiglia ben figurasse, avendo notato il grossolano errore culinario, si era subito preoccupata di farlo correggere, perché secondo la sua scuola di cucina il pomodoro assolutamente non andava messo.

La cosa però risultò assai controversa e Nunziata, sempre con il suo modo acconcio, sperando di persuadere donna Cira, aveva consultato di premura in presenza di madre e figlia un libro di cucina che la nuora aveva come autorevole guida.

Trovata la pagina con la ricetta aveva con soddisfazione letto ad alta voce il testo che eliminava ogni dubbio, almeno così sperava:

"La base del consommé" era scritto "è il brodo semplice nel quale però, per conservare la tinta di ambra chiara che il consommé deve avere, il pomodoro si omette."

Aveva appena finito la frase che donna Cira aveva cominciato a battere le mani tutta contenta:

"Avete visto? Avete visto? L'avete letto voi stesso: 'il pomodoro se o mette...' Avevo ragione io, se mette."

E Immacolata, che controllava attentamente una torta nel forno, china, era rimasta sfingea nella bassa schiena che mostrava. Poi, quando si era rialzata, se avesse afferrato o meno la gaffe della madre non lo aveva dato a vedere e Nunziata, per non imbarazzarla, era uscita dalla cucina senza più fiatare.

Certo per quelle due ci sarebbero voluti due colpi di mestolo sulle dita come faceva suor Bernardina con le orfanelle indisponenti ma, pensava Nunziata, lei non era buona neppure ad avanzare timide proteste, figuriamoci se poteva imbarcarsi in chiassate. Per questo era bello cucinare alla villa.

C'erano anche più comodità e un bellissimo forno a legna e la sera vi aveva cotto il babà che si era gonfiato alto e soffice; anche se il dolce non era un monumento come quelli di Mariuccia buonanima, troneggiava sicuro, protetto dal velo, sulla credenza della sala da pranzo, la camera del "pastore".

Proprio per sorvegliarne la cottura Nunziata era andata tardi a letto nella sua grande stanza al piano terreno, quella comunicante con lo spogliatoio adattato a bagno, con gli antichi incassi per i bacili e le brocche per l'acqua.

La camera, che era stata sua fin dal principio, fin da quando aveva comperato la villa, era quella che Mariuccia e tutti i Montorsi chiamavano "'a stanza cu 'e nocche", per quelle decorazioni a inganno di nodi d'amore, di fiocchi con i lembi liberi, svolazzanti, lunghi e stretti nelle tonalità del grigio sulle pareti chiare di rosa.

Però Nunziata poteva disporre a suo piacimento di ogni vano, perché i suoi ci andavano rarissimamente in quella casa. Mariano era quasi sempre lontano ed era ancora scapolo. Gli altri figli seguivano le mogli nelle decisioni e le due nuore disertavano la dimora vesuviana perché fredda e scomoda, dicevano, specie con i bambini piccoli. Ci andavano mal volentieri e preferivano, nelle festività, raduni con le loro famiglie; almeno fino a quel momento, perché sembrava che Immacolata, animata dai contatti sociali così ragguardevoli che le venivano dalla carica paterna, cominciasse a farsi vanitosa della residenza e facesse progetti per lavori che la rendessero più accogliente. E Nunziata li "paventava".

Per intanto se la godeva da sola la casa vesuviana. Era sveglia da prima dell'alba, smaniosa di alzarsi, di andare fuori a controllare le piante, a riguardarsi la sua incantata montagna, a sentirne il profumo e l'odore benefico dello zolfo, più netto al mattino presto. E poi era la stagione nella quale per i sentieri del vulcano, impennati di lava, prorompevano le ginestre e imbalsamavano l'aria.

Si alzò proprio mentre schiariva, mentre il giorno srotolava la luce sui pini. Frettolosa, in camicia da notte, passò dalla camera nel bagno e si lavò svelta, sollecita nelle abluzioni in quel camerino che sulle pareti, infiorate di stucchi e muffa, nel percorso dei tubi portava i segni di una idraulica avventurosa e adattata, che sempre caparbiamente cercava di restare estranea all'ambiente.

Ritornata nella camera da letto indossò biancheria pulita, le calze rosa salmone, e poi in corta sottoveste di mussola con la vita bassa e la spallina larga, si ravviò i capelli davanti alla tolettina. Contenta della sua faccia intersecò la treccia sottile con mani leste ma dopo la lasciò pendere senza avvolgerla intorno al capo: l'avrebbe fatto più tardi. Dal bastone dell'armadio staccò una gruccia e sfilò una morbida vestaglia di velluto di un bel colore rubino. Con gesto puerile l'accarezzò e nel farlo ebbe un'ombra di sorriso. Poi la indossò e uscì dalla stanza.

E mentre andava, la treccia, che oscillava in libertà sul fondo rosso cupo della stoffa, aveva un segno verginale che però si faceva patetico, un po' triste nel biondo dei capelli adombrati di grigio.

La bella veste da camera, con una grossa etichetta francese, era stato un regalo di Mariano al ritorno dal suo primo viaggio di lavoro, cinque anni prima, nel millenovecentoventitré.

Il modello era di taglio flou, fluttuante fin sotto il bacino, dove si restringeva con una specie di cintura, di fascia riportata, e poi ritornava ondeggiante e morbida nella lunga gonna.

A Nunziata era piaciuta molto e ancora le si addiceva il malizioso suggerire prominenze, perché pur invecchiando e mettendo su qualche chilo, a cinquant'anni aveva conservato nel corpo minuto la vita sottile, alto il piccolo seno, e nelle anche ricordo di sinuosità: quella che nella sua gioventù, anche nei goffi grembiali del lavoro e della quotidianità, aveva richiamato negli uomini attenti a lei prepotenze di linfe.

La vestaglia la divertiva anche per la particolarità di un piccolo strascico. Da bambina andava in visibilio per le code che accompagnavano donna Francesca quando con la carrozza grande andava a Napoli al San Carlo. Però nell'uso quotidiano lei, discreta nel vestire, dava la preferenza a vesti da camera più modeste e soprattutto più confortevoli, perché quella di velluto era scomoda. Il figlio proprio nel momento del dono l'aveva pregata di indossarla subito, anche per spezzare tutto il lutto che la rivestiva prima per Federico e poi per donna Francesca. Mariano aveva preteso che non la relegasse con la naftalina in fondo a un cassettone e così, per compiacerlo, lei l'aveva per un po' sfoggiata e poi l'aveva trasferita in un armadio della villa.

Quando saliva alla casa vesuviana a volte la metteva proprio per sentirlo più vicino. L'aveva fatto anche quella mattina e così, sventagliati al suo seguito, due palmi di drappo setoso, cangianti nello schiudersi del passo, lasciarono la camera, percorsero la curva del cammino interno – la svolta di corridoio dalle finestrelle tonde – attraversarono le tre stanze dipinte dal Fischetti con le colonne, i rampicanti, i giardini, i trionfi di frutta sui portali e uscirono sotto l'androne, di fronte alla scalinata. E lo strascico scivolando così animato, così caldo nel colore, attraversando il portico, andando verso il giardino, faceva festa alla scacchiera del pavimento, traballante nelle mattonelle bianche e nere.

Fuori il cinguettio era già intenso, ma si sentiva frusciare la fodera di seta nel silenzio del colonnato. Sotto le volte, quieti respiravano gli archi nel loro incedere, alteri, ignorando le crepe e i maligni guasti. Insistevano soltanto sulla bellezza del loro ergersi e ricadere, solo quello era importante. E nelle loro falcate, nell'ordine pacato dei pilastri che ne raccoglievano lo slancio, danzava lo spazio, tutto racchiuso in un'architettura che conteneva e miniava forme e dimensioni riportandole in limiti di gioco, in misura di fantasia, come per raccontare una favola.

D'un tratto, nel cammino, d'assalto tornò a Nunziata il ricordo chiassoso di acchiapparelli ansanti: in quei luoghi così adatti al nascondersi e al ricomparire improvviso per battere sulle colonne il segno del gioco: "Uno... due... tre... salvi tutti..."

Parlavano le dolci mura, le raccontavano il passato, restituivano l'energia di vita impressa nella pietra e tornavano le immagini, vive nel tempo e nei sentimenti...

Ma nell'andare trasognato, all'improvviso, la fece tornare in sé l'intoppo puntuto di una mattonella rotta che tratteneva lo strascico per un filo della cucitura. Dovette chinarsi per disimpegnarla e sbuffò anche:

"Uffà, ma com'è antipatica."

Ma si pentì subito della frase detta ad alta voce, le sembrò di aver fatto un torto a Mariano, a quel suo figlio giramondo e artista, ramato come tutti i Montorsi, il figlio che lei godeva così poco, sempre così lontano, adesso in Giappone, proprio dall'altro capo della terra.

Ed era stata lei a volerlo... Ma era bene che fosse così. Ora gli interessi di Mariano erano divisi da quelli degli altri due fratelli.

Felice le venne alla memoria quel mattino lontano quando lei e Mariano erano andati a contrattare la piccola fabbrica e il deposito di corallo. In carrozzella avevano rimontato la ripida salita ed erano passati dal loro all'altro paese sotto il Vesuvio, quello che, nato anche lui attorno a una torre, si affacciava vicino, sulla balconata della costa. Vicino eppure così lontano nell'attitudine, che lì avevano antica, per un lavoro tanto diverso, per l'esercizio stentato e solitario di andarsi a pescare il corallo con le tonde coralline, la croce di quel loro ingegno montata sulle barche e il coraggio dei caparbi. Lo commerciavano poi così, grezzo, oppure trasformato da mani che si erano fatte versate a sbozzarlo: con un'arte gonfia di fantasia.

Si vedevano per tutta la strada le ceste stracolme di rami di corallo ancora profumati di mare e banchetti con le donne e gli uomini seduti accanto all'uscio di casa a maneggiare con destrezza tenaglie e bulini, all'aperto, allo scoperto, fingendo di non avere segreti.

Quel giorno lei e il figlio avevano appuntamento con don Vincenzo Piscopo amico e "corallaro padrone". Don Vincenzo era il figlio di don Raffaele Piscopo, corallaio anche lui, molto amico di don Giordano; ogni volta che donna Francesca partoriva le mandava il corallo rosso triturato nel mortaio di porfido, perché la puerpera, ingerendo la polvere in un cordiale, rafforzasse il suo latte, così le aveva raccontato Mariuccia.

Don Vincenzo, geniale e vivace, aveva commerci che lui, guascone e bonario, ostentava già allora fortunati. E lo erano.

Era un patito del corallo giapponese. Incantato da certi suoi pallidi rosa l'aveva comperato, commerciato e con successo imposto su di un mercato ancora legato al colore vermiglio di quello mediterraneo. Nell'incontro, ricordava Nunziata, con l'offerta del caffè corretto don Vincenzino si beava nel raccontare dei fiori di corallo creati da lui, delle rose così delicate nei petali, così contese dai gioiellieri più famosi e che si appuntavano su petti di regine e principesse...

Dopo il caffè li aveva accompagnati a patteggiare la piccola attività che due coniugi anziani lasciavano e che lui teneva d'occhio per il figlio di Nunziata. Prima però, deviando per un'altra strada, si era vantato di un'altra sua iniziativa mostrando le fondamenta di una nuova costruzione. L'edificio, spiegò, avrebbe ospitato la sua nuova fabbrica e insieme una mostra permanente dei suoi manufatti. Il corallo che da lui si foggiava, a parte quello esportato fuori d'Italia, si vendeva a Firenze, a Venezia, a Roma e a Napoli e non lì dove era lavorato. E intanto proprio sul loro territorio, così ameno, passavano tutti gli stranieri ricchi che andavano a Pompei, a Sorrento e ad Amalfi.

Perché non fermarli con una *Permanent Exhibition* e dare la possibilità a quei viaggiatori per diporto di comperare il souvenir di corallo direttamente a Torre del Greco dove veniva prodotto? Nello stesso tempo potevano avere davanti agli occhi tutte le tappe della lavorazione e la bravura degli artigiani.

Lui ci aveva pensato e voleva tentare l'esperimento, sperando gli andasse bene... con l'aiuto della Madonna... E sorrideva sornione, sicuro nella sua intraprendenza, tanto sicuro che più tardi, prima del commiato, ai suoi ospiti confidò in gran segreto di volerne realizzare un'altra di quelle "Factories" e che proprio per questo stava trattando un terreno, lontano dal centro cittadino, ma vicino a quella traccia di autostrada che avrebbe collegato Napoli a Pompei.

Queste contezze così personali e riservate le aveva date con occhi lucidi lucidi.

Gioiva don Vincenzo nel confidarsi, ma Nunziata allora non ricambiò la prova di "fidanza" e non gli rivelò che, dopo il rifiuto di altri maggiorenti vesuviani: "Ma chi volete che vada a Napoli in autostrada e paghi il biglietto quando c'è la strada nazionale, bella, larga e senza pedaggio?", la società autostradale l'aveva contattata ripetutamente e coinvolta nell'impresa. Adesso la Permanent Exhibition di don Vincenzo era realtà, ma era realtà anche l'intraprendente progetto autostradale (si parlava di inaugurazione a breve distanza), e le sue azioni, sorrise gongolante Nunziata, riposavano sicure nel primo cassetto del suo comò accanto a quelle, altro oculatissimo, fortunato investimento, di una piccola banca: la "Società anonima Cooperativa di Credito Popolare", "'a bancarella", la chiamavano sotto il vulcano nei paesi delle due torri... Tanto si presentava modesta al suo nascere. Ma lei e il marito avevano avuto fede in quell'iniziativa e di quelle seimila trecento lire della sua dote, quattromila erano state subito versate alla cooperativa di credito... Ringraziando il Signore...

Alla villa Nunziata aveva dormito con la lettera di Mariano sul comodino. Era una settimana che se la portava dietro nella borsetta, le era arrivata da una città del Giappone che si chiamava Osaka. Il figlio le scriveva contento del corallo grezzo che lì stava comperando, delle altre trattative che stava portando a termine, dell'amicizia intrecciata con torresi anche loro corallari, quelli della colonia di Kobe, e con un fornitore che aveva una moglie italiana, figlia di un ligure. Questo amico giapponese aveva un nome difficile da pronunciare e da ricordare, così Mariano le spiegava che, per semplificare le cose, lo chiamava Sangosan, nome che trattandosi di un riguardevole commerciante di corallo era proprio azzeccato, perché in giapponese "sango" significava corallo e "san" era signore, quindi "Signore del corallo", così lui l'aveva soprannominato.

Mariano le raccontava anche che si era molto avvantaggiato, in tutti gli acquisti, di quel cambio della sterlina che, dopo le pressioni di Mussolini, da qualche mese era passato da centocinquantaquattro lire a novantasei lire e quarantasei centesimi. Insomma, scriveva, le cose gli andavano veramente molto bene.

"Madonna, accompagnalo in ogni passo" pregò Nunziata che uscendo nel giardino ricordava della lettera del figlio proprio quel brano.

E per accrescere la protezione del buon augurio, mentre svoltava nel vialetto della fontana, prese tra le dita il suo anello e ne accarezzò al centro il tondo di corallo.

Perché lei nelle facoltà magiche del corallo ci credeva, aveva potere sulla vita e anche contro la morte il rosso alberello pietroso che poi Mariano le aveva spiegato che non era di pietra e che i suoi rami sotto il mare fluttuavano vivi e fiorivano, e le stelle delle loro gemmature non erano fiori ma piccoli polipetti che si schiudevano.

Così le aveva chiarito il figlio, che sapeva tutto, e lei lo aveva ascoltato attentissima, a bocca aperta, ma l'arcano non si era dissipato, anzi il mistero si era ancora più accresciuto.

"Gesù... Gesù... grandezza 'e Dio."

Intanto lo strascico raccoglieva e si portava dietro qualche foglia. Nunziata, presa dai suoi pensieri e dalle sue piante, se ne accorse solo quando la stoffa aveva accentrato un mucchietto di foglioline e rametti: dovette scuoterla ripetutamente per liberarla... e rideva... rideva di gusto nell'azione:

"Me la dovrei mettere al pastificio... 'sta vesta 'e sciantosa... Mentre io cammino lei scopa e raccoglie la pasta..."

Poi tenendo lo strascico sollevato rientrò alla villa svelta e andò a cambiarsi.

Quando era nuova fiammante la vestaglia era stato indumento molto ma molto chiacchierato.

Al momento del dono Nunziata stava per cominciare la cura dei bagni minerali. Per desiderio dello stesso figlio l'aveva sfoggiata proprio alle terme, nella bella sala a disposizione dei clienti di prima classe, l'ambiente circolare, dipinto di rosso pompeiano, arredato con poltroncine e tavolini di giunco dove i signori si trattenevano dopo le immersioni restando qualche ora al riparo e al caldo, il tempo della reazione corporea, così nella prescrizione medica.

Quell'anno, quando Nunziata aveva cominciata la cura, il sindaco di un paese che si affacciava dirimpetto, dall'altra parte del golfo, stava proprio per terminarla. Apparsa la civetteria di un morbido velluto, lui la ricominciò daccapo, contro il parere del medico. Così fu sussurrato.

E si raccontò anche che questo sindaco, don Egidio Palomba, passeggiasse affascinato davanti a quella macchia di colore e all'avanzo dell'abito che sul marmo chiaro del pavimento gatteggiava in riposo ai piedi della bella signora.

Si descrisse anche con minuzia il gironzolare di don Egidio intorno alla poltroncina. Lui che era un bell'uomo ma un po' pingue, camminava trattenendo la pancia, rigido e impettito nella tenuta di lana, lunga, a righe verticali beige e marrone, con il cappuccio che pendeva sulle spalle e un cordone a ben chiuderla in vita.

Che cercasse un'occasione o un amico comune per farsi presentare a Nunziata fu subito palese, ma fu lei stessa a dargli questa possibilità, direttamente, con la timida richiesta di un'informazione: mentre erano seduti un po' distanti nelle poltroncine di vimini.

Poi lui le offrì il giornale e lei il caffè versandolo dal thermos nel bicchiere a incastro, un po' impacciata nell'offerta.

Diventarono subito inseparabili in quegli incontri termali. Mentre attendevano il loro turno passeggiavano fino all'arenile e Nunziata, per l'instabilità del terreno, per fare più sicuro il suo passo, si appoggiava al braccio di don Egidio.

Dopo il bagno giocavano a scopa nel rosso salone, oppure lei lavorava all'uncinetto e lui daccanto le parlava, le parlava, e lei indulgente chinava ripetutamente la testa e annuiva, annuiva.

Oppure facevano il solitario a due, e cercavano la combinazione finale delle carte, insieme... come una congiura, come un complotto.

Da solerti personaggi che abitavano le case sull'alto della costa furono usati, dietro persiane socchiuse, potenti cannocchiali per seguirli nelle passeggiate accanto al mare e i loro gesti furono osservati e investigati, ma per le andate alle "Fonderie Fratte", a Salerno, lontane nientemeno più di cinquanta chilometri, per le visite dei due alla prestigiosa fabbrica dove Nunziata doveva fare acquisti di macchinari per il pastificio e il sindaco vantava amicizie e particolari sconti e pagamenti, per quei viaggi, che sembravano d'affari, si dovette lavorare di fantasia.

Che fu frizzante e pepata.

Specie l'immaginativa di tanti pastai padroni che, al sentimento di gelosia che sempre suscitava una storia di passione, aggiunsero la malignità per il vento caldo dell'invidia che si alzò ad avvamparli quando seppero dei nuovi acquisti di Nunziata alla "Fratte", mediatore don Egidio.

Aveva comperato ancora una pressa e una gramola a tre rulli e metteva così in difficoltà altre produzioni più rallentate; in un tempo nel quale tanta pasta si faceva, tanta se ne vendeva e se ne esportava.

Forse proprio per questi livori molti non furono indulgenti e la maldicenza passò i chiari limiti della convenienza e si spinse piuttosto licenziosa nella battuta: era gente, quella lì, che volentieri affrancava il suo dire da pudori eccessivi.

Si celiava apertamente, con indugi di risatine, su quale lato al momento del "dunque" il sindaco spostasse l'ingombro della pancia, se a destra o a sinistra.

Perché la tresca era data per certa e, durante tutta l'estate che segnò l'incontro, l'intreccio fu dipanato sui terrazzi mentre si aspettava un po' di brezza arrivare dal mare. Era ragionata con grande gusto da gruppi riuniti sotto tende a righe o rustiche incannucciate, sulle bianche logge moresche fiorite di mattonelle.

Tra una granita di caffè col ghiaccio tritato nel panno di lino e un sorso di acqua e anice, era argomento della sera, al calare del cocente sole di quell'estate. Un'estate caldissima che già smuoveva i sensi nell'attaccaticcio dei panni, con i rivoli di sudore che scendevano come serpentelli sui petti villosi, nella piega dei seni, nell'incavo della schiena e poi, aggranditi di stille, scivolavano nelle zone più segrete.

Era eccitante il commentare le scenate che accadevano nella casa del povero don Egidio, innumerevoli e cruente, riportate da reti d'informatori che, così veloci nel riferire, forse da quel paese che si affacciava di fronte ricevevano le notizie attraverso segnali di fumate.

I vicini del sindaco, che trattenevano anche il respiro per meglio ascoltare, i dirimpettai che spegnevano tutte le luci o accostavano le persiane per più disinvoltamente sbirciare, prima che la serva chiudesse le finestre sempre riuscivano a sentire e vedere qualcosa. Così poterono raccontare che la sera di Santa Rosa, mentre il pover'uomo correva aggirando il tavolo di cucina, l'avevano mancato due coperchi di rame e invece l'aveva colto una sveglia che, tonfando, si era messa anche a suonare.

Le narrazioni riferivano con voci compassionevoli anche gli sfoghi dell'uomo. Alle accuse della moglie per certi vituperati incontri e contatti, si difendeva invocando motivi di interesse, di provvigioni sui macchinari venduti dalla "Fratte", di guadagni portati a casa. E nelle sue appassionate arringhe sempre, ogni volta, biasimava la gelosia inconsulta della moglie, la sola colpevole.

Ma il sette del novembre di quell'anno, alle ventuno e trenta, poco dopo il rientro del sindaco, dallo squarciato riserbo della camera da letto, la discinta signora Palomba uscì rincorrendo il marito con il lancio di arredi da toletta, liberty e paurosi nei pesanti cristalli e nei fracassi a terra.

Intanto, nel drammatico inseguimento, in un crescendo di toni, sbandierava freschi ragguagli di amici e parenti premurosi circa luoghi, date, appostamenti. E nel parossismo della voce smantellava ogni rappezzo e schermo, apostrofava con epiteti a dir poco imbarazzanti una donna e una vestaglia e circostanziava per entrambe la meritevole collocazione tra le mura di particolarissime case.

La vestaglia di velluto francese nel suo primo anno di vita, freschissima e pimpante, aveva sì raccolto anatemi e vituperi, ma non solo quelli, perché fu anche paludamento benedetto e fausto e contribuì a influenzare destini.

In un altro scenario e con altri personaggi fece bella figura e benigna parte e alla fine della rappresentazione fu anche plaudita.

La particolare circostanza scaturiva da eventi passati.

Federico, nella dolorosa vicenda della sua famiglia, per non arrivare al fallimento l'aveva spogliata di tutte le proprietà. Per tacitare gli ultimi creditori era riuscito a ottenere una certa somma da una banca di Crotone. La restituzione era stata garantita da una cambiale ipotecaria. La proprietà vincolata era "nu palazziello", l'ultimo dei suoi beni, il più caro.

Se l'era fatto costruire con tanto gusto a picco sulla spiaggetta della "torre scassata", anni addietro, con i proventi di certe sue illuminate consulenze legali a società marittime genovesi e con i famosi titoli di zia Adelina arrivati in eredità alla moglie; puntuali ma in misura estremamente ridotta rispetto alla somma favoleggiata.

Quando la morte lo stroncò, trascorsi i termini, dopo i numerosi rinvii gravati da interessi, la cambiale ipotecaria fu messa all'incasso. Andata insoluta fu elevato il protesto e reclamato il pagamento. Mancando ancora il saldo del debito, il bene ipotecato doveva essere messo all'incanto. Ma per la banca c'era un intoppo, perché negli atti Mimmina risultava usufruttuaria dello stabile e per vendere e incassare l'istituto di credito doveva attendere che Mimmina morisse o che firmasse una rinuncia.

A questo punto entrarono in scena Nunziata e l'avvocato Prisco che in faticosi viaggi a Crotone giostrarono con i severi funzionari della banca, alla ricerca di un accomodamento.

Fu combinato un loro incontro con Mimmina, incontro che Nunziata caparbiamente volle e ottenne non a Crotone ma nella stessa casa di Mimmina, con la scusa di una sua forzata immobilità per la distorsione di una caviglia.

Così dalla Calabria arrivarono tre augusti signori, giallognoli come iettatori.

Arrivarono già chiusi in certi loro dinieghi, ma Nunziata aveva passato il giorno ad agghindare la povera Mimmina, ad accenderle le gote con artifizi, a imbustarla, a farla sembrare molto lontana da quel giorno liberatorio per la banca. E ci riuscì egregiamente. Oltre tutto l'aveva anche convinta a indossare la vestaglia di velluto.

L'esimio direttore e i suoi due scuri satelliti, confusi anche da tutto quel morbido rosso, ebbero l'impressione che Mimmina sarebbe durata in eterno; allora nascosero dietro le palpebre abbassate le loro primarie decisioni di non trovare intese e cercarono invece di arrivare a un accordo. Il "concordato" fu che, rinunciando Mimmina all'usufrutto per tutti i cinque quartini, due venivano liberati dall'ipoteca e restavano a lei ma gravati di una certa tassa. Gli altri tre, senza più il vincolo dell'usufrutto, erano ceduti alla banca.

Era la sola cosa che si era riuscita a salvare del patrimonio di Federico, ma il recupero in extremis fece salvi i suoi eredi giusto nella santità della casa. Perché era proprio lì, nei due appartamenti, che abitavano Mimmina con le due figlie nubili e l'altro figlio Ninuccio con la moglie, in fondo a quella stradina stretta stretta e lunga lunga, incredibile e profumata, che passando per agrumeti e masserie arrivava al mare e alla piccola cala di fronte a Capri e a Sorrento.

Così, complice la vestaglia, Mimmina e i figli restarono nel bianco palazzotto affacciato sugli scogli dove le loggette porticate, sospese sul mare e sul golfo, raccoglievano e assopivano sotto la carezza delle loro volte dispiaceri e orgogli trafitti, memorie e amarezze, e tutto compensavano con l'offerta della visione felice.

I giorni di Nunziata, nelle loro scansioni di sole e ansie, dolori e canzoni, ebbero un contrassegno preciso di laboriosità indefessa, di sacrificio senza negligenze, proprio come quelli di Francesca.

Ma nello svolgersi furono più allegri e fortunati e nel lento dipanarsi più soddisfatti. Anche perché, nel diritto e rovescio delle loro maglie, ricorrente ebbero un piccolo punto lucente, un sollievo, un contento, un diletto da nulla ma che, come un vaso di mentuccia che profuma un davanzale, le rallegrò l'esistenza e l'aiutò a vivere: il tressette.

Giocarlo le piaceva quasi quanto fare i maccheroni, era la sua passione anche se la posta era quasi inesistente. Non è che se ne rendesse conto, ma quel gioco, come ogni gioco di carte, le offriva, nella sua finzione imitativa della vita, occasioni e scelte e non così contate, anzi, senza avarizia le moltiplicava, e ogni giro, ogni mano, dava sempre possibilità nuove e nuove avventure e speranze.

Erano trent'anni che giocava a tressette. Dapprima in casa Montorsi l'aveva seguito guardando le carte alle spalle di don Giordano e don Paolo che lo giocavano con don Pasqualino il prete, Enrico e altre persone che si avvicendavano. Poi, una volta sposata, aveva cominciato a prendere posto al tavolo che, nei giorni di festa, nella loro casa organizzava il marito.

Morto lui, la combriccola non si era sciolta.

Per le partite si erano da sempre riuniti da Nunziata, nella camera da pranzo. Quando però si era sposato Alfredo, il secondo figlio, e la nuora Immacolata era andata a vivere con lei, lo giocarono o in un magazzino del pastificio tra i sacchi, su di un ripiano di legno grezzo, oppure alla villa. E furono i tressette più felici.

Negli anni il tavolo aveva richiamato altri personaggi e ai vecchi giocatori, all'avvocato Prisco e a don Vincenzo Pinto che ancora resistevano, si erano aggiunti l'ingegnere del comune Carlo Rossi e il maggiore D'Arienzo, che Nunziata aveva invitato quando Giorgio se n'era andato.

Spesso raggiungeva i cinque amici anche il dentista Guida, giocatore di tressette – secondo il loro gergo – un poco scamorza. Ma Nunziata lo invitava e lo teneva in gran conto, per certi segreti di ponti e protesi dentarie che divideva con lui, così insinuava un pettegolezzo impertinente.

Di solito giocavano in quattro il tressette classico e due restavano fuori, a turno, il tempo di una partita.

Nei pomeriggi domenicali, nell'attesa che il gruppo fosse al completo o quando si verificavano defezioni per malattie o impegni inderogabili, giocavano anche in due o in tre, conoscevano ogni variante del gioco.

Comunque sempre tressette era, allegro e chiacchierato, e invece le famose regole di Chitarrella lo volevano silenzioso e senza segni tra i compagni. Loro invece di segni se ne facevano a iosa.

Quando giocavano, anche cantare si sentiva e soprattutto ridere. Immacolata, se era nelle vicinanze, non si capacitava:

"Mi sembrano tanti scemi."

Ma loro avevano pretesti infiniti di divertimento: gli sbagli degli avversari, le chiamate, le critiche del compagno: "Nzallanuto... Turzo..."

E avevano appigli di canzoni e romanze perché, amore

per il bel canto a parte, molte arie erano segnali concordati prima, come concordate erano certe tossi e certe soffiate di naso.

C'erano anche occasioni di arrabbiature, di caloroso dissenso, ogni tanto qualcuno si incazzava e magari si alzava e faceva la finta dell'offeso, di voler lasciare addirittura la casa: ma gli altri il fatto lo rivolgevano sempre in motivo di ilarità e andavano a riprendere il compagno e lo rimettevano di prepotenza seduto.

Il maggiore ingegnere Guglielmo D'Arienzo, amico dell'ingegnere Rossi, al tempo aveva con entusiasmo rimpiazzato l'impastatore di Nunziata che se n'era andato a lavorare in un altro pastificio. Se lo era portato ad Aversa don Francesco Russo. Giorgio, si diceva, c'era andato di buon grado e aveva lasciato volentieri il vecchio lavoro disagiato nei più stretti limiti del suo ruolo da quando, per l'asciugamento, Nunziata era passata al sistema più funzionale brevettato da don Vincenzo Cirillo, poi a quello dei fratelli Ricciardi e aveva cominciato a comperare macchinari dalle officine "Fratte".

Almeno i motivi apparenti della dispiacenza dell'impastatore sembravano quelli.

Ma qualche voce si alzava a novellare che il momento sfavorevole nel rapporto tra i due era cominciato precisamente quando era comparsa una certa vestaglia e un certo sindaco.

La verità era che un'inceppatura purtroppo concreta e reale era arrivata al povero Giorgio dall'atteggiamento dei figli della sua padrona quando essi, passata la fanciullezza, adulti e svincolati dalla sua opera ormai superata dai nuovi impianti, avevano mostrata chiara la loro antica e soffocata animosità e l'avevano sventagliata senza più mascheramenti.

Il mite Giorgio non solo aveva lasciato il pastificio e il paese, ma si era anche subito accasato con una vedova, e si diceva che la casetta con quel bel pergolato di uva rosa gliel'avesse comperata Nunziata.

E le lingue sacrileghe e spiritose dicevano che Nunziata con la generosa elargizione di frescura ombrosa volesse ricambiarlo delle "rinfrescate" vigorose di gioventù che lui le aveva offerto nel passato.

Don Guglielmo D'Arienzo era un grassone aitante e agile, simpatico oltre ogni dire, nativo di Foggia, persona estremamente dabbene. Aveva cinquantaquattro anni, era gioviale, un po' timido, con poca attitudine al comando, molta passione per la balistica, la meccanica, le battute osé, l'idioma francese, le ciliegie sottospirito, i babà... e Nunziata. E le polpette come le faceva lei con i due tipi di carne trita, manzo e maiale, uova freschissime, tanti pinoli, tanta uva passita, un bicchierino di vermuth, mezzo cucchiaino di poltiglia di aglio pestato nel mortaio, due cucchiai di pecorino grattuggiato, una friggitura leggera e una cottura lunga nella salsa già raddensata.

Ma il maggiore aveva soprattutto una virtù precipua: era scapolo, lontano dalla famiglia, propenso e disponibile a riunioni conviviali alla villa. "Maggiore vi posso invitare? Domenica sto sola sola... Venite a mangiarli due spaghetti a vongole con me?"

Ed era un estimatore tra i più entusiasti degli inviti a cena che all'ultimo momento Nunziata faceva agli amici dopo la partita. Don Guglielmo impazziva per quelle cenette frugali e regali consumate sul marmo della cucina gomito a gomito o, d'estate, all'aperto sul ripiano di pietra sotto il pergolato rustico, accanto al forno del pane. Lui dava anche una mano nell'apparecchiare e quando tutto era pronto e si sedevano in lieto ormeggio stretti e accostati a quel tavolo, mangiando, a tratti si fermava e cominciava a osannare il cibo e lo commentava con lirismo, lo descriveva con accenti poetici e parlava, parlava, e Nunziata lo esortava:

"Maggiò non parlate... mangiate... pensate a mangiare..." Lui felice inzuppava il pane, e il basilico fresco di orto profumava come un fiore nella brocca di creta, i pomodori di terra asciutta sembravano di cera nel sughetto screziato di origano e la capiente insalatiera di vetro, trasparente come un acquario, biancheggiava latte profondo per le silenziose mozzarelle sommerse.

Gli amici dicevano di don Guglielmo:

"Si è scimunito appresso a donna Nunziata..."

In realtà il maggiore, ammirato, preso dalla dolce signora, con pochi legami familiari, solo in un paese che non era il suo, di queste riunioni faceva ragione di vita.

E Nunziata, era vero, si rimescolava, si inteneriva al galanteggiare dell'uomo, e si divertiva al parlare francese sempre pronto di don Guglielmo.

Quando si incontravano, se lei aveva una camicetta nuova o aveva indossato qualcosa di stirato e fresco, magari solo un fiore appuntato appena colto, lui roteava il braccio e agitava la mano in mimica che accentuava l'entusiasmo. E poi, restringendo le labbra a cuore con effetto buffo nei baffi sottili, la complimentava nel suo adorato idioma:

"*Madame vous êtes très charmant... très très charmant.*"

Anche se Nunziata soltanto intuiva il significato laudativo perché non conosceva il francese e forse neanche bene l'italiano – ma si notava poco nel suo largo uso del silenzio, sostituendo le parole con l'attenta e sollecita intelligenza del cuore –, pronta gli rispondeva ridarella e civetta:

"Maggiò, voi volete scherzare?... Io non sono *charmant* sono sciarmata... so' proprio sciarmata." E nel gioco di parole gli occhi le luccicavano perché non si sentiva affatto in disarmo e il complimento la lusingava.

E sotto il tavolo, al momento del coperto ma audace attacco militare, lei le gambe non le ritirava...

Almeno non subito subito... "Se no pare brutto" diceva convinta a se stessa "don Guglielmo si dispiace... Ed è peccato... puveriello."

E avevano lei e don Guglielmo un discorso solo per loro perché lui, ingegnere meccanico, per amore di Nunziata si era fatto appassionato di pasta e molto attento ai problemi dell'asciugatura e aveva avuto intuizioni di ventole in congegno di aerazione più favorevole e gliele disegnava.

Tante volte dopo le cenette cercava di illustrare tecnicamente quello che era il suo pensiero e tracciava schemi, riempiva fogli sulla tavola ancora apparecchiata, e le teste erano accostate.

Certe sere d'estate lui, per non andar via insieme agli altri, disegnava, disegnava... Sotto la pergola profumata il lume discreto richiamava infinite falene, e Nunziata vicina vicina, le orecchie rosse rosse, si perdeva in sogni dietro ventole portentose per la sua pasta, ma anche dietro il maggiore.

Immacolata, la moglie di Alfredo, sposa, era andata a vivere nella stessa casa di Nunziata. Nasceva Russo, era figlia di Ciccio Russo, nipote di quel Crescenzo che, giovanissimo, aveva battuto la gramola nel pastificio di donna Francesca: tiratore di punta.

"Gente da niente" così veniva segnata nei parlottii, ma che con la segheria, la fabbrica di sacchi, di casse di legno per la pasta e poi la politica, quella tutta nera, era diventata riverita e anche temuta.

Imma, questo il suo nome nell'intimità della casa, aveva avuto da sempre un discorrere sciolto su grani, miscele e pasta che fin dall'inizio mise in guardia Nunziata. La conosceva, Immacolata, la fabbricazione dei maccheroni, l'aveva seguita nel pastificio della sua madrina, donna Sisina Setaro, che nel fare la pasta era maestra e poi se ne intendeva come quasi tutti gli abitanti del posto, legati alla linfa di quel lavoro con vincoli familiari o intrecci di artigianato che lo completavano, nel paese solatio che statistiche autorevoli stabilivano come assolutamente il primo fra tutti i maggiori centri del mondo che producevano pasta.

Un lunedì di marzo, di quell'anno che era il trentadue, Imma cominciò a scendere anche lei al pastificio.

Nunziata mentì agli altri e cercò di mentire anche a se stessa e accolse la nuora con molta festa e le fece spazio infinito.

Tanto che Immacolata, aspettandosi forse una reazione

diversa, contenta, quando ai primi di novembre tornò da un soggiorno a Roma, le portò una sfilza di regali: un ventaglio con Piazza di Spagna dipinta sul foglio di percalle, un paio di guanti di merletto, un foulard di seta, un rosario di madreperla nella scatolina di porcellana con il prospetto della Basilica di San Pietro e, *dulcis in fundo*, un biglietto con una frase di Mussolini stampata in grassetto che aveva chiuso in una bella cornice d'argento.

La nuora nella capitale era andata in macchina al seguito del padre, in un viaggio che era durato sei ore all'andata e nove al ritorno per via di certe noie alla trasmissione, un viaggio pericoloso sulla lunga fettuccia di Terracina con tutti i carri da sorpassare. Ma anche prestigioso con la Balilla, l'autista e il padre in uniforme, con una delle divise di allora, estremamente funeree. Certamente, incontrandole, don Giordano avrebbe fatto vistosissimi scongiuri.

Imma aveva voluto accompagnare suo padre che, con labari e insegne, andava a rappresentare una contrada della "Campania felix" e ad accrescere, nella sfilata, il seguito osannante del romagnolo gagliardo che apriva solennemente una nuova via nel cuore della città eterna. Una strada dal nome superbo: "Via dei Trionfi".

Immacolata era tornata stordita da tutte le cose che aveva visto e vissuto, ma soprattutto felice per la quotidiana dimestichezza praticata, nella vacanza, con una zia e una cugina, vantate consanguinee, delle quali era stata ospite.

Nunziata, mentre la nuora le sciorinava il minuzioso resoconto, approvava dolcemente con il moto del capo, sorrideva a lei che avvolgeva di nuvole d'incenso le "sacre donne" e traduceva quell'abitare nella capitale, in una casa di impiegati del ministero, in fatti di vita veramente esaltanti: il portiere in divisa gallonata, la cameriera con la crestina, il tè e i biscottini con le patronesse di San Vincenzo, i biglietti per le parate, le visite al giardino zoologico e Francesca Bertini intravista passare in lucida e grigia Artena oppure entrare all'Excelsior in zibellino.

Ai racconti assentiva Nunziata con la sua bella faccia, e i

lineamenti restavano fermi e zuccherini e non lasciavano intravedere l'ironia, ma dentro lei rideva con gusto incredibile. Ed era quasi felice di sorprendere la concreta Immuccia nello stupido parlare che faceva scoperte le dimensioni del suo cervello e stabiliva i suoi limiti tra le mezze calzette.

Era contenta Nunziata di sentirla insistere in ragionamenti insulsi sulle due povere donne che con lo stipendio del ministero chi sa che fatica facevano a tirare avanti: tè, beneficienza, portiere gallonato e cresta della cameriera compresa.

La nuora veniva a parlare a lei di grandi dame, a lei che aveva vissuto accanto a donna Francesca...

Quando poi nel racconto Immacolata attaccò a enumerare gli onori e i riguardi ricevuti a Roma dal padre che, a sentir lei, nella capitale chiamavano "Eccellenza", allora Nunziata si sdoppiò, e mentre una sua vuota forma restava cortese e composta sulla sedia della camera da pranzo e rispettava le regole con perenne offerta di mansuetudine, la parte di lei più vera saltava per tutta la stanza e rideva come una pazza sollevando le vesti.

"Eccellenza, eccellenza..."

Fu divertente per lei vivere quel colloquio così slegata. Spesso lo faceva, sdoppiarsi era sempre stato non solo un suo vezzo, ma anche una sua mossa segreta e tante volte, quando qualcuno era certo di averla in pugno sottomessa, lei non c'era, se n'era andata da un'altra parte e la trappola scattava a vuoto.

Il cartoncino propagandistico, tanto degnamente incorniciato, portava impressa una locuzione enfatica e firmata del personaggio che un giudizio del Papa – e gli altri uomini si erano poggiati su questo insegnamento – definiva: "L'uomo che la provvidenza aveva stabilito di farci incontrare."

Sul biglietto era stampata una frase lapidaria pronunciata da Mussolini proprio nel discorso per l'inaugurazione della via dei Trionfi: "L'Italia deve tendere al primato sulla terra, sul mare, nei cieli, nella materia e negli spiriti." Il testo era impresso, la firma era autografa.

Il cimelio poi fu portato alla villa ed esposto onorevolmente nel salone su una delle consolle dorate e lì restò fin quando il fascismo cadde.

Allora la cartolina privata della cornice rimase chiusa tra cianfrusaglie e libri da messa. Fu scovata un giorno del quarantasei da un nipote di Nunziata che curiosava nei cassetti e il destino dell'attestato si compì.

Il ragazzo aveva bisogno di soldi per certi suoi disegni e impulsi che aveva impellenti e segreti, offrì e vendette la reliquia a un ufficiale delle forze alleate.

Il capitano, oriundo italiano, abitava in quella parte della villa, la più vasta, requisita dagli americani e che i militari, nello sciamannato soggiornarvi, ancor più invalidarono. Il danno più grande lo subirono il pavimento del portico, dove si accendevano fuochi, e i personaggi a grandezza naturale del "salotto cinese". Con le figure esotiche i soldati quando erano ubriachi facevano il tirassegno.

Non appena concluse il negozio, il nipote di Nunziata corse a chiamare un amico. Insieme i due ragazzi, dopo un viaggio in circumvesuviana, silenzioso, esultante nell'incontrarsi degli sguardi, arrivarono a Napoli.

Alle quattro si arrampicavano per un vicolo di Toledo, via Nardones, alle quattro e un quarto delle mille "am-lire" ricavate dalla cessione facevano un uso estremamente salutare alla loro età.

Il sogno di tutti i pastai era una pressa continua. Questo il nome del macchinario da "abracadabra" che, partendo dagli organi di dosaggio di sfarinati e acqua, con tutte le fasi della fabbricazione automatizzate, anche l'essiccazione, in un processo regolare e costante arrivava al prodotto finito in economia di spazio e mano d'opera, in sicurezza d'igiene e massime contro gli infortuni.

Il maggiore D'Arienzo fu il primo a raccontare a Nunziata che qualcosa di molto somigliante a questo ambìto ingegno si era concretizzato in Provenza, a Tolosa, alla "Mécanique Méridionale", una fabbrica di macchinari per la pastificazione, e le mostrò il disegno del prototipo su una delle sue riviste.

Era una pressa continua, ma che presupponeva sempre l'impastatrice e la gramola e l'avvicendarsi del loro lavoro.

Certo non era ancora il prodigio, la macchina vagheggiata, la macchina continua completa. Però era un incamminarsi a grandi passi verso la meta promessa.

Don Guglielmo era così entusiasta della cosa che, con felice irruenza, sollecitava Nunziata:

"Vogliamo fare un viaggio in Francia? Andiamo a Tolosa, andiamo a spiare, a renderci conto della cosa proprio alla "Mécanique Méridionale"... Io vi accompagno... l'alta Garonna è località amena... *C'est adorable,* con tanti fiumi... La cattedrale di San Saturnino è la maggiore chiesa romanica della Francia..." E le favoleggiava di una biblioteca dove c'erano libri che lui da tanto desiderava vedere... antichi tomi diceva, in lingua "d'oc", che Nunziata neanche sapeva che lingua fosse.

Lei lasciò che il maggiore sognasse una loro andata a Tolosa e una visita alla "Mécanique Méridonale" e qualche volta anche lei ci credeva. Non aveva viaggiato molto, anche a Napoli era stata così poche volte, ma donna Francesca ai suoi tempi tanto spesso era andata a Marsiglia e perfino in Russia era arrivata, fino a Taganrog.

Nunziata lo progettava nei particolari questo suo viaggio e si preoccupava di accompagnamenti convenienti e dignitosi e collocava accanto a sé, su di un treno per la Francia, come *chaperon,* donna Virginia, da tanti anni la sua sarta a giornata, tutta incappellata, e anche Aniello, il cocchiere di piazza, il figlio della buonanima di Gerardo. Ad Aniello poi lasciava la coppola, anzi gliene comperava una nuova con i galloni dorati, ma toglieva le basette, perché nello scortarla avesse meno la faccia da assassino.

Una volta si era spinta così in là nel fantasticare da vedere vicinissima la data di partenza e, con garbo e rossori, una mattina al pastificio parlò della cosa a Immacolata e ai figli. Il dissenso se lo aspettava, affettuoso e sorridente, nella salute era stata un po' acciaccata in quegli ultimi tempi e forse quello non era il momento più favorevole per intraprendere un viaggio. La stupì invece il diniego cattivo, la censura rabbiosa, l'ironia nel rimprovero per il maggiore D'Arienzo che secondo loro le metteva in testa certe cose: come se lui avesse voluto farle commettere chi sa quale brutta azione.

Questo malanimo irrispettoso, di trovarlo nella nuora, no, non la meravigliò, lo conosceva, l'aveva ben intuito dietro frasi e atteggiamenti, era nell'ordine delle cose e se ne fregava.

Ma nei figli la sbalordì, per la prima volta nel loro intendersi mancarono gli antichi fili, per la prima volta essi furono persone e non figli.

Verso le due del pomeriggio la carrozzella di piazza s'incamminò lentamente nel viale della villa. Nunziata andava alla masseria di donna Giuseppina Balzano, la levatrice, a fare le bottiglie di peperoni. Ne aveva di gialli e rossi in quattro cassette sotto le gambe.

Il settembre era inoltrato ma ancora gonfio di sole filtrava oro. E il lembo di pineta era pieno di lucori, il viale vaporoso di alberi e chiarie sembrava la navata di una chiesa bizantina.

La bellezza nella natura, l'aria leggera sulla faccia, il movimento dolce e rimbalzante della vettura cullavano Nunziàta, la rasserenavano e le ordinavano i pensieri.

Il dissidio familiare non era certo occultabile, ma questo non doveva essere un dramma, era soltanto un fatto e non si può fare che un fatto non sia un fatto, lo diceva anche la Bibbia. Quindi inutile che loro tutti facessero finta di niente e non discutessero neanche l'accaduto, quando invece tutto il paese parlava dell'allontanarsi di Nunziata dal pastificio e dalla casa al paese e del volontario esilio alla villa.

Nessuno nella famiglia aveva mai pronunciato parole precise, definitive, nessuno le aveva mai suggerito e tanto meno imposto di non scendere al pastificio. Certo, già prima del malore che l'aveva colta all'inizio di quel maledetto trentasette e dal quale grazie a Dio sembrava essersi ripresa, nel lavoro di ogni giorno c'erano stati, a umiliarla, ordini suoi non rispettati e suoi comandi che avevano bisogno di avalli e più alte conferme per essere eseguiti.

A tutto aveva risposto tacendo, alla sua maniera schiva e civile, perché non aveva pratica di collere stralunate. Ma c'erano nelle sue mani tremiti di ribellione.

Poi i figli e la nuora, che nella loro sicumera volevano il maneggio tutto intero, l'egoismo di potere l'avevano ammantato con motivi di premura e affetto. Volevano solo risparmiarla, dicevano, perché l'avevano vista non sopportare più instancabile il peso del lavoro come prima, quando vi profondeva forze inesauribili.

Che impallidisse e arrancasse nella fatica dopo quel giorno di gennaio era pura verità. Ma non era solo per questo, lei lo sapeva. La rappresentazione dei fatti, con poco dire e molti silenzi, restava tutte le volte pur sempre drammatica, quella di una stagione d'autunno che da fresche lene veniva stretta a ponente a occuparsi soltanto di tramontare. Fatto antico nel mondo che aveva anche messo in bilancio, ma non così presto, perché i suoi cinquantanove anni, tranne quell'acciacco di un leggerissimo affanno, non le pesavano.

Allora si era fatta piccola piccola, aveva cercato di non dare ombra e intanto come un gambero camminava all'indietro e perdeva sempre più terreno e Immacolata avanzava.

Subito dopo le nozze il disegno di vita di questa nuora si era disteso come un'ala nera sui domini della casa, della dispensa, della biancheria, dell'argenteria e Nunziata, generosa, si era ristretta e le aveva fatto spazio, ma Immacolata già gravata di tante chiavi era voluta entrare con energia di tratto anche nei confini dove Nunziata si sentiva salva, nel suo cerchio magico di ziti e vermicelli. E poi anche da lì l'aveva spodestata. Dopo quel suo svenimento era arrivata subito la pugnalata dei depositi bancari a firme abbinate, solo formalità, vista la sua non buona salute, prudenza più che giustificata, così velava nei discorsi Immuccia accomodante.

Lo raccontasse però agli altri. Era una scusa, perché già prima della malattia Immacolata aveva fatto arrivare quella famosa cassaforte e già cambiava la combinazione a suo piacimento senza comunicarle la nuova, così anche il denaro che precedentemente Nunziata conservava nel cassetto della scrivania non era stato più suo, non più disponibile e segreto nelle destinazioni.

Ed era vero che sì tante volte era stato diretto sotto mano ai Montorsi, ma mai nelle somme favoleggiate da Immacolata. Anzi Nunziata era sicura che la decisione di comprare l'antipatico forziere era stata presa dopo che mastro Tore aveva rimesso in fiore la bella cappella funebre dei Montorsi – che stava andando in rovina – e lei aveva pagato.

Certo le sostanze patrimoniali erano ancora tutte sue nelle intestazioni, ma lei, anche per quieto vivere, era nell'impossibilità di spendere anche una sola lira senza richiederla e dichiararne l'uso. Rocco, l'impastatore suo che lavorava da lei fin da bambino, Rocco, Rucchetiello, a volte nel segreto di cortine di pasta con familiarità le parlava tutto arrabbiato:

“Donna Nunzià 'a patrona siete ancora voi... menate fora a tutte quante... Donna Nunzià bona sì... ma fessa no.”

In limitazioni mortificanti era vissuta dal gennaio fino ai primi di agosto. Poi un giovedì caldissimo, tra distese di linguine che ammiccavano al mare e a freschi sughi polposi di cozze, lei aveva azzardato ad Alfredo una richiesta impellente di duecentotrentatré lire e ne aveva avuto in risposta un interrogatorio e un rifiuto e da Immacolata uno sbuffo.

Da allora al pastificio non era più andata. Cortese e conciliante, senza vistosità di bronci, aveva però concretizzato in ammutinamento la sua rivolta e si era trasferita alla villa.

All'inizio, quando cominciarono a farle visita, specie le

prime volte, lei aveva sperato che venissero a chiedere spiegazioni, a richiamarla, e si narrava i discorsi che avrebbe fatto, i dinieghi che avrebbe espresso prima di capitolare. Ma nessuno gliene diede mai l'opportunità. Il ragionamento non veniva neanche sfiorato, tutti facevano mostra che niente fosse accaduto, che le scelte fossero soltanto sue e che potesse modificarle a suo piacimento.

Al suo silenzio sull'argomento si rispose con altro silenzio, il più assoluto, che però a lei, nella beffa, stridente rompeva le orecchie.

Imma poi si mostrava come non mai disponibile e gentile, saliva spesso a trovarla, le regalava torte aggraziate, la marmellata di marroni, i giornali di ricamo, il caffè già tostato e Nunziata, serafica, accoglieva con garbo quelle premure che per lei, nella sostanza più vera, erano autentici sberleffi.

Nunziata, andando dalla villa a casa di donna Giuseppina Balzano, era passata davanti all'attività operosa della sua fabbrica dilatata anche all'esterno. Aniello aveva scelto di sua iniziativa l'itinerario diverso perché via Maresca l'avevano aperta collegandola con quella più a monte e tagliando si arrivava prima alla masseria; e poi pensava le facesse piacere. Davanti al pastificio il cocchiere si era girato verso Nunziata, sollecito a un suo cenno, pronto a fermarsi. Ma il cenno non era arrivato e così aveva proseguito lasciando gli operai che sui marciapiedi, indaffarati a spandere pasta, si erano fermati nel lavoro in attesa di accoglierla, e mentre il veicolo si allontanava, erano rimasti fermi come allocchi a scambiarsi sguardi perplessi.

Ma Nunziata non desiderava fare soste al pastificio. Forse solo qualche operaio la rimpiangeva, Rocco di sicuro.

Rocco sarebbe stato felice di vederla al pastificio, i figli no, non la volevano o meglio la volevano ma solo in visita, come quella occasionale che avrebbero potuto ricevere quel giorno, non certo di nuovo al suo posto di lavoro, vincolata alla quotidiana avventura del fare la pasta.

Se si fosse fermata avrebbero mostrato di gradire moltissimo il suo arrivo, di certo l'avrebbero accolta festosissimi richiedendo anche consigli che fingessero rispetto.

Ma superato quel limite come piante sensitive al tocco, le posizioni sarebbero ritornate serrate e ostili.

Prima non avevano piacere che lei s'allontanasse dal pastificio, neanche per poche ore... poi l'avevano sollecitata nelle assenze...

Tempo stellato era stato l'antico, quando i figli giovanissimi l'affiancavano amici, spalla a spalla, quasi complici nella congiura di fatica.

Presto erano arrivati i matrimoni, tante, troppe cose erano cambiate dissolvendo quella loro alleanza. E poi c'era stato l'incalzo:

"Mammà, perché non vi riposate, avete lavorato abbastanza... Il dottore dice che vi dovete riguardare..."

Placida e dondolante tornava la carrozzella e riportava Nunziata alla villa. La passeggiata era stata breve, era durata poco più di un'ora e il sole di quell'autunno pacato era ancora luminoso.

Nunziata pensò che era veramente presto per tornare a casa, ma aveva ordinato al cocchiere di tornare indietro. Era uscita per andare dalla signora Scassillo a portarle un po' di conforto, ma a un certo momento aveva cambiato idea. Non se la sentiva più di incontrarla, di cercare parole di consolazione per la perdita così grave di un figlio di vent'anni, Carminuccio, che era morto l'anno prima in quella campagna di Etiopia in mezzo ai neri "povero criaturo..." Così aveva chiesto ad Aniello di rientrare:

"Aniè è sabato e devo preparare la cena per domani... devo cucinare, torniamo indietro."

Ma non era per la cena. Anzi, da quando tre anni prima il maggiore, lasciato l'esercito, era tornato a vivere con la sorella a Foggia, lei non si divertiva più tanto ad ammannire pietanze, non c'era più tanto sfizio.

Invece il fatto vero che l'aveva intristita e messa già da qualche giorno di malumore era stato ricevere una lettera del maggiore con il ritaglio di un giornale.

Il maggiore le aveva scritto una lunga lettera e una pagina tutta intera era proprio per il pastificio. Lei avrebbe voluto farla leggere ad Alfredo e fargli vedere anche il ritaglio della rivista che vi era accluso.

Il maggiore D'Arienzo scriveva come parlava, c'era proprio gusto a leggere le sue lettere, Nunziata le riceveva tanto volentieri anche se glielo aveva detto:

"Maggiò, io però non vi risponderò mai."

Il ritaglio della rivista mostrava la fotografia abbastanza grande e molto chiara di una linea di macchine e sotto c'era la scritta: "Il primo impianto automatico per la fabbricazione delle paste alimentari costruito dalla società Dottor Ingegnere Mario e Giuseppe Braibanti. Fiera di Milano 1937."

Il maggiore insisteva, la pregava di mettersi in contatto con i rappresentanti della Braibanti, o di mandare i figli a guardarlo da vicino, magari a ordinarlo questo impianto... se non si voleva restare indietro... così diceva.

Ma il maggiore non sapeva tutta la storia dei dissapori di Nunziata con i familiari, della rottura senza scenate, della sua abdicazione, dei suoi problemi di salute, del suo trasferimento alla villa.

Non sapeva il maggiore che lei con i figli ormai non parlava più di pasta. Però la notizia di questa presentazione alla Fiera di Milano era certamente arrivata anche a loro, forse la fotografia l'avevano vista. Non si poteva dire che i figli non fossero anche loro attenti, anche per loro quel lavoro era una passione.

Il pezzo di giornale Nunziata se l'era messo sul comodino e ogni tanto se lo riguardava. Per quello che riusciva a vedere e capire c'era tutto al posto giusto: la dosatrice, l'impasto, la gramolazione, la trafilazione, tutto perché da una parte si mettesse lo sfarinato e dall'altra uscisse la pasta. Tutto come favoleggiava il maggiore...

"Grandezza 'e Dio..."

Però, guardando la struttura di quell'ingegno, appena l'aveva capita, appena l'aveva intesa tutta, le era tornata alle orecchie la voce di donna Francesca piena di superbia:

“Io ho l’arte... a me basta l’acqua, la farina e il sole... e i piemontesi il mestiere non me lo possono rubare perché hanno l’acqua, la farina, ma non tengono il sole e l’arte...”

E invece quegli ingegni, dopo l’essiccamento meccanico, erano ancora un passo avanti perché tutti potessero fare la pasta e la pasta si potesse fare dappertutto.

In quei giorni il foglio della rivista l’aveva tirato fuori e spiegato e riguardato tante volte, l’avvinceva tutto l’articolarsi di quel macchinario. Una notte sognò proprio la linea di pressa continua in moto, in attiva funzione. In cerchio ai meccanismi, che davano prova di sé e a ritmo ostinato e ossessivo ingurgitavano acqua e semola e dispensavano pasta infinita, si accalcavano gli operai sempre con i loro panni di miseria. E le facce attente osservavano il moto cadenzato, chiarissimo e segreto di quei congegni affatturati e ogni tanto alzavano lo sguardo e cercavano il suo... Imbambolati, e nei loro occhi si affacciavano pozze di sgomento.

Il novembre di quel millenovecentotrentasette fu dolce e anche il dicembre. Alla villa la salute di Nunziata rifiorì e il cuore se ne stette tranquillo.

All’inizio l’esilio era stato acerbo e le notti insonni con i brutti pensieri che venivano all’assalto, livido l’elmo, fosco il cimiero, abbassata la visiera di male, e incalzavano uno alla volta, come in un torneo.

Lei parava e respingeva i colpi con il suo istinto e la speranza che traduceva in certezza che tutto sarebbe tornato bello. Prima, nella semplicità della sua esistenza, non si era mai data pensiero di non averlo più alto sulla faccia il sole. Invece cominciò ad avere angoscia della morte, sconfidenze, malinconie, moti dell’animo a lei prima ignoti.

Senza i suoi fili di comando, che erano appigli di vita, i più tenaci, penzolava in un senso di inutilità che le era nuovo. Le giornate le sembravano grani di vetro nel monotono scivolare del rosario e il suo mare era fermo e opaco e senza fragranza.

Il compendio della sua vita le sembrò allora illuminato con il segno della negatività, con la tonda luna di uno zero. E si sbagliava perché intorno a lei aveva sempre fatto primavera ed era stata per tanti un riparo ombroso e un'offerta di frutta.

Però il suo scontento, peraltro assai discreto, ebbe un termine netto. Chiese forza ai suoi lavori, agli intrecci dei suoi fili, ai ricami, ai fiori, alle marmellate, al tressette, ai nipoti che amava e con i quali aveva un rapporto dolcissimo, a Mariano che non aveva sempre vicino e forse per questo sembrava che più la confortasse, alle piante del viale, all'eucaliptus, alla mimosa, al gelsomino, ai pini e agli operai, a turno salivano a salutarla e restavano silenziosi e impacciati ma poi, quando la lasciavano, le baciavano la mano.

Il più assiduo era Rocco e a lei che lo pregava di non disturbarsi lui rispondeva:

"Donna Nunzià senza 'e vuie me pare troppo brutto."

La rinuncia di Nunziata Rocco proprio non la capiva e lei lo chetava:

"Non ti preoccupare, poi torno, torno."

Invece al pastificio non era più scesa e non era andata più neanche alla sua casa al paese. Neppure per la festa che il ventidue di ottobre celebrava la Madonna della Neve. Quella scura e bizantina arrivata dal buio del XIV secolo e dal profondo del mare, il bassorilievo cromatico di terracotta, superstite e naufrago forse di abbordaggi turchi o di tempeste, arredo sacro di gente di fede cristiana in fuga dall'impero d'Oriente che si sgretolava sotto le invasioni, di profughi che veleggiavano verso l'asilo dell'Italia.

I paesani, nei confini del loro piccolo mondo, la tenevano Madonna più Madonna di tutte le altre.

Era festosa con l'alta corona ingemmata di pietre e nei suoi lineamenti di Madre di Dio era tanto fanciulla che il figlio stretto a lei, bambino non infante, definiva nelle fattezze un'allusione a una loro comune giovinezza: "Sembrano fratello e sorella" dicevano i fedeli.

L'immagine era gaia di tinte: smalti verdi, azzurri, dorati, così confortevoli di vita e di speranza nei giorni del terrore e dell'ira del Vesuvio che scandiva i secoli, nei cieli abbuiati dalla pioggia di cenere, nelle processioni salmodianti che andavano disperate proprio verso la montagna, a chiederle di quietarsi.

L'icona, nelle avvampature che l'avevano segnata, nel ricordo della lava che aveva abbrunato i piedi del bambino e la mano della madre prima di miracolosamente fermarsi, aveva il sigillo e la sfida di una terra dove la felicità del vivere era anche rischio di vita e ne accresceva l'essenza, dove una giornata scoccava più intensa e valeva più che altrove.

Per Nunziata era stata una grossa rinuncia e anche di cattivo augurio, come tralasciare una funzione propiziatoria, non assistere alla festa, non vedere la processione dai balconi della sua casa pavesati con le coperte di seta di San Leucio e le coperte della nuora sfarzose di ricami grossolani che segretamente spregiava.

Le piaceva veder passare sotto gli archi infiorati i chierici con le rosse sottane, il vescovo, gli angeli, il drappello di guardie municipali con il pennacchio nero sul cappello e la sciabola sguainata, e il comandante Balzano che, arrivato al suo balcone, alzava gli occhi e portava la lama al cuore.

Tutti gli uomini che contavano, arrivati al suo palazzo, guardandola si inchinavano nel saluto sollevando il cappello, anche il vescovo accennava una benedizione.

Un tempo, nella sfilata precedevano la sacra immagine gli stessi suoi figli nei vestiti della loro congrega, con i corti calzoni neri attillati, le calze rosse al ginocchio e appesa al collo la sacca di cuoio per reggere sul petto il peso degli altissimi pennoni, l'occhio alto e vigile all'aereo pennacchio dell'asta per assecondare, in ricerca di equilibrio, l'oscillare maestoso dell'insegna. Senza distrazioni nel passarle davanti, senza sguardi per i grappoli di ospiti e familiari affacciati e neanche per lei che, nella tradizione delle sue fiorate, riempiva l'aria di petali e pezzetti di carta colorata che ritagliava nelle sere d'inverno recitando i Gloria Padre, d'obbligo perché sfarfallassero, al tempo, i coriandoli festosi e le preghiere.

Quell'anno aveva rinunciato a tutti i suoi riti, aveva fatto solo di mattina presto una breve comparsa alla chiesa e aveva anche visto trottare, pomposa, qualcuna delle carrozze infiorate che arrivavano da Napoli con le ragazze vestite tutte dello stesso colore, canterine e allettatrici nelle scosse dei tamburelli sfacciati.

Un tempo don Giordano le giovani donne le adocchiava goloso. Con gusto, dal palchetto imbandierato, assisteva alla sfilata con gli altri notabili a decidere quale equipaggio fosse più meritevole dello stendardo ricamato d'oro: e lui vi aggiungeva come premio l'invito al banchetto alla "Casina Rossa", la locanda solitaria a picco sul mare.

E un anno una di quelle ragazze, che con la carrozza parata venne dal quartiere della Sanità, per un silenzio gli costò una discreta somma dopo un drammatico e segreto patteggio con un guappo consanguineo della parte lesa che ventilava un accoltellamento.

L'anno fu quel generoso milleottocentottantatré, quando fu pronto il mulino nuovo e la data rimase indelebile in ferro battuto sulla lunetta del portone. Donna Francesca aveva trentaquattro anni e don Giordano trentanove.

Un fatto remoto, ammantato di estrema riservatezza; Mariuccia l'aveva raccontato a Nunziata poco prima di morire.

Tra i piaceri dell'esilio ci fu per Nunziata quello di poter ricevere senza impaccio le visite dei Montorsi, specie di Mimmina. Le rare volte che usciva saliva sempre a trovarla e insieme richiamavano il passato e Federico.

Il sei di gennaio, compleanno di Francesca, dopo la messa di suffragio nella cappella dei Montorsi, al ritorno Mimmina rimase anche a pranzo da lei e Nunziata le fece tanta festa e gli struffoli.

Neanche il lamentarsi querulo di Mimmina, il suo perenne ed eterno bisogno di diciannove soldi per poter raggranellare una lira, riusciva a togliere a Nunziata il gusto di quegli incontri.

Certo Nunziata al momento non poteva fare molto per la moglie di Federico, invece proprio in quel periodo Mimmina era preoccupata per un certo debito. L'aveva contratto con don Felice il cambiavalute, che faceva anche l'usuraio. La somma, nel tempo gravata da interessi esosi, era diventata grandicella, diceva Mimmina a Nunziata, senza mai precisarla.

Nunziata cercò di racimolare danaro. Attraverso Espedito, il nipote di donna Virginia, vendette il quadro di uno degli antenati di don Giordano, una tovaglia di damasco per ventiquattro e un servizio da caffè, quello di "Sèvres" che le aveva regalato don Paolo. Diede tutti i soldi a Mimmina, ma pare che servissero solo per scalare interessi già scaduti.

Le tazzine di "Sèvres" erano sempre state esposte nella grande cristalliera nella camera del "pastore" e Nunziata, nel mobile, cambiò posto a bicchieri, alzate, tazze e fruttiere, creò confusione perché non si notasse la sparizione del servizio.

Ma Immacolata se ne accorse lo stesso.

Donna Virginia si occupò di piazzare le lenzuola con ricami in sfilato siciliano e dodici asciugamani con la balza di macramè. Il ricavato della vendita fu esiguo, ma importanti invece i clamori che suscitarono tutti questi commerci di Nunziata:

"Donna Nunziata tutta la roba della villa si sta vendendo..."

La cosa fu risaputa anche da donna Cira che riportò il fatto alla figlia. Ma Immacolata questa volta non sbraitò, non s'arrabbiò, solo alla fine delle querimonie materne con molta calma pronunciò sette parole:

"Uno di questi giorni la faccio interdire."

Nunziata naturalmente non era al corrente di questi pensamenti della nuora, lei era solo preoccupata per i debiti di Mimmina:

"Se io muoio" pensava "Mimmina va col 'culo alla Vicaria' puverella."

Invece Mimmina, posapiano com'era, non è che si scomponesse molto e una volta raccontati i guai a Nunziata si metteva tranquilla come se non fossero più pensieri e assilli suoi.

Invece Nunziata studiava notte e giorno il modo di concretizzare la somma, modi di far soldi all'insaputa dei figli non è che ve ne fossero, così che avuta un'idea la comunicò subito a Mimmina...

Donna Francesca, per grazia ricevuta, aveva donato alla Madonna dei Miracoli, quella della chiesa sulla strada dei

Camaldoli, la parrocchia di don Agostino, i suoi grossi orecchini di brillanti: quasi cent'anni prima quando don Giordano, sulla strada di Vico Equense, era stato sbalzato dal calesse al limite estremo di un precipizio.

L'offerta era stata consegnata allora proprio nelle mani di un giovanissimo don Agostino che, ottantenne, ancora reggeva la chiesa, e i brillanti ancora scintillavano vividi sul quadro della Madonna.

Perché, diceva Nunziata, non premunirsi delle rinunce degli altri eredi e poi andare dal parroco a farsi restituire le pietre?

Mimmina, sempre così pesante nel carattere, reagì alla proposta insolitamente, con grande ilarità, e tra le lacrime delle risate andava ripetendo con voce soffocata:

"Nunzià tu si' pazza... Nunzià tu si' pazza..."

Ma Nunziata non pensava di essere fuori di senno... Neanche quando Mimmina le parlava di sacrilegio.

"E perché?" pensava Nunziata. "La Madonna è come una mamma e una mamma se ha – e la Madonna li tiene i brillanti di donna Francesca – dà volentieri a un figlio che non ha."

Per lei tutto era chiaro, donna Francesca poteva e aveva donato, Mimmina era bisognosa e riprendeva l'offerta.

Certo, a pensarci, i figli di Federico potevano vivere da signori solo se fossero andati a raccogliere gli ori donati da donna Francesca a tutti i santi del circondario.

Comunque Nunziata, con la sua dolcezza caparbia, riuscì a convincere Mimmina e un bel giorno, in carrozzella, andarono a saggiare il terreno con don Agostino. Mentre aspettavano che l'arzillo parroco ascoltasse una confessione, loro se li riguardavano alle orecchie della Madonna i brillanti di donna Francesca che lucevano accostati al viso della Vergine. Ma quando don Agostino le ricevette, prima ancora di redarguirle con severità, appena aprirono bocca, svelò subito che le pietre erano false e che le altre lui trent'anni prima le aveva vendute per ristrutturare la chiesa.

Quando andarono via accompagnate dal prete, invece di uscire dalla sacrestia direttamente sulla strada, passarono dalla chiesa per un saluto alla Madonna e Mimmina sottovoce già diede inizio alle geremiadi:

"Tutto per causa tua. Hai visto che bella figura? 'A capa tosta tieni tu."

Nunziata, dopo che il prete e Mimmina furono usciti sul sagrato, restò ancora inginocchiata in raccoglimento davanti alla Madonna. E le pietre, al lume delle candele, erano vive proprio come quelle che sfavillavano alle orecchie di donna Francesca nei giorni di festa.

A sbandierare la bella notizia alla villa fu donna Virginia che, ambasciatrice e corriere di Nunziata, era stata mandata a casa di Mimmina a portarle trecentocinquanta lire.

Donna Gelsomina, raccontò la sarta, siccome don Felice si era fatto "scostumato assai" negli interessi da strozzino che pretendeva, aveva confessato il debito al figlio. Lui, dopo qualche giorno, concluso un suo riservato negozio, guadagnata, misericordia celeste, giusto quella somma, aveva pagato e completamente estinto l'obbligazione della madre.

Nunziata non volle sapere altro, neppure perché Mimmina, non avendo più quell'impegno, avesse trattenuto la busta con i soldi. Per istinto di sopravvivenza Nunziata voleva restarsene tranquilla, non voleva ritornasse l'oppressione che le toglieva il respiro. Si sentiva meglio in quella primavera del trentotto, serena e tanto allegra durante le feste di Pasqua e anche dopo quelle ricorrenze, perché godé di una libertà insperata.

Immacolata giusto in quel tempo andava e tornava da Napoli, occupata con sarte e modiste, e spesso raggiungeva Roma con il padre. C'era un gran fermento, era attesa la visita di Hitlèr, così da quelle parti chiamavano il cancelliere tedesco spostando l'accento.

Hitler sarebbe venuto anche a Napoli. Immacolata e l'altra nuora e tutta la famiglia mancarono dalla villa quasi un mese.

Immacolata salì da Nunziata soltanto una sera a chiedere in prestito la borsa d'argento da sfoggiare al San Carlo, per quell'Aida che in onore dell'ospite si annunciava così eccezionale.

Imma portò, per mostrarglielo, anche l'abito elegante preparato per il giorno della parata navale che si sarebbe svolta nel golfo.

Il vestito di crepella grigio chiaro con intrecci di crepella grigio scuro era bello, ma la volpe argentata, grande e gonfia sulla spalla di Imma a completare la toletta, non piacque a Nunziata.

"Pareva nu mammone..." riferì poi descrivendola a donna Virginia la sarta.

Comunque Nunziata profittò di tutte le assenze di nuore e figli per organizzare alla villa cinque tavoli di tressette con una ventina di giocatori.

Di donne ai tavoli c'erano lei, donna Giuseppina Balzano la levatrice, donna Rita Proto la maestra di pianoforte e donna Ilaria Avino che suonava il violino. La cosa fu molto disapprovata e siccome in quelle riunioni non solo si giocava ma si faceva musica e si continuavano a mangiare le pasquali pastiere di grano e i casatielli, per stigmatizzare quei convivi, per definirli, si usarono vocaboli che mal si addicevano all'età di tutti i partecipanti che, minimo come Nunziata, avevano sessant'anni.

Ma nel paese non s'aveva memoria di altre donne che, vedove, giocassero a carte, e con uomini, con tanti uomini.

La villa, incastonata tra gli alberi immoti, tanto quieti da sembrare finzione, aveva d'intorno, dopo la notte calda e umida, vaporosità leggerissime sospese come velette, così un po' trasognata viveva il suo mattino e si asciugava a uno scialbo sole.

Nell'aria priva di vento i rami le respiravano accanto senza ondeggi e fruscii, rispettosi di silenzio per il volo improvviso di qualche foglia e per il crepitio secco che nello staccarsi era il suo discorso d'addio.

Lontano, la cadenza di un'accetta era scansione di pace.

Nel chiuso della casa la ragazzotta al pian terreno bussava con tocco lieve alla camera di Nunziata.

Grossolana nelle membra e nei modi, irruente e per questo redarguita, cercava di attutirsi, di raffrenare la sua natura e dare grazia al percuotere con le nocche lo stipite bianco, mentre con l'altra mano sosteneva in difficile equilibrio il piattino con la tazzina di caffè.

Quando era andata quindici giorni prima a casa sua a contattarla e a offrirle un posto di cameriera alla villa, donna Virginia la sarta le aveva detto che Nunziata era malata di cuore e bisognava avere tanto riguardo. E poi l'aveva anche sgridata i primi giorni, quando era entrata in servizio, per quel bussare così forte e quel parlare gridando le frasi come se uno fosse sordo. Per questo la ragazza cercava di contenere i suoi impeti.

"Donna Nunziatina? Donna Nunziatina bella? C'è permesso? Donna Nunzià, state dormendo o state scetata?... So' Titina... posso trasire?" e intanto già piegava la maniglia ed entrava... "Buongiorno, il caffè... si sta facendo freddo... Poi voi dite che io non lo so fare!!..."

Profondo era il sonno di Nunziata quella mattina. Nella luce che entrava dalle imposte che mal chiudevano, il suo corpo piccolo e smagrito aveva sotto la coltre leggera impronta, ma rilevato era il fondo della schiena appuntato in un atteggiamento di giovane riposo che lusingava i suoi anni.

Il viso poggiato di profilo, pallido, affilato, mostrava i solchi e gli sconforti, ma nel ritmo del respiro, dal bianco mare del cuscino cifrato, a intenerire, ancora saliva l'armonia così singolare di quelle sue linee.

Anche se l'ora per le sue abitudini era un po' avanzata, Nunziata non accennava a svegliarsi e la ragazza le scuoteva la spalla:

"Donna Nunzià, c'è una visita per voi... Don Giordano... vi vuole parlare..."

La mano di Nunziata, senza controllo, strinse un paio di volte il lenzuolo. Ancora il sonno la teneva, ma la voce cominciava ad arrivarle.

"Don Giordano ha detto che vi vuole salutare e vi deve dire una cosa..." e si fece più ardita nello scrollare Nunziata: "Don Giordano sta fuori."

Gli occhi della dormiente palpebrarono, la mente ancora annebbiata andava a tentoni, ma già un messaggio le arrivava chiaro e la pinzava:

"Ma che cos'è?... Ma don Giordano non è morto?" e così l'intelletto vigile si apriva un varco all'istante e la faceva subito sveglissima.

"Titì ma che cos'è?... Chi c'è fuori?..."

"Ci sta il figlio della signora Mimmina."

“Ah Titina, figlia mia, e chi si ricordava più che si chiamava Giordano pure lui!!!... Ma che paura... che paura... Titì, ma non lo sai che noi lo chiamiamo Ninuccio?...”

“Sì, ma mi ha detto donna Virginia che io non mi devo mai prendere troppa confidenza se no faccio la scostumata. Donna Virginia come lo chiama Ninuccio? Lo chiama don Giordano e io pure così lo chiamo...” e intanto le porgeva sorridente la tazzina di caffè e continuava a parlare.

“Lui prima stava nel viale, poi l’ho fatto entrare... meno male così Rosetta non l’ha visto... È venuta a prendere le uova. Quella è una spiona, poi lo andava a dire a donna Immacolata...” e continuò a tenere il piattino sotto la tazza che sgocciolava caffè, tutto il tempo che Nunziata impiegò per sorseggiarlo.

Poi Titina posò la chicchera sul comodino e accostò le babbucce alla sponda del letto:

“Donna Nunzià dovete uscire? Uscite con il figlio di donna Mimmina? Vi preparo il vestito grigio con il collo di merletto o quello blé con tutti quei bottoncini? Mettetevi quello, sembrate una forestiera...”

Sorrise Nunziata alla loquacità della ragazza che già si muoveva per la stanza a riordinarla e parlava, parlava, mentre spalancava le imposte e sistemava panni e apriva cassetti e richiudeva cassetti, svelta e garrula come una cincial-legra.

Sorrideva Nunziata seduta sul letto, i piedi nudi a indovinare, in vana ricerca, le pantofole. Dovette chinarsi per recuperarle e la fronte, in luce, mostrò chiara la cicatrice che così tanto impaccio aveva portato alla sua adolescenza che si specchiava, e invece nella vecchiaia era memoria tenera di gioventù perché testimoniava l’irruenza felice di una corsa e di un tonfo.

Nunziata aveva un debole per il figlio di Federico. Il giovane, nel taglio degli occhi scuri e anche nella figura, somigliava molto a donna Francesca, ma non nel carattere che, senza chiusure e bozzoli a invischiare gli slanci, era aperto, vivace e simpatico, di una simpatia, di una verve che nessuno della famiglia aveva così spiccata.

A qualcuno sembrava che questo novello Giordano Montorsi facesse rivivere il bisnonno, don Salvatore De Crescenzo.

E avrebbe avuto anche ali avventurose questo Ninuccio se non gliel'avesse tarpate la pesante e vessatoria situazione familiare che avviliva ogni sua ambizione e slancio.

A Nunziata faceva pena; sulle spalle del giovane così intelligente e pieno di vita ma rispettoso e saldo negli affetti – succube della madre anche lui come il padre – Mimmina riversava ogni assillo, anche il più piccolo.

Incalzante e uggiosa lo tormentava persino per le fughe del gatto che scappava sempre sulla spiaggetta quando i pescatori tiravano le reti. Gli dava cura anche dei panni che nelle stese, tempestose con il vento di mare, finivano sugli scogli e poi mancavano agli appelli.

"È l'uomo di casa" sosteneva, e le incombenze al di fuori di quelle mura, che lei e le figlie asserragliate non oltrepassavano quasi mai, toccavano tutte a lui.

Ninuccio lavorava in banca, quella che, al momento del tracollo, aveva rilevato lo sportello aperto da don Giordano.

Quando era morto il padre, aveva diciotto anni e non aveva potuto continuare gli studi, si era subito occupato ai Magazzini Generali come contabile e si era anche sposato presto, troppo presto, con una ragazza bella e tranquilla ma di famiglia modesta e aveva avuto due bambini: Federico e Gelsomina.

Dopo quattro anni, lasciato il vecchio impiego, era stato assunto dalla banca e vi lavorava da quattordici anni. L'aveva chiamato nell'istituto di credito il vecchio direttore, don Alfonso, lui che si vantava di essere stato amico di Federico; perché, pur avendo combattuto una tenzone chiacchierata e disperata, Federico aveva lasciato di sé un bellissimo ricordo. E per aver voluto a tutti i costi tenere fede a un nome e a una firma, pagare i debiti, andare sul lastrico ma non fallire, era restato, per quel circoscritto mondo, esempio sommo non solo di grandissimo fesso, ma anche di integerrimo galantuomo.

Nunziata, passando sotto le finestrelle tonde del corridoio, cominciò a sorridere pregustando l'incontro con questo suo nipote.

A volte passava a salutarla quando andava, il mercoledì, a Leopardi o a Trecase nelle campagne, dai contadini che avevano venduto vino, uva, arance, fiori o albicocche e raccoglieva contanti per conto della banca.

Veniva e lei gli regalava uova fresche, l'insalata, e si divertiva a sentirlo, rideva ai suoi complimenti, alle prese in giro, alle imitazioni che spiritoso azzeccava giuste del parroco del Carmine, di zia Maria Vittoria quando suonava il pianoforte e si estasiava, di zia Paolina che era diventata mezza sorda ma assolutamente non voleva si sapesse e fingeva di sentire tutto. Ma soprattutto Ninuccio sapeva ridere di se stesso, scherzare sulle fisime delle sorelle che si lavavano le mani, diceva, quaranta volte al giorno, sulla sua condizione di figlio sottomesso, sulle emicranie della madre che pausavano di incertezze ogni tempo di vita della casa; sulla cucina che in essa si praticava e che lui designava "fiabescà", perché le promesse che gli faceva il venerdì la madre per il pranzo festivo: "Domenica ti faccio il timballo di maccheroni" difficilmente si concretizzavano e restavano una "fiaba" deludendo le sue aspettative.

Perché Ninuccio era golosissimo... "Me lo posso permettere" diceva "adesso c'è l'insulina... se papà aspettava otto o nove mesi non moriva più..." E celiava sul diabete che il padre forse aveva trasmesso anche a lui e sull'ormone antidiabetico isolato proprio nel millenovecentoventuno.

Faceva sberleffi alla malattia che aveva portato Federico alla tomba dopo l'ascesso al collo – conseguente al morso di vespa – e quella profonda incisione che non si rimarginò più e la cancrena che sopravvenne rapidissima.

"Adesso c'è l'insulina..." celebrava Ninuccio, e quando andava da Nunziata si rimpinzava di ciliegie sotto spirito, cotognata e marmellata di albicocche.

"Si' nu pagliaccio" lo canzonava Nunziata, ma accoglieva le sue visite come un dono.

Quando però quel mattino entrò nella stanza e lo vide, capì subito che qualcosa di grave era accaduto. Ninuccio era più pallido del volto che sul dipinto della parete si affacciava alla finestrella del grillage, quel viso di donna che stava perdendo la consistenza materica e già tanto sbiadito sempre più scompariva tra il verde dei rampicanti.

Cortigiano, con inchini ridevoli, Aniello aveva avuto per il signore venuto da fuori, per l'avvocato cittadino, deferenze e la premura di una copertura stesa sulle sue gambe e su quelle di Nunziata.

Nel cammino, dopo un po', il plaid dalla parte del giovane era scivolato e Nunziata lo riacconciò. Lui con garbo si schermì... non ne aveva bisogno... Non aveva freddo... beato lui... così giovane.

Di sottecchi Nunziata si riguardava il suo bell'avvocato: glielo aveva mandato don Lelio, cugino di Federico.

"Non posso lasciare Napoli in questi giorni, ho troppi impegni, ti mando un giovane mio discepolo, valente quanto me..." così don Lelio le scriveva in risposta alla sua chiamata, al biglietto che gli aveva portato Espedito fino allo studio, alla salita di Monte di Dio.

E così l'avvocato De Angelis era arrivato alla villa.

Si erano capiti al volo, poche parole e lui aveva afferrato tutto del piano che lei aveva in mente e stava tessendo, e l'aveva subito approvato:

"Donna Nunzià complimenti, bravissima..."

Lei aveva cercato di giustificare Ninuccio.

"Avvocà, mio nipote è un giovane d'oro, si è trovato nella necessità... la richiesta di restituzione era minacciosa, io non potevo aiutarlo perché non posso più muovere una lira, i soldi della banca gli passavano tra le mani... e lui ha pagato... Ma per l'amore di Dio, le quindicimila lire che ha preso non devono fare di lui un ladro, assolutamente non può andare in galera. Per questo avvocà gli ho suggerito il comportamento che vi ho detto..."

"Ottima mossa, donna Nunziata, ottima mossa... neanche da parlarne, mossa da grande stratega."

Così erano andati alla banca una prima volta. Al direttore avevano raccontato quello che ancora lui non sapeva e avevano proposto un "aggiustamento".

Chiamati per concludere erano tornati proprio quel giorno e adesso, vittoriosi, rientravano alla villa in carrozza e un sollievo grande allargava il respiro di Nunziata.

Si girò, anche il giovane si voltò a guardarla e si sorrisero esultanti. E poi galante lui le prese la mano, gliela baciò e gliela strinse: gli occhi lieti sotto la falda grigia del Borsalino...

Era bello ed era anche "valente"... aveva ragione Lelio. Aveva saputo parlare al direttore fin dall'inizio... con calma, distaccato, deciso come un brigante, ma anche con tanta educazione.

"La mia cliente, legata al Montorsi da noti affetti e vincoli familiari, è stata messa al corrente dei fatti direttamente da lui... una confessione drammatica prima della latitanza... nei conti della banca c'è un ammanco di trentamila lire, quando il giorno ventotto ci sarà l'ispezione sarà ben chiaro."

E il direttore aveva serrate le labbra ed era sbiancato e l'avvocato si era aggiustata la cravatta e aveva ripreso.

"Donna Nunziata Limieri, radunando ogni suo sforzo, di tutta la somma è disposta a restituire subito la metà, esattamente quindicimila lire... Giordano Montorsi dà le dimissioni, se ne va a lavorare altrove, voi non lo denunciate e recuperate l'esatto cinquanta percento della cifra involata... Di contro l'assoluta inutilità, la non convenienza di una crocifissione... il Montorsi è nullatenente... Solo lo scandalo... l'ombra sul buon nome del vostro istituto di credito... l'ispezione della Banca d'Italia... confido in una saggia conclusione, la più opportuna anche per la banca... consultatevi con i vostri superiori... attendiamo solo un vostro cenno..."

E il direttore quella mattina, firmato l'accordo, li aveva anche accompagnati fin sulla soglia della banca.

Ninuccio era salvo. Un contento ridarello le tremava dentro.

Per un altro lavoro, Nunziata ne era certa, non c'erano problemi. Mariano da tanto le chiedeva di cercargli una persona alla quale affidare fabbrica e affari quando lui era lontano.

"Lo devo pagare bene quest'avvocato, gli devo dare quello che mi chiede..." si riprometteva. "Che mi posso vendere per pagarlo? Il servizio di piatti con le iniziali in oro zecchino? Lo devo offrire alla signora Maresca... le piace tanto e le iniziali, che combinazione, sono le stesse..."

E dire che Ninuccio, alla villa, quella terribile mattina, dopo le disperate parole e lo sguardo intontito, era diventato tutto d'un tratto lucido lucido e la fissava come una che fosse uscita di senno mentre lei, senza perdita d'impeto, continuava a ripetere:

"Stai tranquillo, ti aggiusto tutto... Stai tranquillo... Solo, devi fare come ti dico io... Tu hai preso quindicimila lire? L'ispezione viene il ventotto. Non dire niente a nessuno e prima della fine del mese, tanto o quindici o trenta è sempre la stessa cosa, prendi altre quindicimila lire e le porti a me. Poi te ne vai a Sorrento alla masseria da Tetella, ti nascondi e con la banca tratterò io."

Li sentiva parlare tutti insieme dietro la porta della sua camera che si ostinava a non aprire, nonostante i tonfi drammatici delle bussate che scandivano le querimonie.

Gli accenti erano aspri e molte parole Nunziata non riusciva ad afferrarle, ma la voce di Immacolata, che sorpassava le altre anche perché la più vicina alla bussola, le arrivava chiarissima:

"Madre snaturata... che madre snaturata..."

Nunziata conosceva la nuora nella collera: paonazza nel viso, il collo taurino turgido di vene gonfie. Proprio la vedeva agitare nei gesti declamatori le mani grassocce e a tratti battersi il petto con la destra, a palma aperta, mentre asseriva arrogante, di certo rivolta al marito:

"Te lo dicevo io, dovevi farla interdire... È pazza, è pazza... Gesù dalle i lumi o mettila in mezzo ai lumi... Una che toglie roba ai figli per darla agli estranei, a quelli che non hanno sangue suo... I cani tengono più affetto... Quella famiglia di pittime... di sfruttatori... le hanno fatto una fattura... Gesù... Gesù... che coltellata, che tradimento."

Chiaramente la cosa era trapelata.

L'avvocato De Angelis di certo non aveva parlato e neppure il notaio, don Michele Di Liegro, il figlio del vecchio amico dei Montorsi. Anche il fedelissimo Espedito e donna Virginia la sarta avevano mantenuto il segreto, ma gli altri, la servitù, il giovane notaio, il medico, qualcuno di loro certo aveva avvertito Alfredo o il fratello o direttamente Imma. E così la famiglia aveva saputo che lei aveva fatto testamento e la disponibile, cioè quella parte di eredità che poteva assegnare a suo piacimento, l'aveva destinata ad altri.

Insomma i suoi, con stupore, erano venuti a conoscenza della decisione di Nunziata: la villa, alla sua morte, doveva ritornare ai Montorsi, precisamente ai figli di Federico.

Forse a rompere il segreto era stato il dottore Iovane. L'altro, il dottore Monti, non era del posto, veniva da Torre del Greco, era il medico dei Piscopo che assai amici dei Montorsi, l'avevano di certo ben ammaestrato.

Le tornò nel ricordo la progressione degli avvenimenti. Era stata una giornata piena di parole, discorsi infiniti, prima che potesse trionfare il suo desiderio di giustizia. Anche il notaio glielo aveva detto:

"Donna Nunzià, questa giornata non la dimenticherò."

Il dottore Iovane era stato quello che più di tutti aveva cercato di dissuadere Nunziata.

"Donna Nunziata, ma che volete fare?..." le aveva detto nello studio del notaio con una faccia ironica che disapprovava, ma con l'allegria di una benevolenza.

"Niente, proprio niente dottò" gli aveva risposto sorridente, anche lei divertita e affettuosa. "Voi dovete dichiarare al notaio qui presente e a questi due testimoni, a Virginia Esposito ed Espedito Cangiano, il mio stato di salute. Solo questo. Dovete dire se tutto è a posto. Vi dispiace?"

"Ma donna Nunziata carissima, voi lo sapete, giovedì passato, quando mi avete onorata e siete venuta da me, ve l'ho detto, il vostro cuore funziona per metà e la circolazione è compromessa. Dovete fare una vita molto regolata."

"No dottò... è la testa che deve funzionare e se la mia testa è a posto, voi in coscienza lo dovete dire chiaro al notaio che lo deve scrivere."

"Sì, però la cattiva circolazione può anche dare qualche disturbo alla memoria, può anche scombinare il comprendonio..."

"Eh dottò, adesso non mi contate chiacchiere... Voi siete un medico troppo bravo e ben sapete che questo non è il caso mio, e che, se è vero che da qualche mese faccio fatica a salire le scale, per ragionare ragiono assai bene, anzi meglio di quando avevo vent'anni. E il dottore Monti qui presente è d'accordo e voi non potete dire il contrario.

"Certo a me dispiace darvi questo disturbo, mettervi in imbarazzo con i miei figli, perciò ho chiamato anche quest'altro bravo medico, il dottore Monti, che puveriello è dovuto venire da Torre del Greco.

"Io mi scuso con tutti, però per me questa è una cosa troppo importante e devo portarla a termine nel più breve tempo possibile... Ho molta fretta... non si sa mai..."

"Donna Nunzià, ma che volete fare?... Che volete combinare? Poi non vi fanno più vivere quieta quieta!" l'aveva interrotta il dottore Iovane, sempre affettuosamente.

"Dottò, io non voglio vivere quieta quieta, io voglio morire quieta quieta, con la coscienza che non mi rimprovera niente. Adesso vi spiego... lo spiego a tutti quanti. Io ho desiderio di fare testamento perché, oltre quelli della mia famiglia, voglio nominare miei eredi per una parte della disponibile altre persone che ho il dovere di beneficare. Però per questo mio atto loro non devono avere noie dai miei figli o meglio dalle mie nuore... Certamente non dalla moglie di Mariano, quella è mezza giapponese, non tanto mi capisce e io non tanto la capisco e così siamo a posto. Ma le altre due nuore mie si faranno venire un colpo... Non pensate male, io a loro voglio bene però le conosco, sono un poco... terribili... Specialmente Immacolata... E io lo so che si ribelleranno più dei mariti e se si può spendere la lira, e loro la possono spendere, si hanno i migliori avvocati che cambiano le carte in tavola, confondono il povero giudice e gli fanno credere che io ero una vecchia matta e pazza non capivo quello che facevo."

Parlava a voce bassa, dignitosa e decisa, però si capiva che le costava parlare, toccare quei tasti, svelare della famiglia l'intimità.

Sulle ginocchia raccolte e composte aveva poggiata la borsetta a maglie d'argento e le mani ne tormentavano la cerniera. Le braccia, ripiegate e accostate al corpo, a ritmo le sollevava per accompagnarsi nel ragionamento accorato, così esili nel suo corpo smagrito, potevano richiamare al cuore lenta scansione di ali e la tragica vulnerabilità di un implume.

"Voi siete medico e galantuomo e lo sapete se il comprendonio mi funziona o non mi funziona e lo dovete dire non solo a me, ma al notaio e ai testimoni che io sono sana di mente... Nun so' né pazza né svanita e so bene quello che faccio quando la disponibile la tolgo ai miei e la passo ad altri, che però pure sono famiglia mia..." In quel punto si fermò, inceppata nella voce dall'emozione, poi, dopo un momento, riprese e le parole che pronunciò a concludere il discorso le disse svelte svelte, con un moto di timidezza:

"Il perché faccio questo e il percome sono fatti miei e non li devo spiegare a nessuno..." e le guance intanto le si erano coperte di spiccato rossore. A sessantuno anni Nunziata ancora intensamente arrossiva. Poi aveva taciuto, la testa che aveva mantenuta eretta garbatamente si era abbassata e lo sguardo anche, le braccia si fermarono accoste al corpo, le mani restarono immote sulla cerniera e lei sembrò come volersi raccogliere, chiusa in una decorosa attesa.

Era seguito un silenzio imbarazzato e anche turbato, poi aveva preso la parola il dottore Iovane e l'aveva esercitata per dissuaderla. Soprattutto voleva convincerla a rimandare la cosa, a soprassedere.

"Statemi a sentire... fate come vi dico io..." e le sorrideva amico, accattivante le chiedeva fiducia trattenendo nei suoi gli occhi miopi che si smarrivano nell'umidore delle orbite azzurrate. E le parlava sempre più dappresso e le cingeva con garbo le spalle, le prendeva le mani tra le sue e intanto si inteneriva a guardarla, la rappresentazione di una piccola donna così segnata, così indifesa e caparbia lo commuoveva, anche per la velettina grigia a maglia larga che discreta le raccoglieva i capelli tagliati corti, per l'elastico rotondo e sottile che le rigava la pelle e il nastrino di grogrè che al centro della fronte si slanciava con impeto spensierato in fiocchetto frivolo e toccante.

Così alla fine, nella tenzone, il medico dovette arrendersi, più che alla forza ostinata di Nunziata, all'aria così fragile che lei aveva nell'esercitarla e disarmò.

"Donna Nunzià, voi siete dura come una pietra, una pietra vesuviana... Però come siete bellina... site troppo bellella."

E fu chiaro che Nunziata, nonostante tutto, era ancora creatura di fascino.

C'era stato anche, nella successione dei ragionamenti, un discorsetto del notaio, un intervento peraltro blandissimo fatto solo per portare a donna Immacolata Russo testimonianza di una più vasta resistenza, ma don Michele, anche se molto più giovane, aveva ben conosciuto Federico, era stato anche lui toccato dalla sua scomparsa e parteggiava per la sua sfortunata famiglia.

Comunque Nunziata, anche se dolcissimamente, fu ferma nel suo intento, non sbandò, e così il suo bell'avvocato De Angelis, raccolte le fila, energico, era venuto alla conclusione:

"Egregi dottori, stimabili testimoni, eccellentissimo notaio, qui si cerca di forzare la volontà della testatrice che di contro ha dato amplissima prova della sua capacità di intendere e di volere. Non c'è plagio e non c'è inganno e venendo al dunque umilmente mi scuso, ma se qualcuno di voi non se la 'sente' io lo 'esento' e chiamo un altro a sostituirlo... Però facciamo una cosa svelta, ho un appuntamento con una bella signora e non posso fare tardi" e strizzò l'occhio a Nunziata che l'aveva invitato a pranzo. Così capitolarono gli indecisi, si scrisse, si lesse e si firmò. Tutto questo era accaduto due giorni prima e già quella mattina la voce di donna Immacolata dietro la porta sbraitava:

"Che madre snaturata... che madre snaturata..."

Nunziata era inclinata accanto ai battenti serrati, l'orecchio contro la linea di chiusura e aveva un sorriso malizioso ma non cattivo, mentre con il pensiero rispondeva alla nuora:

"Ti brucia eh... ti brucia... Volevi tutto... volevi tutto... Eh... ma l'ingordigia è un brutto difetto."

La voce di Immacolata sgradevole incalzava:

"Che cosa non ha fatto per quella famiglia, sempre ha tolto a noi per dare a loro... Per quelli pure contro la legge si è messa... Quando il suocero di Eleonora fece la finta rapina perché stava fallendo, lei lo nascose... E c'era anche il mandato di cattura... Dopo non le hanno detto nemmeno grazie. Sempre cattivi sono stati con lei, sempre cattivi..."

Poi Immacolata, forse sentendola più vicina alla bussola, si accostò alla porta e il suo tono calò ma si fece sibilante e nei suoni che emetteva si sentiva il serpente.

"L'hanno sfruttata sempre, questa è la verità... così è... In quella casa sempre l'hanno tenuta come uno straccio... al loro servizio stava non solo di giorno ma anche di notte... soprattutto di notte..."

Ecco... era stato detto!

La minaccia di quelle parole urgeva da tempo e Nunziata tante volte l'aveva sentita sospesa dietro le frasi e i gesti come una cattiva promessa che nel tempo non sarebbe mancata. Si raddrizzò e attese che il figlio dall'altra parte della bussola intervenisse offeso, ma ci fu solo un larvato tentativo di difesa della madre:

"Immacolà, adesso basta, stai zitta, non ti far sentire dalle serve."

"Ah ecco" considerò Nunziata ma senza acredine "ha solo paura delle chiacchiere della servitù, solo di questo si preoccupa."

Si mosse dalla porta e si mise a girare intorno al letto lisciando la seta della coperta di San Leucio, in silenzioso colloquio con se stessa:

“Ha parlato la *Mater purissima*... Per lei all’inferno si va solo per quel peccato... Chissà” si disse “chissà com’è Immacolata nei momenti di passione... mentre le fa lei... quelle cose!...”

Forse si metteva a contare i pendagli e le palline del lampadario... o forse no, perché la nuora doveva per forza fare tutto al buio, non come lei che si era potuta permettere tutte le luci e nuda era stata più bella che vestita.

“Non tenere pietà per nessuno, questo è peccato. La malignità, il cuore cattivo, non quelle cose... quelle succedono e si fanno perché c’è la vita...”

Nell’intenzione di Immacolata la freccia scoccata per ferire la suocera doveva richiamare dal fondo di Nunziata vergogna e senso di colpa e invece risalirono i ricordi... l’amore di Federico, splendido, senza fine, la timidezza di Enrico e il suo alito caldo, la virilità di Giovannì Antonio che pensava sempre a ’na cosa... il dispiacere così cocente di don Paolo che si sentiva assai di fare l’uomo, ma poi non gli riusciva tanto bene e restava così mortificato...

Tornavano memorie e sentimenti, visi di uomini che l’avevano amata, compatimento e pietà per lei e per loro e per quelle vite ormai consumate.

Ma remore e rimorsi no di certo.

Liberale nel gesto d’amore, Nunziata era nella convinzione di non aver fatto del male a nessuno. Aveva coscienza serena e anzi, nell’approssimarsi del render ragione, si affidava con fiduciosa umiltà alla misericordia di un Dio che sapeva giusto nel giudizio.

“Signore aiutami... San Giuseppe padrone della buona morte prega per me... *Ora pronobis*... Questa nuora mia... beata lei... non ha mai sbagliato... *Mater purissima*...”

Si sedette sulla poltroncina a sinistra del letto dalla parte della bussola. Tranquilla poggiò i piedi sullo sgabello, tirò fuori dalla tasca gomitolo e uncinetto e, lavorando, a mente si mise a pregare:

“O Madonna col bambino... vieni vieni a me vicina... e voi Santi della Chiesa, San Gaetano e San Gennaro, San

Domenico e San Ciro, San Pasquale e Sant'Ubaldo insegnatemi la via... della morte... e così sia... o mia Vergine Maria..." e l'uncinetto in quieto ritmo, in tondo in tondo richiamava il filo.

Nunziata si accorse che il recitato della nuora si era interrotto e che la pausa si allungava. Anzi dietro la porta, dopo un po', ci fu proprio silenzio e quasi quasi si dispiacque, le piaceva sentirla così furente, contrariata per quello che lei le aveva tolto e che era forse la cosa della quale Immacolata era più vanitosa... "'a villa".

Ma c'erano state altre persone che avevano avuto con la villa legami più antichi e disperati:

"Nunzià, ogni foglia, ogni fregio, ogni dipinto mi ricorda qualcosa" e le teneva strette le mani Federico in uno degli anditi bui del notaio, pieno di scansie e fascicoli. "Nunzià, adesso che la villa è tua, tienila cara."

Queste cose Immacolata come poteva saperle? Pensava che avesse disposto in quel modo solo per farle dispetto? Per sfregio? Il Signore le era testimone... Lei non aveva affatto consuetudine alle ripicche.

Si alzò e piano spostò la poltroncina proprio accanto alla porta e aspettando il secondo atto si risedette. Riprese il lavoro e affrontando con l'uncinetto la curva di uno smerlo cominciò a contare i punti. Fuori era ricominciato il parlottare, ma indistinto e quieto. Chi sa Immacolata dov'era... Era forse scesa al paese? Era andata dall'avvocato suo? Dal notaio? Che fosse andata a casa di Mimmina a insolentirla? A prendersela con lei che era all'oscuro di tutta la faccenda? E Nunziata in quel pensiero smarrì il conto delle maglie e dovette ricominciare.

Poi ci fu un tramestio, e la fece sussultare e lasciare il filo la voce del figlio Carlo che la chiamava garbato:

"Mammà, c'è l'avvocato Prisco. Vi vuole salutare. Aprite?" e poi subito la voce di Imma che da lontano sopraggiungeva:

"Avvocato, avvocato nostro, grazie, grazie di essere venuto" e il tono era in punta di violino.

Avevano chiamato anche l'avvocato Prisco:

"L'hanno fatto uscire... con quella tosse" e Nunziata non aveva neanche finito di evocarla che l'uomo incominciò a tossire.

"Avvocà" pressava garbatissima Immacolata "mammà ci deve spiegare, noi le dobbiamo parlare, deve aprire, diteglielo voi... Avvocà, voi sapete tutto... Voi sapete quanto l'abbiamo rispettata!!..."

"'A faccia mia." E Nunziata dietro la porta stringeva le labbra e sorrideva con forzature ironiche e celiava il dissenso come una bambina, con smorfie di commento inclinando la testa a destra e a sinistra.

Tutto le avevano tolto. Tutto si erano presi. Anche dalla cucina l'avevano allontanata, anche dalla dispensa per paura che qualche fiasco d'olio o una bottiglia di pomodoro prendesse la strada della casa di Mimmina.

"E questo passi" pensava Nunziata "ma poi sono venute a disturbarmi anche qui alla villa, nel mio rifugio... quando salgono loro io non posso andare più in cucina a preparare il pranzo."

"Cucinate con troppi grassi, fanno male, appesantiscono il cuore... Fate un mangiare indigesto..." così dicevano a lei che era stata allieva di donna Francesca e di Mariuccia, a lei che girava le braciole nel ragù fin da quando per arrivare alla pentola doveva montare sui ciocchi di legno.

Con insolenza Immacolata e sua madre l'allontanavano anche da un uovo al tegamino:

"Con il burro si cuoce, non con la sugna... la sugna è un veleno..."

E lei li ricordava i vasetti di "veleno" allineati nella cantina di donna Francesca che sembravano un esercito. E nessuno era morto avvelenato in quella casa.

Anche dal bollore dei maccheroni l'avevano tenuta distante, dicevano che lei li toglieva dal fuoco quando erano troppo crudi. Ma che capivano loro di pasta, la pasta si mangia al dente, lì stava il bello, in quel frangere elastico. Ma che sapevano quelle due?

Però quelle esclusioni adesso le erano diventate proprio insopportabili, si presentavano a distanze troppo ravvicinate perché la famiglia, con Imma e donna Cira in testa, aveva cominciato a salire con troppa frequenza alla villa. Dicevano che a loro stava a cuore confortare e sorvegliare lei che, insensata, poco si curava di quella sua salute così precaria e che stava peggiorando.

Intanto quel non sentirsi bene, proprio quel mancamento di forze, proprio quel peggiorare l'aveva fatta più coraggiosa e aveva cominciato, naturalmente a suo modo, a ribellarsi al particolare sopruso di allontanarla dai fornelli.

Intrattenendo le famiglie amiche che nei pomeriggi domenicali venivano in visita, a chi le chiedeva, com'era d'uso:

"Donna Nunzià che cosa avete mangiato?" lei, se la nuora era presente, dava con aria sempre zuccherina risposte svagate ma che pungevano:

"Dicono... ziti al ragù." Oppure "Abbiamo fatto finta di mangiare spaghetti con salsa alla pizzaiola." O ancora "Pare che quella di oggi fosse una zuppa di pesce..."

E quando la nuora, partiti gli ospiti, deplorava il suo parlare e la redarguiva e trovava pretesto per altri rammaricamenti, Nunziata non le rispondeva per niente e sulla cadenza dell'uncinetto remava lontano dalla stanza e le lamentele non la infastidivano, anche perché si concentrava sul fastidioso ronzio che, continuo, da un po' le mulinava nelle orecchie, vi si immergeva e si faceva ancora più distante.

Dietro la bussola l'avvocato la chiamava:

"Donna Nunzià mi aprite? Donna Nunzià mi sentite?"

Cara voce, amica voce, voce di ricordi, di sere odorose sotto il pergolato... e la lanterna appesa al palo aveva d'intorno falene infinite e traballava allegro il tavolino di legno sotto l'impeto del gioco...

"So' piombo a denaro..."

"Liscio..."

"Busso..."

"Tre tre napulitane a coppa..." e le carte calando si incrociavano come lame.

Dietro la porta intanto arrivava altra gente e Nunziata sentì intervenire calmo e suadente il figlio Carlo:

"Andiamo via tutti Imma, lasciamo solo l'avvocato... Mammà all'avvocato aprirà... però tu vieni via."

"No, di qua non mi muovo, deve parlare anche con me. Lei le pugnalate le dà a tradimento, alle spalle... Papà... Papà hai visto... hai visto di che cosa è stata capace?!"

Era arrivato anche il "gerarca".

Li rivide tutti e due, genitore e figlia, il giorno delle nozze camminare tra i fiori della navata e Immacolata quasi scoppiava nel vestito di raso della "Maison Teresa".

Attillatissimo fin sotto le ginocchia, l'abito bianco da quel punto si allargava in sbuffi di tulle vaporosi e dritti come quelli di un tutù e che sovrapposti degradavano fino a terra e si allungavano poi nel classico strascico.

Una veste nuziale molto bella, ma un modello disegnato per una donna alta e magra, per una figura da fasciare, non certo per quella bassa e robusta di Immacolata.

La sposa faceva dei piccoli passi goffi, quelli che le consentiva la stretta alle ginocchia e anche il padre, paludato e impacciato nel tait, si adeguava all'andatura e così il loro incedere era senza grazia.

Il vestito scelto nella sartoria napoletana, nella collezione si chiamava "Piumino", glielo aveva detto donna Cira la sera prima delle nozze:

"Vedrete domani donna Nunzià... vedrete..." e magnificava l'abito della figlia e insisteva su quell'appellativo: "Piumino."

Ma la mattina dopo, quando la sposa entrò in chiesa, mentre prorompeva sonorissimo l'attacco nuziale e Nunziata la vide venire avanti sul tappeto rosso, le tornarono in mente donna Francesca e Mariuccia e il conseguente pungere del loro sarcasmo. E sull'onda del ricordo di due donne dai giudizi lapidari, per quel "Piumino" che avanzava al braccio del padre, ne ebbe uno lei di apprezzamento ironico. Che non ridisse a nessuno, e che riguardava un'associazione di idee cattiva e tutta sua tra quella "apparizione" e non un soffice e vezzoso piumino da cipria, neppure un flessuoso e aereo piumino, nu scupettino per spolverare i mobili, bensì quello più particolare, quello per la perfetta pulizia di una certa tazza.

Dietro gli stipiti insisteva sgradevole la voce di Imma:

"Papà, ma ho ragione o no? Ne ha sciupati di soldi per quella gente?"

Nunziata si fermò nel lavoro e si appoggiò allo schienale: "quella gente".

Donna Francesca era "quella gente"... La rivide in piedi nello studietto giallo, rivide anche il vestito che indossava con tutte quelle nappe verdi, uno di quelli che metteva nei giorni di festa.

Risentì la parola asciutta:

"Proprio adesso sono scesi il notaio e il fidanzato tuo, gli ho promesso seimila e trecento lire di contante e di proprietà 'o palazziello a via Maresca con tutto il giardino... Però ho desiderio di farti un regalo personale... Dimmi tu che vuoi."

E lei si era fatta coraggio e aveva anche alzato gli occhi nel risponderle e per un attimo gli sguardi si erano incontrati:

"Voglio due 'ngegni per fare i maccheroni."

Così a via Maresca era cominciata la sua ascesa...

Perché adesso non poteva avere un gesto di riconoscenza per i figli di Federico?

"Con la roba mia, senza togliere niente a nessuno?"

Lei l'aveva detto chiaro al notaio quand'era andata a parlargli, in tutta segretezza, la prima volta, della sua decisione di lasciare la villa ai figli di Federico. Don Michele era stato piuttosto sarcastico:

"Ma donna Nunzià, scusate, ma che se ne fanno?" e lei non aveva avuto esitazione nella replica:

"Possono fittare le stanze, vengono tanti forestieri a vedere il Vesuvio!!!"

"Donna Nunzià ma la villa stà tutta scassata e poi ci sono le tasse."

"Se non possono pagare le tasse e non hanno la forza di aggiustarla, allora la prendono a morsi... e se la mangiano."

Perché lei la villa la teneva in alto sulle braccia come un'offerta votiva, come una tavoletta dipinta per grazia ricevuta, come un pandolce alato, un omaggio, un presente per donna Francesca.

Si era addormentata. Adesso non bussavano più. Avevano desistito, erano andati via, forse da parecchio: e lei non aveva sentito neanche le carrozze partire. Tanto non avrebbe aperto né all'autorità di Ciccio, né all'amicizia dell'avvocato. Domani forse... domani... Per quella notte poteva resistere... si era fatta anche una scorta di pane e noci...

Mise il lavoro abbandonato sulle gambe nella tasca del grembiule, si alzò dalla poltroncina e andò al balcone. Aprì il battente che aveva rinserrato paventando un attacco dalla parte del giardino. Tutto era quieto nella notte stellata... Uscì, fece pochi passi e subito tornò indietro, ma nel farlo guardò in alto il cielo di dicembre e la stella che più delle altre si accendeva di luce. Era tornata.

Senza peso di anni riandò a una notte di marzo così piena, quando l'aveva notata splendere sospesa sulla villa. E Federico, per la prima volta con lei in segreto tra i rampicanti, gliel'aveva raccontata:

"È stella dies, precede il giorno, è stella ciclica... Si avvicina e si allontana dal sole... è la più lucente... è 'a stella diana... è bella comme a te."

Fu difficile per Nunziata andarsene, e doloroso e lento, in quella primavera ventosa che aveva risvegli con sibili nelle fessure e soffi irati che maltrattavano la mimosa nel suo giallo tutto fiorito e portavano via il cappello al medico, e si faticava a riprenderlo.

Una primavera che con rombi di schianto incupiva il tempo e si travestiva da inverno. Poi d'improvviso si assolava e nell'aria lucidata a specchio si faceva riconoscere nella natura allindata e nella sorpresa delle nuove foglie. E lei dalla poltrona, in lotta con il respiro, nel suo estremo pallore ancora si rallegrava dei profumi di fioriture tra i limoni, ancora si doleva e implorava soccorso di puntello per la mimosa ferita.

Venne a visitarla anche da Avellino il vecchio dottore Malzoni e si cominciò una nuova cura. Ma al cadere di un tramonto lungo, con un sole che si attardava sul mare, l'istinto di vita di Nunziata disarmò.

Così nella notte alta Graziella e donna Virginia le asciugarono lungo l'angolo della bocca la traccia dell'ultima lacrima e le chiusero gli occhi.

Poi, mentre Immacolata Russo, che era entrata da poco nella stanza, appena in tempo per assistere al trapasso, piangendo andava a chiamare il marito e il cognato, le due donne anch'esse in pianto, un pianto dirotto e irrefrenabile che misura del loro dolore era anche misura dell'umanità con la quale Nunziata era vissuta, spalancarono il battente della bussola e nella camera ci fu un assieparsi sgomento intorno a quella perdita e un accalcarsi per spostare verso il letto la poltrona.

Ma la confusione e la commozione non durarono a lungo, perché c'erano compiti di circostanza da adempiere in fretta e ognuno dei congiunti si allontanò con i suoi impegni. Le due donne richiusero la porta e furono sole con Nunziata distesa sul letto. Prima che si irrigidisse le tolsero il suo anello di corallo e anche la fede, poi con trepida cura la lavarono, la vestirono, le spazzolarono i corti capelli che conservavano setosità nelle onde e la ravviarono piano, con dolcezza.

Intorno al collo, ad ammorzare il nero della blusa, le annodarono una sciarpetta di pizzo bianco che chiusero con il suo fermaglio di sempre, quello a forma di mezza luna con piccoli diamanti.

Solo a questo punto fecero entrare Rocco che ogni sera, da quando Nunziata stava male, dopo il lavoro, indossati i panni buoni, saliva alla villa a offrire la sua affettuosità, e a volte scendeva fino al paese alla farmacia di don Giuseppe Esposito a prendere le medicine, e poi portava a spalla la bombola dell'ossigeno. Quella notte non era voluto tornare a casa sua, turbato dallo scuotere della testa dei medici.

Pallido, la fronte bassa e sudata, i capelli grigi tagliati a spazzola, alto e corpulento, l'abito scuro e stretto, ancora quello delle nozze, gli lasciava scoperte le caviglie e i polsi. Il suo viso di omaccione, nello sguardo aggrottato, nei lineamenti tirati, nel tremito di un sopracciglio, aveva lutto sincero.

Graziella gli porse le scarpe nuove di coppale e lui le infilò alla morta con mani che si imbarazzavano nel tentativo di farsi lievi. Poi Rocco le allacciò il cinturino sul collo del piede, le acconciò la gonna distendendola e la prese sulle braccia forti per trasferirla dal piano terreno al piano nobile, nel salone dove stavano preparando la camera ardente. Allora lacrime cominciarono a scorrergli sul viso. Come cieco cercò la porta per lasciare la stanza e i lunghi lembi al vento dei nodi alle pareti sembravano braccia di sgomento, levate a trattenerlo.

Raccogliendo meglio Nunziata al petto lui la portò, leggera com'era, quasi in fuga nella curva di quel corridoio di passaggio, sotto lo sguardo impietrito degli oculi attondati, nella sequenza delle camere, tra gli inganni scrostati delle pareti che fingevano colonnati e giardini. E si lasciava dietro le volte allunate, i trionfi sopra i portali con l'uva, i fauni inghirlandati, i pampini sbiaditi e il rosso delle angurie ancora acceso; affrontava nel portico le mattonelle vacillanti, le colonne attonite e poi l'invito sbocconcellato delle scale, le gradinate livide e sul pianerottolo l'incasso così amaro dello specchio.

E gli angeli di gesso, invalidati e benigni, anche su loro due che riflessi passavano, arrovesciarono le ferme ricadute dei fiori.

Così Rocco arrivò nel posto dove i paratori avevano preparato la camera per la veglia.

Si era scelto il salone pittato perché con vanità si attendevano dalla città e dai paesi vicini le visite alla salma di personalità oltremodo riguardevoli.

Rocco depose il suo fardello distendendolo sul catafalco, sugli incroci di velluto viola.

Con riguardo l'acconciò, lui e le due donne che l'avevano raggiunto.

E Nunziata riposò tra i quattro alti candelabri, ordinata e serena, il collare cremisi della congregazione del Santissimo sul petto, le mani congiunte su un libro da messa e il rosario di corallo. Lì stette. Nella luce del giorno che maligno nasceva senza di lei, nell'architettura cadente della grande stanza che ancora parlava il suo splendido linguaggio barocco ma con la dolenza di un discorso ormai lontano e perduto, nella sala dal soffitto affrescato dove gli dei e gli eroi senza lacrime, dimentichi e lontani da quella terragna realtà, al riparo da ogni e qualsiasi umano coinvolgimento, continuavano a declamare immutabili i loro stupefacenti miti.

La resa senza condizioni di Nunziata fu esposta sotto la cupola solare, la sua lividezza sotto il lieto scintillìo dei colori che arrancavano ma ancora vincevano il tempo e l'incuria e ancora si avvivavano nel rosa fiammato delle nuvole e nell'azzurrarsi luminoso del cielo.

Un cielo senza limiti, gonfio d'infinito, vibrante nell'impeto arioso, che nell'impulso irruente voleva uscire dai fregi di stucco che lo contenevano, trascendere quelle fasce di chiusura. Ma come le illusioni, i sogni pur sconfinati dell'umanità che proprio sotto quella volta aveva recitato e recitava le sue parti, neanche il suo anelito d'immenso riusciva a vincere la concreta realtà. E i candidi festoni ne stabilivano i confini e lo troncavano.

I paratori, su di un lato del salone, spostato un divano, avevano improvvisato un altare con assi di legno.

Mentre le donne di casa lo corredavano, entrarono due frati francescani.

Di casa per oboli e rosari e anche intimità di desco, erano accorsi appena informati a portare conforto di preghiere. I due entrarono uno dopo l'altro varcando ciascuno per proprio conto le porte del salone. Il più giovane dei due pesantemente si inginocchiò raccogliendosi subito a occhi chiusi.

Prono nell'ampio saio, virile nei tratti marcati e scuri di uomo del sud, sul viso, cilestrino nella fresca rasatura, la trasfigurazione della preghiera stentava a farsi credibile, la santità di quella chiamata restava chiuso mistero della sua anima e l'ascetismo era soltanto nei piedi nudi calzati dai sandali di cuoio.

L'altro religioso, molto più anziano, si inginocchiò accanto a lui con fatica. Si aiutò sorreggendosi con le mani per distendere le gambe sul pavimento di maiolica; non chiuse gli occhi e non abbassò la testa come l'altro, ma guardava Nunziata in mostra sul fondo e nessuna tristezza aveva per quella sconsolata inanimità.

Sul viso rubicondo, l'espressione era serafica nella visione della morte, perché la sua fede sicura, così entusiasta e fanciulla, l'amore così grande che portava al suo prossimo, perdendosi nell'universale, riversandosi su tutta l'umanità, l'allontanava dal particolare e gli risparmiava così dolore e cuore.

Più tardi, mentre i religiosi sui ricami del corredo di Nunziata officiavano al Dio comune e celebravano in sacra funzione la richiesta per lei di misericordia, un ragazzino in prima fila, tra il padre e la madre, le mani dietro la schiena, il vestito alla marinara, china la testa bionda come il grano, cercava da uomo di trattenere le lacrime.

Ma il dolore era grande e incontenibile. Era il primo della sua vita, senza alcun termine di paragone, e per non averlo potuto allora misurare, rimase nel suo ricordo come il più struggente.

E non ci fu nessun elogio postumo che onorasse tanto la memoria di Nunziata quanto i singhiozzi disperati che il nipote a un certo punto non riuscì a controllare.

E gli occhi gonfi sui quali cominciò convulso a premere l'argine del fazzoletto erano di una calda tonalità di nocciola e avevano dentro il sole.

Era il quattro di maggio, una domenica dal tempo perfetto, quando venne a prenderla la carrozza da favola con le alte ruote e i fregi d'argento.

Elaborata e pomposa aveva angeli laccati a mecca e cristalli a specchio: ma non era quella di Cenerentola.

L'impettito cocchiere, in frac e alta tuba nera, a braccia ferme tratteneva le redini e aveva accanto una sua perfetta copia nel cocchiere di "rispetto". I palafrenieri solenni, in nero e oro, portavano al morso le quattro coppie di morelli, ma lo splendido tiro a otto non avrebbe condotto Nunziata al ballo. Le esequie che uscirono dal portale della villa si aprivano con uomini che in coppia reggevano, ostentandole, ghirlande di fiori. Era un mortorio importante e la gente che faceva ala si scappellava al passaggio del feretro, si segnava e con gomitate richiamava l'attenzione dei vicini indicando i personaggi più in vista. C'erano strani bisbigli quando passava la doppia fila di orfanelle.

Avanzava la lunga sfilata, dalla villa il corteo era sceso nella strada principale a percorrerne un pezzo perché tutti potessero vederlo, ma aveva poi girato ad angolo retto risalendo verso il Vesuvio che sereno dominava sul fondo. La strada, quasi campestre, portava al camposanto, quello piccolo proprio sotto il vulcano.

Il ricco funerale s'inerpicava scuro doppiàndo ombre di pini e s'incuneava in quella colorata e ferrigna campagna vesuviana, tra le quinte dei muretti di lapillo orlati di ginestre, i fichi d'india impalmati, i portali delle masserie con i vasi in cima fioriti di selvaggio.

Austero passava tra l'architettura spontanea di quelle case povere e felici dipinte di rosa, i tetti a volta neri di pece. I cavalli, al passo, battevano i loro zoccoli. Fasciati in segno di lutto, richiamavano echi di mestizia nei silenzi di piccoli cortili, contro i portoni contadini dipinti di verde, tra i pergolati dei terrazzini, tra i pali a forcina tesi nello sciorinio dei panni.

Furono onoranze funebri imponenti alle quali parteciparono non solo gli operai del pastificio di Nunziata, ma anche una rappresentanza di tutti gli altri: una coda interminabile.

Nella gloria di quella giornata così serena non pochi di essi, tra i meno giovani, in atteggiamento dimesso e contegnoso, le mani ruvide uncinate dietro la schiena, andavano pensosi, l'animo gravato dall'istinto antico in guardia nel presagio di male.

Era il millenovecentoquaranta, sul mondo gravava caligine e la dolce e chiacchierata signora che andava a riposare ai piedi della montagna, portava con sé certezze e lasciava timori e ansie per la loro fatica di pane. La manifattura della pasta, prima tipica dei paesi ventilati e assolati, ormai era industria di tanti capoluoghi del nord Italia e di città straniere, lontane, dai nomi sconosciuti, in Inghilterra, in Francia e perfino sulla baia di Hudson: ma loro avevano il vezzo puntiglioso e amaro di fingere di non dolersi, di non ingelosirsi della concorrenza perché dicevano che al di là di quella loro particolare terra tra il Vesuvio e il mare: "La pasta non la fanno... la stampano..."

E così scavavano la divisione netta e sprezzante tra un lavoro meccanico e senza sentimento e il contrassegno di quel loro artigianato orgoglioso e capace.

Non conoscevano ancora la iattura che li avrebbe colpiti, seccato come esca la loro linfa di lavoro e cancellato l'importanza vitale di esperienze e qualifiche.

Di tanti mulini, delle decine e decine di pastifici, piccoli e grandi, pochi sarebbero sopravvissuti, così pochi da potersi contare con abbondanza sulle dita di una sola mano...

Non la temibile guerra, né il mondo impazzito li avrebbe atterrati, ma le macchine, le nemiche di sempre. E nelle nuove realtà una malattia del dopo guerra, che poteva avere tanti nomi perché distruggeva tanti organi diversi, ma che poteva essere chiamata crisi "manageriale": un nome astruso che si ricollegava ad altre lingue.

Un termine che neanche conoscevano, un male ignorato ma oscuramente già l'avvertivano e per questo forse accoglievano come una minaccia ogni scomparsa dell'antica eccezionalità del comando che, come quella che accompagnavano, stava diventando leggenda.

A queste eccelse signorie altri governi succedevano, impancati sull'orgoglio di un passato ma incapaci e inesperti nella cultura aziendale, ancora arcaica nel presente, senza intelligenza di gestione per il futuro e senza il necessario coraggio per contrastare il sopruso di quel carico sindacale che sarà da venire, appena dopo la guerra, e così pesante sarà imposto solo nelle loro zone.

Gli uomini che chiudevano modesti l'allungato ordine e quelli delle prime file erano accomunati nel possesso di una grande ricchezza: saper fare, entrambi in umiltà di lavoro, con mani da maestro una cosa in modo ineguagliabile, come forse mai più nessuno l'avrebbe fatta: "la pasta".

Non sapevano che non era importante, che l'eccellenza della manifattura non era determinante. La loro operosità sapiente sarebbe scomparsa quasi del tutto da quella terra e sarebbero così mancati i termini di confronto.

E la tradizione della loro arte sarebbe rimasta non sospesa come un trofeo, ma nascosta come una sconfitta e tutta la loro conoscenza resa inutile e perduta; e le mani da porgere ai figli, e ai figli dei figli, vuote di grano e di lavoro.

Donna Francesca tanti anni prima l'aveva detto a Nunziata nel loro ultimo colloquio dopo il funerale di Federico. Alle sei del mattino l'aveva fatta chiamare, il giorno dopo l'interramento della salma, e lei, distrutta, febbricitante, era corsa subito a casa Montorsi perché l'avevano sollecitata:

"Venite presto, venite presto, è dalle quattro che, sveglia, ha cominciato a smaniare... Vuole voi. Abbiamo dovuto faticare per farla pazientare fino alle sei."

Era stato proprio nell'ultimo dei loro abboccamenti, proprio nel più drammatico, con quella poltrona al centro della stanza e la panchetta accanto che vuota aspettava, pronta per lei fin dalle quattro, così le avevano raccontato. Donna Francesca era seduta accanto allo scanno, pallidissima e rigida come una morta stecchita, e come davanti a una morta, Nunziata si era inginocchiata, prima che qualcuno la sollevasse e la facesse sedere sullo sgabello.

"I figli... I figli di Federico... Nunzià non li abbandonare mai... aiutali, tu li puoi aiutare, tu hai la possibilità di farlo... Tu tieni i soldi... Ma stai attenta... Stai attenta Nunzià... Ti voglio avvertire di un pericolo... le lire tienile da conto perché i tempi stanno per cambiare... Tu adesso stai facendo l'asciugamento meccanico. Al momento questo si fa da te e da qualche altro. Adesso per te e per loro asciugare la pasta non è più na cosa stentata, non ci vogliono più otto giorni d'estate e venti d'inverno e vi trovate avvantaggiati assai... Ma se non ci vuole più il sole, il clima di Padreterno che teniamo noi, se i maccheroni si possono fare in qualunque paese, se li possono fare pure i piemontesi, allora per noi è finita, perché quelli so' sistemati, so' esatti e precisi, si fanno tutti i conti, fanno le cose con giudizio, no a vienetenne come facciamo noi...

"Prima fare la pasta era na cosa segreta, si doveva conoscere la luna... 'o viento... si dovevano interrogare le nuvole e le stelle, ci voleva cuore e ci voleva competenza, era una passione, era un'arte... e non s'improvvisava e i piemontesi non la conoscevano... Invece così cambia tutto... Nunzià, cambia tutto... Forse una salvezza c'era... Federico teneva l'idea fissa... 'I pastifici nostri si devono consorziare...' fino all'ultimo si è raccomandato... fino all'ultimo... 'Il consorzio... la forza del consorzio...' Ma adesso che è morto lui... non se ne parlerà più... Nunzià, ti raccomando, tieni stretta la moneta, non la sciupare. Se la pasta la possono fare pure i piemontesi, loro ci distruggeranno... e da queste parti forse non resterà neanche il ricordo di questa nostra fatica. Stai attenta... Statte accorta Nunzià..."

Passava lo scalpiccio della lunga processione e andavano gli operai a capo chino, turbati da confusi intendimenti e per questo camminavano silenziosi, senza desiderio di parole tra loro che chiamassero sorrisi, quelli che pure fioriscono intorno alla morte, perché serrata in se stessa con altissime merlature la morte non annulla nei vivi la vita.

Questo fino all'arrivo al cimitero.

Sciolto il corteo, quando si raccolsero a larga macchia intorno al feretro, prima che i parenti e gli intimi oltrepassassero da soli con la bara la cinta muraria del piccolo camposanto, il segretario politico, un'esimia persona ma alla quale faceva difetto forse il senso dell'opportunità o era ottenebrato dalla sollecitudine di dare a un personaggio come Nunziata una coloratura fascista – massimamente a lei che era stata una capitana d'industria e che era parente così stretta di don Ciccio – volle chiudere le esequie con un segno fascista. Dopo l'ordine di attenti, secondo l'uso del regime, urlò con voce com'era d'uopo stentorea:

"Camerata Nunziata Montorsi..." e nello stupore e imbarazzo generale poche voci accennarono in risposta il rituale "Presente"...

L'appello, secondo la regola, doveva essere ripetuto per tre volte e per tre volte bisognava rispondere "Presente". Al terzo richiamo, un attimo prima, a precorrere e a coprire l'ultimo e debole "Presente" di uno sparuto coro, arrivò dalla parte degli operai chiara e forte una voce in risposta:

"Non c'è... è uscita..."

Allora si rise e si nascosero sghignazzi, ma nessuno sembrava sapere chi avesse gridato. Né dopo nessuno reclamò meriti di antifascismo per averlo fatto, per aver colpito la testa del "saracino" alla maniera della sua gente che, non avendo né mazze, né aste, né soprattutto carica di odio che il suo codice genetico allora sconosceva, nell'esercizio della quintana e dell'offesa giostrava con il motto e la battuta.

Quando però don Ciccio Russo tre giorni dopo andò, in borghese e senza stivali, al pastificio della figlia e vide Basilio, un vecchio operaio, ci fu tra i due uno scambio bonario di battute:

"Basì, ma che vuoi passare un guaio? Ma quando metti giudizio? Mannaggia 'a capa toia..."

"Don Ci'... donna Nunziata stava andando sotto terra e i compagni vostri tenevano 'a capa fresca..."

Quando, portato a spalla dai necrofori di prima classe con le divise gallonate, i cappelli con la visiera e la dorata scritta "Impresa funebre Colangelo", il feretro oltrepassò il cancello del sacro recinto, lenti e tristi si alzarono i rintocchi. Tristissimi per Nunziata se, varcato l'estremo confine da così poco tempo, propensioni, preferenze, sentimenti della sua vita passata avevano per lei ancora un qualche senso. Perché gli uomini che la trasportavano non si fermarono a deporla nella cappella dei Montorsi.

La costruzione, vicina all'ingresso, dominava tutte le altre. Ad archivolti, in gotica architettura, aveva aperti i battenti di legno scolpiti a rosoni. Così disserrati essi mostravano tutto l'interno, sul fondo l'altare di travertino punteggiato di piccoli fiori bianchi e la grande vetrata che lo sovrastava con la raffigurazione di un Cristo policromo.

Un Cristo dai bizantini occhi allungati e dalle braccia spalancate in gesto di attesa, così convincente nell'allettante invito e così pieno di luce.

Tra le due alte sequenze di loculi, una doppia fila di scanni si riempiva di donne velate in ginocchio e uomini in piedi. C'erano tutti i figli di donna Francesca, i nipoti e gli affiliati. I Montorsi non erano intervenuti alle esequie perché Immacolata aveva fatto sapere che non erano graditi, ma avevano inviato fiori e donna Mimmina Ruotolo una croce di gelsomini, Federico le aveva tante volte ripetuto che a Nunziata i gelsomini piacevano assai.

Però gli eredi di Francesca avevano informato i figli di Nunziata della speranza, che avevano, di poterla seppellire nella tomba di famiglia.

Immacolata, contattata, agli emissari aveva risposto lei per tutti: "Sì, va bene... si farà così" già covando un diverso pensiero e la tentazione di una pubblica ripicca.

Qualcuno degli uomini raccolti si girò e uscì dalla cappella quando i portatori passarono oltre senza fermarsi e continuarono a camminare verso un posto ben preciso e a loro ben indicato: il mausoleo dei Russo, fresco di fabbrica, tutto in marmo, squadrato che sembrava una scatola.

Uno dei Montorsi richiamò i becchini che si fermarono e fecero l'atto di tornare indietro, ma Imma, che veniva subito dietro la bara e al braccio del marito stava giusto passando davanti alla porta spalancata, dalla veletta del cappello a tortina lanciò la sua voce nel perentorio ordine ai necrofori:

"Continuate, andate avanti, andate avanti."

E aggiunse, girandosi verso il sacrario, rivolta a chi era sulla soglia con un tono che nel silenzio di quel luogo risultò alquanto udibile e incisivo:

"Almeno da morta lasciatela a noi..."

Così gli uomini ripresero il cammino e Nunziata oltrepassò la "sua" cappella. Sarebbe andata a riposare accanto a Crescenzo, il tiratore di punta alle gramole di donna Francesca.

Ma non era certo quella vicinanza che poteva dolerle e neanche di non essere accanto a Federico. Era che dalla grande vetrata della cappella dei Montorsi, nei vetri chiari, tra le braccia del Cristo si vedeva il Vesuvio.

I parenti e gli intimi scesero dal cimitero riempiendo le carrozzelle di piazza che affrontarono la discesa, una dietro l'altra, allegre nel risonare della corsa.

C'erano anche due automobili Fiat 509 e una lancia Augusta. E Immacolata Russo tornò a casa con la Balilla del segretario politico.

Alla villa tornarono insieme ai familiari anche gli amici più intimi. Si raccolsero tutti nel salone; già sgombro dei veli neri e dei funebri arredi aveva ripreso l'antico aspetto ma conservava ancora sfatto l'odore di fiori e di cera consumata.

Sulle alte consolle c'erano piatti d'argento stracolmi di biglietti di condoglianze. Tra essi c'era anche un telegramma che arrivava dal Giappone. Era di Mariano che annunciava l'imbarco suo e della moglie per raggiungere l'Italia e la madre malata.

Secondo il rituale guantiere enormi, coperte da salviette di tela di fiandra grandi come tovaglie, arrivavano da famiglie amiche alla casa in lutto, cioccolata calda, bocche di dama e savoiardi fatti in casa, tutto per il ristoro dei parenti e di quelli che più dimestichezza e consuetudine di affettuosità avevano con i congiunti della scomparsa e che per giorni non li avrebbero lasciati soli.

Giungevano anche, in pacchi vistosi, chili di caffè e zucchero, bottiglie di anice, metraggi di stoffa nera per i vestiti da lutto e soprattutto spaselle di pesce. Tutti "conzuoli", così chiamavano le offerte consolanti, doverose nel costume di quella terra a chi era nel dolore e nel lutto.

I divani erano tutti pieni, si chiacchierava a voce raffrenata, si ricordavano le virtù della morta, episodi della sua vita, aneddoti che la riguardavano, il tutto inzuppando il biscotto nella fumante crema di cioccolata, e gli occhi, nominando Nunziata che adesso era diventata la "buonanima", venivano d'obbligo volti al cielo e il povero biscotto restava sospeso, gocciolante a mezz'aria, ad aspettare che lo sguardo discendesse dai dipinti della volta e l'aiutasse a centrare la bocca.

In cucina il focolare era spento, in quella dimora secondo l'usanza non si sarebbe acceso il fuoco per alcuni giorni e i pranzi sarebbero arrivati dalle famiglie amiche, in segno di affettuosa solidarietà. Nel cerimoniale la chiusura della cucina variava da un minimo di tre giorni a un massimo di otto. I menù offerti erano a base di pesce, mozzarella e verdura: i piatti di carne erano non solo considerati disdicevoli ma esclusi con rigore. Almeno per otto giorni venivano banditi dalla casa del morto. Nelle dimore più severe e che più rispettavano le antiche usanze, anche per quaranta giorni. Donna Clorinda Pappalardo e donna Tatina Iovane nei loro lutti non avevano mangiato carne per un anno.

Nel salone d'onore le due nuore di Nunziata tenevano circolo sullo stesso divano. La tappezzeria era cambiata, ma il divano era quello dove Mimmina e sua madre erano sedute il giorno di San Paolino quasi cinquant'anni prima. Era lo stesso divano dal quale le due donne, covandolo con gli occhi, seguivano il giovane alto come un principe, vivo e allegro con gli altri, con loro compito e gentile, ma come spento. E quando donna Geppina Ruotolo, assente Mimmina, aveva accennata la cosa a don Crescenzo Papa lui l'aveva rassicurata ridendo forte:

"Chillo è scurnuso assai, con la signorina Gelsomina

non rire e pazzea, è serio perché sarà la sua sposa, la madre dei suoi figli... la tiene sopra un piedistallo."

Ogni tanto qualcuno della sua "corte", aggirando dal dietro il divano, si chinava a sussurrare quesiti all'orecchio di Immacolata. Perché era lei che si occupava di rifacimenti di materassi, dei vestiti di Nunziata, di nuove sistemazioni nella camera della suocera e dava disposizioni al fotografo per le immaginette da distribuire nel funerale solenne di lì a trenta giorni, con la foto di Nunziata, una frase consolante e le date in neretto del suo arco vitale ormai chiaro e determinato.

Immacolata soprattutto raccomandava al giovanotto allampanato la fattura accurata dei piccoli medaglioni di ceramica con la fotografia della suocera da incastonare poi in spille o pendenti. E chissà se era casuale che i Montorsi avessero largamente usato siffatti monili e il ritratto di donna Francesca ballonzolasse sul petto di Maria Vittoria, e Mimmina avesse un anello con un ritratto di Federico tutto sorriso e capelli.

Nell'orecchio di Immacolata si avvicendavano le voci che segnalavano, sollecitavano, sottoponevano, consigliavano, avanzavano proposte e chiedevano ordini, e a lei soltanto. E lei come su di un trono, anche se di traverso, emanava editti, concordava pagamenti con i fiorai, si consigliava con il ragioniere del pastificio per ringraziamenti alle autorità che avevano preso parte alle esequie e con la sarta per le strisce nere da cucire ai vestiti degli uomini: alla manica destra e al revers di sinistra.

Poi la folla di postulanti si diradò e Immacolata poté più tranquillamente abbandonarsi alle signore che la consolavano.

Quando venne a salutarla Palmina, la donna che faceva le iniezioni a Nunziata, Immacolata sincera si mise a piangere. Un pianto dirotto e tra i fiotti di lacrime mormorava frasi:

"Quanto ha patito, povera mamma, quanto ha patito... non meritava tanta sofferenza... era buona come il pane."

Poi, quando si fu calmata, qualcuno indiscretamente le chiese del testamento e gli altri a chiudersi intorno a orecchie aguzze. Lei rispose accorata:

"Mammà non ragionava, non capiva, perciò ha fatto quella pagliacciata, 'quelle persone' riuscivano sempre a farle fare quello che volevano loro, come le avessero fatto na fattura... Sono stati loro a consigliarla di portare dal notaio anche i dottori... ma adesso parleranno gli avvocati... il testamento non ha valore... c'è stata come si dice... 'circonvenzione di incapace'... Però mammà in ultimo aveva capito di aver fatto una cosa contro di noi ed era tanto dispiaciuta, era pentita poverina... L'altra sera si era anche confessata e comunicata... Quando io sono entrata nella camera per darle la medicina, proprio un momento prima che spirasse, sembrava volesse parlarmi... appena mi ha visto ha messo le mani sui braccioli e ha fatto l'atto di alzarsi e venirmi incontro e mi ha guardato con una faccia di Madonna Addolorata, un'espressione così triste, sembrava volesse dirmi 'Perdonami... perdonatemi, non ero io... non ero io...' " E a questo punto chiamò in causa donna Virginia la sarta, che si avvicinava con un ennesimo vassoio:

"Donna Virgì, dite voi è vero? Dico la verità? Parlate voi. Mi sbaglio? Come aveva la faccia?..."

"Sì è vero, la faccia amara aveva... è proprio così..." confermò donna Virginia affranta ma anche imbarazzata.

Ma Nunziata non si era pentita. L'avrebbe rifatto non una ma cento volte perché così era giusto e se un'azione lei l'avvertiva come un dovere, la portava a termine a qualunque costo. Anche quelle che le avevano stravolto la vita.

Il dolore vivo che si leggeva sul suo viso non era il pentimento e neppure, come sussurravano Graziella e donna Virginia, l'ennesima e ultima testimonianza dell'antipatia per la moglie del "signorino Alfredo".

"Si è disturbata tanto quando l'ha vista entrare. Ultimamente non la poteva proprio soffrire... donna Immacolata le ha dato sempre dispiaceri... le ha fatto venire la passione di cuore..."

Neanche questo era vero. Voleva bene a Immacolata, le riconosceva i tanti meriti di buona madre, di buona compagna del figlio, di lavoratrice instancabile, di moglie devota, di massaia attenta e, in piena onestà, anche quelli di nuora affezionata e pastaia competente. Non aveva per lei nessun rancore, Immacolata aveva recitato la sua parte. Quella che in quell'arco di tempo la vita le dava da rappresentare.

Tutto nell'ordine delle cose e dei ruoli.

E il mal di cuore, lo sapeva bene, non glielo aveva provocato nessuno, era venuto perché così doveva essere e il dissenso con la nuora l'aveva aiutata a vivere, non a morire.

Era stata gelosa di lei, questo sì, questo era vero, invidiosa di quell'amore del figlio che fioriva nei gesti di affetto e nelle occhiate d'intesa, mentre per lei c'erano frettolosi baci, solo formali. Gelosa di tutto quello che Imma aveva e che lei non avrebbe avuto mai più: la gioventù, la salute, un uomo nel letto, i figli piccoli, i figli ancora da crescere e la pasta ancora da stendere.

Immacolata invece era stata gelosa dei Montorsi. Anche questo era umano.

E non era vero come dicevano che a donna Nunziata gli ultimi dissapori e contrasti avevano accorciata la vita.

Lei si era divertita e poi il fatto che la nuora battagliasse così strenuamente non poteva disapprovarlo appieno, si batteva anche nell'interesse dei figli, che poi alla fine erano pur sempre nipoti suoi.

Sapeva Nunziata che la villa Imma non l'avrebbe mai mollata, però, come erano state congegnate le cose, si doveva per forza arrivare a una transazione e qualcosa delle sue fatiche sarebbe di certo arrivata ai figli di Federico.

Ed era questo che lei voleva.

La faccia amara non era per quello, no, non era per quello. Era perché aveva sentito il Chiamatore.

Dal buio della valle che lambiva il vulcano si era alzata per lei l'antica voce, il richiamo antico. E si era aggrappata ai braccioli tesa a meglio ascoltare... Eccolo, di più si avvicinava... ancora... ancora... Così lungo e così dolente...

Guagliù, Guagliù.
È l'ooora...
È l'ooora...

Si era lasciata andare contro la spalliera della poltrona e aveva reclinato il capo.

E non l'aveva più sentito.

Stampato nel mese di gennaio 2001
dalla X-Press Industria Poligrafica
Napoli